En busca de Buda

En busca de Buda

Jean-Michael Thibaux

Traducción de Julia Alquézar

Rocaeditorial

Título original: *Sous la griffe du Bouddha*
© Plon, 2007

Primera edición: noviembre de 2008

© de la traducción: Julia Alquézar
© de esta edición: Roca Editorial de Libros, S. L.
Marquès de la Argentera, 17, Pral.
08003 Barcelona
e-mail: correo@rocaeditorial.com
internet: http//www.rocaeditorial.com

Impreso por EGEDSA
Rois de Corella, 12-16, nave 1
08205 Sabadell (Barcelona)

ISBN: 978-84-92.429-57-8
Depósito legal: B. 41.986-2008

1

Campaña de Yekaterinoslav, Rusia, verano de 1831

$\mathcal{L}$a anciana Macha estaba hecha un ovillo en la esquina en la que guardaba sus fetiches y sus talismanes. Intentaba protegerse y se tapaba los ojos con las manos para no ver a los muertos arremolinarse, pero las imágenes de los espectros atravesaban las paredes, las palmas de sus manos y sus párpados cerrados.

Las almas atormentadas no querían irse a pesar del agua bendita que había echado. En el exterior, permanecían cerca de los cuerpos putrefactos, planeaban sobre los osarios y las hogueras en las que los hombres enloquecidos lanzaban los cadáveres. Macha no necesitaba salir de su amplia casa de madera para contemplar el aterrador espectáculo. Su abuela le transmitió al nacer el don de la ubicuidad y muchos otros.

Dones de Dios o del diablo…

Durante setenta años, había desempeñado su papel de vidente, de maga y de sanadora ayudando a unos a alcanzar el poder, y a otros a conquistar los corazones; leyendo las estrellas, los espejos y las entrañas animales, e invocando a los espíritus.

En aquel momento, ya no controlaba sus dones. Todos habían llamado a su puerta para que les curara el cólera y la peste. No se podía luchar contra una plaga enviada por Dios. Se destapó los ojos y contempló las grandes planchas de madera que barraban la entrada, después se dio cuenta de que era 30 de julio, la noche más maléfica del año.

—Como han pecado, ¡que se mueran!

«La epidemia es saludable y necesaria, hay demasiada gente en la Tierra, demasiados impíos, borrachos y malvados. Los bondadosos se salvarán», pensaba ella. Se puso a orar por su salud. Algunos padrenuestros recordarían a Dios que ella estaba en el bando de los buenos, aunque hubiera pecado al usar alguna vez la magia negra.

Arrodillada, Macha se dirigía a Dios con fervor cuando resonaron uno golpes. Se sobresaltó.

—¡Macha! ¡Ábrenos!

—¡Seguid vuestro camino! —respondió ella.

—¡Ábrenos, vieja hechicera!

—¡No!

Los golpes se repitieron y se volvieron violentos. De repente, la puerta estalló en pedazos. Un oficial cosaco, seguido de cinco hombres con sables, se lanzó hacia ella.

«Los cosacos de la muerte... Los enviados del diablo Blavatski», se dijo la mujer sin apartar de los intrusos su mirada de miedo. En ese instante, observó que el oficial sujetaba contra su pecho un paquete envuelto en un chal.

—¡Hay que salvarla! —dijo entregándole el paquete.

Sorprendida, descubrió a un recién nacido envuelto en su mantilla.

—¿Quién es? —balbució ella.

—Una princesa. No debe morir.

—¿Sufre alguna enfermedad?

—¡No, haz lo que tengas que hacer para que nunca sufra ninguna! Transmítele tus poderes.

—¡Sólo Dios puede hacerlo!

—Mi paciencia tiene un límite.

Le hizo una señal a uno de sus hombres, que puso la hoja de su sable en el cuello de Macha.

—La noche no es propicia para los encantamientos —dijo la anciana—, pero como me obligan, voy a entregar mis secretos y mis dones a este bebé.

Después se inclinó sobre el recién nacido y llamó a los Siete Espíritus de la Revuelta.

Tres horas más tarde, la casa de Macha ardió y se vio a seis demonios abandonar el pueblo a caballo.

2

Cinco días después, en Yekaterinoslav

*L*as calles de Yekaterinoslav estaban cubiertas de cadáveres y de desechos de todo tipo. El cochero echó pestes, juró, invocó a todos los santos y azuzó los caballos, pero los obstáculos se multiplicaban. Temblaba de miedo. Se había cubierto el rostro de trapos para no respirar los miasmas. En algunos momentos, se llevaba al corazón la mano con la que sujetaba el látigo, donde llevaba colgadas las medallas benditas. Pero ¿servía de algo protegerse con objetos santos cuando Dios mismo enviaba el cólera a Rusia?

—¡Paso! ¡Paso!

Nadie se preocupaba ni por sus gritos ni por los escudos de armas de las portezuelas del vehículo o por los ilustres pasajeros que transportaba. Decenas de miles de nobles vivían entre el Dniéper y el Don, y perecían como los demás en las ciudades y en los campos dominados por los saqueos y las lamentaciones.

En la berlina herméticamente cerrada, con el rostro pegado al cristal, la pequeña princesa Sonia estaba fascinada por aquella fiesta macabra. A sus seis años, no se daba cuenta de lo que pasaba, puesto que vivía confinada en el palacio. La voz gutural de su institutriz la llamó al orden:

—¡Siéntese, señorita Sonia! Deje de mirar esos horrores; si no, no tendrá la pureza necesaria para asistir al bautismo de su sobrina. Usted es la madrina, ¡no lo olvide! Dios la considerará responsable si el alma de esa niña llega a morir en pecado.

El cochero había oído a la institutriz. Frunció el ceño. ¿Por qué no había precisado: «madrina de la hija del infortunio»? No envidiaba la posición de la princesa Sonia. La chiquilla no ignoraba lo que se decía. Todos los criados llamaban al bebé «hija del infortunio», porque había nacido la noche más maléfica del año. Se repetían en voz baja que el diablo la había bautizado en casa de la bruja Macha. Los más supersticiosos apodaban a la pobre pequeña Helena Petrovna von Hahn con un sobrenombre mágico: la Sedmitchka.

«La Sedmitchka es un nombre bonito», se dijo Sonia. Era demasiado joven para conocer el significado de semejante apodo. Si hubiera podido escuchar a los siervos, se habría enterado del sentido de esa palabra medieval. Ocultaba negros secretos tras sus diez letras. Evocaba el espíritu de los Grandes Antepasados, de los Siete Rebeldes encadenados bajo tierra por los primeros dioses. Se contaban cosas espantosas de esos siete rebeldes mientras se santiguaban. Ahora, por culpa de Macha, poseían el alma de la pequeña Helena.

El lindo bebé pertenecía ya a la leyenda popular. La berlina rozó una carreta llena de cadáveres. Sonia lanzó un grito, pero no volvió la mirada.

—¡Quédese en su asiento! —ordenó la institutriz.

—¡No! Me voy a arrugar el vestido.

—Recibirá un castigo cuando regresemos al castillo.

Sonia se encogió de hombros. ¡Un castigo! ¡Qué ridícula parecía esa amenaza! ¿Qué eran diez golpes de vara en las nalgas en comparación con el castigo impuesto a toda esa gente de la ciudad?

Ella apartó la mano que intentaba alejarla de esas visiones. Bajo el resplandor de las antorchas que llevaban los criados, distinguía los rostros estremecedores de los muertos amontonados en las carretas, los ataúdes remachados con cruces de plata, alineados ante las casas condenadas, a los moribundos vomitando, los destellos de los sables y de las bayonetas, y a los saqueadores fusilados tendidos en medio de su sangre.

—Helena, mi buena Sedmitchka, tú no eres la responsable de nada de esto —murmuró ella santiguándose.

—¿Qué estás murmurando?

—Rezo por estos desgraciados.

—¡Sólo tienen lo que se merecen!

—¿La princesa Dolgoruki lo merecía? —gritó con vehemencia Sonia.

—No…, no…, desde luego que no.

La institutriz había palidecido. Cuando la princesa Dolgoruki, primera dama de Yekaterinoslav y abuela de la futura bautizada, cayó enferma por la terrible epidemia y después murió por un síncope a pesar de la intervención de los mejores médicos de la ciudad, se comprendió que todo estaba condenado a perecer por la infección general. En ese momento, había creído que podría dejar su puesto y abandonar a las familias principescas en medio del veneno y la podredumbre.

No les habían permitido volver a Alemania. Doscientos rublos de oro que le había dado el intendente habían bastado para hacerla callar.

—¡Vamos! ¡Arre! —gritó el cochero sabiéndose cerca de la meta.

Llegaron a la explanada del palacio en el que los húsares del padre de Sonia garantizaban el orden y donde las oraciones de los monjes levantaban una barrera mística. Todo aquel dispositivo tenía como objetivo proteger a Helena Petrovna von Hahn, la Sedmitchka, nacida una noche maléfica en medio de una epidemia.

3

—*P*óngase recta, señorita Sonia, la están observando… Ahí están sus padres —dijo la institutriz sacando pecho y juntando los pies a la manera militar.

Amigos íntimos de los Von Hahn, el príncipe y la princesa esperaban a su hija en lo alto de la escalera de mármol, custodiada por leones de piedra.

Todo el palacio estaba iluminado, como para mantener alejado al fantasma de la enfermedad que vagaba en la noche. Las lámparas de araña de cristal brillaban con mil luces, los criados vestidos de azul y plata llevaban pesados candelabros con ocho velas. Más de un centenar de ellos formaban una doble fila para honrar a los invitados que avanzaban con gravedad.

Sonia y sus padres se unieron a los numerosos nobles que se concentraban en la gran sala de audiencias transformada en capilla para la ocasión. La joven princesa podía poner nombres y títulos a todos los tristes supervivientes presentes. Soltó un suspiro de decepción cuando reconoció la oscura silueta de Bardéiev, el ministro del Interior, un hombre al que odiaban su padre y todos los que temían a la Policía secreta del zar Nicolás I. Por turnos, las frentes ceñidas por diademas y las cabezas desguarnecidas se inclinaban ante la señora del lugar: Hélène Fadéiev von Hahn, la madre de «la hija del infortunio», la primera mujer escritora de Rusia, que acababa de publicar su segunda novela.

Tan joven, tan frágil, tan bella… Acababa de celebrar sus dieciséis años.

Al ver a Sonia, su pálido rostro se iluminó con una sonrisa. Acarició a la muchachita y le dijo:

—Aquí está la más joven de las tías de mi hija. Gracias por aceptar que fuera la madrina —añadió dirigiéndose a sus padres.

—¿De verdad que soy la madrina? —preguntó Sonia.

—Sí —respondió Hélène—. Es un gran honor que compartirás con las condesas Vorotinski y Menchikov, el ministro consejero Bardéiev, el conde Kuzmitch y el ayuda de campo de mi esposo, el capitán Aksakov.

Al oír el nombre de Bardéiev, Sonia se había estremecido, pero la mano firme de su padre en el hombro le había impedido decir alguna tontería.

Observaba al consejero de aspecto pretencioso, con sus grandes patillas y sus ojos minúsculos, y al que le pareció apropiado preguntar:

—¿Hay noticias del coronel Von Hahn?

—Está bajo los muros de Varsovia, ustedes lo saben mejor que yo.

¡Cuántas implicaciones había en esa simple frase! Todos los que estaban allí tenían algún pariente en la guerra. Una desgracia caía sobre otra. En aquellos tiempos de pena y horror, los polacos, guiados por el gran duque Constantin, virrey de Polonia nombrado por el Zar, se habían rebelado. El 5 de diciembre, Varsovia se había despertado al grito de: «¡Viva la libertad!». Y ese grito horrible, tan temido por Nicolás I, lo habían retomado los intelectuales de Moscú. ¿El Imperio iba a ser presa de la insurrección cuando su glorioso jefe acababa de ganar la guerra a los turcos?

Nicolás había jurado ante Dios reprimir las revueltas. La destitución del rey de Francia, Carlos X, había supuesto un duro golpe al principio de legitimidad y a las ideas contrarrevolucionarias de Metternich y de Nesselrode. Se estaba fraguando una nueva Europa, pero Polonia no formaría parte de ella. Nicolás había lanzado la maquinaria de guerra rusa a través de los terrenos turbios y los bosques tan queridos para los polanos.[1]

En ese momento, los cañones retumbaban sobre los regimientos rusos de Paskévitch. Cien mil hombres maldecían el nombre del dictador polaco Krukowiecki cuando cargaban, blandiendo el sable y la bayoneta. Columnas enteras de soldados acribillados por la metralla caían, las balas agujereaban las corazas de los dragones, caballos y caballeros se hundían bajo las bocanadas de humo y de polvo. Y tal vez entre ellos estaba el coronel Von Hahn.

Hélène cerró los ojos e intentó reprimir su angustia. La llegada del venerable protopope y de sus coadjutores acabó con sus visiones de pesadilla. Se abrió un vacío en torno al sacerdote, cuya larga barba le caía sobre el pecho. Sonia descubrió en ese momento al bebé

13

---

1. Del nombre de la tribu que se impuso, en el siglo IX, bajo el mando del legendario Piast.

que llevaba la niñera, un pequeño ser vestido de blanco cuyo rostro minúsculo y arrugado emergía de una guinalda de cintas malvas. Al ver a la pequeña Helena Petrovna, todos se santiguaron y le pidieron a Dios que la amara.

Sonia se puso de puntillas y se preguntó si el bebé respiraba. No le dio tiempo a ver estremecerse a su ahijada. Un sacerdote vestido con una túnica dorada y con una larga cabellera rubia, semejante a un ángel, le puso un gran cirio en las manos y la condujo cerca del protopope mientras oraban.

Los ojos azules de mirada clara del protopope se posaban a veces en Sonia. Él era el intermediario entre el mundo de los mortales y el del más allá. Su voz actuaba como un bálsamo, la arrullaba, la transportó a una nube. Ya no distinguía con claridad las grandes cruces que colgaban del cuello de los coadjutores, ni las medallas de los padrinos ni las joyas de las madrinas, sino que empezó a soñar con Jesús en el Paraíso, mientras oía fragmentos de oraciones y percibía luces fugitivas.

—Sonia…

Alguien la sacudió, era el consejero Bardéiev. Se había atrevido a ponerle la mano encima. Ella se enderezó orgullosa, sintiéndose de repente objetivo de todas las miradas. Vio el rostro de los oficiantes levantado hacia los cristos crucificados y glorificados, hacia los santos de ojos ardientes, hacia las paredes donde los criados de manos piadosas habían colgado una miríada de iconos pertenecientes a las iglesias de la ciudad.

Habían desvestido a la recién nacida. El venerable protopope procedió a la inmersión del bebé, que chillaba, tan blanco y endeble. «No está muerta», pensó tranquilizándose la chiquilla que, a partir de ahora, debía desempeñar su papel de madrina.

Como el consejero Bardéiev, ella renunció a Satán, a sus pompas y a sus obras, escupiendo tres veces a la cara del Príncipe de las Tinieblas antes de volver a su lugar, frente al protopope.

El rito siguió interminable. Se acercaba la medianoche. El efecto insidioso del calor y de las oraciones condujo a Sonia de nuevo a los sueños. Sentía el cansancio en las piernas y le pesaban los párpados. Nadie le prestaba atención. Se le doblaban las piernas. Notaba el cirio pesado, liso y blando entre sus manos húmedas. Empezó a tambalearse mientras cerraba los ojos.

—¡Señor! ¡Protégenos!

—¡Fuego!

Sonia volvió a abrir los ojos de golpe. Un grito se ahogó en su garganta. Ante ella se alzaba una cortina de llamas. Al caerse, su cirio había prendido fuego a la ropa del sacerdote.

—¡Agua! —gritó Bardéiev.

—¡A mí!

El venerable gritaba. El círculo de fieles se hacía más grande. Los amigos de la familia Von Hahn miraban, fascinados y aterrorizados a la par, a aquel viejo muñeco engalanado que ardía, se retorcía y tendía los brazos hacia el crucifijo. Sus gritos aumentaban y se volvían cada vez más agudos, acompañando al dolor. Sus piernas crepitaban. En unos segundos, las llamas prendieron su casulla, recorrieron el terciopelo, se comieron la seda, saltaron los ribetes de hilos de oro y partieron al asalto del rostro apoderándose de la barba.

—¡Sálvenlo! —gritó la condesa Menchikov.

El círculo se rompió. Los diáconos acudieron a ayudar a su padre, intentaron apagar las llamas con las manos y se convirtieron, a su vez, en antorchas vivientes.

—¡Los demonios están aquí! —gritó alguien.

Todo el mundo enloqueció y empezó a abrirse paso a puñetazos y arañazos. Sonia notó que la agarraban por la cintura y la levantaban. El consejero Bardéiev se la llevaba entre la multitud. Vio a la pequeña Sedmitchka entre los brazos de la niñera que se abría camino hacia una puerta lateral a través de la humareda. Y oyó a una mujer que entre sollozos mascullaba:

—¡Protégenos, Señor! ¡Protégenos de la niña maldita!

15

4

$\mathcal{H}$abían pasado meses desde el 5 de julio de 1831, pero en Yekaterinoslav se seguían acordando del fuego enviado por Satán durante el bautizo.

—¿Es la Sedmitchka? —preguntó con voz asustada la anciana lavandera contratada en casa de los Dolgoruki von Hahn desde que acabó la epidemia.

—Sí —respondió con voz sorda Galina, la niñera, que mostró el bulto que sujetaba contra su pecho.

La Sedmitchka, la niña en la que habitaban los Siete Espíritus de la Revuelta y los Grandes Ancianos, Helena Petrovna von Hahn, le daba miedo.

¿Había visto alguna vez a un bebé con unos ojos tan redondos y grises? Tenía una mirada extraña y profunda como el mar, capaz de helar a Galina.

Tras haber echado una ojeada a la carita rosa y sonriente, rodeada de puntillas, la lavandera entrelazó sus manos apergaminadas y se puso a orar al santo de su ciudad.

—No es un buen momento —susurró Galina—. ¿Tienes el agua bendita?

La anciana asintió y señaló el recipiente colgado de su cinturón de cáñamo decorado con un crucifijo. En alguna parte del piso superior del gran edificio, un péndulo desgranó sus diez golpes, turbando el silencio. Las dos mujeres se estremecieron y se sobrecogieron. Permanecieron inmóviles un minuto o dos, atentas al menor ruido, intentando descifrar los misterios de aquella noche sin luna que precedía al 30 de marzo, uno de los días maléficos del año.

Unas sombras se deslizaron hacia ellas, siervos, criados, personas humildes vinculadas a la casa de los Dolgoruki von Hahn.

Galina se dirigió a ellos con una emotiva exhortación. Se cruzaron unos susurros, intercambiaron unos codazos cómplices y fueron a contemplar a Helena. Galina se impacientó.

—Debemos empezar. Después de medianoche será demasiado tarde.

—Nosotras empezamos —se animó la vieja sirvienta mostrando el recipiente.

Retiró el tapón del recipiente y echó algunas gotas del líquido en la manita del bebé, después se arrodilló. Guiando los dedos de Helena, Galina bendijo la frente decrépita pronunciando palabras protectoras y nombres de santos. La cara arrugada de la lavandera irradiaba felicidad. Los Siete Espíritus no se habían manifestado, los Grandes Ancianos no aparecieron. Dios, los ángeles y los santos se expresaban a través de la mirada gris de la pequeña. Enseguida los criados y los *mujiks*, ávidos de milagros, cayeron de rodillas y miraron los dedos minúsculos de la niña.

—Protégenos, Helena.

—Líbranos de la enfermedad.

—Aleja el Domovoi de nuestras isbas, pequeña Sedmitchka.

Supersticiosos, tenían en la memoria el final atroz del venerable protopope. Satán no estaba lejos. Macha, la hechicera, lo invocaba a veces, y ella había transmitido su saber a Helena antes de quemarse en el incendio de su casa.

Todo se desarrollaba maravillosamente, Galina y los suyos convinieron dirigirse a los establos a la luz de las antorchas. Se organizó la procesión tras el bebé. Los destellos naranjas de las llamas despertaron a los animales.

Siempre con la mano de Helena, Galina repitió la bendición sobre las grupas y los morros de los animales, el forraje y las vigas de madera, las horcas y los comederos. Salían de sus labios frases latinas aprendidas de memoria, cuyo significado no conocía exactamente. Los *mujiks*, atentos a las señales, vigilaban los movimientos de los caballos y las vacas. Cuando acabaron, se apresuraron a salir de los establos.

—Ahora, las bodegas —dijo Galina guiando al grupo.

Después de las bodegas, fueron a las cocinas, al armero, a los salones, a los despachos, luego Galina subió sola a los pisos superiores para bendecir las puertas de las habitaciones tras las que dormían los señores.

—Vela por tu mamá, Helena —dijo una última vez la niñera, mientras rociaba el umbral de los apartamentos de la señora Von Hahn—. Vela por ella y sé buena con nosotras.

Esa noche, mucho después de la medianoche, se notó temblar la tierra bajo los pasos de los Grandes Ancianos y mugir a los dragones de los Siete Espíritus de la Revuelta.

17

5

*E*n Yekaterinoslav, la leyenda corría. Alcanzaba los suburbios y los campos circundantes: en el palacio de Dolgoruki vivía una chiquilla de siete años que hablaba con seres invisibles y daba órdenes a los fantasmas.

A pesar de su corta edad, Helena no ignoraba nada de esos rumores. Los prodigios que le atribuían los adultos le parecían naturales. En sus peregrinaciones nocturnas, la chiquilla a menudo se encontraba con personas que no pertenecían a este mundo. Ella las llamaba sus amigos. Ellos le contaban historias extraordinarias sobre el pasado y acerca del más allá, que Helena repetía sonriéndole a su niñera y a las criadas atemorizadas.

—El anciano me ha llevado al bosque azul —le dijo a Galina cuando se despertó.

—¡No quiero saber nada! Nada, ¡escúchame bien, Helena!

Le tapó la cara a la chiquilla, cuyos enigmáticos ojos grises la sondaban hasta lo más profundo. Ella detestaba a aquel anciano que rondaba los sueños de su pequeña protegida.

Exasperada, la chiquilla se liberó y le reprochó a su niñera:

—¡No me crees!

—Sí… Sí —respondió la vieja Galina, que temía sus enfados.

—Llevaba un animal de pelo largo, con mirada malvada… Creo que tenía hambre. Tenía dobladas las patas curvadas y movía la cabeza de un lado a otro buscando una presa…

—¡Basta!

Helena se enfurruñó un poco. Después se quedó mirando fijamente con ojos maliciosos el jarrón de la cómoda. Galina no tuvo tiempo de interponerse entre la mirada y el recipiente. El jarrón se deslizó y cayó, y al llegar al suelo se rompió.

—¡Te voy a castigar! ¡Te había dicho que no jugaras más a ser bruja! —gritó Galina—. Era un jarrón muy caro, traído de China...

Galina se levantó del borde de la cama donde estaba sentada y se dirigió con paso renqueante hacia la puerta. Decididamente, la pequeña Helena no dejaba de sorprenderla. Le habría gustado caminar más rápido, pero su peso le hacía difícil moverse. Entonces, ocurrió lo que temía: Helena saltó de la cama y se interpuso entre ella y la puerta.

—¡Voy a acabar mi historia! —Abrió la boca y mostró sus dientes puntiagudos.

—¡Por Dios! ¡Cállate! —gritó ella, consternada.

—¿Quieres que me calle cuando no hace mucho me paseabas en compañía de los *mujiks* para purificar a los animales y a los enfermos?

—¡No es verdad!

—Tenía cuatro años cuando me llevaste al pueblo de Prosli. Allí había un hombre horroroso y ciego en una cabaña y me pediste que pusiera las manos sobre sus ojos. ¡No pude curarlo y quiso golpearme! Todos queréis que me parezca a Jesús, pero ¡no soy Jesús! ¡No nací para hacer milagros!

—¿Qué pasa aquí?

Helena se calló. Su padre la contemplaba con severidad. Estaba impresionante con su uniforme de coronel de los húsares cubierto de polvo tras el galope y los ejercicios que se imponía realizar al amanecer. Aquella expresión marcial y severa de su rostro, enmarcado por una fina barba, era la misma que ostentaba ante sus soldados.

—Señorita Von Hahn, ¡estoy esperando una respuesta!

—Es culpa mía, señor —dijo lloriqueando Galina, a la vez que se echaba a sus rodillas.

—Levántate. Sé muy bien de quién es la culpa: ella te ha vuelto a asustar con sus historias de fantasmas. Déjanos. Puedes ir a descansar.

Galina desapareció resoplando. Von Hahn empujó la puerta con el pie. En ese momento, una expresión de dulzura atemperó sus rasgos crispados.

Nunca se mostraba así ante los criados. Un hombre diferente cogió a la chiquilla entre sus brazos y la levantó.

—Nadie quiere escuchar mis historias, padre —dijo ella apoyando la mejilla en su hombro.

—Tienen miedo, mi amor. Es culpa mía, debería haberme ocupado más de ti, pequeña Sedmitchka. Si no hubiera estado haciendo la guerra en Polonia el día que naciste, todo esto no habría pasado.

Le acarició los cabellos y lamentó, como siempre, que fuera demasiado tarde para cambiar el destino de su hija. Sabía que poseía dones sobrenaturales, pero se negaba a aceptar la creencia popular:

su adorada hija no estaba poseída por los Siete Espíritus de la Revuelta y los Grandes Ancianos. Sin embargo, su papel de padre lo sobrepasaba; antes que cualquier otra cosa era soldado. Había pasado varios años en la guerra, en medio del olor a pólvora y a sangre. Primero fue el sitio de Varsovia; luego, la campaña en Lituania, y después, las incursiones en la costa asiática del Bósforo. Batallas y más batallas. Miles de muertos por enterrar. ¿Qué palabras tiernas sabía pronunciar? A veces, envidiaba el talento de Pushkin; habría escrito maravillosos cuentos para su hijo.

—Deberías ir a besar a tu madre —dijo él mientras volvía a dejarla en el suelo.

—Padre...

—¿Sí?

Ella lo miró con sus grandes ojos grises y lo comprendió. Acababa de darle lo mejor de sí mismo. No iría más allá. Bajó la cabeza para no mostrar su decepción.

—Voy a ver a mamá.

Ella se apartó de él y se echó a correr. Por un segundo quiso atraparla y agarrarla muy fuerte, decirle que la quería, pero no consiguió romper el rigor germánico heredado de sus ancestros. El eco de las pisadas de los pies desnudos sobre el mármol fue disminuyendo. Suspiró y después se recolocó el tahalí y el sable con la marca de las armas de los Von Hahn. A una versta[2] del palacio, sus oficiales lo esperaban para pasar revista al regimiento.

Tras empujar delicadamente el batiente, la niña de bucles rubios se deslizó en silencio dentro del salón-biblioteca de su madre. En medio de aquel universo de tafetán y puntillas, de tallas de líneas suaves y de acuarelas, de libros y de manuscritos, la descendiente de los Dolgoruki, de los Du Plessy y de los Fadéiev, la hija del consejero personal de Nicolás I, Hélène, su madre, buscaba la inspiración.

No había oído entrar a su hija. Su bello rostro pálido estaba inclinado sobre el escritorio de caoba. Su portaplumas de marfil con incrustaciones de plata de motivos florales corría sobre el pergamino. Muy cerca tenía sus cuatro libros preferidos: *La dama de picas* y *Boris Godunov*, de Alexander Pushkin, *La molinera hechicera*, de Alexander Ablesimov, y *El diario de un loco*, de Gógol. Todos ellos reposaban permanentemente sobre una mesa cerca de los retratos del Zar y la Zarina.

2. 1.067 metros.

Las hojas descartadas, arrugadas y esparcidas por las alfombras persas, atrajeron irresistiblemente la mirada de Helena. A veces recogía alguna y se la llevaba escondida en el corsé. Alisaba los pergaminos antes de leerlos en las salas de palacio, intentando entrar en el mundo romántico de su madre.

La señora Von Hahn sintió la presencia de su hija. Dejó su pluma y le abrió los brazos:

—Amor mío, alma mía —dijo apasionadamente, con una voz todavía presa de las emociones que le procuraba la escritura de su novela.

Gentilmente, la niña se acurrucó contra ella y le murmuró unas cuantas veces: «Te quiero, mami». Hélène suspiró de felicidad. Había otras maneras de amar más intensas que las vividas por los personajes de sus novelas.

De repente, el ruido de un galope hizo que se estremeciera. Vio por los cristales de la ventana al coronel Von Hahn, su rudo esposo, azuzar a su montura y hundirse en una brecha abierta en el parque.

—Ya se ha vuelto a ir —murmuró ella, mientras abrazaba con fuerza a su hija.

El matrimonio era una prueba. Aumentó la presión de sus brazos y deseó con todo su corazón que el destino de su querida Helena fuera diferente del suyo. Después, las ganas de volver a escribir se hicieron ineludibles. La besó suavemente en el lóbulo de la oreja y en la frente.

—Vete, ahora.

Helena se separó a regañadientes. Cuando llegó al umbral del salón, se volvió y miró de lejos a su madre. Distinguió el aura de oro cobrizo y notó la armonía que se desprendía de ella. Estaba segura de que su mamá iría al Paraíso.

Salió de las habitaciones de su madre, serena y satisfecha. El sol de marzo anunciaba la primavera. En el parque, los petirrojos y las palomas habían reemplazado a las cornejas.

La chiquilla volvió a su habitación y se cambió sin la ayuda de Galina. Abandonando sus muñecas y sus libros de cuentos, partió en busca de nuevas aventuras. Helena no soportaba estar sola.

La habían mimado tanto, confinada en aquel palacio, que la habían convertido en una niña caprichosa Sus padres temían los cotilleos y las críticas. Su querida hijita corría el riesgo de molestar a los espíritus por sus dones y madurez. Ese angelito, tan diferente a los niños de su edad, no era bienvenida en las otras casas de la nobleza.

La pequeña princesa sabía dónde encontrar compañeros de juegos. Aquellos glotones se pasaban el tiempo en las cocinas cerca de las cacerolas y ollas cotilleando sobre los señores.

21

—¡Galina! ¡Dimitri! ¡Marina! ¡Basile! —los llamó, dichosa, cuando apareció en el largo pasillo que llevaba a las cocinas.

—¡Estamos aquí! —gritó una voz de muchacho.

Sin aliento, entró en la gran sala donde había tres fuegos encendidos y los calderos humeaban.

—¡Quiero ir a la orilla del Dniéper!

—¡Todavía es pronto! —replicó la niñera mientras amasaba con rabia el pan—. Y su padre me ha dado permiso para descansar.

—¿Descansar? Estás haciendo pan en lugar de estar en la cama. Quiero ir al río.

Los otros criados se habían puesto a trabajar con fervor. Ninguno deseaba ofender a la Sedmitchka. Helena avanzó picoteando por aquí y por allá trocitos de queso y de pastel.

Puso cara de interesarse por el gigantesco Dimitri, que estaba sacándole brillo a un caldero; después por Marina, que pelaba unas manzanas tan arrugadas como ella misma.

Siguió un rato husmeando por la cocina, con aspecto desolado y haciéndose la víctima, y mirando las caras tensas de esos *mujiks* de rasgos groseros. Después, con la voz firme de una chiquilla contrariada, les espetó:

—¿No queréis obedecerme?

Ninguno levantó la cabeza.

—¿No soy vuestra señora? Galina, ¿no te contrató mi madre para que te ocuparas de mí?

—¡No soy tu compañera de juegos!

—Podrías volver a tu antiguo trabajo. Me han dicho que en otra época criabas pollos.

El gesto de Galina se endureció, herida en su orgullo. Helena se acercó a la gruesa mujer y le tiró de la ropa.

—¡Déjame, Helena!

—¿Quieres que te levante las protecciones...? Sabes que puedo hablar con los santos.

—¡Dios mío!

Ésa era la peor amenaza de todas. Galina les lanzó una mirada asustada a sus compañeros. La superstición los torturaba a todos.

La Sedmitchka tenía el poder de privarlos de las protecciones de sus santos favoritos; tenía incluso el poder de invocar a los espíritus malvados.

Se puso a golpear con el pie.

—¡Estoy esperando!

—Enseguida salimos de paseo —balbució Galina con los ojos llenos de lágrimas.

La cólera de Helena cayó de golpe. Conmovida por la tristeza de su niñera, la chiquilla se lanzó a su cuello y la besó con ternura en las mejillas.

—Perdóname, mi querida Lina… No es verdad, al contrario, estoy aquí para protegeros. Mientras esté a vuestro lado, no puede pasaros nada. Nada. ¿Lo entiendes? ¿Qué sería de mí sin vosotros, los humildes? Nadie me quiere. Los nobles me detestan. Dicen que sirvo al diablo y al pueblo. Os quiero, yo…

Galina pasó de llorar a reír. La felicidad volvió. Los criados se vieron embargados de repente por una dicha loca, se cogieron de las manos, bailaron y cantaron.

—Iremos todos a ver el Dniéper —dijo Dimitri con su voz atronadora—. ¡Da igual que el guiso no esté listo! ¡Basile! ¡Basile! ¿Dónde te has metido!

Un joven siervo surgió de repente de la despensa con los labios manchados de mermelada. Cuando se percató de la presencia de Helena, se sonrojó.

—¿De dónde vienes, cucaracha?… Ah, ¡Menudo ladrón de mermelada! Ya hablaremos de eso después. ¡Sabes muy bien que la pequeña señora no debe esperar nunca! ¡Te merecerías diez golpes de bastón! ¡Inútil! El príncipe debería haberte vendido con tus padres en el mercado de Smolensk… a los turcos o a los tártaros. Ahora estarías comiendo boñigas.

Aquel malicioso soniquete de barítono se perdió en la cabeza de Basile. Se apretó la asquerosa chaqueta contra su delgado torso. De un violento empujón, Dimitri lo lanzó hacia la pequeña chiquilla, desolada por ver cómo lo trataban. En la jerarquía de los siervos, estaba en el escalón más bajo, puesto que todavía no había asumido ninguna función en el palacio. Vivía como una bestia bajo un altillo. Le caían briznas de paja de sus cabellos rubios despeinados, y a veces una tos inextinguible se apoderaba de él, dañándole los pulmones.

—¡De rodillas! —continuó Dimitri—. Besa el vestido de tu señora.

—¡Ya basta! —exclamó Helena—. ¡Nunca un siervo me ha besado el vestido! Dimitri, deberías avergonzarte por tomarla con alguien más débil que tú. Mi pobre Basile, que no se diga que los Von Hahn te maltratan. Toma estas galletas.

Ella le entregó dos pastas de mantequilla y azúcar a su siervo. Basile las aceptó con la cabeza baja. Nunca había tenido el valor para mirarla a la cara ni la osadía de dirigirle la palabra sin autorización. A veces, la observaba a lo lejos, sonriendo y sonrojándose al verla tan guapa con su ropa de princesa.

—¡Señorita Von Hahn, presta demasiada atención a esos miserables!

23

Helena volvió su bello rostro con expresión grave. A sus siete años, plantó cara al recién llegado: el intendente Mazarov. Era el más cruel de los hombres. Hacía que la vida de los siervos fuera dura, ya que les exigía que trabajaran en el campo a pleno rendimiento. Sin embargo, nunca había hecho prender a ninguno aunque hubiera cometido una falta, por respeto a la voluntad de los Von Hahn, cuya bondad para con la chusma le parecía excesiva.

—Quiere ir a la orilla del Dniéper y está en su derecho. Pero debo proporcionarle una escolta —añadió Mazarov mirando maliciosamente al joven siervo.

Basile controló sus escalofríos. Ir al río con la Sedmitchka bajo la supervisión de Mazarov sería todo un reto. Ya estaba sufriendo. El intendente lo despreciaría como siempre. Él sabría sufrir por su joven señora. En su vida gris y llena de tormento, la pequeña princesa era un bello rayo de sol.

Acalorado por el esfuerzo, Basile se resentía con cada bache y montículo del camino. Con arnés de cuerdas, se parecía a un pobre jaco. Mazarov lo vigilaba y caminaba junto a él, con la fusta en la mano. Basile arrastraba la carreta en la que iba sentada Helena. Galina, Dimitri y Marina seguían al tiro, atentos al menor crujido que se oyera en el bosque. Allí vivía Russalka, la cruel ondina que torturaba a sus víctimas antes de ahogarlas.

Helena estaba muy triste. Había cambiado de opinión. Había gritado alto y claro que ya no le apetecía ir a la orilla del Dniéper.

El intendente, no obstante, había hecho oídos sordos. Ahora Basile sufría y ella lo lamentaba profundamente. Intentó centrar su atención en el cielo, los árboles, los pájaros…

El Dniéper estaba cerca. Cierto desasosiego empezó a apoderarse de la chiquilla.

La Russalka no estaba lejos.

6

$\mathcal{A}$rrullada por los movimientos de la carreta, la joven princesa escuchaba. Ya no veía sufrir al pobre Basile. Su espíritu se mezclaba con los de los árboles, subía hacia el blanco halo del sol y se elevaba con la bruma ligera. Captaba la vida secreta del bosque, oía croar a las ranas, batir las alas de los pájaros y nadar a las ratas de agua. De repente, las bestias se callaron y la pequeña supo que la Russalka estaba saliendo de los fondos glaucos del Dniéper.

Basile franqueó jadeando los últimos metros que lo separaban de la orilla arenosa. Los tábanos y las moscas se apoderaron de su rostro lleno de sudor mientras Mazarov se reía viendo cómo lo acribillaban a picotazos. El intendente era el único que no tenía los ojos fijos en el agua gris mientras chapoteaba con los pies.

Galina, Dimitri y Marina respiraron tranquilos. No había señal alguna de la Russalka. Mazarov estaba muy lejos de sus preocupaciones; pensaba en una carpa asada.

El olor y el chisporroteo de la piel grasa y ennegrecida se volvieron tan reales que creyó estar viendo el pescado en un plato de plata colocado a sus pies. Recuperó la compostura y la tomó con su joven siervo:

—¡Voy a enseñarte cómo quitarte los piojos! ¡Entra en el agua!

—¡No! —gritó Helena.

—Todos los siervos están bajo mi poder, por voluntad de su padre. Este gusano debe obedecerme, quiera usted o no. ¡Avanza!

Basile entró en el agua fría, humillado. Por primera vez, el chico sintió ganas de matar al intendente. Le zumbaban los oídos, mientras apretaba los puños.

—¡Continúa!

El muchacho continuó. El agua le cubría hasta medio muslo; después, hasta el pecho.

—Vale, detente. Ahora vas a doblar lentamente las rodillas aguantando el aliento hasta que la cabeza esté bajo el agua.

Poco a poco, el joven se sumergió. El agua fue cubriendo su rostro, le alcanzó la pelambrera, y los piojos corrieron hacia la coronilla de la cabeza. Cuando la cabeza desapareció, la corriente se llevó a los parásitos que bullían en la superficie.

—Esto es algo que se aprende en el ejército —concluyó Mazarov—. Su siervo ya no tiene piojos, señorita Von Hahn, pero quedan las liendres. Harán eclosión y volverán a devorarle los parásitos en unos pocos días. Hay que raparlo.

Sin aliento, Basile se levantó de repente.

—¡Ven enseguida! —imploró la señorita.

—Se va a quedar ahí—intervino Mazarov—, el agua le quitará algo de mugre.

Helena dirigió una mirada terrible al intendente. Mazarov reconoció la frente ligeramente abombada y las mandíbulas prominentes del coronel Von Hahn. Tenía la misma expresión de cólera que su padre. Mucho más terrible en realidad…

Galina, Dimitri y Marina se temieron lo peor. Conocían bien a la Sedmitchka. Se oyó el crujido de unas ramas, después un aullido, y Helena no apartaba la mirada del intendente. Quieta como una estatua, establecía vínculos con las fuerzas invisibles del Dniéper.

—Ella viene hacia aquí, viene hacia aquí —murmuró el gigante Dimitri contemplando el río.

Una nube verdusca flotaba hacia la orilla. Tenía la vaga apariencia de un ser humano. Mazarov fue el único que no la vio, porque estaba de espaldas al río y desafiaba a la señorita. Aquella cosa impalpable lo tocó.

El intendente se estremeció y se llevó la mano al corazón. Se quedó sin aliento. Su pecho se desgarraba. Soltó un estertor y se hundió hacia delante.

Hubo un largo silencio. La sombra verde se había volatilizado. Dimitri fue el primero que se precipitó sobre el cuerpo del intendente.

—Aún respira —dijo él.

—Ponlo en la carreta y llevémoslo al castillo —le dijo Galina a Dimitri.

Con voz suave, la pequeña princesa se dirigió a Basile, que estaba aterrorizado:

—Ven junto a mí, toma mi pelliza, debes de tener frío. Te prometo que ese hombre malvado no te hará daño… Ven, te lo ruego.

Basile dudaba. Ella avanzó hacia él y le tendió la mano. Él dejo de resistirse. Sus manos se entrelazaron y se sonrieron, ofreciendo un espectáculo que horrorizó a los criados.

Galina pensó en las consecuencias catastróficas de aquel acercamiento contra natura. ¡Su protegida, la amiga de un siervo! La castigarían si alguien informaba de ese episodio al señor Von Hahn. La echarían del palacio y volvería junto a los miserables que vivían en las casas en ruinas de la periferia de la ciudad. ¡La crucificarían! «Que Dios venga en mi ayuda», se dijo ella. Miró al intendente. Por suerte, seguía sin recobrar el conocimiento.

—¿Qué le has hecho al intendente? —le preguntó a la niña.

—Yo, nada, el espíritu de la Russalka lo ha golpeado.

Galina retrocedió.

—¡Tú la has hecho venir!… ¡Has sido tú!

—Tal vez, mi pobre Galina. Le ha estado bien empleado. Mazarov habría matado a Basile. Ahora volvamos a casa.

El muchachillo ya no parecía un piojoso. Basile tenía ahora más confianza, aunque temía la llegada del señor Von Hahn. Helena había llevado tres botes de mermelada y una gran hogaza de pan. Frente al fuego, se chupaban los dedos que metían en la mermelada.

—¿De verdad esa bruma verde era la Russalka? —preguntó él con prudencia.

—Sí, es una de las formas que adopta la ondina. ¿Sabes?, nadie puede verla, a menos que tenga ciertos dones.

—¿Como los que tú tienes?

—Sí.

—¿Y qué ves de mí?

Ella lo miró asombrada.

—¿Qué quieres saber de tu futuro?

—¿Me liberarán alguna vez?

Helena buscó en su interior, estableció una conexión con su nuevo amigo y fue a reconocer la trama del tiempo. Ya lo había hecho en otras ocasiones con los *mujiks* y los guardias de palacio. Podía incluso ver el porvenir de algunos, fragmentos de su destino.

No le costó mucho descubrir el de Basile y se asustó.

—¿Qué has visto? —preguntó inquieto mientras la veía morderse los labios.

—Nada… Nada, todo está negro.

—¡Sí! Has visto algo.

—¡Te digo que no!

Dejó de insistir. Al cabo de un momento, le habló de nuevo:

—Me gustaría volver a las orillas del Dniéper contigo.

—Mejor no, es peligroso.

—Pero no corro ningún riesgo a tu lado.

—Volveremos juntos, te lo prometo.

27

—¿Me dejarás ver a la Russalka?

— Primero tengo que hablar con ella.

—¿No tienes miedo?

—No me dan miedo los espíritus —afirmó la niña con mirada misteriosa—. Me dan miedo los hombres.

Una semana más tarde, Helena, Basile, Galina y Dimitri volvieron a la orilla del río, exactamente al lugar del ataque de Mazarov. Como ella había predicho, el intendente ya no molestaría al joven siervo. Acostado, paralizado del lado derecho, probablemente no recobraría ni su autonomía ni sus facultades intelectuales. La noticia había alegrado a los siervos de la hacienda.

Basile estaba sentado en la arena cerca de Helena.

—Aquí está la fuente —le dijo enigmática la chiquilla, penetrada por la fuerza del gran río.

Cerrando los ojos, transportada por el ruido de las olas, Helena alcanzó un pasado lejano poblado de salvajes vestidos con pieles de bestias, una época en la que el lenguaje pertenecía a ángeles y demonios; después, llegó más lejos todavía, a los tiempos de los saurios, de las larvas y los dragones. Para llegar al principio, había que ir más allá del nacimiento de los helechos y los volcanes. Al final de su viaje, había un jardín maravilloso. Helena iba allí a veces… De repente, percibió un peligro y abrió los ojos de par en par.

La superficie del agua se erizó, aunque no soplaba nada de aire. Cogiendo a Basile de la mano, contuvo la respiración. Una cabellera verde emergió. Un cuerpo terso y blanco se deslizaba bajo el agua.

—La Russalka… —murmuró ella.

—¿Está aquí?

— Justo delante de nosotros.

— No la veo.

Ella se volvió hacia él. Basile intentaba desesperadamente ver a la ondina. A tres pasos de ellos, Dimitri y Galina discutían con calma, sin darse cuenta de nada. Helena era la única que veía a la dama del Dniéper.

La criatura salió del agua. Su pecho y su vientre estaban manchados de fango; tenía la apariencia de una mujer joven fría, hecha de mármol. El agua le goteaba de sus largos dedos de uñas puntiagudas. La pequeña no sentía ningún miedo.

—¿Qué quieres de mí? —preguntó ella, audaz.

La Russalka emitió un silbido, que llegó a los oídos de Basile y de los criados.

—¿Ahogaste tú a Igor y a Kirka el mes pasado?

Un silbido más agudo salió de la boca verdusca de la terrible aparición. Basile se asustó; soltó la mano de su amiga y fue a refugiarse junto a la niñera y el gigante. Ellos tampoco las tenían todas consigo. Su pequeña señora hablaba con un ser invisible. Galina pensó en la Russalka; no osó pronunciar el nombre del demonio. Dimitri había sacado el puñal que llevaba en el cinto.

—Que venga y le corto la cabeza —dijo él, dispuesto a largarse si finalmente se mostraba.

Todo era culpa de aquella pequeña desquiciada, a la que habría sido mejor exorcizar o encerrar en un convento. Seguía hablando. Sintió deseos de cortarle la lengua.

—¿Cuándo me enseñarás los secretos del río? —preguntó Helena—. ¿Dónde escondes tus tesoros? Se dice que posees las más bellas esmeraldas de Rusia. ¿Qué has hecho con tus serpientes?

Mientras hacía todas esas preguntas, dio un paso adelante y después otro. Pretendía tocar a la guardiana del Dniéper, pero aquélla reculó y se hundió.

—¡No te vayas! —gritó Helena—. Se va a la cala. ¡Sigámosla!

—¡No! —gritó Galina—. A la cala, no; allí encontraron los cuerpos de Igor y de Kirka.

—Va a suceder alguna desgracia —se lamentó Dimitri—. Que los santos nos ayuden. La Russalka va a volver. Alguien va a morir.

El amplio pecho de Dimitri subía y bajaba rápidamente. Estaba bajo los efectos de la emoción y del miedo; habría tirado al agua al pequeño siervo para apaciguar a la criatura. No apartaba la mirada de la cala situada a trescientos pasos de ellos. Aunque hubiera sido un papa armado con los Evangelios y una espada forjada por los ángeles, no se habría acercado allí.

—Deberíamos irnos —dijo Basile en voz baja.

—¡Tú también me abandonas! —exclamó Helena—. ¡Creí que confiabas en mí!

—Perdóneme, señora. He aprendido a acomodarme al estiércol, al frío, al hambre y a los golpes; pero jamás podría enfrentarme a los demonios que infestan la santa Rusia.

—Pero si querías ver a la Russalka. ¡Me lo pediste tú!

—No soy un caballero.

—¡Es verdad, eres un siervo! —gritó colérica Helena—. Sólo sirves para tirar de carretas. No quiero volver a verte nunca. ¡Vete!

Basile agachó la cabeza y le dio la espalda; no quería que viera sus lágrimas. No se fue en dirección a la ciudad, sino que se adentró en el corazón del bosque. Cuando desapareció detrás de los troncos de los árboles, Helena comprendió cuánto daño le había hecho y se echó a llorar.

7

*L*os guardias forestales identificaron su cuerpo dos semanas más tarde. Encontraron a Basile en las redes de un pescador. Habían colocado su cadáver en un ataúd que llevaron a la capilla de Saint-Jean. Los Von Hahn habían hecho las cosas a lo grande. No sabían cómo calmar a su pequeña princesa, que se culpaba del drama; se consideraba maldita y se deshacía en lágrimas en cuanto veía a algún siervo joven. Su llegada había venido precedida por los preparativos de una misa solemne. Habían pagado doscientos rublos al capellán y le habían ordenado al protopope que honrara a Basile con toda la pompa ortodoxa.

Galina condujo a Helena a la capilla una hora después de la salida de los Von Hahn.

Con el corazón en un puño, abatida por el dolor, la Sedmitchka se acercó al ataúd. Le habían enseñado a contener sus emociones en público, le habían inculcado no mostrarse débil ante el pueblo, ser siempre digna. Helena lloraba a lágrima viva, pero el coronel Von Hahn retuvo a su esposa, que quería consolarla. Un murmullo recorrió las filas de fieles mientras se elevaban las voces de los oficiantes en la nave cargada de incienso. Varios de ellos compartieron la pena con aquella niña tan extraña por sus poderes como fascinante por su personalidad.

Helena era de los suyos.

La víspera, cuando la llevaron como otras veces al establo, se había prestado voluntariamente a sus ritos. Galina le había echado encima agua bendita mientras recitaba en voz baja plegarias de otra época. Unos tras otros, habían pedido que fueran castigados los demonios que vivían en ella. Helena se había inclinado ante los minúsculos iconos de madera pintados que le habían presentado. Había besado los crucifijos y las vírgenes, los ángeles y los apóstoles con la aureola de la gloria del Señor, y les había pedido que le perdonaran sus faltas y que le dieran a su amigo Basile el más bello de los sitios del Paraíso. Parecía un ángel.

Los sacerdotes le presentaban ahora otros iconos. Las plegarias que recitaban se elevaban hacia el crucifijo y la calmaban. Ella se secó el rostro. Volvió a ser una de los Von Hahn, con los pies menudos en la Tierra.

Su padre se hinchó de orgullo.

—Ha llegado el momento de poner a nuestra princesa una institutriz como las que tienen todas las jovencitas de buena familia. Encontraré a alguien que le quite de la cabeza todas esas historias de hadas y de brujas —le dijo a Hélène.

Madame Von Hahn sonrió con tristeza. Sus ilusiones eran vanas. Nadie conseguiría apartar a Helena, su hija querida, del mundo invisible.

8

$\mathcal{A}$l cabo de seis meses, miss Augusta Sophia Jeffries, institutriz con experiencia, renunció a sus funciones. Helena la había vuelto loca, después de soportar sus ataques sin replicar, de espaldas a la pared, como una frágil mariposa con las alas clavadas a un trozo de papel. Nunca se había encontrado con una chiquilla tan madura y descarada.

En un último combate, a la mañana siguiente, la institutriz, cuando la chiquilla volvía de una de sus numerosas escapadas nocturnas, había preguntado secamente:

—¿Dónde se había metido, señorita Von Hahn?

—He ido a visitar al fantasma del molino en ruinas.

—Se le había prohibido formalmente rondar por allí abajo. Sus salidas nocturnas nos molestan. Ya me he cansado de verla comportarse como un murciélago. Voy a informar a su padre.

—Buf… Tampoco la escuchará. Está muy ocupado estudiando sus mapas de Estado Mayor y preparando la guerra contra los turcos. Incluso, podría relegarla a lavandera si se empeña en hacerme parecer una de esas engreídas de la corte de Inglaterra que se dice que son más tristes que los lodazales de Polonia.

Helena se expresaba con la desenvoltura de un adulto. Dominaba tan bien el francés como el ruso. La facilidad de palabra era uno de los dones más preciosos que le habían concedido al nacer.

—No diga eso —replicó miss Augusta—, las jóvenes nobles de Inglaterra reciben una muy buena educación y preparación para el matrimonio. ¿Quién querría a una aventurera como usted, señorita Von Hahn?

—Siempre puedo encontrar a un húsar o algún gentilhombre. Mi dote compensará ampliamente mi falta de educación. Y, si es necesario, la noche de bodas, ¡beberé vodka y no su amargo té de las Indias!

—¡Madre mía! ¿Dónde he caído? ¿Qué puedo hacer por usted, Helena, si no respeta ni un amago de disciplina y no quiere aprender ni las más mínimas buenas maneras?

—Hacer sus maletas y volver a Inglaterra.

Así se acabó el reinado de miss Augusta Sophia Jeffries. Enseguida cayó en el olvido: la señora Von Hahn acababa de traer al mundo a su segunda hija, Vera. La dicha duró poco. Conforme el bebé ganaba fuerzas, la madre se debilitaba. Durante el otoño de 1838, la señora Von Hahn se enfrió y, tras varias recaídas, una pleuresía purulenta se la llevó. Iba a cumplir los veintitrés años.

Helena volvía a ver el rostro tan amado de su querida madre, la blancura transparente de su piel, las venas delicadas bajo el vello de las sienes, sus finos cabellos rizados y el orgullo de su mirada. Su madre era una muñeca frágil que había crecido demasiado rápido.

Recordaba la mano corta y cuadrada del pope colocando la estrella sobre la cabeza dolorida de la moribunda que esperaba con temor el juicio de Dios. Se oía a sí misma diciendo: «¡Mamá, mamá! ¡Mamá, no te mueras!», mientras los criados la tenían cogida entre sus brazos. Había llorado, se había rebelado y después había empezado a creer que podía salvarla sólo con la fuerza de su amor. Estaba pensando en el medio para combatir la muerte, cuando la mirada de su madre se enterneció tras la bendición liberadora del pope.

En los libros prohibidos, los magos pactaban con la muerte y prolongaban la vida de la gente. Había recordado las fórmulas latinas y griegas, frases al revés extraídas de la Biblia y de la tora, y párrafos que se había aprendido de memoria de libros cabalísticos. Los había recitado en voz baja. Incluso había intentado disuadir a la Dama Nefasta, cuyos huesos oía crujir en el más allá: «Señora Muerte, deje a mi mamá. Llévese la vida de Grisha, el ladrón, o las de los lobos de los bosques. Llévese algunos de mis años. Se lo ruego, váyase…», le había implorado.

A pesar de todos sus poderes, no había podido detener al esqueleto armado con su guadaña. La vida de Hélène Von Hahn se había apagado con dulzura. Llegaron después los lamentos, las oraciones, las fumigaciones, las salvas de cañón en el patio, los rostros mojados y resignados, las miradas que imploraban al Cielo y las palabras dirigidas a Dios. Ese día, la pequeña princesa de mirada perdida, la Sedmitchka, recibió un golpe del que nunca se repondría. Ese día, rechazó al cruel Señor del universo que le había arrebatado a su madre.

Ahora todo aquello había quedado lejos: las exequias, su partida de Yekaterinoslav y la llegada a la ciudad en la que estaba destinada la guarnición a la que habían enviado a su padre. Aprendió a montar a caballo con los mejores húsares y a batirse en duelo: los instructores le hicieron forjar un sable adaptado a su fuerza. Con admiración y respeto, los soldados le dieron el sobrenombre de: «La que Corre como el Viento».

Los húsares le inculcaron el amor por los espacios abiertos y las cabalgatas alocadas. Y las vastas llanuras por las que cabalgar no faltaban en Saratov, donde la había enviado su padre para que perfeccionara su educación en casa de sus abuelos. Los viejos príncipes la mimaron con ternura. Era la joya de su inmenso feudo. Querían que fuera perfecta, pero la princesa Helena tenía un carácter fuerte a pesar de su juventud. Siempre se resistía a parecerse a esas jovencitas apocadas y gentiles que sólo soñaban con casarse y confiaban sus ridículos pecados a los popes y sus insípidos secretos a sus viejas muñecas.

¡No, no y no! Helena la rebelde no quería ser una más de ese rebaño de ovejas. Prefería los fantasmas de los sótanos del castillo antes que los paseos prudentes por las alamedas del parque con las institutrices.

9

$\mathcal{H}$elena se estremeció. El ambiente estaba húmedo y frío. Allí, nadie iba a molestarla. Los sótanos del castillo se extendían ampliamente bajo el feudo. Excavados por los antiguos señores en tiempos de guerra y de miseria, formaban una red complicada que no había acabado de explorar.

Avanzaba prudentemente y alumbraba sus pasos con una antorcha. Tenía seis más guardadas en una bolsa que llevaba colgada al hombro. Su sombra deformada se deslizaba por los muros viejos. Llegó al lugar en el que estaban grabados el nombre de Boris Tavline y dos cruces. Aquel Tavline había sido el hombre de confianza de los Pantchulidzev, los señores del feudo cien años antes. En esas galerías torturaba a los prisioneros y a los siervos.

Tras superar el miedo que le inspiraba aquel personaje, Helena cruzó sus dos índices ante la inscripción y continuó su camino. Se habían habilitado unos antiguos calabozos en la roca, y cadenas oxidadas colgaban de unas anillas. En uno de ellos, había huesos y cráneos colocados en nichos.

—No temáis, alejaré al fantasma de Tavline y rogaré a mi manera para que vuestras almas dejen de errar sin fin.

Había dicho «a mi manera» porque ya no recordaba las plegarias de su infancia. El dios de los cristianos había dejado de existir. Lo había expulsado de su corazón el día de la muerte de su madre.

Los minutos pasaron. Murmullos, bufidos y lamentos llegaron a sus oídos.

—Sé que estáis ahí. Mostraos.

Algo le acarició la mejilla. Un ser de forma imprecisa y fosforescente le acarició la mejilla y adoptó una vaga apariencia de ser humano. En el momento en que iba a dar un paso hacia él, la aparición se volatilizó.

—Volveré —dijo ella, saliendo del calabozo.

Tenía otra misión que cumplir en aquel laberinto. Llevaba semanas buscando a un alma loca y perdida, la de una joven violada y estrangulada por Tavline. Los criados evocaban esa terrible historia y muchas otras cuando los jóvenes siervos de Saratov experimentaban la buena voluntad de los hombres libres.

Helena dio vueltas por las estrechas galerías durante más de dos horas, usando tres antorchas suplementarias. Acabó dándose por vencida y volvió a «la retaguardia», «su campamento base», «su fuerte»… Tenía otras expresiones militares para llamar a su rincón secreto, todas ellas oídas a su padre. Aunque el lugar no se parecía ni lo más mínimo a un anexo militar. Una puerta carcomida sin cerrojo impedía el acceso. Era una cueva iluminada gracias a dos tragaluces. La débil luz del día caía sobre un montón de sillas rotas, cestas deshilachadas y objetos heteróclitos. En una tabla apoyada en ladrillos, había unos libros. Sus preciosos libros. Los había encontrado perdidos en las altas estanterías de la gran biblioteca del castillo. Helena los había recogido y los había escondido en aquella cueva. Su preferido se titulaba *La sabiduría de Salomón*. Contenía secretos antiguos, letanías prohibidas, complicadas recetas de curas, fórmulas para conseguir el amor, medios para abrir las puertas del Cielo o del Infierno… Lo cogió con avidez, se quitó el polvo y lo abrió al azar.

En la cabecera de la página se podía leer: «Belial, espíritu de la Perfidia». Bajo este título evocador, escrito con caligrafía en rojo, se describía la manera de llamar a ese demonio y doblegarlo bajo su voluntad. Se sumergió en el estudio del capítulo. Las líneas desfilaban y las páginas se sucedían. Helena pronunció y repitió palabras extrañas, que abrían la puerta a los misterios y a los poderes sobrehumanos.

De repente, la cueva le pareció inmensa. Cerró el libro y se deslizó bajo el montante de una arcada. En aquella ocasión, no pudo controlar el miedo que atenazaba su vientre. Voces sordas y lejanas rompían el silencio de las galerías.

Se oían portazos y el rechinar de cadenas. Imaginó a los habitantes de los calabozos con los párpados secos, los ojos hundidos, guiados por el espectro de Tavline, convertido en discípulo de Belial.

—No quiero… No quiero… —susurró ella al notar el olor de los muertos vivientes.

La peste aumentó y se le pegó a la nariz.

—¡Helena! ¡Helena! ¿Dónde estás?

Tal frase la devolvió brutalmente a la realidad. Esa voz ronca de ucraniano pertenecía a Sergei Zajaróvitch Ossipov, el jefe de la guardia de su abuelo. ¿Cómo se había atrevido a presentarse allí? Se apresuró a plantarle cara, abandonó su escondite, cerró la puerta carcomida y se ocultó en la oscuridad. Ossipov apareció con su uniforme negro, seguido por una docena de *mujiks* con antorchas. Nerviosos, se quedaron paralizados cuando descubrieron a la chiquilla tan serena en la oscuridad de los sótanos.

Ossipov se detuvo al verla. Su cara estrecha de zorro se iluminó con una sonrisa.

—Gracias a Dios que no le ha ocurrido nada, señorita. El gobernador estaba inquieto. Su profesor de piano la espera desde hace más de dos horas. Cien hombres han salido a buscarla. Me olía que estaba aquí, me habían dicho que le gustaba pasearse por lugares abandonados y bosques encantados. Eso no es prudente, señorita Von Hahn. No lo es en absoluto.

Helena detestaba a ese hombre apático que vivía de arrestos y delaciones.

—El querido Ossipov —susurró ella—. El bueno de Ossipov, el hombre para todo de Saratov. El criado del gobernador… El implacable perdonavidas de ladrones de pollos… El que mea vodka. ¿Cuánto va a cobrar por haberme echado el guante?

Los campesinos estallaron en carcajadas. El jefe de los guardias contuvo la cólera que lo invadía. Tras respirar hondo, se acercó a la niña.

—¡No te me vas a llevar como una saco de avena! —gruñó ella.

—Eso ya lo veremos, brujita —replicó Ossipov—. Si es necesario, te arrastraré por la cabellera hasta la capilla para que te exorcicen.

Se echó sobre ella y la agarró por la cintura.

—¡Pesas menos que un saco de avena! —dijo él en tono triunfal.

—¡Suéltame! ¡Suéltame, borracho!

—¡Veremos si tienes la misma labia ante el señor gobernador! ¡Los demás, registrad esta cueva!

El general Von Hahn estaba visiblemente irritado. Se habían llevado los libros prohibidos de su despacho. *La clave de la magia negra*, *La sabiduría de Salomón* y varios fascículos sobre demonología rusa constituían la sana literatura que leía su nietecita. Parecía sereno e indiferente al problema que se le planteaba, pero los más allegados adivinaban que, en lo más profundo de su ser, se escondía una tempestad.

Iba vestido con el uniforme de gala. La doble hilera de botones dorados y medallas brillantes impresionaban a los que se había llamado para llevar a cabo la búsqueda. Doncellas, criados, cocheros, policías, liberados, *mujiks* y siervos evitaban cruzarse con la mirada del maestro y con la del zar Nicolás, cuyo retrato estaba colgado en la pared, que resultaba todavía más aterradora. Por tanto, tenían la mirada fija en la nuca de la señorita. Helena estaba delante de su abuelo, sentada en un taburete y bajo la vigilancia del jefe de la guardia Ossipov y de la señora Henriette Peigneur.

—Bonita literatura —dijo el general con voz sonora.

Todos bajaron un poco más la cabeza, excepto Helena. Los ojos azules de su abuelo, inyectados en sangre, parecían rubíes. Apoyó sus manos en la mesa y se irguió para inclinarse hacia ella.

—Me han dicho que te niegas a leer las obras que te había seleccionado tu institutriz.

—No me enseñan nada. Son mortalmente aburridos —respondió sin pestañear Helena, al tiempo que maldecía a esa delatora de Peigneur, su nueva institutriz, que batallaba contra viento y marea para que Helena se interesara por la literatura francesa.

—¿Qué vamos a hacer contigo? ¿Una astróloga?

—Y por qué no. Al fin y al cabo, la naturaleza me ha dotado con la capacidad de conocer el futuro.

—¡Cállate! ¡Dios es quien reparte los dones! No las hadas de los árboles ni las brujas en las cuevas.

38

Helena le plantó cara. Se mostraba a la vez contrariada y orgullosa. Él reconocía la sangre de los Von Hahn. Corrompida, por desgracia, por la de los Dolgoruki. Pensaba que su comportamiento caprichoso le venía de la rama rusa. Lo sabía todo de las visiones de la niña, de sus crisis de sonambulismo y de su poder de premonición. Le habían informado de que desplazaba objetos mediante la fuerza de su pensamiento, aunque no se lo creía.

Todas estas extrañas historias se filtraban de un lugar al otro, recorrían los campos y alcanzaban los círculos privados. Incluso le habían pedido que presentara a su extraordinaria nieta en los salones de Saratov.

—¡Ossipov!

El gendarme chocó los talones.

—¿Señor gobernador?

—¿Tienes alguna sugerencia que hacerme?

—En un primer momento, creo que sería prudente que se conformara con los deseos de su esposa.

—Ya veo —respondió el gobernador asintiendo varias veces con la cabeza—. Velarás personalmente para que todo se lleve a cabo en el menor tiempo posible. No me pareces plenamente satisfecho, Ossipov. ¿Tienes algo que añadir?

—Bueno, es que…

—¡Habla!

—La gente cotillea... Tienen miedo...

—¡Ve al grano!

—Sería preferible que pusiera en manos del pope a la señorita Von Hahn para que la reconduzca al camino de Dios.

—Así se hará.

La señora Peigneur se ofuscó. El espíritu de la Revolución francesa vivía en ella, pero le resultaba imposible defender a Helena. La princesa rebelde y desobediente no tenía ningún aliado. Los asistentes suspiraron con alivio. Por fin, iban a extirpar al demonio del cuerpo de aquella niña imposible.

—Pueden retomar sus tareas —dijo el gobernador.

Helena mostró su descontento haciendo muecas. Su abuelo ignoró su comportamiento caprichoso. Volvió a sentarse en su sillón y empezó a leer el correo.

La intrépida señorita siguió a la señora Peigneur. Una vez más, iba a tener que soportar el parloteo de aquel pope estúpido y plegarse a los rituales reservados a los simples de espíritu. Aunque bien pensado, eso no tenía ninguna importancia. Por el contrario, era mucho más grave la primera medida decidida por su abuelo: tapiar el acceso a los sótanos.

39

10

$\mathcal{U}$na sensación de quemazón en la mano derecha, con la que sujetaba el cirio, sacó a Helena de su ensoñación. Gotas de cera fundida le cayeron en la piel. Enderezó el cirio. Ante ella el pope de cabellos negros y rizados, pálido como un nabo, se dedicaba a sus aspavientos. A lo largo de seis sesiones, le había echado litros de agua bendita. Un nuevo torrente cayó de repente sobre su cráneo.

El pope le pidió que rezara. Ella rogó en voz baja que no pudiera oír lo que estaba diciendo. Se inventaba oraciones según se las pedía, en las que invocaba a los búhos y a las cabras, y daba las gracias a las hadas y a los gnomos, al tiempo que se disculpaba con los árboles. Todo valía para no tener que dirigirse a Dios, a los ángeles y a los santos. Ella le seguía el juego bajo las miradas de compasión de sus abuelos, de los criados y de los campesinos, recogidos en el fervor.

—Habla más fuerte, hija mía —dijo el pope ahumándola con incienso.

—Padre, ¿de qué me serviría alzar la voz? ¿No lee Dios mis pensamientos?

—Es cierto. Haz lo que mejor te parezca. Tú eres su oveja, y te volverá a traer a su rebaño.

—Sí, soy de su rebaño.

No se fijó en su sonrisa. La astuta Helena aceptaba las reglas del rito de exorcismo y adoptaba la apariencia de una santa para acabar lo antes posible.

El pope invocaba, se arrodillaba, se golpeaba el pecho, se volvía a arrodillar hasta tocar el suelo con la frente y se erigía como el garante de la buena conducta de la niña. Ella lo imitaba, y se dejaba la piel repitiendo los ejercicios de piedad. Sus gestos de consagración se acercaban a la perfección. Cuando levantó la cabeza, se habría podido creer que había entrado en éxtasis ante la imagen del Juicio Final, pintada con colores vivos, realzados con oro y plata. Ángeles diáfanos armados con la espada de luz pisoteaban a los diablos rojos. En el azul del cielo, donde convergía la multitud de serafines vencedores, resplandecía el Salvador. El rostro de ese Cristo glorioso era serio. Helena contemplaba su cara demacrada. No encarnaba la felicidad ni prometía el Edén. No se parecía en nada a la imagen que se hacía del amor divino.

Ella era y seguiría siendo siempre Helena Petrovna von Hahn, la Sedmitchka, la elegida de los Siete Espíritus de la Revuelta y de los Grandes Ancianos, y ni todos los pacificadores ni los mártires, ni tan siquiera los santos reunidos, la convertirían en una oveja del rebaño.

11

—¿*D*ónde te vas a esconder ahora? —preguntó consternada su mejor amiga, Natacha.

Helena no respondió. Todas las chicas la observaban desafiantes. Cinco minutos antes, había hecho caer a un cuervo en pleno vuelo, simplemente mirándolo intensamente. Habían ido a ver los albañiles en la obra y esperaban la reacción de Helena.

—En uno de los quioscos del bosque —respondió ella tajante.

—¡En el bosque!

—¡Con los merodeadores y los desertores!

—¡Y los osos y los zorros!

—Mi hermano caza ciervos allí, dice que es el refugio de brujas y serpientes —afirmó Natacha.

Los bosques de los alrededores tenían la fama de ser peligrosos. Varias personas habían sufrido ataques, pero hacía mucho tiempo de eso, durante las guerras napoleónicas, o tal vez antes. Poco importaba, a Helena le daban igual las opiniones de aquellas miedosas.

Los albañiles empezaron a colocar los mampuestos. Acongojada, Helena se deshizo en lágrimas porque estaban encerrando a los pobres fantasmas. Le pareció oír a las almas torturadas llamarla, quiso reunirse con ellas en espíritu, se tumbó y cayó inconsciente. Cuando volvió en sí, vio los rostros inquietos de sus amigas inclinados sobre ella.

—Helena, ¿te encuentras mal?

—¿Quieres que hagamos venir al intendente de tu abuelo?

—No —dijo ella vivamente poniéndose en pie—. No me pasa nada, nada en absoluto.

Todas sintieron una conmoción, como si una onda les golpeara la frente. Se apartaron de golpe y se estremecieron al ver la expresión de su mirada. Natacha se quedó a su lado, era la más cercana, la que más la comprendía. Ella misma podía ver lo que había ocurrido en el pasado.

—¿Qué piensas hacer ahora?

—Voy a hacer lo que debo, y no intentes interponerte en mi camino —respondió Helena, colérica.

—¿Lo he hecho en algún momento?

—No, es cierto, perdóname, Natacha, pero esos hombres están cometiendo un crimen.

—¿Qué crimen?

—No puedes entenderlo —dijo Helena dirigiéndose hacia el equipo de obreros que cantaban.

Empezó a maldecirlos lanzándoles un sortilegio tan fuerte que le provocó dolor de cabeza. Los hombres cayeron en un silencio cómplice cuando la vieron llegar. No temían en absoluto a la señorita del castillo: los había contratado el intendente y el jefe de la guardia Ossipov.

Helena rodeó los mampuestos y observó el muro que se estaba construyendo. Era inquebrantable. Con tristeza, contempló el agujero negro en cuyo fondo vivían las víctimas de Tavline. De repente, la tomó con el jefe del equipo Vaska Saltikov. Su reputación era conocida: bebía tanto como Ossipov y pegaba a su mujer y a sus hijos todas las noches al volver de la taberna.

—¡No deberías tocarlos!

Vaska levantó una ceja. En su cara grande, astuta y enrojecida se traslucía su incomprensión. Su amigo Ossipov le había advertido: «Desconfía de la princesa Von Hahn, os molestará cuando estéis trabajando».

Como todo el mundo, conocía los rumores que corrían sobre la señorita, pero no creía en brujas. El vodka anestesiaba sus supersticiones. Se rascó el mentón y puso cara de reflexionar. Como se sentía a gusto en su mente y en su cuerpo, empapados de alcohol desde el amanecer, se sintió inclinado a la indulgencia.

—Puedes mirarnos trabajar, si quieres.

—Pobre loco Vaska, no se puede molestar impunemente a los espíritus de los muertos. Los más malvados de entre vosotros pagarán caro su sacrilegio.

Vaska sonrió; no así sus compañeros, que dejaron de trabajar, presos de la aprensión. Dos de ellos se santiguaron, después de girarse, y Helena repitió:

—Los más malvados pagarán antes de la luna nueva.

—¡Perfecto, bebamos a la salud de la luna nueva! —bromeó Vaska adueñándose de la petaca de vodka que le ofrecía Ossipov.

Ingirió un buen de trago de aguardiente y les pasó el recipiente a sus compañeros. Después de unos cuantos vasos colmados, volvieron a canturrear mientras colocaban los mampuestos de mortero.

43

—¡Que se vaya al diablo! —dijo Vaska mientras veía alejarse a la pequeña.

Helena retomó el mando del escuadrón de niñas vestidas con puntillas y las llevó a merendar.

Decididamente, la cosa no iba bien. El general Von Hahn no conseguía dar con la solución. Se había topado con un problema desconocido. El médico era un campesino, más capaz de curar a las vacas que a los hombres. El pope sólo pensaba en la ascesis y la iconostasia, y se preocupaba por salvar su alma antes que las de su rebaño. El enfado y la cólera del general eran considerables. La voz de Ossipov se insinuó en los recodos secretos de su conciencia:

—¿Qué piensan hacer para evitar que esto se repita?

—Nada.

Ossipov se quedó boquiabierto y sintió un nudo en el estómago. Temía ser la siguiente víctima de Helena. Su primera idea fue enrolarse en el primer barco que descendiera el Volga, pero estaba a merced del poderoso gobernador. ¿Cómo escapar de la pequeña hechicera?

Aquélla les había vaticinado un mañana funesto a Vaska y a sus obreros. Habían pagado. Una noche, cuando salía de la taberna, Vaska había sido sorprendido y atropellado por un coche cuyos caballos se habían desbocado. Otros dos albañiles habían resultado heridos: el primero se había escaldado en las saunas de Saratov y el segundo se había envenenado con un plato de setas.

—Los hombres tienen miedo —balbució Ossipov.

—Y tú, ¡tiemblas más que los demás! Y, sin embargo, la luna nueva ha llegado y no te ha ocurrido nada extraño.

—Nunca se sabe. Su Excelencia, se lo suplico, vuelva a ponerla en manos de Dios... Y...

—¿Qué más quieres?

— Desearía un traslado al cuerpo de guardias fronterizos.

—¿Quieres irte?

—Sí.

—Está bien —dijo el general—, la llevaremos a la capilla para que la bendigan y podrás hacer tus maletas. Dirigirás la guardia de Azov.

—Mil veces gracias, Su Excelencia. ¡Que Dios le proteja!

—Basta, Ossipov, tienes tres días para hacer tus maletas. No quiero volver a verte —respondió el general con voz cansada.

Pensaba en su pobre Lena. Iba a entregarla una vez más al pope para contentar a sus administrados. De repente, se sintió muy viejo. Le dolían los riñones. Salió de su despacho arrastrando los pies. Dios lo liberaría pronto, y lo estaba deseando.

12

$\mathcal{H}$elena había soportado estoicamente la misa de exorcismo por octava vez antes de retomar sus costumbres como si no hubiera pasado nada. Se había enterado con alegría de la partida de Ossipov. A partir de ahora, no tenía verdaderos enemigos en Saratov.

—¡Vuelva aquí, señorita Von Hahn!

La voz de la señora Peigneur se perdió con el viento del este. Helena corría hasta perder el aliento para llegar junto a sus amigas. El círculo de vestidos con volantes se cerró sobre ella en el momento en que se precipitaba riendo en los brazos de la morena Natacha.

—¿Has podido escabullirte fácilmente?

—Con la francesa siempre es fácil. Vosotras no podéis decir lo mismo. Vuestras institutrices están siempre a menos de cincuenta pasos de vosotras —dijo ella lanzando una mirada crítica a las dignas damas sentadas en los bancos del parque favorito de los habitantes de Saratov, que llegaba hasta el castillo de los Von Hahn.

Helena se sentó en la hierba olorosa; las señoritas de la nobleza estaban ansiosas por escuchar sus fantasiosos discursos y las noticias del más allá.

—Tendrás cinco hijos, Natacha.

Natacha enrojeció tras escuchar esta repentina e íntima predicción. Las otras chicas, boquiabiertas, se cruzaron miradas risueñas y se acercaron a Helena para intentar desvelar los secretos ocultos tras el gris azulado de sus ojos.

Helena no podía explicar por qué tenía visiones en un determinado momento. Era un hecho: de repente, entraba en un estado de clarividencia. Descubrió fragmentos de sus vidas futuras. Las imágenes se sucedían entrecortadas, en un desorden indescriptible, y la princesa procuraba quedarse con los episodios remarcables. Las pequeñas se bebían sus palabras con estremecimiento. A una le anunció la muerte de un tío en Moscú; a la otra, un viaje muy largo a través del país de las pieles y su instalación en Iakutsk.

—Tú, Vera —le dijo a su hermana—, vivirás en Pskov y publicarás artículos en un periódico… Qué extraño nombre para un diario: *El Jeroglífico*…

Todo empezó a dar vueltas. Después volvió al presente en una atracción vertiginosa. Se sintió aspirada a los pasillos del tiempo. Unos rostros excitados se inclinaban hacia ella, le suplicaban «¡otra vez!», pero la conexión se había roto definitivamente. La chiquilla de ojos grises se sintió de repente cansada, como si hubiera recorrido treintas verstas a caballo. La invadió un triste desánimo. ¿Qué podía hacer entonces? Volver junto a la señora Peigneur para evitar un castigo. Pensaba en la interminable lección de francés cuando reparó en los mirlos posados sobre la rama de un árbol. Su inmovilidad le dio una idea.

—¡Venid! —dijo ella recobrando su buen humor.

La iniciativa se recibió entre gritos de alegría. Las señoritas echaron a correr hacia el castillo, a pesar de las llamadas de las institutrices y de las niñeras enredadas en sus vestidos y faldas.

—¡Más rápido! —gritó Natacha para animarlas—. ¡Más rápido! ¡Debemos dejarlas atrás!

Consiguieron poner unos cuantos árboles y setos entre ellas y sus vigilantes y pudieron penetrar sin llamar la atención por las cocinas.

—¡Silencio! —dijo Helena.

Como había previsto, a aquella hora no había nadie. Se pusieron de puntillas en la sala abovedada que estaba llena del apetitoso olor de la sopa de remolacha.

—No tengáis miedo —murmuró ella—. Con mis artes he encantado el castillo.

Vera le cogió la mano a Natacha y la apretó muy fuerte. Por los suspiros que se escapaban, Helena comprendió que dirigía una tropa de miedosas.

—Me parece que… os voy a esperar en el parque —masculló Tania, una niña gorda, rubia y mofletuda.

—¡Está bien, quédate donde estás! —dijo Helena retomando su progresión.

Tania vaciló, después siguió a la fila. Estaba al borde de las lágrimas. Por experiencia, sabía que Helena iba a asustarlas. En el primer piso, tras una señal de su guía, las chicas doblaron sus precauciones. Se sonrieron tímidamente y se deslizaron silenciosamente. Tras una puerta entreabierta, la abuela Von Hahn, en su cama, dormía roncando, pegada a un gran cojín, con el mentón apoyado sobre el encaje calado de su cuello. Un libro apenas empezado reposaba sobre sus rodillas.

—Podemos pasar —susurró Helena, que comenzó a subir la escalera.

El museo zoológico se había habilitado en el ala izquierda del segundo piso. Un pasillo oscuro llevaba a él. En las paredes estaban colgados los retratos de los ancestros Von Hahn.

—Nos están observando —dijo Helena, en un tono malicioso, a sus amigas.

Las jóvenes exploradoras del castillo encantado tenían realmente la impresión de que aquellas miradas polvorientas las seguían. Esos severos personajes académicamente fijados al óleo en los lienzos les provocaban miedo.

—Empecemos la visita —dijo Helena empujando los dos batientes de una pesada puerta de roble marcada con el blasón de los Von Hahn.

Las niñas se quedaron boquiabiertas. El esqueleto gigantesco de un animal prehistórico reinaba en medio de un montón de huesos y troncos fosilizados. El monstruo de colmillos tan largos como sables las miraba con sus órbitas vacías.

—¡Ése no nos va a devorar enseguida, a menos que le pida que se reencarne!

Tania no era de la misma opinión. Aquella bestia podía ignorar la autorización de Helena. Creía que aquel saurio iba a saltarles encima a pesar de los cables de hierro que lo sujetaban al techo y las estacas que mantenían sus patas. El pájaro horroroso de allá, el dimorphodon, ¿no estaba a punto de lanzarse sobre el grupo? Cúbitos de todos los tamaños anunciaban malos presagios. Los omoplatos grisáceos de bordes carcomidos por los parásitos la asqueaban. No era la única de la que se apoderaba el terror. Sus compañeras estaban temblando. Todo sugería la muerte y el Infierno: los bordes cortantes de las mandíbulas, las garras arañando el suelo, el olor en aumento de la lenta podredumbre de esa colección antediluviana.

Tania quiso gritar, pero la mano de Helena le tapó la boca.

—No es necesario despertar a toda la casa… La visita no ha acabado. ¿Quieres seguir o nos vamos?

La perspectiva de desandar todo el camino sola a través de los oscuros caminos hechizados por los ancestros de Helena era una prueba que no se veía capaz de superar.

—¡Decídete! —le espetó Natacha, impaciente.

Tania murmuró unas palabras de aceptación. La banda de lazos y trenzas se perdió en la sala siguiente. Medía cuarenta pasos por veinte de largo. El techo se perdía en la oscuridad. Estaba repleta de cen-

47

tenares de animales disecados. Aunque familiares, aquellas bestias peludas, con plumas o escamas, no tranquilizaban a las visitantes. Los pájaros encaramados en los palos estaban en primer plano. En la penumbra, los ojos de cristal de los halcones, de las águilas pescadoras, de los búhos, de los cuervos y de los periquitos tenían un brillo extraño. Un gran cóndor con las alas desplegadas sujetas con unos hilos, y que agarraba a un conejo con el pico, se puso a moverse bajo el efecto de una corriente de aire. El valor del grupo flaqueaba. Helena no hizo nada para subirles la moral a sus amigas. Al contrario...

—Cuando alguien es malo —explicó ella—, se reencarna en el cuerpo de una especie inferior. Está escrito en los libros, se llama metempsicosis. Algunas veces, vengo aquí de noche y me cuentan su vida de otra época.

—¡Mentirosa!

Tania se rebeló. Estaba harta. Admitir esas tonterías implicaba hundirse un poco más en el horror. Era la única que resistía. Pero ¿durante cuánto tiempo más podría hacerlo? La mirada ardiente de Helena se acercó a la suya. Sintió que su voluntad flaqueaba. Helena repuso:

—¿Os he mentido alguna vez? ¿Acaso no se ha cumplido todo lo que he predicho? ¿No oyes aullar a las almas prisioneras en sus cuerpos disecados a tu alrededor? Escúchalos, Tania. Mira ese simio, hace mucho tiempo era un ladrón en la ciudad de Palmira; y ese lobo, mucho antes de que naciera tu abuelo, tenía la apariencia de una mujer muy bella, pero infiel, a la que estranguló su marido celoso. Conozco la historia de todos, me hablan durante horas. Algunas veces me muestran los lugares en los que han vivido. ¡Sobre todo ése! —añadió alargando bruscamente su índice hacia una alta vitrina.

Todas las miradas se volvieron hacia el mueble. Vera odiaba al pájaro que señalaba su hermana. El flamenco blanco, colocado sobre una mata de hierba, merodeaba a veces en sus sueños. La culpa era de Helena, que la había llevado por la fuerza a ver a esa ave zancuda tres meses antes. Vera miró desesperada a su hermana mayor mientras farfullaba su desacuerdo. Helena no prestó atención a su hermana pequeña. Había entrado ya en su mundo fabuloso.

—Antes de ser un habitante de las marismas africanas, ese flamenco era un tártaro cruel. Recuerdo haber cabalgado a su lado, en medio de una hueste de salvajes guerreros. Me acuerdo de su espada manchada de sangre, de las ciudades en llamas, de las montañas de cabezas cortadas. A su paso, sólo dejaban ruinas y desolación. Un día trepé a la cima de una montaña y descubrí un mundo devastado, extensiones calcinadas, horizontes negros de ceniza, y todavía oigo los gemidos de los pueblos sometidos a su yugo.

Las niñas se sentían embargadas por esas palabras. Empezaron a oler el humo de los incendios y a oír el eco de las batallas.

—Sigue sobre la Tierra. Todavía la recorre con sus caballeros. Sus monturas pisotean a las mujeres y a los niños que huyen de los pueblos. Con sus arietes, hunden las puertas de la iglesias sus arqueros acribillan a los popes y los cristos con sus flechas. Entonces, se ríe como un loco y saluda a sus bárbaros huidos a las profundidades de las grutas. Mirad bajo las alas, todavía hay restos de sangre.

Las niñas vieron, en efecto, unas manchas escarlatas bajo sus alas. Plumas de sangre…

—Volverá y se reencarnará en un hombre, ¡me lo ha dicho! Sueña con arrasar Saratov, Kiev y San Petersburgo. Vosotras seréis sus víctimas. Aquellas a las que no se coman los tártaros engrosarán las filas de sus siervos. ¡Mirad, sus alas tiemblan! —gritó Helena.

El grito de Tania se ahogó en su garganta. Natacha le puso un brazo delante de la cara. Las otras se escondieron detrás de dos caballos disecados. El flamenco se disponía a romper el vidrio a picotazos. La alucinación era colectiva. Helena estaba en tránsito. Vera tiró bruscamente de la trenza de su hermana mayor y rompió así el encantamiento.

Cuando Helena se recobró, la gruesa Tania yacía sobre el suelo, con los ojos en blanco.

Sus amigas se alarmaron. Helena tomó la iniciativa:

—Hay que darle un coñac.

—¿Un qué? — preguntó Natacha.

—Un coñac —repitió Helena—. Es el vodka francés. La señora Peigneur me dijo un día que es un buen revivificante. Hay botellas en el despacho de mi abuelo. Ayudadme a llevarla.

Sin aliento, Helena y sus cómplices dejaron a Tania en el sillón del gobernador.

—¡Cuánto pesa! —se quejó una de las porteadoras.

—Se pasa el día comiendo *kissels*.

—Se atiborra a arenques.

Se echaron a reír, mientras le pellizcaban a la desdichada inconsciente las mejillas y los muslos.

—¡Tengo el elixir de la señora Peigneur! —gritó Helena cuando encontró la botella en el cofre de bebidas espirituosas.

«Agua de vida de Cognac», leyó en la etiqueta de ribete dorado. ¡Agua de vida! La expresión era mágica y muy apropiada para la situación. Se inclinó sobre Tania, que estaba tumbada en el sofá.

—Abridle la boca.

Tras efectuar la operación, le puso la copa a la mofletuda entre los labios y se puso derecha. Aquella escupió el coñac.

—Ya os lo decía yo —dijo triunfal Helena—. Es mejor que un medicamento.

Tania se preguntó dónde estaba. Había estanterías llenas de libros, panoplias de armas, una mesa con adornos de oro, sobre la que había una mujer de bronce con una antorcha y unos bellos portaplumas de marfil en estuches de nácar.

—¿Dónde estoy?

—En el despacho del gobernador Von Hahn —dijo Natacha.

En aquel lugar no se sentía tranquila. Tania paseó su mirada inquieta por sus amigas despreocupadas y luego se estremeció.

—¡Qué mal sabor de boca! ¿Qué me habéis dado para beber?

—Vodka francés —dijo Helena.

— Una poción mágica —la corrigió Natacha.

—Sí, agua de vida. Te estabas muriendo —exageró Helena—. Esa agua te ha salvado. Ahora tienes que reponerte.

—¿No es peligrosa? —preguntó, inquieta, Tania.

—¡El coñac, peligroso! Los franceses se lo toman en cuanto les salen los dientes de leche. Por eso son tan fuertes en la guerra. Mi institutriz, la señora Peigneur, te lo explicará mejor que yo. Abre la boca y bebe.

Tania dudó. Natacha ayudó a Helena:

—Bebe si no quieres sufrir fiebres malignas.

Natacha se apoderó de la botella y se la metió a Tania en la boca a la fuerza.

El segundo trago habría sido digno de Ossipov. A Tania se le llenaron los ojos de lágrimas.

—Está muy fuerte —dijo ella recuperando el aliento.

—¿Qué impresión te ha dado?

—Noto que se extiende un fuego dentro de mí… Empiezo a no tener miedo… Tenéis razón: es una bebida de soldado.

Poniéndose de acuerdo con la mirada, Helena y Natacha le administraron otro trago de agua de vida.

Sorbo a sorbo, Tania se tragó el alcohol, y pasó de un estado de felicidad a la embriaguez hasta caer en un sueño profundo. A duras penas pudieron llevarla hasta el parque y esconderla detrás de un matorral.

Tania estaba todavía completamente borracha cuando su institutriz alemana dio con ella.

13

Con aspecto de estar enfurecida, la señora Peigneur ordenó a Helena que saliera de la cama.

—Pero todavía no es de día —dijo ella entre dos bostezos.

—¡De pie, mala hija!

—¿Por qué?

—Tu abuelo te espera.

¿A ver a su abuelo? ¿En camisón y descalza? ¿A qué catástrofe se debía semejante precipitación? ¿Quién gritaba así en el despacho de su abuelo?

La puerta se abrió y apareció una mujer enorme gesticulando y vociferando bajo el retrato del Zar.

Para Helena fue todo un impacto ver a aquel mastodonte embutido en su vestido malva con adornos de terciopelo gris y muaré de plata. Era la condesa Vsevolodovitch, la madre de Tania.

Con el ruido de la puerta al cerrarse, la condesa se volvió bruscamente. La cólera hizo temblar la grasa de su rostro. Sus ojillos malignos se incrustaron en los de Helena, que seguía adormilada. Ella la señaló con el índice y empezó a escupir bilis.

—¡Aquí estás, pequeña desvergonzada!

—Condesa, mida sus palabras —le advirtió el general.

—¡Quiere que me controle cuando esa pequeña diablesa ha emborrachado a mi hija!

—¿Eso es verdad, Helena? —preguntó el general.

—Tania no se encontraba bien y le dimos un poco de coñac.

—Ya lo ha oído: ha confesado su crimen. ¡Mi pobre Tania! Cuando pienso en todo lo que te ha hecho pasar esta criatura…

La condesa gimió, pasó de la protesta violenta a la agitación histérica y mística, tomando como testigos a los santos y a sus ilustres ancestros, recordando al gobernador Von Hahn que ella descendía de

51

los Vsevolod y de los príncipes que lucharon heroicamente contra los mongoles de la horda de oro.

Ella iba de un lado al otro del despacho, haciendo temblar el suelo o cargando de vez en cuando contra una Helena que le plantaba cara. La niña sólo sentía desprecio por aquella viuda cargada de títulos y joyas. Se aguantaba las ganas de llorar. Al abuelo no le gustaría que llorara. La condesa entró, por fin, a matar:

—¿Sabe usted, señor gobernador, que su querida hijita conversa con los animales disecados de su museo?

—¿Cómo?

—Según ella, son reencarnaciones de malvados. Aterroriza a nuestras hijas con sus increíbles historias de aparecidos y de monstruos. Tania lleva sin dormir desde que le habló de un tártaro caníbal.

—¿Cómo?

—Y también está un tal Tavline, un asesino que embruja los sótanos de su castillo.

Una nueva interrogación apostilló esa última revelación. La condesa, presa de su ira, no percibió la ironía. Von Hahn estaba totalmente al corriente de eso. Tenía sus propios informadores. Habría podido decirle a la condesa lo que creían los *mujiks*: los poderes de Helena provenían de Baranig Buirak, un hechicero centenario que vivía en un bosque de piedras. Ella se pasaba horas en la cabaña del anciano custodiada por millones de abejas que nunca los picaban. Él mismo había visitado a ese hombre para que le curara su gota. Baranig se había limitado a imponerle las manos sobre el pie y el dolor había desaparecido enseguida.

Aquel día le había pedido al hechicero que no recibiera más a su nieta, y aquél, enojado, le había respondido: «Nadie jamás ha podido impedir que saliera el sol o que el viento corriera por la llanura. Lo mismo pasa con tu nieta. No conseguirás doblegarla a la ley de los hombres, y me temo que tampoco se doblegue a la de Dios. La esperan grandes acontecimientos. No viviré lo suficiente para admirar sus hazañas y lo lamento».

El general Von Hahn se dijo en voz baja que el anciano divagaba, pero éste le había leído sus pensamientos. «No estoy senil, gobernador. He visto una parte del futuro de Helena. Es a la vez temible y magnífico.» La condesa se ahogaba. Cuando agotó todas sus municiones, se secó la frente y soltó:

—¡Me pregunto quién la querrá! Nunca conseguirá casarla. Respecto a mí, puedo asegurarle que no volverá a ver a mi dulce Tania.

14

*L*a luna salió y bañó la ciudad con una luz suave que hizo brillar las cúpulas y las cruces de las iglesias. La niebla en el sinuoso Kura se llenó de fosforescencias.

A Helena le gustaba ese paisaje, ese río, las casas abigarradas, los habitantes marchitos por los hielos del invierno. La nieve, las lluvias violentas, los veranos ardientes, las hambrunas y las invasiones los habían vuelto severos.

Helena, con dieciséis años cumplidos, había crecido y madurado. Tres años antes, en 1844, había acompañado a su padre a Londres. En Inglaterra, había buscado en vano fuertes impresiones. Recordaba una ciudad industrial, gris y poblada por gente sin alma. No se podían comparar en absoluto con Tiflis, adonde había ido con sus abuelos después del traslado del general Von Hahn a Georgia.

—¿En qué piensas?

La voz trémula de su abuela la sacó de sus reflexiones.

—En el baile —respondió ella tomando con ternura la mano de la anciana—. Nunca nadie me ha sacado a bailar.

—Eso es lo que les ocurre a las que rechazan las invitaciones de los caballeros. A tu edad, mi carné de baile estaba lleno de nombres ilustres, y el zar Alexander en persona me honró con un baile.

—¿Habrías podido ser emperatriz?

— Por suerte, no tenía una posición social tan elevada.

—¿Por suerte?

—Alexander era un mujeriego y amante de varias actrices francesas. La señorita Phillis y la señorita George estuvieron entre sus conquistas.

—Si no se puede confiar en un emperador, ¿en qué hombre se puede? Me temo que, desgraciadamente, no hay ninguno que merezca ser amado.

—Vamos, pajarito, no seas tan pesimista. Esta noche habrá muchos corazones que cautivar y, por qué no, que mantener.

Helena soltó un suspiro y se sumergió en la contemplación del paisaje que se extendía con toda su belleza. La berlina las llevaba al palacio de verano del consejero de Estado y vicegobernador de la provincia de Erevan. Otros carruajes iban tras ella. Tiflis al completo estaba de camino hacia la lujosa mansión. Estaba completamente iluminada. Trescientos camareros con antorchas en fila recibían a los invitados, mientras la brisa que soplaba en el Kura agitaba las miles de luces colgadas en los árboles.

Rodeada de la magia de las luces, una muchedumbre ruidosa se apoderó del porche bizantino del palacio.

La berlina dejó a la abuela y a su nieta ante una fuente cantarina donde se había dispuesto una larga mesa cubierta de un mantel con las armas del consejero de Estado. Allí esperaban a los invitados los criados con pelucas blancas y guantes, ante botellas y bandejas de aperitivos. A lo largo de la avenida, había otras mesas y se oía el descorchar de botellas y las risas de las mujeres.

—Mira —dijo madame Von Hahn—, ahí está el joven conde Stromberg.

La joven princesa siguió al conde con la mirada, después se encogió de hombros. Aquel noble pagado de sí mismo tenía a todas las mujeres a sus pies. Ella se compadeció sinceramente de sus amigas Sonia y Nina por pelearse por aquel vanidoso que jamás se había dignado a dirigirles la palabra.

¿Qué las empujaba a querer que las conquistaran y se casaran con ellas?

Su abuela le apretó el brazo, mientras la conducía apresuradamente entre los grupos, sonriendo, saludando y dando su mano a los oficiales, feliz por oír alabar la gracia y la belleza de su nieta. ¿Graciosa, ella? En todo caso, era tan salvaje que daba miedo.

En el vestíbulo de la entrada, los espejos sostenidos por ninfas de bronce le devolvieron la imagen de una adolescente de cuerpo esbelto, pero incómoda en su vestido malva de falda acampanada. Ella se pasó un dedo bajo su diadema de oro con perlas engarzadas y se arregló una mecha rebelde.

«Querida, eres la más fea de la reunión», pensó ella.

Se veía como un duendecillo horroroso disfrazado de princesa. Habría querido reírse de esa imagen, pero notaba un nudo en la garganta. Un sollozo intentó escaparse de sus labios, pero lo reprimió. Le habría gustado recobrar la inocencia de su infancia y creer, como en otra época, lo que le decía su madre: «Eres bella, mi amor. Ven aquí para que te pueda admirar. Hazme una reverencia… ¡Ah, sí! Eres muy bella».

Mamá no mentía. La veía con los ojos llenos de amor. Pero, ahora, con las miradas de los hombres, la percepción cambiaba. Helena ya no quería hacer reverencias en público. La apodaban la Princesa de las Hechiceras y también la Reina de los Espantajos. Sin embargo, Helena no tenía nada de hechicera, sino todo lo contrario. Tenía el rostro de una madona rubia y descarriada: una *Primavera* de Botticelli de mirada ardiente y esencia indomable. El color rubio de sus cabellos era engañoso, y su falta de coquetería hacía su belleza todavía más sensual a los ojos de los hombres a los que ya intimidaba. Ante ellos, se sentía torpe, pero mantenía su frialdad. «¡No vas a llorar, asquerosa bestia del pantano!», se fustigaba mentalmente mientras observaba a su doble buscar un escondite.

—¿Vienes?

—Sí, abuela.

Ambas se reunieron con la multitud que se adentraba en el salón de baile en el que brillaban las lámparas y giraban las puntillas, las sedas tornasoladas, los terciopelos carmesíes y los uniformes cargados de medallas, cordones y cruces.

—¡Helena!

Inconfundible, la voz aguda de Sonia le perforó los tímpanos.

—Os dejo, portaos bien —dijo la abuela antes de irse a buscar a su esposo.

—Sígueme —dijo Sonia.

—¿Adónde me llevas?

—Donde están Nina y las demás.

—No sé si me apetece.

—¡Helena, es el gran día!

—Más bien, la noche horrible.

—Estoy segura de lo contrario, va a pasar algo extraordinario.

—¿Ahora eres vidente?

—No, la vidente eres tú. ¡Deberías saber lo que va a pasar esta noche!

—Bueno, pues no he visto nada, excepto estos dos granos en mis mejillas —respondió Helena, que señaló con un dedo los dos puntos rojos.

El bello rostro de la rubia Sonia, con un óvalo perfecto, se iluminó con una sonrisa irresistible. Helena se rindió y se dejó guiar. El ronroneo de las conversaciones se amplificó. Las criadas, con uniforme color azafrán, ofrecían bebidas y caviar en bandejas rojizas, lo que favorecía la codicia y el deseo. En otra sala, los asistentes habían tomado al asalto veinte mesas de gran longitud, y toda la nobleza, falta de conquistas, compartía ocas, patés, cremas, esturiones, corderos, raviolis de Siberia, racimos de uva, melones, *macarons*, nata y quesos en un desorden indescriptible, y devoraban sin ton ni son esos suculentos manjares.

Sonia y Helena recorrieron el lujoso comedor sin encontrar a las jóvenes de su grupo. Volvieron sobre sus pasos. De repente, al oír la desgarradora llamada de un violín, se formaron parejas. Un dragón de la guardia imperial abrió el baile con una princesa de Perm. Un coronel con una pelliza blanca lo imitó tomando de la cintura a una guapa bielorrusa con fama de ser un poco voluble. Sonaba un vals de Johann Strauss. La pista se llenó de caballeros y damas que giraban en medio del frufrú precioso de los vestidos y los chirridos de las botas. Los bustos se rozaban, los alientos se mezclaban, los deseos se encendían.

—Mi padre me ha prohibido bailar el vals —confesó Sonia con rencor.

—Te conoce muy bien.

—¿Qué quieres decir con eso?

—Que te emocionas sólo con pensar en tocar el cuerpo de un hombre, que te fallan las piernas cuando ves a los siervos con el torso desnudo segando el trigo, que te deshaces y te desvaneces en cuanto un húsar te mira con cierto detenimiento.

—¡Eso es mentira!

—¿Quieres saber la verdad? Dentro de menos de dieciocho meses, esperarás un hijo y, para evitar un escándalo, tus padres te pondrán en manos del doctor Vedrin.

—¡Estás loca!

—Sólo digo lo que veo en tu destino. Perderás tu honra con ese tonto de Stromberg, en Yelalogli.

—Que el Cielo te oiga —dijo Sonia, encantada.

Las predicciones de Helena se cumplían siempre. Sonia se congratuló. Iba a procurar que no se escapara la felicidad que le acababan de anunciar. Y si se quedaba embarazada, tendría al niño. Así Stromberg estaría obligado a casarse con ella. Perdonó a Helena su tono displicente y pensó: «Pobre Helena, nunca encontrarás el amor».

—¡Sonia! ¡Helena!

Nina las llamaba. Estaba entre las chicas agrupadas en torno a la orquesta. Las adolescentes esperaban impacientes que las sacaran a bailar, pero los pretendientes no se daban demasiada prisa.

—¡Sabéis lo que acaba de predecirme Helena! —dijo Sonia con un tono jovial.

—Cállate, te lo ruego —susurró en voz baja Helena.

—¡Quiero saberlo! —exigió Nina.

Nina acababa de cumplir diecisiete años. De carácter fuerte y caprichoso, estaba segura de ser la chica más guapa de Rusia desde que un pintor de la corte, contratado por sus padres, la inmortalizó en el centro de una composición campestre como una diosa griega. Desde entonces, Nina se consideraba Afrodita, una Afrodita de origen armenio, morena y de ojos negros, y cuyos pechos y caderas se notaban ya, al contrario de lo que ocurría con sus amigas.

—Sí, sí, dínoslo —exigieron las otras.

—Que Joseph sucumbirá a mis encantos.

—¿Joseph?

—Joseph Stromberg —precisó Sonia.

El rostro de Nina se descompuso.

—No tienes derecho, es mío —soltó, celosa.

—No puedo hacer nada, es mi destino. ¿No es así, Lena?

—Es verdad, Nina. Pero no la envidies, sufrirá mucho.

—¡Os odio! —dijo Nina, que se alejó.

El vals se acabó, y empezaron a sonar los primeros compases de una polca. Las jovencitas volvieron a sentarse y se arreglaron el tocado. La ingeniosa melodía parecía hecha para ellas. Sonia no podía esperar más y se fue a buscar a Stromberg, abandonando a Helena a su suerte.

—No te pongas a mi lado —dijo en tono de queja una chica delgada al ver a Helena acercarse a ella—. Espantas a los chicos.

Helena se apartó del grupo, impaciente. Vio pasar a algunos jóvenes oficiales, algunas sonrisas tímidas, y a sus compañeras que partían triunfales del brazo de su pretendiente.

Nina se acercó a ella y le susurró al oído:

—¿Qué, bruja, sin pareja, como de costumbre?

La chica de lengua viperina no esperó respuesta, sino que se fue orgullosa de ser la elegida de un capitán de artillería.

Helena bajó la cabeza. Ahora estaba sola en un rincón, muy cerca de un criado inmóvil que llevaba un enorme candelabro. Ni siquiera ese patán la querría. Su corazón se llenó de vergüenza y cólera. ¿Por qué había ido allí esperando divertirse? ¡Qué demonios! ¿Era tan diferente a las demás? ¿No era capaz de mostrarse seductora? «¿Voy a ser otra vez el hazmerreír de Tiflis?» Se imaginó a aquellas presumidas llorando de risa al pensar en sus valses con tristes fantasmas y en sus polcas con esqueletos tintineantes.

Herida en su amor propio, levantó la cabeza. «Vas a bailar, Sedmitchka... ¡Ah, sí, vas a bailar! Si es necesario, bailarás con el protopope o con el embajador de los persas.»

Con movimientos lentos, Helena buscó a su presa. Su penetrante mirada gris barrió a los asistentes. Algunos tenientes y capitanes estaban de pie cerca del bufete, con copas de champán en la mano. Ella se detuvo ante ellos, bajo las luces de un candelabro. ¿Cómo podía abordar a alguno sin hacer el ridículo? No conocía a ninguno de ellos... Notaba que algunas miradas se paseaban por su figura, y que, incluso, se detenían de manera más insistente. Pero el interés de aquellos hombres no iba más allá de la curiosidad, como si hubieran visto un fantasma, desconcertados por esa extraña belleza que les provocaba un escalofrío en la espalda.

Ella se dio por vencida y siguió deambulando por entre los grupos, echándole el ojo a algún dragón o lancero y dándose a la fuga justo después.

De repente, una silueta negra y grande apareció. La gente se apartaba a su paso. Helena se estremeció. Tenía delante al consejero de Estado, al general Nicéphore Blavatski en persona. Sonia lo apodaba: el Viejo Cuervo sin Plumas. Parecía más un buitre, con su nariz ganchuda, su cráneo calvo y su mirada azul claro, vivo y frío a la vez. En el pómulo izquierdo, una antigua herida relucía como una delgada línea de hielo. «¿Qué edad tendrá?», se preguntó Helena mientras lo observaba. «Unos sesenta y seis», consideró, enrojeciendo de repente ante la idea de que la invitara a bailar.

58

El general estaba furioso. Acababa de perder tres mil rublos en las cartas. ¿Qué hacía la pequeña Von Hahn mirándolo tan fijamente? Pensándolo bien, podía serle de gran ayuda. Se decía que era una vidente. Tal vez, habría alguna manera de sacarle alguna información sobre el futuro.

—¿No estás algo sola? —le preguntó él en un tono paternal.

—Bueno, ¡ahora ya no! —respondió ella con aplomo.

No lo desconcertó. Tenía una opinión formada sobre las jovencitas y las mujeres en general: seres incontrolables, imprevisibles y testarudos, con cierta predisposición a desentrañar misterios y a ser traicioneros. ¿No tenía ante él al retrato edulcorado de la descarada Helena Petrovna von Hahn? Se merecía una buena zurra. Durante su larga vida, había metido en cintura a algunas mujerzuelas utilizando su cinturón. Sin embargo, tenía en gran estima al general Von Hahn y a su hijo, así que...

—¿Quieres un refresco?

—¡Preferiría champán!

—Es que...

—¿No es usted el señor de este palacio y el jefe de los cosacos?

—¡Por supuesto!

Sus escrúpulos se desmoronaron. Le ofreció su brazo y la condujo hacia el bufete. Achispar un poco a aquella pequeña ingenua le permitiría sonsacarle alguna información sobre sus posibilidades en el juego.

Chocando los talones, los oficiales les cedieron su lugar.

—¡Champán!

Un criado les ofreció una copa. Él la cogió y se la dio a Helena.

—¡Para la princesa de Georgia! —dijo él.

Un poco nerviosa, Helena agarró la copa. El líquido burbujeaba. Pensó en la señora Peigneur, que alababa las virtudes de aquella bebida de reyes. Nicéphore levantó su copa:

—¡Por la juventud y la belleza!

—¡Por la sabiduría y la experiencia! —respondió Helena.

El nerviosismo había desaparecido. Se sentía confiada. Los oficiales seguían con mirada intrigada y divertida a aquella pareja que tan mal combinaba. Un viejo carcamal libidinoso y una virgen bella pero loca; entre ellos una diferencia de edad de cincuenta y cuatro años.

El sabor del champán la sorprendió y le gustó. Animándose, le ofreció al consejero un panecillo blanco en el que había extendido un trozo de *foie-gras* con trufas. Nicéphore sonrió por primera vez. Aquella joven le resultaba sorprendente.

—Me gustaría conocerte mejor—dijo él en voz baja.

—Invíteme primero a bailar.

—Ésa es una petición audaz.

—Lo exijo.

¿Cómo podía resistirse a esos grandes ojos grises que le escrutaban el alma, a esa boca deliciosa dibujada para el amor? Nicéphore se encontraba turbado. Sin embargo, aceptó el desafío y la llevó a la pista.

Quinientos pares de ojos convergieron en la insólita pareja que se puso a la cabeza de los bailarines repartidos en dos filas. Nina y otras arpías se quedaron de piedra. Empezaron a competir unas con otras en maldad al otorgarle calificativos que se inventaban: «viejo espantajo», «ave zancuda arrugada», «viejo fósil»…

—Por fin ha encontrado a su aparecido —concluyó Nina.

Todas se echaron a reír, pero su alegría parecía un poco forzada. Inconscientemente, los celos las traicionaban. Desde luego, el consejero de Estado era una antigualla, pero su riqueza y poder sobrepasaban los de sus invitados. Además, el Zar le había concedido su amistad.

Al margen de la maledicencia, Helena y Nicéphore ajustaron sus pasos al ritmo de la música. Siempre que se daban la cara, se lanzaban una mirada penetrante, intentando averiguar las intenciones del otro.

—Tu abuelo me ha arruinado la noche —dijo Nicéphore.

—Consuélese con su nieta.

59

No se esperaba una respuesta semejante ni una sonrisa tan maliciosa. Aquella jovencita le hacía hervir la sangre. Entornando los ojos, empezó a considerarla de otro modo. Ya no le interesaba conocer su destino, sino desvelar su grácil cuerpo. Su deseo se hizo más fuerte y empezó a pensar en ello con ardor. Sólo tenía ojos para ella, mientras flotaba en un palacio vacío, giraba lentamente, se inclinaba sobre él y daba vueltas sobre sí misma. La contempló desde todos los ángulos. Era espléndida y carecía de afectación.

Sabía que era rebelde, inteligente y ávida de libertad, pero le daba igual. Siempre se había mostrado inclinado a elegir a mujeres temerarias. Imaginó a aquella delicada flor en el lecho de una alcoba, lasciva rodeada de puntillas. Podía oler su perfume embriagador. En sus sueños, apareció voluptuosa y complaciente…

—Para cumplir sus sueños, sólo tiene que desposarme —le lanzó ella cuando se separó bruscamente de él al final de la danza.

Helena rompió las filas de los invitados, que la colmaron de reproches. «¿Qué me pasa? ¿Me he vuelto loca? ¿Qué pasará si ese detestable viejo decide perseguirme para conseguir sus deseos?»

El detestable viejo no le quitaba la mirada de encima. Ella le había clavado un dardo envenenado en el corazón. Estaba decidido. Fueran cuales fueran las consecuencias, le pediría la mano de Helena al general Von Hahn.

15

*H*elena no durmió esa noche. Había intentado en vano averiguar su destino. Al alba, empezó a ir de un lado a otro, sin hablar con nadie. Desairó a Vera, su hermana, que quería saber todos los detalles sobre el baile. Se refugió junto a la señora Peigneur, pero no se atrevió a pedirle consejo. Sólo le quedaba un aliado: su abuela. Al salir del palacio del consejero de Estado, la señora Von Hahn no le había hecho ningún reproche, ni siquiera había mencionado lo sucedido.

La señora Von Hahn desayunaba siempre en el salón amarillo. Helena la halló sentada en un sillón de orejas, con una taza de té en una mano y un pedazo de tarta de queso blanco en la otra.

Llevaba todavía su ropa interior de seda, estaba sin maquillar y sin peinar, de manera que parecía mayor y cansada. La adolescente besó a su abuela y le arregló el cabello.

—Estoy muy mayor para bailes —dijo la anciana.

—A mí no me gustan.

—¿Té, querida?

—No, gracias, no puedo tomar nada hoy.

—¿Se debe tal vez al champán, que no te ha sentado bien?

Helena adoptó una expresión de pena.

—Has provocado una conmoción en nuestra pequeña comunidad —continuó la mujer del general en tono burlón—. No pensé que el consejero de Estado fuera tan buen bailarín, y me pregunto qué ha podido empujarlo a ser tan bondadoso con una chica de dieciséis años. Se dice que está bastante lozano para su edad, pero ¡aun así! ¿Tal vez podrías aclarármelo?

Helena sintió que se ruborizaba.

—Me ocultas algo —dijo la abuela, que dejó bruscamente la taza en la mesa—. ¿Helena?… Me debes una explicación. ¿Qué has hecho?

Helena hizo un gesto vago y una mueca de decepción. La voz de la abuela se dulcificó:

—Puedes confiar en mí.

Helena suspiró, dudó, y, por fin, ante la tierna mirada de su abuela, consintió desvelar su secreto:

—Estaba sola... ¡Ah! Si tú supieras, abuela... Perdóname... Júrame que no me castigarás.

—¿Te he castigado alguna vez, tonta?

—No, pero ésta podría ser la ocasión.

—Entonces, ha sido una tontería grande.

Helena asintió con la cabeza y bajó la voz.

—Todo empezó cuando Nina me dijo que ningún hombre me sacaría a bailar. Entonces...

Helena confesó toda la historia: la proposición de matrimonio dejó consternada a la anciana. No sabía qué decir. Le faltaba el aire. Se acercó a la ventana y la abrió de par en par.

—Señor... Señor —balbució ella—, ayúdanos.

No hubo respuesta del cielo. De repente, se volvió con el rostro desencajado hacia Helena.

—¿Abuela, qué te pasa?

— Bueno... Vamos a tener que preparar tu baúl.

La adolescente vio también al fogoso general Nicéphore Blavatski montado sobre un caballo blanco. Ella huyó, se encerró en su habitación y se aventuró a mirar por los cristales. Blavatski había bajado del caballo. El gobernador Von Hahn apareció. Ambos generales se saludaron, después desaparecieron en el castillo.

Un cuarto de hora más tarde, la voz atronadora de su abuelo resonó en el edificio:

—¡Helena! ¡Baja inmediatamente!

Supo que su destino estaba sellado.

Ambos hombres lo habían decidido todo. Amigos y cómplices desde el lejano tiempo de las guerras napoleónicas, habían conocido los mismos miedos, idénticas borracheras. Su abuelo debía de alegrarse por dar a su nieta en matrimonio a un compañero de armas que había blandido el estandarte del águila bicéfala en la batalla de Borodino. Y tenía otro argumento de peso: no se podía rechazar un partido como Blavatski. El gobernador poseía millones de acres de tierra, millones de rublos. Era una prolongación del Zar.

A Helena le entró un repentino dolor de vientre. Para su desgracia, había nacido y vivía en Rusia, lejos de la Europa ilustrada. En el país de los cosacos, los caballos tenían más valor que las mujeres. El punto de vista de una joven casadera, de una Helena a la que ningún muchacho quería, no importaba en absoluto. Ya estaba oyendo a su abuelo: «Es una suerte para ti. Dale gracias al Señor, hija mía, Blavatski es el hombre más influyente del Imperio».

Detestó esas palabras.

Fuera de sí, tomó el camino opuesto al despacho de su abuelo. Salió por una puerta de servicio y llegó a las cuadras. Apartando a los criados asombrados, se subió a su montura a pelo y se lanzó en dirección a la montaña de David. La vergüenza y el odio la atenazaban. Obligó a su caballo a efectuar saltos prodigiosos por encima de barrancos y canteras, jurándose que jamás pertenecería al consejero de Estado.

Los húsares dieron con ella en mitad de la noche, agotada, tendida en el bosque cerca de su caballo. La levantaron, la cogieron en brazos y se la llevaron al castillo. Su abuelo seguía esperándola. Ni siquiera se molestó en soltarle una reprimenda. El general Von Hahn estaba demasiado feliz al día siguiente cuando le anunció la noticia:

—Le he concedido tu mano a nuestro amigo Nicéphore Blavatski. Un mensajero acaba de irse a Carelia para avisar a tu padre, que aprobará mi decisión. No podíamos soñar con un partido mejor para ti.

16

*L*a carta había llegado ocho días antes. Su padre había dado su consentimiento al matrimonio. La princesa Helena se sentía atrapada en el fondo de un pozo negro. Aquel 7 de julio de 1848, se hundió todavía más.

La joven lo había intentado todo para retrasar la fatídica fecha de su unión con Nicéphore. Había dejado de comer, había fingido tener fiebre, había preparado y tomado temibles brebajes que le habían vaciado el estómago y las tripas. Tentada a perder de forma brutal su virginidad, incluso se había frotado el rostro con hojas de ortigas cuando su prometido la visitaba.

Se había marchitado en vano ante la indiferencia general. Hasta el último minuto, había planteado una resistencia pasiva, poniendo trabas a la tarea de las criadas y ayudas de cámara. Ante sus miradas asustadas, había pisoteado la corona de flores que le intentaban poner en la cabeza. Y, sin la intervención enérgica de su abuela, jamás se habría puesto la primera de sus tres enaguas.

Ya vestida con su atuendo inmaculado, la habían empujado fuera de la habitación, de la sala de recepción, del castillo y la habían hecho subir a la calesa con las armas de los Dolgoruki von Hahn.

Un oficial de la guardia imperial la ayudó a bajarse del vehículo. Su abuelo la recibió y le ofreció el brazo, y la condujo entra las filas de las damas de honor. Se iniciaba la gran parodia de la felicidad.

La princesa Helena sentía vergüenza, ¡mucha vergüenza! Era el hazmerreír de la ciudad, a la que ya no reconocía. Una luz amarillenta inundaba las calles de Tiflis. El viento del sur traía un aire ardiente e irrespirable. En su cabeza todo daba vueltas. Vio en un destello los rostros radiantes de Sonia y de Nina. Las dos la animaron con un gesto de la mano. Se formó el cortejo. Se detuvo en un lugar lleno de una animada multitud. Aquella gente gritaba y decía:

—¡Viva la novia!

—Parece muy joven.

—¡Dios bendiga a la novia!

—La compadezco

—¡Viva los Von Hahn!

Helena descubrió a su futuro esposo, el general Nicéphore Blavatski, consejero de Estado, defensor de Armenia y de Georgia, señor de Erevan y comandante jefe de los cosacos, con uniforme de gala, el torso cargado de medallas, de lazos, pasadores de oro, cruces de plata y otras baratijas honoríficas.

—¡Ya llega el novio!

—¡Por Dios, qué feo es!

—¡El viejo lagarto se ha agenciado una virgen! ¡Y guapa además, aunque loca!

—¡Viva el general Blavatski!

—¡Larga vida a Su Excelencia!

Brillaba en toda su gloria en el altar, rodeado de su Estado Mayor y de los guardias imperiales. Su cara de buitre se inclinó sobre ella. Durante algunos segundos, Helena sólo vio el cráneo lustrado y reluciente, las cejas espesas y frondosas y la nariz ganchuda.

Retiró bruscamente la mano que rozaron aquellos labios calientes y húmedos. El asco se apoderó de ella. Aquel ser de pesadilla estaría con todo su peso muy pronto sobre su vientre, la penetraría y la dejaría embarazada. La señora Peigneur le había desvelado ese aspecto del amor entre un hombre y una mujer.

«Acabarás sintiendo placer», concluyó la institutriz después de describirle brevemente el acto sexual. ¿Sentir placer con ese viejo vicioso? Jamás…

—Está muy guapa —dijo él levantándose.

—Estamos todos —anunció la señora Von Hahn después de contar a los invitados ilustres llegados para asistir a la ceremonia. Le resultaba imposible contar a los demás, que eran seiscientos sesenta y uno.

—Vamos —dijo el consejero de Estado.

Como en un horno, aquella gente sudorosa estaba al borde de la exasperación. Las voces se fundían, encaramadas en lo alto, quejándose bajo las sombrillas y detrás de los abanicos. Los pañuelos blasonados servían para enjugar frentes y mejillas cuando, de repente, empezaron a agitarse

—¡El archimandrita!

El venerabilísimo jefe de la Iglesia de Tiflis apareció en medio de un gran clamor. Se empujaron para admirar al hombre santo, vestido con sus ropas sacerdotales relucientes, que invitaba a los fieles a entrar en la iglesia. Su mirada tranquila se posó sobre la pareja. Helena hizo ademán de retroceder. No quería entrar en la guarida del archimandrita. Nicéphore intentó hacerla avanzar apretándole con rudeza el brazo. Ella se reafirmó en su rechazo. Su abuelo le puso la mano sobre los riñones y la empujó. Toda la muchedumbre la empujó. Todos deseaban su desgracia. La princesa rebelde entró en la casa de Dios, llena de rabia.

Se hizo el silencio.

La pareja estaba frente al padre de padres. Contra su voluntad, en cuanto cruzó la puerta, ayudada con firmeza por Nicéphore, Helena dejó a sus pies un cuadrado de cibelina, como símbolo del nuevo camino que empezaba.

Penetraron en la nave, donde el canto de los monjes se elevaba y separaba a los creyentes del resto de la humanidad corrupta. Helena estaba sudorosa. Jadeante y tiesa se plantó ante el Cristo envarado, clavado en la cruz. Su prometido se colocó a la derecha. Nicéphore no escondía su felicidad y sonreía. Entró en una especie de éxtasis y rogó con vehemencia que las llamas de los cirios vacilaran.

Detrás de la pareja, los fieles sometidos a los Cielos ocupaban las sillas y los bancos e invadían las filas. Sentían que se posaban sobre ellos las miradas de los santos en éxtasis, disfrutaban de los favores de los iconos colgados de los muros seculares y cien mil veces bendecidos.

En las alturas, los ángeles velaban por los futuros esposos, Dios extendía sus manos sobre Nicéphore y Helena.

El mal retrocedía. Las mujeres se pusieron a rogar antes que los hombres, un poco por la felicidad de los esposos, pero sobre todo por la salvaguardia de sus almas. Los cantos de los monjes se redoblaron, y las puertas del Paraíso se abrieron.

El archimandrita salmodiaba los textos sagrados con una voz monocorde. No prestaba atención a la mirada de odio de la novia. Ella lo culpaba mentalmente de todos los males, pero no podía impedirle realizar su ritual. Poco a poco, iba sellando su destino, su casulla la aislaba como si construyera una fortaleza a su alrededor. Tenía con él al Cordero de Dios, a la madre de Dios, a las nueve órdenes de los santos: san Juan Bautista, los profetas, los apóstoles, los fundadores, los mártires, los venerables, los mendicantes, los padres de Dios,

Joaquín y Ana, todos los santos y san Juan Crisóstomo, y los vivos y los muertos...

¿Quién podía resistir a un ejército semejante?

Helena.

En el momento en que dijo: «Honrarás a tu marido bajo cualquier circunstancia y le obedecerás sobre todas las cosas», ella respondió:

—Seguramente no.

El archimandrita se estremeció ligeramente. Dos pequeños pliegues de asombro surcaron su frente. Seguro que no lo había oído bien. El examen del rostro de la joven le indicó lo contrario. Roja de cólera, le enseñaba los dientes. El archimandrita se volvió hacia Nicéphore. En la mirada del consejero de Estado brillaba la rabia. El novio sentía deseos de arrancarle la lengua a su prometida. Los ojos del archimandrita se posaron, entonces, sobre la señora Von Hahn.

La abuela, trastornada e inquieta, no sabía cómo intervenir. Se volvió hacia su marido. El vicegobernador le hizo una señal al archimandrita para que se reuniera con él junto a la estatua de la Madre de Dios.

—Ella se niega a casarse —dijo el padre venerable.

—No tengas en cuenta sus respuestas.

—Dios sí las oye.

—Dios se sentirá feliz al saber que te regalé cinco mil rublos de oro.

—Que Dios te oiga y te bendiga. Voy a acortar la ceremonia y los casaré.

A la salida de la iglesia, los testigos repartieron centenares de monedas de oro mezcladas con lúpulo de felicidad. Las muecas de la joven esposa se tomaron como muestras de emoción. Todos la felicitaron, la besaron y le desearon que trajera al mundo hijos encantadores. Ella apartó a Sonia y a Nina, a sus tías y a sus primas. Las salvas de los fusiles cubrieron sus insultos y juramentos. Cien soldados de infantería dispararon doce veces al cielo para proteger a la pareja de las hechiceras.

En ese instante, Helena comprendió que se había convertido en la señora Blavatski, y se deshizo en lágrimas.

17

*L*a berlina se adentró por un profundo desfiladero. La rodeaba una poderosa escolta de cosacos. Las montañas armenias no eran seguras. Numerosas bandas de bribones y desertores turcos y rusos hervían en el país. De vez en cuando, Nicéphore se asomaba por la portezuela y escrutaba las cimas de tres mil metros.

Al verlo así de expuesto, Helena deseó que un tirador solitario lo alcanzara. Sólo una bala. Un agujerito entre los ojos. Ella y el viejo buitre no se habían dirigido la palabra desde la víspera. Ni se hablaban ni se soportaban. La noche de bodas, ella se había encerrado con doble vuelta en una habitación mientras él se emborrachaba en la sala de juegos. Seguía siendo virgen y se congratulaba por seguir siéndolo a cualquier precio.

—Esta noche, dormiremos en la fortaleza de Kirovakan y serás mía —dijo el general a la vez que volvía a sentarse frente a ella.

—¡Jamás!

Helena escupió a sus pies, y él se le echó encima agarrándola por las muñecas. La empujó sobre el banco y gritó:

—¡Voy a enseñarte a respetarme!

Notó su aliento fétido, después sus labios. Los mantuvo cerrados obstinadamente mientras la lengua del viejo intentaba forzarlos. Nicéphore intentó entreabrirle la boca con los dedos.

Ella se los mordió salvaje.

—¡Maldita bruja!

Él se echó hacia atrás.

—No intentes volver a empezar —gruñó ella.

Los rasgos pálidos del general Blavatski se volvieron inquietantes. Sus dedos acariciaron el mango del puñal que llevaba en la cintura.

—¡Me las vas a pagar!… ¡Talik!

Un caballero se situó a la altura del vehículo.

—Sí, señor.

—Dame tu caballo y ocupa mi lugar. ¡Sobre todo, no la pierdas de vista!

La orden de su señor no pareció sorprender a Talik. Saltó sobre el reposapiés y no hizo nada para ayudar al general, que, con una ligereza y habilidad insospechables, saltó sobre el lomo de la montura que iba al trote.

—¡Hasta esta noche, tigresa mía! —le espetó Nicéphore, que se fue al galope.

El cosaco, cubierto de polvo, sacó el sable de su funda y se dejó caer pesadamente sobre la banqueta. Ante una Helena un poco impresionada por su presencia, se entregó al examen minucioso de la hoja antes de dejarlo sobre las rodillas. Llevaba anillos de oro turcos en todos los dedos. Su cinturón también era de oro y con caligrafía persa. Y también eran de oro los mangos de cuatro cuchillos para lanzar que llevaba en unas vainas de cuero cosidas en su chaqueta acolchada. Tenía pinta de saqueador. Cara plana, nariz gruesa, mentón grande, ojos oscuros y vivos, boca grande que desaparecía bajo su tupido bigote: ése era el retrato de aquel hombre, al que consideró ávido y cruel. Tal vez podía sacarle algo a aquel patán.

—¿Llevas mucho tiempo al servicio de mi esposo?

No obtuvo respuesta.

—¿Sabes que también me debes obediencia?

De nuevo, no hubo respuesta, pero encontró su punto débil.

—Tu madre está muy enferma.

Al cosaco le temblaron los labios.

—Te espera en tu pueblo. ¿Recuerdas los huertos de Protoka, las cacerías con tus hermanos y al soldado *bachi-buzuk* al que le cortaste la cabeza en las fuentes de Araxe?

—Es magia… —farfulló él.

—¿Quieres que te hable de tu madre?

—¡Calla! El general podría matarnos.

—Tal vez arriesgaras más tranquilo tu vida por cien monedas de oro.

Talik miró la bolsa que acababa de dejar sobre los pliegues de su vestido. Se alisó nervioso el bigote, sin apartar la mirada de la preciosa bolsita.

—¿Cien monedas de oro?

—Sí, cien monedas, pero para tenerlas tendrás que ayudarme.

—¿Qué debo hacer?

—¿A cuántas verstas está la frontera?

—De Kirovakan, a menos de cincuenta… ¿No pretenderás cruzarla?

—Sí.

—Los turcos te matarán.

—Quiero un caballo para medianoche.

—El general me hará despellejar vivo.

—Entonces, me acompañarás y haré de ti un hombre rico.

Talik asintió.

Helena tenía suerte. A pesar de su deseo, Nicéphore no había continuado con sus embestidas, ya que había preferido quedarse en la fortaleza en compañía de chicas gordas y vulgares que se vendían por unos pocos rublos en la aldea de Kirovakan. Esperó hasta medianoche atenazada por la angustia. Hasta el menor ruido la sobresaltaba. Su habitación estaba en el último piso de una torre cuadrada y almenada, erigida en un espolón rocoso. La fortaleza estaba rodeada por amenazas: en las montañas, aullaban los lobos; en los valles, los osos merodeaban por los valles.

—No es momento de tener miedo, pequeña Sedmitchka —se dijo en voz alta—. Has doblegado espectros a tu voluntad, has plantado cara a los demonios, has hablado a los muertos durante tu corta vida. Los lobos te obedecerán si te aventuras por esas montañas.

Arañaron la puerta. Corrió y se pegó contra la madera.

—Soy yo, Talik.

Giró el cerrojo, feliz por entrar en acción. El cosaco llevaba un cuchillo lleno de sangre.

—¡Hay vía libre! —dijo él—. Sígueme.

Tensa, con los ojos clavados en la nuca del guerrero, Helena le pisaba los talones. De repente, Talik retrocedió bruscamente. Había un peligro cerca. Un soldado desaliñado venía a su encuentro. De un salto, el cosaco lo inmovilizó y le cortó la garganta. Todo ocurrió en silencio. Helena se estremeció: su guía era un asesino nato. Llegaron a un camino de ronda. No hubo alertas ni señales de vida. Sólo se vigilaban las torres. Los centinelas somnolientos se adormecían bajo la oscuridad de la noche. Helena y Talik, agachados, pasaron rozando las almenas y después bajaron al patio repleto de carretas.

Talik se dirigió al cercado de los caballos. Él se deslizó bajo la barrera, desató la cuerda que la mantenía cerrada y después hizo entrar a Helena. Los esperaban dos alazanes.

—Las sillas y los víveres están ocultos muy cerca de la poterna sur —dijo él señalando un punto en las tinieblas.

Helena se dio cuenta de con qué meticulosidad había preparado su fuga. En la poterna, había un guardia bañado en sangre. El bueno de Talik estaba dispuesto a todo para hacerse rico. Ensilló a su animal y ató la cantimplora y la bolsa de víveres.

No se veía el camino. Oscuridad absoluta. Helena se fio del instinto del hombre de las estepas. Sabía adónde dirigirse. Agarrando las riendas de su corcel, avanzó prudentemente, atenta a cada ruido.

Una piedra resonó bajo los cascos. Ella contuvo la respiración, pero ningún soldado de la fortaleza gritó: «¿Quién anda ahí?». Se le acostumbraron los ojos a la noche y pudo distinguir el camino que se inclinaba en una pendiente pronunciada. Al cabo de pocos minutos, llegarían a la carretera y estarían fuera del alcance de los fusiles de la guarnición.

«Soy libre», pensó con una extraña sensación en el estómago. Algo no iba bien.

De golpe, estalló un trueno. Un cañón había disparado. Helena se volvió y se quedó boquiabierta. La fortaleza se iluminó. Sintió un nudo en la garganta.

—¡Talik! ¿Qué está pasando?

El cosaco guardó silencio y dejó de avanzar. Helena contempló la muralla. Decenas de antorchas iluminaban los rostros de los soldados que se asomaban en las almenas. El sardónico Nicéphore estaba entre ellos y la apuntaba.

—Bueno, señora Blavatski, ¿adónde pensabas ir? —gritó él.

Helena se llevó la mano al corazón, atravesado por el dolor. Aquel demonio de Nicéphore lo había planeado todo: Talik la había traicionado.

—¡Dispara y acabemos con esto! —le respondió ella.

Estaba dispuesta a forzar su destino. Podía escapar si era lo suficientemente rápida y conseguía un caballo con jarretes seguros. Lanzó una mirada a su alrededor. Después de respirar hondo, saltó a horcajadas a lomos del alazán y azotó sus flancos.

Su coraje suscitó la risa de Blavatski. Aquella loca estaba en su punto de mira, pero se contentó con un disparo de advertencia. La bala estalló a un metro de la amazona. Nicéphore bajó la mano y sus hombres abrieron fuego. Se alzaron géiseres de polvo tras ella. Apuntaban voluntariamente mal, lo cual no tranquilizó a Helena. Un murete de piedras secas apareció, de repente, ante ella. Hizo encabritarse a la montura. Se acordó del lugar que había contemplado desde lo alto de una torre y se puso a maldecir a Talik. El camino de la poterna sur no llevaba a ninguna parte. Ese muro la separaba de un precipicio vertiginoso. No había manera de llegar al valle por ahí.

Ella cambió de idea, pero no pudo salir al galope. Unos hombres bajaron la pendiente. La arrancaron de la silla. Se resistió, arañó y mordió, pero la aplastaron violentamente contra el suelo. Sin poder respirar, los guijarros le dañaron el rostro y cubrió a los brutos de insultos y juramentos. Después de haberle atado las manos a la espalda, la volvieron a poner en pie y la empujaron sin miramientos. Parecía una sierva condenada por el robo de un pavo.

Con sus ropas desgarradas, temblando de cólera, la lanzaron en medio de un círculo de antorchas.

Nicéphore triunfó.

—Mi pobre Helena, mira cómo te has puesto, y a mí me has puesto en un aprieto. ¿Tenéis alguna idea de qué castigo merece mi esposa?

Los cosacos, testigos de la discordia de la pareja, evitaron cuidadosamente emitir una opinión. En uno de sus giros tan brutales como inesperados, el señor de Erevan podía castigarlos en lugar de hacerlo con su esposa.

—La falta es importante —continuó él—: intento de fuga, intento de corrupción al más fiel de mis guardias… ¡Ah! Mi valiente Talik. El Zar no cuenta con un mejor guardián que tú —dijo él reuniéndose con el cosaco y los soldados falsamente asesinados, todavía manchados de sangre de conejo.

Al ver a Talik, orgulloso por las afirmaciones de su señor, Helena le espetó:

—¡Asqueroso traidor!

—¿Quién es el traidor aquí aparte de ti? —replicó con maldad Nicéphore antes de propinarle una bofetada.

Ella se tambaleó, pero guardó silencio. Le plantó cara e intentó averiguar su punto débil. Nicéphore era igual que un bloque de hierro, impenetrable e incontrolable.

—¿Intentas impresionarme? —resopló él—. No soy ningún campesino del Volga, ni una criada supersticiosa. Créeme, soy peor que los espectros de tus visiones. Voy a domarte como a los caballos salvajes y a los osos. Si es necesario, te encerraré en una jaula custodiada por popes a los que encargaré tu reeducación religiosa. ¡No me mires así!

Él volvió a abofetearla. Ella volvió a desafiarle.

—Pronto me pedirás perdón mientras me besas los pies —dijo él.

¿Cómo había podido ser tan tonta? Ella, la infalible vidente, no había visto nada. Ni siquiera había tenido un presentimiento. El hechicero de las abejas se lo había dicho: «Nadie ve nada sobre sí mismo».

—¡Lleváosla!

La tiraron dentro de un calabozo húmedo y negro que olía a orina y excrementos. Cayó en un fango infame. Antes incluso de recuperar su aliento, juró en voz alta que se vengaría.

18

*U*n dolor la despertó. Helena vio una bota a la altura de su hombro.

—¡Levanta, tu señor te espera!

El guardia la agarró por el cuello de su camisa y la levantó, después la empujó hacia delante. Titubeante, subió con dificultad los peldaños desgastados de una escalera de caracol y guiñó los ojos al llegar a la luz.

El alba sonrosó las cimas nevadas, agudizó los picos, cinceló las montañas que ella jamás cruzaría. El cielo era puro. Nada en aquel día que nacía evocaba la desgracia.

—Avanza.

Tras algunos empujones, el guardia la guio hacia una multitud de hombres y mujeres en medio de la cual estaba plantado Nicéphore. El general de los cosacos había hecho venir a los habitantes de Kirovakan.

—Estás guapa esta mañana —dijo cogiéndola por el mentón—. Sigues igual de orgullosa, ¿eh? Ah, el orgullo de los Von Hahn, la locura de los Dolgoruki… Ha llegado la hora de suavizar el primero y extirpar al otro.

Él apartó la mirada. Al final del patio, cerca del recinto de los caballos, habían colocado dos postes. El señor de Erevan los miró sin disimular su satisfacción.

—¡Empezad! —ordenó.

Dos cosacos agarraron a Helena y se la llevaron hacia los postes. Cortaron sus ligaduras y le separaron brazos y piernas. Ella no tuvo fuerza para resistirse. Unos grilletes se cerraron en torno a sus muñecas y tobillos.

Vio a Talik armado con un látigo de ocho colas y comprendió que la iban a flagelar.

—¡No tenéis derecho! Soy la princesa Dolgoruki von Hahn.

—¡Tengo todo el derecho! —respondió Nicéphore, que le desgarró la camisa.

Le desnudó la espalda, los hombros y los pechos. Todas las miradas se concentraron sobre sus senos menudos. Los brutos se dieron codazos cómplices, las chicas de la guarnición se burlaron de su delgadez y de sus formas menudas, el pueblo guardó silencio. Helena cerró los ojos. La vergüenza la mortificaba. El miedo la invadió. Había asistido a flagelaciones públicas y había oído gemir a los condenados bajo los mordiscos de los látigos. Se preparó para sufrir. Le llegó la voz de Nicéphore desde lejos.

—Por está vez, seré magnánimo. Después de todo, estamos de viaje de novios… Sólo te propinarémos veinte latigazos. ¡Toda tuya, Talik!

Helena se contrajo, apretó los dientes. Bien plantado sobre sus piernas, el cosaco desenrolló con calma las trenzas de cuero, y tomó como objetivo la carne blanca entre los dos omóplatos. Las colas silbaron y tocaron la piel. El dolor fue fulgurante. Helena tuvo la impresión de que la penetraban unos tizones. Contuvo un grito.

—¡Uno! —gritó su esposo—. Honrarás a tu marido bajo cualquier circunstancia.

Talik se esforzó. Las colas mordieron uno de los costados y arrancaron un poco de piel bajo los senos.

—¡Dos! ¡Le obedecerás sobre todas las cosas!

—No… —gimió ella, que ahogó un sollozo.

Con el quinto, empezó a gritar. Tras el decimoquinto, perdió el conocimiento. Entonces, el general Blavatski detuvo el brazo del verdugo y se inclinó sobre la castigada.

—No es necesario estropeármela. Es mi esposa. Es mi deber hacerle conocer también alegrías. ¡Desatadla! E id a buscar al curandero Tupiazan.

19

*H*elena habría querido poder borrar el lejano Ararat coronado de nieve, los rebaños inmóviles en los montes pelados, los soldados petrificados en sus garitas. En definitiva, dejar de ver Armenia… No verla nunca más.

Se apartó de la aspillera a través de la cual contemplaba durante horas aquel execrable paisaje.

Sentía el sufrimiento en sus carnes. Tras la tortura, una violenta fiebre la había abatido. El curandero Tupiazan había echado mano de toda su habilidad para volver a ponerla en pie.

Ahora podía caminar, pero ¡a qué precio!

El espejo le devolvió la imagen de una chica joven, despavorida, con los brazos apretados sobre el pecho, y el rostro cubierto de moratones, las marcas de afecto del general. La noche anterior, de nuevo, ella lo había rechazado y él había respondido dándole una paliza. Llevaba ochenta y un días resistiendo después de haberse jurado permanecer virgen. Varias veces, había estado a punto de sucumbir a sus asaltos. En el último momento, conseguía librarse con uñas y dientes. No era la única que ostentaba los estigmas del matrimonio. Su querido esposo los enarbolaba también. Unos cuantos arañazos adornaban su cara. En cuanto se volvía, se convertía en el centro de las burlas de la fortaleza y, como se sabía el objetivo de pullas y cotilleos, era presa de ataques de una furia enloquecida.

La mirada de Helena se llenó de odio. Un sable destellaba en el pasillo. Era el otro, el alma condenada por Nicéphore, el odioso Talik, que disfrutaba cuando el señor le sacudía o le escupía. Lo había visto muerto en uno de sus sueños, y estaba impaciente por verlo perecer.

«Tengo que salir de este sitio.»

Repetía esa frase sin cesar. La dacha fortificada de Darechichag era una verdadera prisión. Siempre estaba bajo la vigilancia de criados entregados en cuerpo y alma a su esposo. Y, durante sus paseos a caballo, la rodeaba una compañía de cosacos.

El tintineo del sable se acercó. El corazón de Helena se aceleró. Un gran vacío se hizo en su cabeza en el momento en que Talik golpeó la puerta. Sin que nadie lo invitara, la mano derecha del general entró en la habitación. Tras un breve saludo militar, dio su mensaje:

—El general te espera para desayunar.

Talik se adentró en un pasillo que conducía a habitaciones polvorientas. Ella lo siguió. Entraron en el amplio comedor. A pesar de las pesadas cortinas pegadas a las ventanas, las corrientes de aire hacían chirriar las cadenas de las lámparas de aceite. La gigantesca chimenea no se tragaba el humo y la atmósfera estaba llena de un amargo olor a quemado. El suelo estaba cubierto de pieles. Osos y lobos muertos abrían amenazantes sus bocas. El señor de Erevan los había matado y despedazado a casi todos.

Talik abandonó a Helena en el extremo de una larga mesa. Ella adivinó la presencia de su terrible esposo. Nicéphore se ocultaba tras un samovar, sentado en una silla de respaldo alto. La penumbra lo rodeaba, y el humo lo camuflaba. Observaba con avidez a su joven mujer y sus hombros blancos desnudos. La fingida tranquilidad, los cabellos despeinados y el vestido que no le iba bien al frágil cuerpo de Helena lo excitaban.

—¡Toma asiento, mi amor!

Afirmó su orden con un chasquido. Ella siguió de pie.

—¡Obedece!

Nicéphore pegó un manotazo en la mesa e hizo tintinear el cristal de las copas y los cubiertos de plata blasonados. Una manzana se separó de una pirámide de frutas y rodó entre los panecillos dorados. Nicéphore la clavó al mantel con su cuchillo. Helena se había acostumbrado a ese tipo de gestos. Ella ocupó su lugar sin apresurarse y después de haberse arreglado los pliegues del vestido.

—¡Come!

Empezó a comer sin perderlo de vista. Los sabores se mezclaron con lo amargo de su boca. Mientras masticaba lentamente, le deseaba en voz baja a semejante ser todos los tormentos del Infierno. Él llevaba envileciéndola y persiguiéndola durante semanas sin demostrar jamás ni la más mínima compasión. Nadie podía contradecirlo. En el Imperio ruso, era el único representante de unas leyes que hacía y deshacía a voluntad. No había nada que le afectara, aparte de sus propios daños, sus ardores de estómago, sus dolores abdominales, su artritis y su deseo frustrado. De repente, se le aceleró la respiración y se levantó con un muslo de oca en la mano.

—El hombre inventa dogmas, dicta preceptos, pronuncia exclusiones, promulga prohibiciones, pero Dios hace lo que quiere, y ¡Él te ha entregado a mí!

—¡Qué ínfulas tienes! Siempre tienes que mezclar a Dios con tus bajos instintos.

Detestaba esas réplicas que sonaban tan sensatas. Helena lo medía con la mirada. El aguijón de su menosprecio avivó su rabia. Nicéphore barrió con el brazo los vasos y jarras. El ruido del cristal rompiéndose con estrépito le hizo mucho bien y se calmó un poco. Helena le pareció más bella y deseable que nunca. Mechones de cabellos con reflejos rojizos le caían sobre su frente obstinada. Su pecho lechoso se elevaba. Atraído irresistiblemente, rodeó la mesa. La boca se le deformaba en un rictus, su cara amarillenta podía compararse a la de un aparecido. Pudo leer el miedo en la mirada de su esposa.

Helena se levantó de su asiento y se colocó en la otra punta de la mesa.

—Muy bien, general, te dejo elegir las armas —soltó ella apoderándose de un largo tenedor de plata—. Pero, ten cuidado, podría traspasarte la piel tranquilamente.

Lo clavó con una inopinada violencia en el vientre de un salmón. Nicéphore comprendió que no bromeaba, pero restó importancia a su gesto atreviéndose a soltar una risita. Habría podido llamar a sus hombres para descuartizarla sobre la mesa, pero deseaba solucionar ese problema solo.

—Vamos, preciosa —dijo él—, seguro que podemos hallar un lugar de encuentro. ¿Tanto te disgusto? Soy un hombre con experiencia y mis caricias te darán placer.

—Me tomas por una de esas criadas tártaras que te llevas a tu habitación de noche. No me parezco en nada a esas retrasadas que fingen sentir placer por miedo a las represalias. ¡Mírame, Nicéphore! Soy joven, tengo diecisiete años. Mírate, sólo eres un viejo asqueroso. No quiero soportar tus caricias repugnantes. No quiero recibir tu semilla corrupta.

Helena sacó el tenedor del salmón y le apuntó cuando iba a rodear la mesa.

—¡No te acerques a mí o perforaré tu decrépito pellejo!

Nicéphore se detuvo. Iba a atravesarle la vieja piel que cada día intentaba reafirmar con ungüentos orientales y maceraciones de hierbas africanas. Ella le recordaba que estaba a merced de la decrepitud, igual que sus hombres y sus siervos.

Diecisiete años apenas, y se comportaba como un aguerrido soldado. Él, el vencedor de los turcos, invencible, cuyo nombre se murmuraba con temor desde el mar Caspio al mar de Azov, estaba a merced de una adolescente armada con un tenedor.

La cólera se apoderó de él.

Quería tomarla allí mismo. Enseguida. Se precipitó hacia una panoplia de armas y se apoderó de un *heggestor* húngaro, una espada curvada pensada para hundir cráneos.

—Ya veremos quién de los dos ensarta al otro —gritó él, exultante, cortando el aire con su arma.

Helena se volvió a situar en el otro extremo de la mesa. Dejando caer su espada al azar, Nicéphore hizo trizas la preciosa vajilla, haciendo picadillo aves, pescados, pasteles y porcelana.

—¡Serás mía! —gritó él.

El hierro dibujaba grandes círculos, después se hundió en la madera.

—¡Ven aquí, ramera!

Helena se tropezó de repente con una de las pieles extendidas, perdió el equilibrio y fue a darse contra el samovar ardiente.

—¡Ya te tengo! —eructó Nicéphore precipitándose hacia ella.

Helena abrió el grifo de cobre. De él, manó agua hirviendo que llenó una palangana de plata. El general se colocó encima de ella, pero ésta le lanzó el contenido de la palangana a la cara.

Nicéphore, olvidando su arrebato, gritó de dolor. Tras dejar caer la espada, se llevó las manos a la cara.

—¡Maldita!

No había tenido bastante. Se echó hacia delante, ciego, y pudo atrapar un mechón de cabellos. Tiró con todas sus fuerzas, pero Helena recuperó el tenedor y se lo clavó.

—¡A mí, Talik! ¡A mí!

El cosaco apareció en la habitación y se lanzó sobre Helena. No pudo esquivar el tenedor, que se le clavó en el cuello. Ese golpe magistral le permitió a Helena liberarse.

Nicéphore recuperó poco a poco la visión. La silueta vaga de su esposa se confundía con la de su perro guardián. Talik se esforzó por mantener el equilibrio. Un reguero de sangre le manchó la camisa.

—Señor, ayúdeme… —gimió el cosaco.

Nicéphore no estaba en condiciones de ayudar a su guardia, ni se movió cuando Helena, en su huida, pasó cerca de él.

20

¿*D*ónde podía refugiarse? La dacha estaba llena de criaturas a sueldo de su esposo que la acosaban. Las tierras de Blavatski, repletas de hombres y mujeres a su servicio y de unidades de soldados que le obedecían ciegamente, se extendían hasta donde le alcanzaba la vista. Nadie habría osado proteger a Helena a treinta verstas a la redonda, ni los temibles pastores armenios ni los monjes errantes, ni siquiera los ermitaños de la ciudad muerta de Ani. Todos se habrían apresurado a devolverla a Nicéphore a cambio de una recompensa contante y sonante.

Esperó encerrada, mientras las horas pasaban. El cielo giró. El sol reapareció sobre la pura corona del Aragaz. La niebla cubría los valles. Vio sangre en los picos y también en las torres de vigilancia. Las grandes águilas retomaron su caza sobre el Cáucaso, envidió su libertad.

Las horas seguían pasando y las represalias todavía no llegaban. ¿Qué tramaba el retorcido de Nicéphore? Cansada de esperar y de estar al acecho tras la ventana, superada por la fatiga, fue a tumbarse a la cama. Enseguida, empezaron a asaltarla sueños. Volvió a ver el palacio de su infancia, a su dulce y amante madre inclinada sobre el escritorio, a su padre desfilando por las calles de Yekaterinoslav, a la valiente Galina, el Dniéper y sus ondinas.

—¡No! —gritó al notar que algo la rozaba.

—Señora, soy yo Boadicea, tu criada, te traigo té y pastas…

Boadicea era una criada sin edad con trenzas blancas y ojos muy claros. Debía su nombre a la reina de los icenos y se ajustaba a su apariencia. Una reina sin corona sometida a la voluntad del jefe de los cosacos.

—Tienes que comer.

—¡Vete!

—Si no aceptas la comida, me golpearán y el señor me hará encadenar con los cerdos en el establo.

Helena suspiró. Esa pobre mujer decía la verdad. Había visto en ocasiones a siervos y siervas con grilletes en los tobillos y metidos en la piara.

—Accede a alimentarte, por piedad —continuó la criada.

Helena contempló el pesado plato cargado de finas pastas y frutas. ¿Podría obtener alguna información interrogando a Boadicea?

—Está bien, sírveme té —dijo Helena yendo a sentarse a la mesa redonda donde comía cuando Nicéphore no la mandaba llamar.

—Vaya, gracias, señora.

La anciana vestida de negro sirvió a Helena, después se dedicó a cumplir con sus tareas en la habitación, arrastrando los zapatos. Helena se puso a observar ese rostro anciano y solemne. En cierto instante, se fundió con ella y descubrió su porvenir… Le quedaba muy poco tiempo de vida… Vio su cadáver en un agujero abierto en la nieve y no sintió ninguna lástima. Boadicea estaba en el bando de su esposo.

—¿Qué hace el general? —preguntó ella.

—No está aquí.

—¿Ha salido?

—Ha ido a casa de Rudeliekov.

Helena debería haberlo sospechado. El comandante Rudeliekov era el mejor médico de la región.

—El señor está muy furioso —continuó Boadicea mientras hacía la cama—, le has causado mucha pena al herir al bueno de Talik.

Una gran alegría recorrió su cuerpo. Helena volvió a ver sangrando al «bueno de Talik».

—El señor se lo ha llevado él mismo en su calesa. Habrá que rezar para que se reponga rápido de la herida de la garganta.

—No lo olvidaré —dijo con ironía Helena.

La noticia le había abierto el apetito. Dio cuenta de los pasteles con voracidad, mientras imaginaba a Talik delirando de fiebre y las ampollas en el rostro de su marido.

Ella sonrió. Boadicea la miraba suspicaz.

—¡Está delicioso! —lanzó Helena.

—¿Quieres más té?

—Sí.

La criada le sirvió una taza entera de té humeante.

—Ya no te necesito —dijo Helena.

La anciana no se dio por aludida. Sus manos largas y nudosas se pusieron a ordenar los peines y cepillos, y recogieron los cabellos y los restos de polvo del tocador.

—¿Has oído lo que acabo de decirte?

Boadicea se volvió hacia ella y la contempló extrañada. En ese instante, Helena sintió que la cabeza le daba vueltas. Soltó la taza y se llevó las manos a las sienes. La habitación empezó a dar vueltas y las paredes parecían ondular. Miró la taza y después a Boadicea, que se apretaba las manos, y cuyo rostro se había arrugado formando pequeños pliegues en la piel. La criada estaba esperando algo. Helena no pudo leer sus rasgos. Las imágenes se deformaban cada vez más.

—¿Qué me ocurre…?

Intentó levantarse. Las piernas le fallaron y cayó como un peso muerto a los pies de la criada.

—¡Puedes entrar!

La voz de Boadicea le llegó desde lejos. ¿Con quién hablaba? Helena quiso girar la cabeza, pero su nuca era de hierro. Tuvo la impresión de que el techo descendía y la aplastaba.

—¿No es peligrosa la droga?

—No, mi señor, sólo hunde al que lo toma en un estado de tranquilidad y lo deja indefenso. Compruébalo por ti mismo.

Helena se horrorizó con toda su alma. Nicéphore se inclinó sobre ella, le tocó el rostro, entreteniéndose particularmente en los labios, que abrió y cerró varias veces.

—Los bellos labios… de terciopelo.

Helena hizo un esfuerzo desesperado para golpearlo, pero tenía el brazo pegado al suelo.

—Esta droga es una maravilla. Entonces, señora Blavatski, ¿sigo pareciéndote tan asqueroso? —dijo cubriéndola con grandes besos húmedos.

Le habría gustado gritar, pero sus gritos nacían y morían en su cerebro.

—¡Ayúdame a llevarla a la cama! —le dijo a la criada.

La levantaron y la tumbaron en la cama. Su cuerpo parecía muerto, pero los ojos, el oído y la nariz le funcionaban. Conocía las drogas secretas que preparaban los chamanes mongoles, kirguizos y uzbecos. De nada servía resistirse. Nicéphore había ganado, estaba a su merced.

El monstruo vacilaba, mirándola indeciso.

—¡Vete! —le ordenó a la criada.

—¿No debo desvestirla?

—¡Desvestirla es uno de mis privilegios! ¡Lárgate antes de que te mande azotar!

Helena oyó cerrarse la puerta. Nicéphore la agarró por los cabellos y saboreó el miedo y el odio que le inspiraba a su víctima.

—He esperado mucho este momento —soltó él—. Hace mucho que no desvirgo a una doncella.

Tras estas palabras, sacó el puñal que llevaba en el cinto y, con la punta, empezó a romper el corsé. Se tomó su tiempo para separar con delicadeza cada pedazo de tejido. El cuerpo juvenil quedó a la vista,

81

soltó el puñal y recorrió con sus manos la piel blanca como la leche.

Helena notaba sus caricias. Otro grito silencioso le atravesó el alma cuando le empujó el dedo corazón por entre sus muslos después de haberle separado bien las piernas.

—¡Ah! Mi bella virgen —exclamó él cuando se postraba para besar la dulce concha, oscurecida por un ligero vello.

Triunfante, se levantó y se desnudó de golpe. El hombre de cuerpo amarillento y seco, de ave zancuda, se tumbó con todo su peso sobre su presa. Antes de ese asalto, Helena había visto su sexo, duro gracias a una maravillosa poción. Él se lo agarraba con los dedos y lo utilizó como si fuera un punzón.

Nicéphore empezó a empujar entre las piernas abiertas. Ella notó que se abrían los labios. El asco y el pánico se apoderaron de Helena. Se sentía desesperaba por estar en semejante estado, como un trozo de carne muerta, un estanque en el que intentaba entrar su verdugo.

«No soy nada… No soy nada… No siento nada…»

La fuerza de su pensamiento funcionaba. Ya no sentía el miembro azotándola con brutalidad. Veía, como en una pesadilla, la cara sudorosa de Nicéphore alejándose y acercándose.

¡Lo había conseguido! Había necesitado tiempo, pero la puerta del templo había cedido. Nicéphore perseguía ahora culminar su placer, pero no conseguía hacerlo. Tenía la sensación de tomar a una muerta. Estaba machacando unas carnes frías, secas y duras.

—¡Furcia! ¡Furcia! —jadeó él a la vez que la abofeteaba.

Un hilo de baba le caía por el mentón. La frente le chorreaba de un sudor que goteaba sobre la cara insensible de su esposa. Él se estremeció y gimió como un viejo caballo de batalla que oye tocar retirada. Pero no quería darse por vencido.

—¡Vas a abrirte al placer, sucia zorra! ¿Sí o no? —gritó él retomando su vaivén en el vientre de Helena, siguiendo el alocado ritmo de los latidos de su corazón.

La sensación pasó de desagradable a dolorosa. Con cada penetración, su verga le hacía sufrir horriblemente. Cuando no pudo soportar por más tiempo esa tortura, se retiró y gritó con despecho:

—¡Maldita bruja! ¿Así es como honras a tu marido? Te voy a entregar a mis cosacos; ellos te enseñarán a hacer feliz a un hombre.

Helena lloraba. A través de las lágrimas y del velo de la droga, lo vio agitarse ante la cama, con la verga colgándole entre sus delgadas piernas. La punta de aquel apéndice flácido y canijo con el que la había violado estaba manchada de sangre.

Lo odiaba… Lo odiaba desde lo más profundo de su ser…

Y tal vez él leyó ese odio en su mirada llorosa, porque se santiguó antes de escabullirse por los pasillos de la dacha.

21

$\mathcal{N}$icéphore no la había entregado a los cosacos: simplemente la había encerrado en una de las torres de su inexpugnable castillo de Erevan.

La tristeza reinaba en Helena de día, y la angustia de noche. Al anochecer, sus criadas cerraban la puerta de su habitación. Oía las llamadas de los centinelas cada cuarto de hora y permanecía en su cama, temblando en la oscuridad, intentando alejar el inmundo recuerdo de Nicéphore desflorándola.

Temía que se repitiera. Estaba desprotegida ante las drogas mezcladas en las comidas que servían las criaturas al servicio de su esposo. Había imaginado matarlo: era fácil apoderarse de un cuchillo y hundírselo en el corazón. Todas las noches pensaba en ello, pero desde la violación, Nicéphore no había vuelto a tocarla. Con sus dones, habría podido insuflarle una enfermedad, pero no se decidía a llegar a ese extremo. Lo consideraba indigno de una Von Hahn. Un duelo de sables le parecía perfecto. Sí, perforarlo como él la había perforado.

—¡Te odio! —gritó ella.

Su odio se perdió bajo las bóvedas de la gran habitación en la que estaba prisionera. A esa hora avanzada, Nicéphore se encontraba en compañía de otros tipos como él, en casa del conde Kalenski, jugando, bebiendo, manoseando a mujeres facilonas y desnudas de cintura para arriba. Le pareció oírlo riéndose y blasfemando, gruñendo entre los muslos de las zorras de Erevan. La asaltaron imágenes de esas orgías. Apretando las mandíbulas, intentó alejarlas. Cerró los ojos para volver a dormirse. De repente, un rayo iluminó su habitación, le siguió un trueno. Se levantó y se apostó detrás de la ojiva de la ventana. Una tormenta se desencadenó en la ciudad. Decenas de rayos caían del cielo, uno de ellos golpeó una iglesia. Lo consideró una señal.

En la cima de un puerto de montaña se prendió fuego. Parecía un farol. Era su destino.

—¡Es ahora o nunca! —gritó ella.

Oyó relinchar a los caballos. Tenía que hacerse con uno. No conocía muy bien la distribución del lugar, así que se fio de su intuición. Tuvo listo su plan en unos pocos segundos. Precipitándose sobre la cama, desgarró las sábanas, y después hizo lo mismo con las cortinas. Atando los trozos, improvisó una cuerda, sin perder de vista el avance de la tormenta. La tempestad se recrudeció y alcanzó el castillo. Una tromba de agua anegó las atalayas, los matacanes, los caminos de ronda y los puestos de vigilancia, por lo que los guardias tuvieron que ponerse a cubierto. No había tiempo que perder. Empujó la cama junto a la ventana y ató su cuerda a uno de los baldaquines antes de echarla fuera. La separaban del suelo unos quince metros. Pasó por encima del alféizar de la ventana y se deslizó torre abajo, azotada por la lluvia y balanceada por el viento. Su corazón latía desbocado; cada trueno la paralizaba. El miedo le hizo un nudo en el estómago en el momento en que se dio cuenta de que la cuerda era demasiado corta. No había calculado correctamente la distancia que la separaba del suelo. Ya no podía volver a subir, porque le fallaban las fuerzas.

Saltó.

Cuando se golpeó, creyó romperse en mil pedazos. Después de rodar por el suelo inclinado, acabó cayendo en el foso. Con el rostro hundido en el barro, movió un miembro tras otro. No se había hecho nada, sólo veía algo borroso debido al aturdimiento. Tras levantarse, chapoteó en el foso y acabó por orientarse. Los relinchos de los caballos… La cuadra estaba a unos cien pasos. No tomó precaución alguna para esconderse. El patio estaba desierto por el temporal que lo azotaba. Nadie vigilaba ni las poternas ni la pesada puerta. La cuadra parecía abandonada. Los palafreneros y los muchachos se habían encerrado en el dormitorio común. Nadie podía calmar a los caballos, que, asustados, intentaban romper las tablas y las ataduras. Un robusto purasangre de las estepas parecía más calmado. Helena le acarició el costado y le murmuró:

—Tú me conducirás a Tiflis.

Cinco minutos más tarde, se enfrentaba al diluvio; cuando alcanzó el camino del norte, lanzó un grito de alegría.

—¡Soy libre! ¡Libre!

El cielo la saludó con un tremendo rayo.

—¡Venga, mi bello semental! ¡Vuela como el viento!

Le apretó los costados con los talones. Se había subido el vestido, así que se agarraba al cuerpo caliente del animal con los muslos desnudos. Notaba que los músculos se le tensaban y después se relajaban con cada sacudida. Su corcel era poderoso, hecho para las cabalgatas largas. Los secuaces de Nicéphore no conseguirían atraparla. Galopó durante un buen rato antes de dejar trotar a su caballo. Los árboles continuaban quemándose a pesar de las cataratas de agua que caían sobre la ensenada. Había llegado al lugar en el que había aparecido el fuego. El puerto se elevaba a más de 2.500 metros de altitud. Ella continuó su ascenso, mientras la nieve sucedía a la lluvia.

Le castañeteaban los dientes por el frío de noviembre. El viento le cortaba la cara, y tenía las manos hinchadas y el cuerpo helado. Helena aguzó el oído para captar los ruidos que traía el viento. En cada instante, esperaba toparse con lobos, con la cabeza levantada para olisquear su olor y el de su montura. Pero era la única que se aventuraba por las montañas caucasianas.

La tempestad había continuado su camino hacia el suroeste. Hacía más de cuatro horas que había salido de Erevan. Los guardias debían de haber vuelto a sus puestos. En las primeras horas del amanecer, las sirvientas entrarían en su habitación y darían la voz de alarma. Entonces, cosacos, mongoles, rusos y armenios, todo aquel que pudiera montar a caballos, todos los patanes a sueldo de Nicéphore, se lanzarían a perseguirla.

La princesa se encogió sobre su montura. El frío la anestesiaba. Medio inconsciente, la invadieron pensamientos, visiones y sensaciones que la devolvían a su infancia. Comunicarse con los muertos, jugar con los fantasmas, abrir las puertas de los mundos prohibidos… Se zambulló vertiginosamente en el pasado y se adentró en fantásticas exploraciones por las sendas del futuro. Sus extraños poderes, sus dones, cuya intensidad había disminuido, empezaban a recuperarse.

Las fuerzas invisibles volvían a poseer su cuerpo libre. Se abrió al mundo, sobrevoló pueblos perdidos en las montañas y el ojo negro del monte Ararat. Recorrió distancias considerables, alcanzó el Cin Dag, surcado por caravanas turcas, las marismas sombrías del Hazapin, las ruinas encantadas urartianas y, más lejos todavía, llegó a la maléfica fortaleza de Kars. Volvió a aprender el lenguaje de los vientos y de los astros.

Había vuelto a ser la Sedmitchka.

Los Siete Espíritus de la Revuelta se despertaron. Otras imágenes empezaron a imponerse. Paulatinamente, vio la silueta de un hombre perfilarse cerca de un fuego.

—Un persa —se dijo ella.

Se encontraría con él al cabo de poco tiempo. Se concentró en esa presencia que estaba a cinco o seis verstas de ella. Era un hombre acorralado, peligroso, perseguido por los rusos.

Un aliado potencial.

Abandonó el estado de videncia. Tenía que estar lo antes posible junto a ese hombre. Azuzó a su caballo.

Una hora después, vio el fuego bajo una cornisa rocosa. Echando pie a tierra, guio a su montura entre las grietas, inquieta. Ya no adivinaba nada de lo que se le acercaba. Tenía el espíritu cerrado. Apenas podía ocultar su miedo…, su miedo y su voluntad de matar.

Avanzó prudentemente hacia la fuente de luz. Derrumbados en parte, las paredes de un refugio protegían apenas el fuego cuyas llamas alocadas chisporroteaban en torno a un recipiente de hierro. Bajo la cornisa rocosa, había un caballo mestizo atado a una viga calcinada.

El persa ya no estaba allí.

—¿Hay alguien ahí? —preguntó con voz temblorosa.

En ese instante, una masa se abatió a su espalda y la giró.

—¡Piedad! —gritó ella——. ¡Me persiguen soldados rusos!

Su agresor la volvió brutalmente y clavó su mirada en la suya. En la mano derecha, que tenía levantada a la altura de la cabeza, sujetaba un cuchillo.

—¡Estás mintiendo!

—¡No!

Le acercó su cara de odio, enmarcada por una corta barba negra y blanca.

—¡Soy rusa y me persiguen!

—¡Estás mintiendo! —repitió el persa.

Sus dedos se crisparon en torno a la empuñadura del arma, iba a atacarla.

—El señor de Erevan, el general Blavatski, quiere ejecutarme, soy su esposa.

Su revelación fue tan inesperada que el hombre se quedó boquiabierto. Algo así no podía inventarse. La mujer de Blavatski ante él, indefensa. Una cristiana de la noble corte del Zar. Se le brindaba la oportunidad de cortarle la garganta a una enemiga del islam. Unas voces le recordaron que Alá era magnánimo. De modo que guardó el cuchillo, se separó de ella y le tendió la mano para ayudarla a levantarse.

—Acércate al fuego.

La tranquilidad sucedió al miedo. Helena se acercó al fuego. Se calmó, olvidó sus miserias. El completo bienestar llegó cuando el persa le cubrió los hombros con una pelliza de piel de lobo.

—¿Adónde pensabas ir con tu vestido de princesa? —le preguntó él, y se sentó cerca de ella.

—A Tiflis.

—Vestida así y sin provisiones, no habrías sobrevivido más de veinticuatro horas… Blavatski… Blavatski…

Un rictus le deformó la cara.

—Tu nombre te costará unos cuantos disgustos si te quedas en esta región —añadió él.

—Llámame Helena. No he elegido ser una Blavatski. Me han casado a la fuerza con ese matarife.

El recuerdo le abrió una brecha en su caparazón. Ella estalló en sollozos.

—Me encontrará. Tiene un sinfín de medios para conseguirlo, ejércitos bajo su mando, centenares de espías… Voy a morir.

El persa no compartía su opinión y dijo que no moviendo la cabeza de un lado al otro. Su voz tranquilizadora le dio esperanzas:

—¡Dios está contigo! Los rusos también me están buscando desde hace tiempo. He saqueado vuestros pueblos y he atacado convoyes de mercaderes. Hace poco, era un señor de la guerra, pero perdí a todos mis hombres en una emboscada. Los imperiales han puesto precio a mi cabeza, e intento volver al país de mis ancestros. Recorreremos juntos el camino. Tu general no asistirá ni mañana ni ningún otro día a nuestra ejecución. Ahora come y bebe. Tienes que reponer fuerzas. Dentro de dos horas nos iremos.

Después de hervir agua en un cacharro al fuego, preparó el té y compartió con ella el pan duro y el pescado seco.

Habían sellado su pacto. Ambos tenían claro el nombre de su enemigo: Nicéphore Blavatski.

22

*E*n el cielo, las constelaciones se desplazaban lentamente. Helena y el persa llevaban caminando juntos tres días y dos noches. Habían cruzado montañas altísimas, torrentes helados y mesetas nevadas. Su compañero era un hombre misterioso, ni siquiera sabía su nombre. Hablaba poco, excepto cuando se dirigía a su dios: cinco plegarias rituales.

Al amanecer de la tercera noche, llegaron a las clementes orillas del río Kura. Sesenta verstas los separaban de Tiflis. Helena tenía intención de refugiarse en casa de sus abuelos y pedir el divorcio. Quería acelerar el ritmo, pero su compañero, habituado a una larga vida errabunda, le repetía sin cesar que no agotara las fuerzas de su montura. Podía sobrevenir un peligro y los caballos debían estar en condiciones de permitirles escapar.

Helena estaba agotada. Impávida, con el cuello tenso, sólo podía pensar en sus abuelos y en sus amigas. Después de haber vuelto a ser la princesa Von Hahn, se veía paseando altanera por las calles de la ciudad y por los campos cada vez más numerosos al lado del Kura, mientras se embebía de sol.

Los georgianos se apartaban ante esa pareja inquietante, que salía directamente de las colinas sobre las que planeaban las rapaces. El persa, por sí solo, con sus armas cinceladas con caligrafía, provocaba que la gente se santiguara discretamente. Con la mujer era diferente, no bastaba con santiguarse para estar protegido. La cruz no era suficiente. Rezar parecía inútil. Con su manta de otra época, hecha de pieles de lobo groseramente cosidas, con el rostro manchado de fango y una mirada imposible de aguantar, se podría creer que era una enviada del propio Satán.

A Helena no le preocupaba la opinión de la gente, sino cómo iba a conseguir convencer a sus abuelos de su buena fe.

Llegaron a los suburbios de la gran ciudad donde estaba estacionado un regimiento de granaderos. Circulaban rumores de guerra con el Imperio otomano, y algunos individuos descontrolados lanzaron injurias al compañero de Helena.

—Voy a tener que dejarte —dijo él.

—¡Quédate conmigo! Iremos a los confines del mundo, allá donde los hombres no conocen ni a Dios ni al diablo.

—No, no tengo tu coraje y amo a Alá. Si hago un viaje será para ir a La Meca. ¡Que Alá te proteja! —dijo, y se dio media vuelta.

Helena sentía un peso en el corazón, después de todo, el persa le había salvado la vida. Retomó el camino que conducía al castillo familiar.

Todavía no era mediodía cuando Helena, tras dejar atrás la ciudad, tuvo el castillo al alcance de la vista. El aire olía a humor caliente y a madera quemada; además, se mezclaba otro olor, más sutil, el del kéfir, la leche fermentada a la manera tártara. Unos mirlos grandes se escaparon de los tejados y unos siervos con cuerdas remendadas la señalaban con el dedo… Se inició un zafarrancho de combate. Después el general Von Hahn y su mujer aparecieron sobre el torreón con media docena de criados armados con sólidos bastones.

—¡Di quién eres! —clamó Von Hahn con voz potente—. ¡Renegada o bruja, sigue tu camino o te hago moler a palos!

—¡Soy yo!

Esa voz… Era imposible… Sobrecogida, la señora Von Hahn se llevó una mano al corazón.

—Soy yo, Helena —repitió la aparición vestida de pieles de bestias.

—¡Por Dios santo! —exclamó la anciana dama corriendo hacia su nieta, que había bajado del caballo.

—¡Oh! ¡Abuela!

—Mi pequeña Helena, mi amor, ¿qué te ha pasado?

Ambas se besaron, se abrazaron y se acariciaron la cara. El amor de su abuela la serenó y la devolvió a su más tierna infancia. Le habría gustado poder quedarse hecha un ovillo sobre su pecho opulento con olor a violetas.

Notó que alguien le posaba una mano en el hombro. Ella giró la cabeza y su abuelo le besó la frente. No dijo nada. Había demasiadas preguntas que se atropellaban tras su cara de preocupación. Se dejó llevar por la emoción del reencuentro y apretó a su querida niña contra él. Después se alejó con aspecto dubitativo.

—Creo que nos debes una explicación.

89

—¡Déjala tranquila! —intervino la señora Von Hahn—. ¿No ves que está agotada? Necesita un buen baño, comer y dormir un poco... Venga, deja de jugar al inquisidor y da órdenes a las criadas. Quiero que el castillo esté de fiesta.

La fiesta duró poco. Había tenido que explicarse. Los Von Hahn se habían quedado sobrecogidos por los horrores que acababan de oír. Helena no les había ahorrado detalles, utilizando en ocasiones expresiones groseras.

Destrozada y llena de cólera, su abuela dio su opinión:

—¡Ese monstruo merece ser perseguido por la Justicia! Debemos escribir al Zar. ¡Hay que romper los lazos de ese matrimonio contra natura!

—¡No piensas con claridad! —afirmó el general—. Blavatski es la Justicia. ¡El Zar es amigo suyo! Y ningún archimandrita del mundo aceptaría romper los lazos que unen a nuestras poderosas familias... Yo mismo estoy en contra: está en juego nuestro nombre y nuestro crédito ante el Zar.

—¡Valoras en muy poco nuestro honor! Sí, muy poco. Lo sitúas a la altura de la semilla de ese viejo depravado. ¿Has tenido que soportar alguna vez el látigo? ¿Te han tratado como a un siervo? ¿Puedes imaginarte qué es una violación para una mujer?

El general se quedó lívido. El honor era la más alta de todas las ideas, el honor era el código por el que se regían los hombres de bien y la caballería. Y el honor exigía, en primer lugar, respetar las leyes de la Santa Iglesia. El matrimonio era sagrado. Con voz seca, le respondió a su mujer:

—Debe volver con su marido.

—¡Antes tendrás que matarme! —dijo Helena.

—¡A mí también! —exclamó la abuela.

La resistencia y la violencia de las dos mujeres sorprendieron al general. Prefirió descargar su cólera sobre su esposa, a la que siempre había respetado y honrado... hasta ese día.

—¡Cállate, mujer! Una palabra más y te encierro en el convento de Tsaritsina.

La vieja princesa se encogió de hombros y le dio la espalda. Se refugió en una insolencia silenciosa. Dijera lo que dijera, tendría la última palabra. Tenía dinero suficiente para comprar a todos los religiosos de la santa Rusia. Ese maldito Blavatski no le volvería a tocar ni un cabello a su nieta.

Helena también guardaba silencio. Su abuelo era más manejable de lo que aparentaba. A menudo cambiaba de humor y de opinión.

Era sólo una cuestión de tiempo. Debía aceptar su discurso, sus digresiones sobre la santa Rusia, sobre sus ancestros caballeros, sobre el orgullo de la nobleza. No continuó con los sarcasmos dirigidos a su esposa, y retomó su lección de moral, habló de nuevo sobre el respeto a los compromisos, del poder del Zar y del desorden en general, fuente de todos los pecados.

—Y tú eres uno de los elementos de desorden que agitan Europa. ¡No lo comprendo! Que sepa, nunca has tenido ideas revolucionarias francesas, no quieres la caída de tu zar. ¡Demonios! No te llamas ni Robespierre ni Danton. Esos hombres malditos han sembrado el odio después de cortarle la cabeza al buen rey Luis XVI. Tampoco eres ni Lamartine ni Arago, que derribaron al rey Luis Felipe…

Conocía a todos esos causantes de problemas, arribistas y locos. Citó a decenas de ellos. Helena aguantó con paciencia su discurso y le dejó acabar mientras miraba fijamente la hebilla de oro de su cinturón. ¿Qué relación podía haber entre una joven de diecisiete años que se negaba a ser la esclava de un déspota sanguinario y unos acontecimientos de alcance histórico? El general continuó con su verborrea y Helena se limitó a escuchar sin pestañear para complacer a su abuelo.

Al final de su tedioso discurso, el viejo general pareció satisfecho. Contempló el retrato del zar Nicolás que había colgado en el salón amarillo. Le gustaba decirse que el emperador pintado con uniforme de gala lo escuchaba.

—Vela por nosotros —afirmó él—, que Dios lo tenga en su santa gloria.

Helena soltó un largo suspiro. Su abuelo, ahora tranquilo, tenía un aire soñador. Estaba harta de oír los temas desgastados que la vieja nobleza atemorizada repetía una y otra vez. Le hizo una mueca al retrato del emperador. No pertenecería jamás a una clase que sacrificaba a sus hijos para no perder sus privilegios. Por todas esas razones, debía abandonar el país para unirse a un mundo en constante movimiento.

23

*L*os dos días siguientes se llenaron de gestiones penosas e interminables conciliábulos. Más explosiva que nunca, la señora Von Hahn volvía a la carga durante las comidas. Había puesto sobre aviso a tíos y sobrinos, parientes y amigos. Todo el mundo compartía su opinión. El general estaba aislado y se veía obligado a comprometerse.

La luz del día empezaba a asomar cuando el abuelo entró sigiloso en la habitación de su nieta. Prácticamente nunca antes había ido. Paseó su mirada intentando grabar en su memoria cada cuadro, cada libro, todos los objetos queridos al corazón de Helena. Después se sentó en el borde de la cama y la despertó acariciándole la mejilla.

—Helena, hija mía…

—¿Abuelo? —dijo cogiéndole la mano con firmeza.

—He reflexionado mucho. Nuestros parientes y nuestros amigos se han puesto de tu lado. Esa coalición demuestra que me he equivocado… En fin… ¿Cómo explicarme? He sido demasiado vehemente en mis afirmaciones. Ya no estamos en la Edad Media. He escrito una larga carta a tu padre y he enviado una misiva oficial a nuestro zar. Es bastante probable que Nicéphore me retire su amistad… He decidido no volver a enviarte a Kirovakan.

—¿Y el matrimonio?

—No se romperá. He consultado a los popes. Lo que se ha hecho en nombre de Dios no puede deshacerse. Te vas a reunir con tu padre en Odessa. Después de todo, tiene más derecho sobre ti que yo. Le corresponde a él decidir sobre tu futuro. Tu abuela y yo ponemos nuestras arcas personales a tu disposición.

—No quiero vuestro dinero… Oh, abuelo, te quiero…

Besó al anciano, que tenía lágrimas en los ojos. Después se levantó de un salto.

—¡Voy a mandar que preparen mis maletas!

24

*E*n la punta del desfiladero brillaba el mar Negro. El carruaje de Helena chirriaba sobre sus ejes. La escoltaban cuatro caballeros. El viaje había sido extenuante.

Al lado de Helena, una pareja de criados escogidos por el general lanzaban miradas furtivas al paisaje enorme y misterioso. La luna llena iluminaba las paredes de granito y rodeaba de una vida secreta los bloques erráticos. Los dos criados creían ver animales fantásticos y quimeras.

Tenían miedo, miedo a viajar tan lejos de su hogar, a las leyendas que corrían sobre el mar Negro.

Helena no se dejaba engañar por las trampas de la noche: había recorrido las montañas durante su juventud, de manera que no temía falsas apariciones. Las piedras, los árboles y los matorrales animados por la luna nunca le habían saltado encima.

No sentía ningún miedo. Después de haber escapado de los cosacos del señor de Erevan, la inundaban el orgullo y el optimismo. Se alegraba por reencontrarse con su padre en Odessa y por retomar su vida en el regimiento. Tal vez, incluso, podría asistir a alguna batalla. Sentía un deseo loco de cortarse los cabellos y enfundarse un uniforme de húsar.

—Vamos, dejad de temblar. Dentro de menos de dos horas, estaremos en Poti y no lamentaréis haber salido de Tiflis. La vida en las orillas del mar Negro es dulce —les dijo a sus criados, cogiendo la mano de la mujer para tranquilizarla.

—Perdónenos, señorita, pero no estamos acostumbrados a viajar —dijo la mujer.

—Lo más lejos que hemos viajado ha sido a Yelalogli —añadió su marido, que se santiguó.

La mujer se santiguó también y siguió hablando.

—Dios, en su bondad, nos ha salvado de que nos enviaran a Erevan, donde viven los salvajes armenios. Nuestro hijo, enrolado en el ejército, no ha tenido esa suerte.

—¿Pertenece a uno de los regimientos del Cáucaso? —preguntó Helena, sintiendo un pinchazo de angustia al pensar en el general Blavatski—. Si ése es el caso, no sientan ningún temor. Nuestras relaciones con los persas son buenas. El peligro está más bien en el oeste, muy lejos de Erevan, en el bando turco.

El rostro inquieto de la mujer no se relajó.

—Nuestro Guenady no está en uno de los regimiento del Cáucaso. Sirve en el cuerpo de los exploradores de Tiflis.

—¡Guenady! ¿El domador de caballos?

—Sí, nuestro querido hijo —dijo el hombre—. La víspera de nuestra partida, tu abuelo lo puso al mando de un escuadrón que envió al general Blavatski para informarlo de las disposiciones tomadas sobre ti.

La noticia dejó a Helena helada. Vio a su marido, colérico, desplegando un mapa de Georgia y cogiendo un portaplumas para subrayar con un trazo violento el puerto de Poti, el único sitio en el que era posible embarcarse para llegar a Odessa.

Nicéphore no era un hombre que se diera por vencido. Sus sicarios tomarían enseguida el camino. Sus mensajeros y sus espías establecerían enseguida contacto con la Policía de los puertos del mar Negro. En pocos segundos, se imaginó el plan de su esposo.

Trescientas verstas separaban Tiflis de Erevan, y otras trescientas Tiflis de Poti. Era difícil desplazarse por el Cáucaso nevado. Calculó que llevaba ocho días de adelanto. Si iba a Odessa, no tendría escapatoria y su padre no podría hacer nada por ella. Evaluó todas las soluciones y tramó su propio plan.

Asomándose por la portezuela, llamó al jefe de la escolta.

—Nos detendremos en el próximo pueblo para descansar.

—Te recuerdo que tu barco sale al alba y que debemos estar en Poti antes de medianoche.

—No tengo prisa.

—Tengo órdenes, Su Alteza.

El teniente se estaba sobrepasando. Le otorgaba un título al que no tenía derecho y a la vez la tuteaba. No era princesa de sangre y no se ablandaba con zalamerías.

—Considera tus órdenes anuladas.

—Muy bien, pero date por avisada: vas a perder el barco.

Eso exactamente es lo que ella deseaba. Estaban a una media hora de Poti cuando llegaron a un pueblo. Una vez más, el teniente le aconsejó continuar, pero no cambió su decisión: iba a dormir allí.

♈

Poti. La luz rojiza del sol se deslizaba sobre las barracas, los almacenes y las casernas. Entre los brazos de tierra, había una decena de navíos mercantes y cinco bajeles de guerra fondeados en la bahía. A lo lejos, una humareda gris se escapaba de la chimenea de un vapor y se diluía en el cielo anaranjado.

Su vapor.

Helena se alegró de no estar a bordo. Se echó el aliento en las manos y aceleró el paso. Había conseguido granjearse la confianza del teniente y de los criados, hospedados en casa de un noble escribano de la ciudad.

Debía afanarse por borrar las huellas de su paso por ese puerto bullicioso.

Llegó a los barrios bajos y se mezcló con la multitud que ya estaba atareada. Sólo eran las diez cuando tomó la calle principal, donde deambulaban soldados, marinos, putas, mendigos turcos, aventureros bálticos, mercaderes manchúes, caravaneros tungusos y mercenarios daguestanos. Al ver a los prisioneros altaicos, con gruesas cadenas en torno a los tobillos, y a los cosacos mirándola, no pudo evitar pensar en su propia suerte si acababa presa. La marea humana se perdía en los muelles y en los astilleros. En ese espacio de media versta de largo y cien pasos de ancho, los chirridos, golpes, balidos y relinchos no conseguían tapar las llamadas de los mercaderes y los juramentos de los traficantes, los cantos de los obreros y los silbidos de los contramaestres. Helena se dirigió al mercado de animales.

Un vendedor griego de mandíbula prominente, encaramado a un tonel, mantenía en vilo a una multitud de nómadas, una hermandad de monjes y un puñado de campesinos.

Helena se mezcló con los monjes. Los religiosos admiraban los animales allí expuestos, sobre todo al magnífico animal de pelaje marrón con motas negras que el vendedor estaba presentando.

—Sería ideal para nuestro peregrinaje a Jerusalén. Nuestro superior se montaría en él y nosotros lo seguiríamos en las mulas.

—Sí, entraríamos en la Ciudad Santa con gran pompa, junto a los hermanos de Tashkent y los penitentes de Kiev.

—¡Lo necesitamos!

El vendedor animó a los monjes.

—¡Fijaos! Qué bestia, qué bella bestia —decía señalando al caballo, al que un empleado hacía girar—. El propio Dios lo querría en el Paraíso, ¿no les parece, hermanos?

Los monjes desaprobaron esa afirmación, abandonaron la idea de procurar una montura digna a su superior y se apartaron para salmodiar unas plegarias. Al vendedor le importaba un bledo. Los monjes, que vivían de limosnas y donaciones, no tenían los medios para comprar un caballo. Esperó a que esos malos clientes desaparecieran, y después retomó su palabrería:

—Vamos, señores, decídanse…

Los hombres en cuestión, vestidos en su mayoría con sombrero y botas de fieltro, seguían impasibles. No comprendían demasiado bien el ruso, así que, abandonando la lengua oficial, el mercader se dirigió a ellos en sajá. Acertó de lleno. Las sonrisas dejaron a la vista los dientes mellados de su público.

—¡Es un animal fuerte! Sus chamanes dirían que está hecho para enfrentarse a las nieves del Cáucaso, a los pantanos siberianos, a los desiertos del Mujunkum y a las arenas del Betpak-Dala. Vean sus jarretes, la amplitud de su pecho, el brillo de su pelo y la vivacidad de su mirada. Creedme, hijos de las estepas, no encontraréis una montura mejor a menos de mil verstas a la redonda; cargará sin desfallecer vuestras bolsas de sal, vuestras tiendas y a vuestras mujeres durante veinte años.

Los nómadas sabían que todo era mentira. El animal tenía al menos quince años. Ninguno de ellos hizo una oferta. Los griegos siempre mentían. Los campesinos, toscos georgianos pertenecientes a la misma comunidad, eran menos cautos. Su grupo se acercó al caballo.

—¿Cuánto? —preguntó el que llevaba la voz cantante.

El vendedor se enderezó, se metió los pulgares en los bolsillos de su chaqueta y adoptó un aire pensativo. Aceptó fijarles un precio.

—Cuarenta rublos sería un buen precio para vosotros; pero, en pos de las buenas relaciones entre nuestros dos pueblos, debo hacer un esfuerzo: os lo dejo por treinta y cinco rublos. Entonces, ¿qué me decís, amigos míos?

El jefe consultó en voz baja a sus colegas. Después dijo en voz alta:

—Somos pobres.

—Treinta y dos rublos.

—Sigue siendo demasiado. No podemos pagar más de dieciséis.

—¡Idos al diablo! —escupió el griego.

Los campesinos, decepcionados, se fueron. Helena se quedó contemplando el caballo. Era un caballo bastante mediocre.

—¡Te ofrezco veinte rublos!

El vendedor levantó una ceja y miró con desdén a la noble y joven señorita, antes de lamentarse:

—Veinte, quieres que me arruine… Con ese precio, perdería dinero.

—¡Sé lo bastante sobre caballos para decirte que tiene quince años y que es el bastardo de un media sangre francés y de un tarpán!

El mercader se sintió incómodo. Esa diablesa con enaguas iba a darle una mala reputación. Tenía más animales que vender: asnos, mulas, siete vacas y caballos de tiro. Así pues, se apresuró:

—Es tuyo.

Unos minutos más tarde, lo condujo hasta donde estaban los monjes.

—Padres, ¿piensan ir a Jerusalén?

—Sí, hija mía.

—Es un viaje largo.

—Llegaremos dentro de unos cinco meses… Si Dios quiere.

—Entonces, acepten este caballo.

—Nunca podremos rezar lo bastante para agradecértelo. No podemos aceptar un regalo así.

—Yo no puedo ir a Jerusalén. Es para vuestro superior. Será mi manera de estar con vosotros allí.

—¡Que Dios la bendiga! —gritó el más anciano de los monjes, con cara de sorpresa—. Le daremos un buen uso. ¿Cómo te llamas?

—Marina Petrovskaya.

—Lo recordaré —dijo el anciano, que se apoderó rápidamente del caballo—. Le hablaré al Señor y a sus ángeles de ti.

A Helena le importaban muy poco las intercesiones en su favor ante Dios.

—¿Puedo pediros un favor?

—Lo que quieras, hija mía.

—Dadme uno de vuestros hábitos.

—¡Eso es imposible! —exclamó el anciano monje.

—¿Por qué?

—Las mujeres no pueden llevarlos. Cometeríamos un gran pecado si te lo diéramos.

—¿Quién les ha dicho que me voy a disfrazar de monje? Lo pido para una buena causa. Quiero dárselo a mi hermano, que quiere ayunar y hacer penitencia —mintió ella, a la vez que abría la mano.

Los monjes abrieron los ojos como platos. En la palma de Helena brillaban tres monedas de oro.

—Una por el hábito —dijo ella, mientras ponía la primera en la mano del monje, casualmente extendida hacia ella—, otra para lavaros de todo pecado, y la última para que me borréis de vuestra memoria.

—Entonces, queda triplemente justificado —dijo el viejo monje—. ¡Hermano Grigori, quítate el hábito!

25

𝒰nas nubes azuladas con ribetes de plata rodeaban la luna. Se juntaron y durante unos instantes sumieron el puerto de Poti en la oscuridad. Disfrazada de monje, con los cabellos ocultos bajo la capucha y una gran bolsa a su espalda, Helena había esperado el momento propicio para abandonar el aserradero en el que se había escondido después del mediodía. A esa hora, avanzada la noche, los soldados de su escolta y la Policía debían de creer que estaba de camino a Suhumi o a Trebisonda. Había hecho falsas confidencias a sus criados: había revelado que no tenía intención de llegar a Odessa.

Se coló entre los almacenes. Desde su escondite improvisado, había estado observando los movimientos de los navíos y el vaivén de los descargadores. Había dos barcos preparados para zarpar, uno ruso y otro inglés. Por supuesto, eligió el segundo. Unos marineros borrachos aparecieron y empezaron a armar escándalo subiéndose a las cajas, y cantando y entonando canciones obscenas, pero se cansaron rápido. Ella los dejó alejarse. Se oyó un ruido de botellas rotas; después sólo hubo silencio.

Helena esperó todavía una hora más antes de actuar.

Se había levantado viento. El cielo estaba despejado. El reflejo de la luna flotaba libremente sobre el mar. Helena se coló entre los barcos varados en tierra. Los dos mástiles del navío inglés oscilaban. Oía los silbidos de las vergas y los cabos, los chirridos de las poleas y el chapoteo del agua alrededor del casco.

El puente parecía desierto. Contempló con desespero la luna, que iluminaba los muelles, y después se decidió a correr hasta la pasarela, se cayó en el puente y encontró una escotilla.

—¿Quién anda ahí? —gritó uno de los ingleses.

Todo estaba perdido. Intentó escapar, pero la voz, en ruso esta vez, sonó amenazante:

—Detente o disparo.

Helena se quedó quieta.

—Sobre todo, no te muevas —dijo el desconocido en ruso antes de volver al inglés—. ¡Quiero ver tu cara de rata! ¡Vaya, vaya, un monje!

El marino, que sujetaba una pistola en una mano y una linterna en la otra, parecía asombrado por su captura.

—¿Así que querías embarcarte clandestinamente, no? Vosotros, los religiosos, nunca podéis pagar. Por supuesto, no entiendes el inglés. ¡Qué más da! ¡Avanza, avanza, obedece! Hay alguien abajo que habla tu maldita lengua mejor que yo.

Con el cañón de su arma, el marinero la empujó hacia la popa:

—¡Por ahí! —gritó él, señalando los cinco o seis peldaños que se adentraban en el puente. Conducían a una puerta minúscula.

—¡Capitán! ¡Capitán!

—¡Sí!

—Tenemos un visitante.

Se abrió la puerta y apareció un hombre achaparrado y de amplios hombros. Los ojos estaban profundamente hundidos en una cara grande, cuadrada y barbuda, el capitán la evaluó y dijo en ruso con voz pastosa:

—¿Eres un novicio?

Helena asintió con la cabeza.

—Supongo que con Jesús hablarás más, ¿no? Te aseguro que te vas a confesar. ¡Entra! Me vas a tener que explicar qué estabas haciendo a bordo del *Commodore*. Déjanos, John, y sigue montando guardia. Nunca se sabe con esos malditos ladrones.

La cabina del capitán era una verdadera leonera. Todo tipo de objetos se amontonaba sobre el suelo, aunque predominaban las botellas. Arcos, cerbatanas y todo tipo de flechas y jabalinas decoraban las paredes. Había colgado un retrato de la reina Victoria entre dos marionetas de Bali. Todavía resultaba más impresionante, sobre la mesa repleta de mapas marinos, una estatua negra adornada con collares de cráneos, armada y que sacaba la lengua. Helena sintió que la habitaba un espíritu malvado.

El capitán entendió qué estaba mirando y dijo con ironía:

—¡Pobre monje! Te las tienes que ver con el fuego de la bella y terrible Kali. Ni siquiera puedes imaginarte lo que significa para los indígenas de Bengala. Tu Virgen María debería seguir su ejemplo…

El capitán descorchó una botella de ron con los dientes e ingirió una buena dosis de alcohol. Tras chasquear la lengua, continuó:

99

—La negra Kali, una terrorífica imagen de Parvati, el poder destructor del tiempo, séptima lengua de Agni, el primero de los diez objetos del conocimiento... ¿Qué son esos santos tuyos al lado de esta diosa, eh, frailucho? ¡Odio la religión cristiana! ¡Nos ha convertido en esclavos! ¿Eres ortodoxo? ¡Ésos son los peores! ¿Eres mudo o qué? ¿Dónde está tu amado Jesús? Llámalo y veamos si tiene el valor suficiente para venir en tu ayuda... Vamos, reza, diviérteme.

—¡Ni lo sueñes!

—¡Por mi diosa Kali! Una mujer...

El tipo soltó un silbido y se tomó otro trago de ron. Se secó la boca con la manga de su mugrienta chaqueta de oficial y le tendió la botella a Helena.

—Toma un trago.

Helena aceptó. Al tragar el alcohol sintió un escalofrío.

—Muy bien....

El capitán estaba de buen humor e intentaba adivinar su edad.

—¿Cuántos años tienes?

—Diecisiete.

—¡Eres muy joven para estar ya en el oficio!

—¿Qué oficio?

—Supongo que has subido a bordo para provocar a mis hombres.

—¡No soy una puta!

Le dio una bofetada tan fuerte que el hombre se tambaleó.

—¡En nombre de Dios! —gritó el capitán, echándole mano de nuevo a la botella—. ¿Quién eres?

—Lubiana Petrovna Blitov du Plessy...

Esa respuesta le devolvió la sobriedad de golpe. Examinó de cerca ese ejemplar de la nobleza que había ido a caer en su barco.

—Con semejante nombre, sólo puedes traernos grandes problemas. Si te vuelves a tierra, hijita, olvidaré tu visita.

— ¡Intento reunirme con mi madre en Francia!

—Pues yo me dirijo al mar de Azov.

La agarró por el brazo e intentaba echarla cuando ella empezó a rebuscar algo bajo su hábito. Por fin, Helena sacó una bolsa y vertió el contenido sobre la cabeza de Kali. La lluvia de oro tintineó. Cincuenta monedas de aquel metal rodaron y se esparcieron por la cabina ante la mirada de asombro del capitán. Atónito, cogió un puñado. Helena notó que se ablandaba... y se volvía hipócrita. Su rostro, enrojecido por el alcohol y las salpicaduras de las olas, expresaba apatía.

—Esto es mucho dinero... Mucho más de lo que ganaré con este viaje... ¿Es usted una criminal buscada?

La había tratado de usted, Helena empezó a ganar confianza.

—No, sólo soy una mujer que está harta de doblegarse a la voluntad de su tío abuelo. Mi padre murió en Polonia, durante la toma de Varsovia, y mi madre cayó enferma…

—No necesito saber más… Veamos —dijo él—, puede usted quedarse con mi camarote. Yo dormiré en el del segundo. ¿No tiene nada más que ponerse?

—Llevo algo de ropa en mi bolsa.

—No tengo intención de ocultarles su presencia a mis hombres. Mañana podrá usted pasearse libremente por el puente.

—¿Me llevan con ustedes?

—Sí, antes le mentí, aunque paso por el mar de Azov, mi destino final es Marsella.

—Gracias, capitán.

—Me llamo John Hasquith —le dijo con una inclinación de cabeza.

A la mañana siguiente, al pasar revista, después de haber levado anclas, el capitán Hasquith anunció a sus oficiales que había una pasajera a bordo a la que se debía tratar con el mayor de los respetos: quien no cumpliera tal orden acabaría en el calabozo. La noticia se extendió como un reguero de pólvora.

—¡Una mujer a bordo del *Commodore*!

—¡Una chica, muchachos!

—Cuidado, por lo que parece es la querida de Hasquith.

Cuando Helena hizo su aparición, se quedaron desconcertados: una señorita tapada hasta el cuello, que no se parecía en absoluto a las gordas concubinas que estaban acostumbrados a ver en los brazos del capitán. Hasquith tenía una particular afición por las turcas y las egipcias.

A medida que el *Commodore*, con las velas hinchadas, se alejaba de la costa, el viento de alta mar tonificaba a Helena. Tanto en la proa como en la popa, ya estuvieran en equilibrio sobre los aparejos, o bien dando lustre al puente, los marineros la observaban a hurtadillas. Ella los incomodaba. Había algo extraño e inquietante en su mirada gris.

Las fuerzas del mar, las olas espumosas y las salpicaduras saladas habían poseído a Helena, que se sentía feliz. Braza a braza, el *Commodore* la alejaba de Nicéphore.

—Soy libre —gritó con los brazos abiertos.

$\mathcal{H}$icieron escala en Kertch. La Policía del puerto no apareció. El *Commodore* mantenía su ventaja respecto a los mensajeros de Blavatski. Ahora, navegaban por el mar de Azov. La costa volvió a aparecer hacia mediodía; los pájaros empezaron a seguir la estela del velero, al que un viento del sur empujaba con rapidez hacia el golfo de Taganrog.

Helena, acodada en la borda de la popa, los observaba al acecho de señales propicias. Graznaron y desaparecieron de repente. No le gustó ese gesto. La preocupación llenó de arrugas su frente.

—Dentro de menos de dos horas, echaremos el ancla en el puerto de Taganrog.

La voz amiga del cocinero, un indio punjab, la sacó de una sombría reflexión. Se llamaba Mavakur y sonreía constantemente.

Al cabo de los días, había acabado por tenerlo en verdadera estima. Tenía unos ojos muy dulces y hablaba a menudo de la India. Le recitaba en hindi los poemas del Décimo Gurú, escritos para alabar a los dioses, y, a pesar de no comprender esa lengua, Helena viajaba al país de los tigres y de las ciudades fabulosas.

—Estoy impaciente por salir de aguas rusas —dijo ella—. Tengo un mal presentimiento. Los pájaros han dejado de seguirnos.

Mavakur miró al cielo despejado.

—Rezaré a Dhatri, el hijo de Brahma, para que te proteja.

—¿Qué ves? ¿Estoy en peligro?

—No veo más allá que tú. Todos estamos en peligro. Desconfía del capitán Hasquith, no tiene palabra. Creo que está poseído por un *bhuta*, un devorador de carne. Entre nosotros, los bhutas son los espíritus demoniacos de aquellos que murieron de manera violenta. Se introducen en los cuerpos de los vivos para saciar sus vicios.

—Pues al bhuta de Hasquith le gustan mucho el ron y el whisky.

Conozco a esos espíritus —dijo riendo Helena—: hay muchos en Rusia.

—Me temo que nuestro capitán está poseído por un bhuta muy peligroso.

El casco del *Commodore* crujía cuando se recogía la cadena del ancla. Acababan de plegar las velas, y los marinos se deslizaban por las cuerdas y saltaban al puente. Estaban emocionados por poder bajar a tierra. Helena, desde el interior de su cabina, los oía gritar de alegría.

—¡Calma! —gritó el capitán—. A estas horas, los burdeles de la ciudad todavía están cerrados. ¡Merson! ¡Sleigh! ¡David! ¡Marvin! ¡Van Hook! Ocúpense del cargamento. Señor Chaterbool, usted deberá velar porque Tim y Napler arreglen ese puñetero timón.

Hasquith estaba al tanto de todo. La mayoría de sus hombres eran pillos de los bajos fondos de Cardiff, el puerto donde fondeaba el *Commodore,* y siempre estaban dispuestos a sacar el cuchillo y luchar. De vez en cuando, le daba a alguno un latigazo para mantener la disciplina. Al propio capitán también le excitaba la idea de desembarcar y perderse por las callejuelas remotas de la ciudad. Tras rellenar su pipa, miraba el puerto; entonces, unos hombres de uniforme aparecieron en el dique y subieron a bordo de una barca en la que esperaban seis remeros.

—¡Por amor de Dios! —gritó él—. ¡Tú, ven conmigo! —le ordenó al grumete, que estaba enrollando una cuerda—. ¡Monsieur Chaterbool!

—Sí, capitán.

—Que todo el mundo se entere: no llevamos a ningún pasajero a bordo.

—¿Problemas, capitán?

—Véalo usted mismo, señor Chaterbool: la Policía del puerto viene a hacernos una visita.

Sin perder un instante, el capitán condujo a su grumete a la cabina de Helena. Abrió bruscamente la puerta, sin llamar.

—¡No se asuste! —dijo él empujando al adolescente ante él—. Tú, desvístete, ve a buscar la ropa de recambio y me escondes la ropa de la señora en la reserva de arenques.

—Pero, capitán —dijo tímidamente el grumete.

—¡Obedece sin rechistar o te encierro en el calabozo diez días!

—¿Qué mosca le ha picado? —preguntó Helena.

—Pues que no tengo ganas de acabar mis días en la prisión del Zar por su culpa. La Policía estará aquí dentro de unos minutos. Le aconsejo que se ponga rápidamente la ropa de mi grumete y que se oculte el cabello debajo de su gorra.

—¿La Policía?

—Sí, sí, sí, la Policía imperial. ¡Dese prisa!

El miedo le atenazó las entrañas. Helena sentía pánico.

—¡Quítese eso! —continuó el capitán acercándole la mano para agarrar el cuello de su vestido.

Ella lo rechazó.

—¡No me toque!

—¿Quiere que llame a mis hombres?

Ella se volvió, esperando a que Hasquith se fuera, pero éste no se movió. Se desabrochó el vestido y se le cayó la tela sobre los hombros, después sobre las caderas. Sus enaguas formaron una corola alrededor de sus pies. Notó la mirada ardiente del capitán sobre su piel desnuda. El hombre le entregó los efectos del grumete.

—¡Tenga esto!

Ella cogió la camiseta y el pantalón. Mientras se cambiaba, sorprendió un deseo fugitivo en la mirada de Hasquith. Le recordó a la de Nicéphore.

El capitán cerró durante un instante los ojos y escuchó la sangre golpeándole las sienes. Tenía diecisiete años, era muy bella. Nunca había probado un fruto verde de esa calidad. Las pequeñas indias y las gráciles chechenas con las que solía estar no olían tan bien.

—Sígame —dijo con voz ronca.

En la penumbra de la bodega, donde movía cajas en compañía de un viejo trotamundos escocés, Helena sintió un escalofrío cuando las botas martillearon sobre el puente. De repente, un rayo de luz iluminó el rincón oscuro en el que se mantenía. Alguien había levantado la escotilla. Allá arriba, se balanceaba una lámpara bajo la barba de un hombre.

—¿Quién anda ahí? ¿Quiénes son esos dos?

—El marinero MacLynn y nuestro segundo grumete, Tom —respondió el señor Chaterbool.

—¿Nadie más?

—Puede comprobarlo usted mismo —dijo Chaterbool moviendo su propia linterna por la bodega.

—Vale, vale.

Volvió a reinar la penumbra. Helena y su compañero escucharon alejarse los pasos de los policías.

—Se han ido, ya no hay peligro —farfulló el escocés. Adivinó que a Helena iban a fallarle los nervios y le puso su gran mano callosa sobre el hombro—. Vamos, llore, pero no demasiado fuerte, le sentará bien…

Se puso a llorar levemente, a sorber, después soltó una risa nerviosa. Acababa de escapar una vez más de Nicéphore.

Los días que siguieron a la salida de Taganrog se desarrollaron en medio de la monotonía, con una tripulación cansada por las borracheras y los excesos. En aquel barco fantasma, Helena se angustiaba siempre que se cruzaban con barcos que ondeaban la bandera rusa.

Pero no sólo la inquietaba volver a caer en las garras del señor de Erevan, sino también Hasquith, sus miradas febriles y los sobreentendidos desde que se había desvestido bajo sus ojos.

Helena se sentía turbada por el deseo que había suscitado involuntariamente. En muchos sentidos, ese hombre le recordaba a Nicéphore. Se había sincerado con Mavakur, pero ¿qué podía hacer el frágil y dulce cocinero ante el poderoso capitán?

En todo momento, esperaba ver surgir a Hasquith y soportar su violencia. Tenía miedo, miedo de sus pasos pesados ante la puerta de su cabina, de la niebla que separaba al navío del resto del mundo, de la maldita niebla mezclada con lluvia que cubría el cielo, el mar y la tierra.

Hasquith juró en voz alta, llamó a los vigías, y tocó él mismo el cuerno de bruma. No se veía nada, ni las luces de la costa ni los faroles de los otros navíos. ¿Dónde estaba el maldito Bósforo? ¿Y los faros de Kilios y Riva?

—¿Qué profundidad tenemos? —le gritó al marinero responsable de la sonda.

—Doce brazas —respondió una voz en proa.

—¡Maldita sea! ¡Nos vamos a hundir!

—Todavía tenemos algo de margen —respondió el piloto que iba al timón.

El capitán maldijo a ese incapaz de Chaterbool, que tan mal utilizaba el compás y la brújula. Por su culpa, el *Commodore* vagaba ahora por aguas turcas.

—Una luz a estribor —dijo el piloto extendiendo el brazo.

Hasquith guiñó los ojos. No era la esperada luz de los faros, sino las llamas de tres grandes faroles a la entrada de una amplia cala en la que había algunas barcas fondeadas.

—¡Hay que echar el ancla! —ordenó el capitán cuando el marinero de proa anunció nueve brazas.

Empezó a maldecir el tiempo y el agua helada que empapaba su ropa. Se estremeció. La necesidad de beber se volvió apremiante.

Ante esa idea recuperó el buen humor y felicitó al piloto por la maniobra. El navío estaba bien anclado.

—Buen trabajo, Peter.

—Gracias, capitán.

Hasquith se sacudió y volvió a la cabina del segundo, al que sacó brutalmente de su cama.

—Señor Chaterbool, ¿dónde estamos, según usted?

—En Estambul, ¿no?

—Muy bien, pues vaya a admirar el Cuerno de Oro y Santa Sofía. ¡En pie! ¡Inútil! Va a tener toda la noche para meditar sobre el sitio al que nos ha conducido.

Lo levantó y lo empujó fuera de la cabina. Después se inclinó sobre un cofre con la tapa abatida. Allí, el segundo guardaba sus botellas de ron. Cogió una y vertió el líquido ardiente por su garganta. Era del bueno, tendría unos 55 grados. El fuego corrió por sus entrañas. El humo le llegó hasta el cerebro. Divagó: «Cañas cortadas con machete… Cachaza… Bacardi de Cuba… Mujeres negras con pechos oblongos, me encantan vuestras ancas rollizas, vuestros sexos voraces…».

Cinco tragos más tarde, la botella estaba vacía. De inmediato, cogió otra. En las brumas de su cerebro, se oyeron los ruidos de cien puertos. Vientos y más vientos. Mujeres y más mujeres. Desnudas, abiertas, sumisas. No conseguía dibujar los rasgos de sus rostros. En todos ellos, se superponía el de Helena.

«Tiene unos ojos tan extraños…»

Se preguntó si su pasajera se habría escapado de un convento. ¿De dónde había sacado todo ese oro? Quizá se lo hubiera robado a sus padres… O, mejor, a su amante. Esa última hipótesis era plausible y tranquilizaba su conciencia.

«Maldita pequeña ramera…»

Una pequeña ramera cuyos senos se acababan de formar. Recordó las caricias compradas en un burdel de Taganrog, las manos hábiles de dos polacas, unas vainas ardientes en las que se había derramado. Deseaba revivirlo todo con Helena.

Y bebió para ir más lejos en su alucinado viaje. Necesitaba ese ron. Le faltaba el coraje. Su pasajera no era una mujer ordinaria. Y se tranquilizó pensando: «Estoy en aguas territoriales turcas…».

Y por tanto, al abrigo de las persecuciones imperiales…, podría abusar de la bonita princesa. Otro trago más. Esta vez era seguro, tan seguro como que en los polos había hielo y que el Támesis fluía por Inglaterra: dentro de unos minutos, esa puta de diecisiete años gemiría de placer.

Se levantó riéndose, dio un golpe contra una pared y empujó brutalmente el batiente.

En la cabina opuesta, Helena se sobresaltó. Oyó un gruñido y después vio con terror que el pomo de cobre giraba. Las armas no le faltaban a su alrededor. Con mano temblorosa agarró un sable de marino.

—¡Vaya, mírala cómo está! —gritó Hasquith al descubrir a Helena en guardia, apenas tapada con una camisa de marinero.

—¡No te acerques!

—¡Ah, ah! La bella pichona está colérica… Eso es peligroso…, muy peligroso… ¡Sí, sí, sí! —se carcajeó él, alzando los brazos.

Se balanceó torpemente como un luchador. Su mirada viscosa recorrió las piernas de la chica. Helena hizo una mueca de disgusto. Las exhalaciones apestosas de ese cerdo hacían que el ambiente cerrado de la habitación fuera todavía más insoportable.

Hasquith dudó por un momento. Corría el riesgo de que esa loca lo hiriera.

—¿Me equivoco o esto es un motín?

Se había vuelto irónico. Con un gesto teatral, se quitó la chaqueta y la echó a los pies de la diosa Kali. Se quitó también su camisa y empezó a agitarla.

—Ya ves, me rindo. Esto es mi bandera blanca.

Se atrevió a dar un paso.

—Venga, ataca, ¿a qué estás esperando? ¡Dame en el corazón! —dijo él golpeándose el pecho con el puño.

Un monstruo. Helena apuntó el arma al torso velludo cuyos pelos largos y espesos se unían con la barba. Ella avanzó, pero él, con un gesto vivo, se apartó y cubrió la hoja del sable con su camisa.

—¡Mal jugado! —dijo él arrancándole el arma.

Se golpeó con todo su peso en el bidón lleno de ron. Él le dio un golpe en el hombro. Ella cayó al suelo. Las doscientas cuarenta libras de músculos y de grasas se abalanzaron sobre ella.

—¡Puta! Ya te tengo.

Cualquier resistencia parecía en vano, pero en un arrebato de defensa desesperado, hundió sus dedos en los ojos del bruto. Hasquith gritó de dolor.

—¡Me las vas a pagar!

Con una mano, le agarró las muñecas. Con la otra, comenzó a estrangularla. A Helena le faltaba el aire, le ardían los pulmones, destellos rojizos le cruzaban los ojos. El vacío la invadía poco a poco. Los dedos nudosos seguían clavados al cuello, y a ella no le quedaban fuerzas para impedir que una rodilla le apartara los muslos.

El asedio acabó de golpe. Hasquith se tambaleó y se cayó encima de ella. Alguien levantó el cuerpo pesado del capitán y liberó a Helena. A través de las lágrimas, reconoció a Mavakur, el cocinero.

El pequeño indio sujetaba con firmeza una porra y estaba preparado para volver a golpearlo.

—Hace mucho tiempo que soñaba con devolverle todos los golpes que me ha dado —dijo él, a la vez que ayudaba a Helena a levantarse.

Se había despertado de la pesadilla. Se colgó del cuello de su salvador.

—Señorita... —se preocupó él—, ¿se siente usted capaz de caminar?

—Sí —dijo Helena con voz firme.

Tal enérgica respuesta le reafirmó en su opinión. Bajo la apariencia frágil de Helena se escondía una nagini indomable: una mujer cobra presta a actuar en las situaciones críticas.

—Vístase, el tiempo apremia.

Se puso deprisa y corriendo su ropa de marinero, mientras Mavakur ataba de manos y pies al capitán con un sólido nudo corredero.

El cocinero remató su obra metiendo un trapo grasiento en la boca de Hasquith.

—¡Larguémonos de aquí!

El puente estaba desierto. Se deslizaron hasta el portalón, pero lo habían retirado. El panel de madera reposaba sobre el cuerpo de un hombre atado e inerte: el bueno del señor Chaterbool. El pequeño indio había pensado en todo: la escala estaba desenrollada; en el extremo del cordaje trenzado se balanceaba un minúsculo bote.

—Después de usted, señorita.

Helena precedió al hindú y ocupó su lugar, llena de aprensión, en la cáscara de nuez. Mavakur animó a su nagini.

—A los remos, marinero —dijo imitando en un tono bajo la voz de Hasquith.

No tuvo que decirlo dos veces. Helena agarró el remo, se acomodó en la bancada y se puso a esperar el primer golpe de remo...

27

Con los primeros escalofríos del día, Helena volvió a sentirse angustiada. La niebla se había disipado. Había dejado de llover. El mar era un charco de sangre en el que la proa afilada del *Commodore* podía aparecer en cualquier momento. En el estrecho del Bósforo, el bote no tenía ninguna oportunidad de escapar a los dos mástiles de Hasquith. Las dos costas se extendían como dos ondulaciones amenazantes, sembradas de fuertes y mezquitas.

Con el cansancio extremo que sentía, a veces entraba en ese estado que revelaba sus dones. No deseaba conocer su destino, aunque tampoco lo conseguiría. Se colaban en su alma imágenes incoherentes que se negaba a reagrupar. Simplemente esperaba que Mavakur recorriera parte del camino a su lado.

El indio rezaba en silencio a los dioses queridos a su corazón y al sol que se alzaba: las doce Aditya, esencias de la luz eterna, Surya, el esposo de alba Ushas, Vivashta, *el Resplandeciente*, padre de Manu, el primer hombre… Y poco a poco, como si obedeciera a los gestos y a las palabras cien veces repetidos del hombrecillo, el astro del día iluminó oriente.

Ni rastro del *Commodore*. Ninguna vela en su estela. Lo habían conseguido. Helena se entregó a la fascinante contemplación de lo que aparecía ante sus ojos. Más allá de la proa, en la que el hindú, estático, estaba sentado con las piernas cruzadas, se extendía una ciudad inmensa.

—Constantinopla —susurró ella.

Los rayos de sol iluminaban el oro de una cúpula, y después la ciudad entera se incendió. Mavakur saludó en voz alta al sol y a Brahma, que lo había creado, y a Vayu, el dios de los vientos:

—Oh, Vayu, sustancia de la palabra, mensajero de los deva, hijo de Tvashtri y servidor de Indra. Rey de Gandharva y creador de Lanka, purifica al humilde Mavakur.

Tras ofrecer su rostro al viento del este, entró en un instante de felicidad. No pidió nada. Se escapó el instante. El panorama desfiló ante él, un mosaico de colores y de formas recubría a Brahma, la naturaleza profunda de todas las cosas. Fue a sentarse junto a Helena y le cogió la mano. La gran ciudad apareció ante ellos, que se maravillaron ante las miles de casas que colgaban sobre las orillas de color ocre, las innumerables mezquitas y los magníficos palacios. En el Bósforo hormigueaban centenares de embarcaciones, y el mar de Mármara, surcado de vapores, fragatas y balandros, se abría hacia la libertad.

—Somos libres —murmuró ella.

La ciudad sólo era un inmenso sueño de ruidos y colores. En tres golpes de timón, Mavakur bordeó hábilmente las flotillas y condujo el bote hasta un pontón lleno de gente.

—Aquí nos separamos —dijo el indio.

Helena, presa de un arrebato, lo detuvo:

—¡Llévame contigo a la India!

—No estás lista.

—Mavakur, ¡te lo suplico!

—Llegará tu momento.

—¡Ya ha llegado!

—¿Y qué harás con un hindú de casta inferior en Penjab? ¿Crees que los sijs de la regente Rānī Jindhan te dejarían entrar en el país de los cinco ríos? Los adoradores de la negra Kali te arrancarían el corazón para ofrecérselo como sacrificio a su diosa. Debo volver solo a mi pueblo de Tapa; allí, cuando llegue el momento, me encontrarás. Te esperan grandes aventuras que debes vivir para realizarte en este mundo. Espera las señales. Cuando Mahishā suramardinī, La que Combate a los Demonios, arme tu brazo y tus almas, podrás enfrentarte a los sijs, a los cipayos, a los thugs e, incluso, a los caballeros fantasmas del desierto de Tahar. Ahora, vete, y no vuelvas.

Helena le lanzó una mirada desesperada.

—Mavakur…

—¡Vete!

No conseguía separarse del pequeño indio. ¿Qué iba a hacer sin él en el país de los turcos? Los ojos se le llenaron de lágrimas y, por fin, se decidió a alejarse. Ni siquiera se volvió cuando se adentró en las tortuosas callejuelas de la ciudad. Sola, triste y libre.

$\mathcal{H}$elena se había perdido. Todas las calles se parecían. Tenía la impresión de estar dando vueltas en un colosal y polvoriento bazar invadido por humaredas agrias. No le servía de nada el poco turco que sabía. Disfrazada de grumete, los autóctonos no se fijaban en ella. Los hombres y las mujeres apenas la escuchaban y le daban la espalda murmurando alguna imprecación. Probó con varias lenguas: «¿Dónde puedo encontrar la embajada de Inglaterra?... Busco a algún francés; francés, ¿me comprende?... ¿Hay algún alemán en Estambul?...».

Tras salir de una placita dominada por un gran griterío, descubrió un muro imponente. Como ignoraba que se trataba del antiguo recinto construido por el emperador Septimio Severo, lo rodeó y llegó a una puerta bajo la que unos temibles *bachi-buzuks* vestidos con unas chaquetas azules y pantalones rojos, y tocados con un sombrero de lana coronado con dos plumas de avestruz, rodeaban a unos esclavos africanos encadenados y medio desnudos. Los pobres diablos tiritaban de frío.

Nadie acudía en su ayuda. Los *bachi-buzuks* no habrían dudado en utilizar sus fusiles con culata de plata si alguien hubiera pretendido acercarse a ese rebaño, propiedad del sultán.

Como no quería volver a perderse, Helena decidió seguir la fila. Diez minutos más tarde, llegó a un palacio fortificado rodeado de un jardín. La puerta monumental estaba abierta. Pasaron por su lado soldados y esclavos. Parecía que no estaba prohibida la entrada al palacio, ya que personas de modesta condición entraban y salían. Con su profusión de ventanas enrejadas, su sucesión de arcos y sus guardias de colores colocados a lo largo de los parapetos, la gran masa de mármol y granito parecía una colmena. Helena se acercó a unos gigantescos muros que ocultaban el cielo. Escuchó latir el corazón del Imperio otomano. Ese palacio le parecía un pozo sin fondo en el que se vertían todas las riquezas y las pasiones. Adivinó secretos aterradores y misterios prohibidos. Recibía unas vibraciones mórbidas, percibía el espíritu de los Yin.

Su padre le había contado en otra época historias sobre los soberanos turcos que ocupaban su tiempo con intrigas del harén y estaban sometidos a la influencia perniciosa de los jenízaros. Su don como vidente estaba ahora en contacto directo con el ambiente. Escuchó las almas errantes de los sultanes desaparecidos. Captó los pensamientos del actual señor de la Sublime Puerta: Abdul Aziz. Y sufrió por ello. Almas carcomidas, devastadas por las dudas y los remordimientos. Los bloques de piedra que tocaba con la punta de los dedos le hablaban de crímenes, de príncipes envenenados, de esposas estranguladas o ahogadas, de excesos tan vergonzosos que se sintió horrorizada.

Pensó en las jovencitas encerradas en esa prisión dorada, condenadas a esperar la benevolencia de su real esposo, custodiadas por eunucos perversos.

—Sí, bajo la torre. Ahí está el serrallo en el que viven, al menos, seiscientas mujeres…

—¡Ese Abdul Aziz tiene carácter!

¡Ruso! Helena sintió que la dicha le embargaba. Cuatro compatriotas suyos estaban a unos pasos de ella, hipnotizados por el serrallo que contenía tantas carnes perfumadas y palpitantes. Sus rasgos eran tan expresivos que parecían estar viendo a las cadinas y a las concubinas con vestidos ligeros, languideciendo en los sofás. Gracias a su imaginación, vivieron un festín de senos, culos y muslos, y se regodearon en visiones de orgías.

—¡Vamos, señores! De nada sirve soñar, nunca podrán acercarse a las bellezas del sultán. Es hora de volver al hotel.

Provenientes de los jardines, tres mujeres de clase alta se unieron a ellos. Una de ellas era una vieja conocida de Helena: la condesa Kisselev. La había conocido tres años antes durante su breve viaje a Londres.

—¡Señora Kisselev!

La condesa abrió los ojos de par en par y contempló a ese pobre grumete que se precipitaba hacia ella.

—¿Qué quiere de mí ese andrajoso?

—¡Condesa! ¿No me reconoce usted? —dijo ella quitándose el sombrerito de lana y sacudiendo la cabellera, que cayó sobre sus escuálidos hombros.

—¡La pequeña Von Hahn! Señor, ¿qué estás haciendo aquí, y en semejante estado?

—Tal vez se ha escapado del harén —avanzó un hombre de aspecto ladino y goloso.

—¡Compórtese, Igor! —dijo la condesa—. ¿No ve usted que esta chiquilla está agotada? ¿A qué viene este atavío, Helena?

—Es una larga historia, me he escapado de Rusia, de un lugar peor que el harén del sultán. Me casaron con Nicéphore Blavatski...

—¿Qué? ¿Con ese tirano? Ahora lo entiendo todo, hija mía. Considérate bajo mi protección. ¡Si es necesario, intercederé por ti ante el Zar! Mi familia le ha proporcionado grandes servicios al Imperio, y el emperador deberá tenerlo en cuenta. Mientras tanto, compartirás mi alojamiento en el Abdullah Palace.

Después de un baño perfumado y de un generoso almuerzo, a Helena la atendieron los mejores sastres de Constantinopla. La condesa encargó cinco vestidos, diez enaguas, chaquetillas, blusas con puntillas y un gran número de accesorios de lujo. Helena le había contado sus aventuras y los sufrimientos que había tenido que soportar en Erevan y Kirovakan.

—Me reitero, ¡ese hombre es un monstruo! —dijo la condesa—. ¡Querida Helena, has hecho lo correcto!

La condesa estalló en una risa franca y expresiva. Su rostro redondo se llenó de arrugas, los ojillos de avellana soltaron un destello de malicia, y la nariz respingona se le movió. A sus cuarenta y dos años, conservaba la frescura de la juventud.

—¡El señor de Erevan derrotado por una muchacha de diecisiete años! —continuó ella—. ¡La Policía del Zar burlada por un falso grumete y un canalla capitán inglés ridiculizado! Querida mía, eres una heroína. Acepta mi amistad, Helena, y recorramos juntas parte de este vasto mundo.

—Es que...

—No tienes dinero, ya lo sé. ¡Qué importa eso! Poseo una fortuna. Puedes contar con mi bolsillo. Mi difunto marido me ha dejado lo suficiente para vivir en palacios los tres próximos siglos.

—No puedo aceptarlo.

—Considéralo un anticipo, hija mía. ¿Sabes qué voy a hacer? Voy a escribir a tu padre, que es un hombre encantador.

—¡Eso es imposible!

—¿No te ama a ti y a tu hermana Vera más que a cualquier otra cosa?

—Claro.

—Entonces te enviará dinero a las capitales que visitemos.

—¿Capitales?

—Pequeña, soy viuda y siento ansia de descubrimientos. Tú y yo tenemos muchos puntos en común, aunque seas demasiado joven para darte cuenta de ello. Somos dos variaciones sobre el mismo tema: la libertad. Estoy en tu bando, Helena. A partir de ahora, sólo nos preocuparemos del presente, y un poquito sólo del porvenir si aceptas reprimir tu don de la videncia. Y, como prueba de nuestro acuerdo, ¿qué te parecería vaciar una botella de champán?

—¡Creo que es una idea formidable! Eres una mujer maravillosa. Bendigo al hada que te ha puesto en mi camino.

Con el primer tintineo de sus copas de champán, se olvidó el pasado. Rieron a mandíbula batiente cuando la espuma se desbordó. Se burlaron del Zar, del sultán, del emperador de la China y de todos los Nicéphore de la Tierra. Como unas reinas del universo, brindaron una vez más diciendo:

—¡Por nuestro presente! ¡Nuestros amores! ¡Nuestras aventuras!

Helena se dejaba mecer, mientras, en el crepúsculo, los paisajes de Grecia pasaban ante sus ojos medio cerrados. Con la cabeza ligeramente inclinada hacia atrás, y las manos indolentemente colocadas sobre la banqueta, seguía el ritmo de la diligencia. La divina María Kisselev, cuyo rostro permanecía en la penumbra, se mostraba unas veces mística y otras maternal, parlanchina y taciturna, indolente y vivaracha…

En Delfos, la condesa, cuyo saber era inmenso, le había explicado la historia de los tesoros de los cnidios, de los tebanos y de los sicionios. También le había descrito la misteriosa esfinge desaparecida en Naxos. En la cueva de la sibila, Helena había entrado en comunión con los antiguos dioses, pero, tal vez, sólo había oído los murmullos del viento en las ruinas.

Visitaban y volvían a visitar. El *tholos* de Epidauro, la cámara de las Vírgenes del Partenón, el templo de Hera en Olimpia, la puerta de los leones en Micenas. En todos esos lugares mágicos, Helena acababa perdida en los meandros de la mitología. Sus pensamientos divagaban por aquella luz de la tarde que parecía manar del suelo. No tenía ningún objetivo. Lo único que importaba era el viaje en sí mismo, el movimiento que la arrastraba y el ruido de tal movimiento. Su identidad se disolvía en la embriagadora modorra de Grecia.

Cuando los caballos disminuyeron la velocidad, vio el letrero descolorido a un lado del camino: Tesalónica. Cerró los ojos. Al día siguiente, iniciaría otro viaje. Al día siguiente, pondría rumbo a Egipto.

29

*E*l 5 de agosto de 1849, Helena y la condesa Kisselev llegaron a El Cairo después de haber desembarcado en Alejandría. Egipto estaba de luto: el bajá Mehemet Alí acababa de morir a la edad de ochenta años. Egipto estaba maldito. Dos meses antes, el hijo que debía sucederlo, el sabio bajá Ibrahim, había muerto a causa de una embolia pulmonar. Ahora se hablaba de luchas, ya que el temible bajá Abbas, sobrino de Ibrahim que iba a sucederlo, era conocido por su fanatismo y megalomanía. Pero a las dos viajeras les preocupaba poco la política egipcia. Se pasaban el tiempo resistiendo el calor. Sus ropas no eran adecuadas para el clima. Con unos tijeretazos las habían aligerado, quitando los lazos, los volantes, las colas, los cuellos, y habían dejado de usar enaguas.

115

—¡Señor, qué calor, qué polvareda, qué miseria! Desde luego, este sitio es un horno.

La condesa se quejaba. La travesía del delta había sido un calvario. La vida de El Cairo se anunciaba como una estancia en el Infierno.

El director del hotel El-Muluk, que se había precipitado a recibirlas, se había esmerado. Bajo sus órdenes y para asegurar la comodidad de las damas, los criados habían llenado las bañeras de cobre, las esclavas senegalesas habían adornado los jarrones con flores frescas, habían espantado a las moscas y habían cortado rodajas de sandía. Después peinaron a Helena y a María y las rociaron de agua perfumada con esencia de rosa.

La noche había llegado, y con ella los cantos que se alzaban del Nilo. Centenares de tambores enviaban sus mensajes al cielo estrellado bajo el que cenaban las dos amigas. Una noche mágica, en la que bullían llamadas y misterios. Bajo la terraza del hotel, en las callejuelas cubiertas por la oscuridad, las familias se movían lentamente en dirección a las orillas iluminadas con hogueras. Todas las noches había una fiesta en El Cairo, y Helena no podía esperar a conocer los misterios.

El Cairo, Al Qahira, el Triunfador, capital de los fatimíes llegados de Ifriqiya en el año 969, una ciudad fundada al norte de la antigua ciudad copta Fustat, había sido la joya de los descendientes de Fátima, la cuna de Saladino el Ayubida, la fortaleza de los belicosos mamelucos. Desde la víspera, estaba en manos de Abás I, un hombre reaccionario que se oponía a cualquier reforma, a los extranjeros, a los judíos, a los coptos, e incluso a los felahs, que no querían seguir pagando los impuestos de Mehemet Alí.

Helena se había enterado de todo esto a la hora del té gracias a su guía, un anglonubio muy espabilado que trabajaba en el hotel. «No hay nadie mejor en todo Egipto», les había asegurado el director.

Helena no necesitaba ninguna explicación para sentir la ciudad, y había convencido al guía de que no la acompañara el primer día de su exploración de la ciudad. Tras subir sola a la ciudadela, donde quedó impresionada por la multitud de minaretes que dominaban las mezquitas de mármol y por los edificios de ladrillos, se había dejado embargar por la magia del lugar; su espíritu había volado hacia las lejanas montañas que dominaban el Nilo.

A la mañana siguiente, salieron hacia Guiza con un grupo de occidentales ávidos de sensaciones fuertes. Una vez en el lugar, Helena hizo su visita sola. Cuando llegó a la pirámide de Keops, tomó abruptamente conciencia de su destino. Sintió que rompía violentamente con su pasado, y deseó atar su vida a esos bloques gigantescos, a la arena, a los palmerales y a los niños que la contemplaban en silencio, no se preguntó qué hacía ella allí, bajo el sol ardiente, mientras la mayoría de los extraños permanecían bajo las tiendas abanicándose y bebiendo limonadas.

Helena no notaba el calor, estaba en otra parte. Vagaba por los siglos en busca del faraón, de Keops, el mago iniciado por su padre Seneferu. Se encontró con la miseria, la desgracia, la tristeza y la muerte. Muertos y más muertos petrificados para la eternidad.

¿Dónde podría encontrar un poco de reposo y de alegría en esa necrópolis custodiada para siempre por el siniestro Anubis negro, con cabeza de perro? Temblorosa, comulgó con las almas de los reyes y de las reinas que no habían pasado las pruebas de este mundo y que esperaban la renovación de los rituales. Helena se cogió la cabeza con las manos. Había muchas almas errantes atadas todavía a la Tierra. No podían abandonar los lugares que las habían visto nacer. Los sacerdotes no recitaban las plegarias liberadoras ante los serdabs, y los cuerpos momificados no acababan de morir.

Helena nunca había sentido vibrar el aire así. Era como un canto lúgubre. Una muchedumbre lloraba como una sola voz la vida pérdida. Ella se mordió los labios. Unas voces desgarradoras le hablaban de un mundo revuelto: «Soy Aton, que existía sólo en el abismo. Yo soy Ra, que se levantaba al alba, en el inicio de los tiempos, cuando reinó», cantó un sacerdote.

Los muertos acudían a ella. Ahora podía ver el ejército del faraón avanzando por el desierto, soldados de infantería, arqueros y esclavos: todos ellos prisioneros del tiempo. Su visión desapareció y las voces se desvanecieron. Algo horrible merodeaba por el mundo invisible. Sintió un aliento glacial, que precedía la llegada de un espíritu poderoso y antiguo, mucho más viejo que las pirámides, que el Nilo o el desierto.

Helena sintió miedo y gritó. Alguien la cogió de la ropa. Tras recobrar la conciencia, vió a un muchacho inquieto agachado a su lado.

—¡Señorita, tenemos que irnos!

—Ah, ¡no sabes lo bien que sienta estar vivo!

Él comprendía el sentido de sus palabras, adivinaba que había visto a los fantasmas de Guiza.

—¡Tenemos que volver enseguida con los demás! —dijo antes de salir corriendo hacia las tiendas.

Allí, en medio de los occidentales agotados, la condesa Kisselev agitaba su sombrilla. El guía también le gritaba que volviera, pero Helena no hacía caso de sus llamadas. No deseaba abandonar ese lugar, a pesar de la presencia del viejo espíritu. Descubrió un movimiento en el desierto. Una polvareda perturbaba la línea del horizonte. No tardó en ver aparecer los estandartes verdes del Profeta, y después a los hombres subidos en camellos que los llevaban. Por fin, llegaron centenares de caballeros. Invadieron la necrópolis sin prestar la menor atención a los extranjeros ni a los guardias. Helena se preguntó quiénes eran esos guerreros armados hasta los dientes.

—Si no demuestra su miedo, no tiene nada que temer —dijo una voz grave y cantarina a su espalda.

Ella se volvió. Un hombre de barba blanca, vestido con una amplia túnica azul que le caía hasta los tobillos, estaba de pie sobre uno de los bloques de la pirámide, justo debajo de la entrada.

—¿Quién es usted? —preguntó ella, suspicaz.

—Un humilde buscador de secretos —respondió él dejándose caer a su lado—. ¿No le parecen orgullosos y bellos? —dijo señalando a los habitantes de los oasis que iniciaban su descenso hacia El Cairo.

—Sobre todo me parecen ariscos.

—Todos los pueblos de nuestros desiertos lo son. Verá a muchos de ellos, en los próximos días, por la calles de la capital. Éstos vienen del oasis de Jarga. Ayer, en Menfis, me encontré con las tribus de Uadi Natrún y del Fayum.

—¿Se prepara una guerra?

—No —respondió sonriendo el desconocido—. Todos esos hombres vienen a mostrar su lealtad a nuestro nuevo soberano Abás. ¿No sabe que el gran Mehemet Alí ha muerto?

Helena dijo que no con la cabeza. ¿Cómo habría podido ignorarlo? Su guía le explicó con todo detalle la historia de la sucesión a lo largo del día.

Todos los diarios hablaban sólo de esa muerte; se lamentaban por la desaparición del que había puesto fin al despotismo de los mamelucos, del vencedor de los wahabitas, del conquistador de Sudán, del fundador del Egipto moderno, liberado del yugo turco.

—¡Abás no reinará durante mucho tiempo! —afirmó de repente—. ¡Morirá asesinado!

—¿Cómo puede asegurar algo tan terrible?

—Se me considera astrólogo, vidente, mago y hechicero. Eso basta para conocer el futuro, por poco que se estudien los acontecimientos del pasado.

El desconocido tenía el rostro blanco de pergamino, lleno de minúsculas arrugas alrededor de los ojos, las orejas perforadas con aros de oro y los cabellos largos rizados. Si se le miraba fijamente durante algún tiempo, uno se podía perder en su profunda mirada.

—Profesor Paulos Metamon, a su servicio —dijo con una respetuosa reverencia.

—Helena Petrovna Blavatski.

—Rusa, debería haberlo supuesto.

—¿Y eso por qué?

—Ustedes, los rusos, están particularmente dotados para la videncia.

—¿En qué se basa para decir eso?

—Para no ocultarle nada, llevo observándola desde que llegó al pie de esta pirámide. Hay señales, actitudes, vibraciones y sensaciones que no engañan: tienen un oído puesto en el pasado. ¿Cómo podría decirlo…? Tienen ese oído interno; aunque todos lo poseemos, sólo una ínfima parte de la especie humana sabe usarlo. Yo mismo me dedico en ocasiones a la introspección de los antiguos mundos con ayuda de ese «don».

—Es un punto de vista interesante —confesó ella—. Nunca había intentado analizar el mecanismo de ese fenómeno.

Le picó la curiosidad y sintió deseos de saber más. Ese hombre podía enseñarle muchas cosas sobre los dones. Ahora le inspiraba confianza. Paulos miraba a Helena con respeto.

—Me preguntaba —acabó diciendo— por qué tenía que venir aquí día tras día, por qué, desde hace unas semanas, una fuerza me empujaba hacia Keops y Kefrén. Ahora conozco la causa: era usted.

—¿Yo?

—Creo en los encuentros. Creo en el lenguaje de los astros. Creo en los murmullos de los sueños. Creo en la memoria de las piedras. Mi presencia y la suya en el corazón de esta necrópolis no tienen nada de fortuito. Hemos sido guiados el uno hacia el otro. Tenía que ir a Sinaí, y he aplazado ese viaje sin ninguna razón. Usted era esa razón... ¡Oh, señor! Siento su energía. Permítame dar un paseo con usted. A cambio, la iniciaré en los secretos de Egipto.

Helena no sabía qué pensar de esa loca proposición. El mago era sincero. Podía ver a través de él, lo movía una fe que no podía poner en duda... Y ella también creía en los encuentros.

—Todo esto me parece un poco precipitado —respondió ella.

No obstante, ya se había puesto en marcha. Tenía prisa por conocer los secretos de Egipto.

—Ha llegado el momento... Y usted lo sabe.

—Sí, lo sé.

—¿Dónde se aloja?

—En el Muluk.

—Mañana por la mañana, a las cinco, mandaré a buscarlas, a usted y a su amiga, la condesa —añadió él con una sonrisa enigmática—. Empezaremos por Saqara.

119

Esa misma noche, el director del hotel les explicó que Paulos Metamon era un copto de gran renombre, un mago riquísimo con poderes inmensos que les había sacado partido a los trabajos de Champollion y de Brugsch, y a los descubrimientos de los aventureros Drovetti y Linant de Bellefonds. Mehemet Alí había acudido a ese hombre durante su primer ataque, y él le había revelado el sombrío porvenir de sus descendientes. Se decía también que había encontrado la tercera cámara de la pirámide romboide de Dashur y que había descubierto los textos sagrados de las Tablas de la Vida Eterna. Tras realizar prodigios y conversar con los muertos y los demonios, todo Egipto lo temía.

La condesa Kisselev se emocionó muchísimo ante la idea de esta aventura. La decisión estaba tomada. Paulos sería el jefe de su expedición en el sur del país.

30

*P*aulos Metamon, apostado en la parte delantera de la falúa, no se había movido ni un centímetro desde que la ligera embarcación había salido de Abidós. Observaba las aguas fangosas en movimiento, los poderosos remolinos que engullían las ramas muertas. Con la crecida, el Nilo se había vuelto peligroso. Helena, María, los tres hombres de la escolta y los cuatro remeros no apartaban los ojos de los cocodrilos que se calentaban al sol.

—¡Allá hay otro! —gritó la condesa señalando un reptil que se deslizaba lentamente entre los papiros.

Paulos y Helena intercambiaron una mirada divertida. El peligro inmediato no provenía de esos animales, sino del desierto. Un momento antes, habían observado los titubeos de los pelícanos en el cielo, que se llamaban y se posaban juntos en el Nilo.

—Los pájaros presienten los tornados —le había explicado Paulos a Helena—, cuando los veas reagruparse sobre las aguas y refugiarse en las plantas, la tormenta de arena no tardará en llegar.

Ese hombre le había enseñado muchas cosas en un solo mes. Le había revelado los secretos de la magia copta y de la antigua medicina egipcia. A su lado, había reptado por las galerías medio hundidas de las pirámides de Saqara, de Abusir y de Dashur, y después había entrado en los hipogeos llenos de bueyes momificados. Había aprendido a leer los nombres escritos en los cartuchos, en los que se veneraba a «Isis la mayor, divina madre que vivifica las aguas» y al «Sol estabilizador de la justicia». Sabía reconocer los signos jeroglíficos del sistro, del pilar dyed, del tálamo, del palanquín, del sicle, del pectoral y de todos los instrumentos y utensilios que se utilizaban en el antiguo Egipto.

Se sentía muy cercana a aquella civilización desaparecida.

¿Durante cuánto tiempo aquella terrible tormenta, que se había abatido sobre ellos brutalmente, los había sacudido, levantado y arrastrado? Lo ignoraba, pero el miedo los atenazaba. Se había oído un choque y un crujido del casco al tocar tierra firme. El huracán desaparecería pronto.

Después de la violencia del viento, llegó el silencio. La falúa estaba rota. La habían dejado sobre una lengua de arena ligada a la orilla derecha del Nilo. Hasta donde alcanzaba la vista, el suelo parecía hundido por la acción de un arado gigantesco. Numerosas palmeras arrancadas cubrían las orillas del Nilo. Sin embargo, la vida se reanudaba: los pájaros volvieron a cantar, los campesinos reaparecieron para salvar lo que se pudiera. Unos niños curiosos se acercaron con prudencia a las extranjeras con ojos de yins. Nunca habían visto a mujeres así, blancas, despeinadas, vestidas como los hombres de su raza: con pantalones y chaquetas beis. Metamon les dio confianza y los niños informaron a los náufragos de que estaban cerca de la pista que iba del pueblo de Quft al de Qoseir, en el mar Rojo.

—¡Dormiremos en Quft! —decidió Paulos después de un breve conciliábulo con el capitán de la falúa.

El barco no se podía arreglar, la región era segura y Alá, el Misericordioso, les permitiría llegar a Luxor al cabo de tres días.

Cargando las maletas a la espalda, los hombres hablaban en voz baja e intercambiaban miradas cómplices.

—¿Confía en ellos? —preguntó la condesa.

—No tema, no traman nada malo.

—¿Y por qué parecen tan raros?

—Enseguida lo sabrá.

A lo lejos, las casas blancas de Quft enrojecían bajo el sol, que se ponía. Los hombres de la escolta estaban cada vez más emocionados. Reían y señalaban con sus dedos morenos. Helena y María recorrieron el árido paisaje con la mirada. En alguna parte, sonaban unos tambores. En cierto momento, distinguieron unas siluetas en el camino. Los tambores sonaban más fuerte en honor de los viajeros. Las siluetas se fueron precisando una a una. Había una mujer sobre una cima rocosa escarpada, pero la dejaron atrás. Otra acudía a su encuentro, después cinco más y una docena…

Todas poseían una gran belleza e iban vestidas con largos velos negros con bordados de oro y plata. Sonreían y se cruzaban miradas llenas de sobreentendidos. A esas sonrisas, los hombres de la escolta respondían con señales inequívocas.

—¡Vaya, vaya! —exclamó la condesa—. Esos mensajes no engañan a nadie.

—Es una práctica corriente en el Medio y el Alto Egipto —confirmó Paulos—. Venden así sus encantos desde hace siglos.

Rodeadas por todas esas mujeres de ojos de ébano maquillados con kohol azulado, Helena y María hicieron una entrada triunfal en Quft. El jeque Yabis las recibió en persona y ni siquiera se tomó la molestia de examinar el salvoconducto que autorizaba su viaje.

La noche avanzaba: la fiesta estaba en pleno apogeo. Unas dóciles jovencitas ofrecían boles de yute y de *fattas* picantes, otras preparaban hojaldres de mantequilla fundida, azúcar, canela, y exprimían mangos y granadas.

Helena se ocultaba en la oscuridad, medio recostada sobre los cojines esparcidos por el suelo. Unos fuegos crepitaban y las llamas jugaban sobre los cuerpos de las mujeres que danzaban al son de las flautas y del *rebabah*, cuya única cuerda chirriaba bajo el arco de un viejo músico. Se movían con gracia sobre los pies desnudos. El espíritu de la libertad y del amor daba vueltas y vueltas entre sus manos llenas de anillos. Un fino sudor perlaba la piel ámbar de sus brazos. A veces, con un movimiento marcado de la pelvis, sus caderas y sus muslos quedaban al descubierto. Entonces, los hombres alargaban las manos hacia las curvas incitantes y seguían con la mirada esos movimientos que prometían placeres. La tensión aumentaba. Se les entrecortaba el aliento. El amor que fingían avivaba el fuego que corría por las venas de los espectadores.

Helena apretó los dientes. Esa danza calentaba los sentidos. Sus ansias de placer, nunca saciadas, renacieron, y, con ellas, resurgieron de su pasado todos los hombres a los que había deseado en secreto: los orgullosos caballeros, los campesinos medio desnudos durante la siega...

Darse y dar... ¿Tan difícil era? Habría querido acariciar esas pieles sudorosas. Habría querido bailar como esas mujeres y gritar, contonearse, ofrecerse y reír y morir, pero se sentía incapaz de fingir un acto que la había hecho sufrir tanto.

El aire pareció espesarse. Helena no podía seguir en su sitio. Un indecible y diabólico deseo la carcomía. Era tan fuerte que creyó que le habían echado un afrodisiaco en el té.

Paulos llevaba observándola unos minutos. Se inclinó hacia ella y le murmuró:

—San Pablo nos dijo que todo es puro para los puros, nada es impuro en sí mismo, pero también nos dijo que aunque todo está permitido, no todo es edificante.

¿De qué quería convencerla? ¿Debía ceder a sus impulsos y participar en la fiesta? La condesa Kisselev se había unido a las bailarinas, y movía lascivamente el vientre y las nalgas. María le tendió la mano a Helena, y ella la rechazó diciendo que no con la cabeza, pero todo la empujaba a ello: la mirada de Paulos, la música, su propio corazón. Acabó levantándose y dando unos pasos tímidos. Poco a poco, consiguió imitar las actitudes de las nativas de Quft. Los lugareños la animaron. El hombre que tocaba el *bend* se unió también al corro de bailarinas y golpeó cada vez más fuerte su piel de cabra tensada.

Ese ritmo que provenía de las edades más antiguas se introdujo en ella y la liberó.

Ella era el desierto, el Nilo y los oasis. Se fundió con las mujeres de Egipto.

Helena había bailado hasta el agotamiento. Las mujeres se habían unido a los hombres en las esteras y apagaban las brasas de su vientre. Las había oído gemir. Después Paulos había acudido a sentarse a su lado. Ambos observaban las estrellas y hablaban del pasado, de los tiempos en los que los sacerdotes de Amón llamaban a las Osa Mayor y menor, la Pierna y Anubis, respectivamente, en los que el signo de Cáncer era el del Escarabajo, y el de Géminis, dos brotes de planta: Shu y Tefnut.

—Y a mí, que soy Leo, ¿qué me representa? —preguntó Helena.

—Un cuchillo.

—No me gusta ese símbolo.

—Pues es un signo que trae esperanza —dijo Paulos, que la cogió de la mano con ternura—, se dice que Leo es el límite entre «abierto y cerrado», «antes y después». Separa el periodo de primavera y verano del de otoño e invierno. Anuncia la crecida del Nilo y la abundancia de las cosechas. Tú eres ese cuchillo, Helena, y debes cortar los vínculos que te unen al pasado. Llegará un día en que tu pensamiento fertilice el mundo.

—¿Cuándo, Paulos, cuándo?

—¿Qué podría responderte? Mi presciencia es insegura.

Se había vuelto suavemente hacia ella y, recorriendo con un dedo su piel sudorosa, había trazado un camino imaginario entre los senos de Helena hasta su vientre. Sin decir nada, se había tumbado y se había abandonado a su boca y a sus manos seguras y precisas. Él se tomaba su tiempo y parecía conocer lugares de su cuerpo cuya existencia ella todavía desconocía. Por primera vez, rodeada de la incipiente claridad del alba fresca, se maravilló de ser mujer.

123

ϒ

El pueblo de Quft las había acompañado hasta la orilla del río. Allí, las mujeres habían recogido arena de las huellas de los pasos de los viajeros y la habían metido con cuidado en unas bolsas. A Helena y a María, les explicaron el sentido de esa costumbre: colgarían esas bolsas en la entrada de sus casas, después de hacerles un agujerito. Cuando se vaciaran, indicarían el regreso de los viajeros. Era una manera de apaciguar a los que nunca se marchaban.

—Pero ¡no regresaremos nunca a Quft! —exclamó María.

—¿Quién sabe?... En los caminos de la eternidad hay mucho de Quft.

Tras esas palabras sibilinas, el mago Paulos Metamon volvió a ocupar su lugar en la proa de la falúa que se dirigía hacia Tebas, dejando que los viajeros soñaran con la eternidad.

$\mathcal{H}$elena estaba fascinada. Ante ella se extendían las ruinas de Karnak, sobre las que planeaban las sombras de Amenofis y de Ramsés. Las columnas y los pórticos emergían de la arena. Oyó unas trompetas y tuvo una visión de las procesiones en honor al dios Min, de los faraones postrados ante las estatuas de Amón, de los sacerdotes portadores de estandartes y de la inmensa multitud demostrando su adoración en la avenida de las esfinges.

—¿Impresionante, no?

El hombre con el traje blanco de caravanero estaba de pie bajo el pórtico de los Busbatitas. Era el primer europeo con el que se encontraba desde su salida de El Cairo.

—Una mujer necesita mucho valor para visitar el Alto Egipto —prosiguió él, acercándose a los colosos de Ramsés III, tres cuartas partes de los cuales estaban enterrados en la arena—, hace mucho que el Faraón no protege a las viajeras jóvenes y bellas procedentes del delta —añadió él, burlón.

Ese elegante caballero, que rondaba la cincuentena, parecía un galán. A Helena le pareció divertido. Se parecía a los personajes descritos por la señora Peigneur.

—¡Ah, Ramsés!, pobre viejo —dijo él, dándole unas palmadas sobre la frente de granito.—. ¿No puedes hablar?... ¿Ni cantar la belleza de esa aquea encerrada en tu palacio? ¿Debo hacerme eco de tus pensamientos de piedra? Está bien.

El desconocido se volvió hacia Helena, que se había sonrojado, y recitó un poema compuesto treinta y cinco siglos antes:

> La única, la bienamada, la sin igual,
> la más bella del mundo, mírala,
> semejante a la estrella brillante del año nuevo,

en el umbral de un bonito año,
cuya gracia reluce, cuya piel resplandece,
con ojos de mirada clara,
y labios de habla suave.
Jamás pronuncia una palabra superflua.
Ella, de cuello largo y pecho luminoso,
posee una cabellera de verdadero lapislázuli.
Sus brazos sobrepasan el destello del oro.
Sus dedos son semejantes a los cálices de loto,
su cintura es estrecha y las caderas delgadas.

—¡Señor! Me está usted molestando...
—Pero ¿no es usted aquea? —preguntó asombrado.
¡Menudo loco! Ese hombre debía de haber perdido la razón en el desierto. Helena retrocedió.
—¡Es rusa!
La voz de Paulos se hizo oír al fin. El desconocido se enfrentó al copto y dijo feliz:
—¡Metamon! ¡Viejo crápula! ¿Qué haces tú por aquí?
—Y tú, Linant, ¿qué demonios te ha traído a Tebas?
Ambos hombres se echaron uno en brazos del otro y se congratularon durante un buen rato, dándoles las gracias a los dioses por haberlos reunido una vez más.
—Helena —dijo Paulos acompañando a su amigo—, te presento a Louis-Maurice Linant de Bellefonds, pirata del mar, cartógrafo, aventurero, buscador de tesoros, guerrero del desierto. Linant fue el primer europeo que llegó a Mesaurat y a Naga, y que cruzó la sexta catarata del Nilo. Remontó el Nilo blanco hasta el yebel Fungi, luchó contra los árabes de Melik, *el Pastor*, contra los rebeldes de Hasan Reged y los hipopótamos de Sudán. Por todas estas hazañas guerreras, sus descubrimientos y su contribución a la revolución agrícola por la construcción de canales de irrigación, nuestro añorado Mehemet Alí lo ascendió a *bey*.
—Se convertirá en ministro; después, cuando el gran canal esté acabado, se le concederá la dignidad de bajá —añadió Helena con la mirada perdida.
Esa intervención dejó a Linant atónito.
—¿Qué gran canal? —preguntó Paulos.
—No lo sé... —dijo Helena—. Desemboca en el mar Rojo.
—Me parece que se refiere a esa locura de proyecto del sansimoniano Paulin Talabot, que consistiría en construir un canal del mar Rojo al Mediterráneo —dijo Linant acercándose a la joven.
Le pasó la mano ante los ojos, seguía en un estado de trance.

—No se llama Talabot —respondió ella—. Será otro francés el que se convierta en su amigo.[3] No consigo leer su nombre.

—La princesa Helena Petrovna Blavatski, llegada directamente de la santa Rusia después de haber desbaratado las trampas de la nación cosaca que la perseguía por obra y gracia de su marido, y que posee el don maravilloso de predecir los acontecimientos —dijo Metamon.

—Bueno, al menos sé que todavía tengo veintiún años para vivir. Es una muy buena noticia.

Quería creer a la pequeña rusa. Esa idea del canal, un proyecto faraónico, le seducía. Y el título de bajá lo hacía mucho más.

—Usted no debería estar en Egipto, sino en Francia —le espetó a Helena.

—¿Y por qué, señor?

—Porque mis compatriotas se vuelven locos por los videntes y los médiums. Usted amasaría una fortuna en París.

—Lo pensaré.

Amasar una fortuna utilizando sus dones era una idea que tenía que considerar. Así, se podría liberar de la generosidad de su amiga María y de la influencia que su padre no tardaría en ejercer. Le escribía regularmente, y esperaba encontrar una importante suma de dinero a su regreso a El Cairo. Entonces, podría pensar en ir a Francia e instalarse en París.

Metamon, que seguía el hilo de los pensamientos de su discípula, levantó las manos en un gesto de fatalidad.

—Acabas de inocularle un veneno contra el que no puedo hacer nada —le dijo a Linant—. Antes de Navidad, se embarcará con destino a Marsella, y no habrá terminado su iniciación.

La iniciación consistía en aprender a elevar su pensamiento de lo visible a lo invisible, de lo pasajero a lo eterno, de lo humano a lo divino. Helena estudiaba las numerosas representaciones de los dioses que había en los templos y en las tumbas. Se pasaba horas intentando comprenderlas con el corazón, como hacían los antiguos egipcios. Evocaba a Bastis, señora del doble país, a Amón-Ra, el señor de Karnak, Nefthis, la señora de los dioses, Mut, la dama del cielo, y a Thot, Montu, Anukis, Sobek, Jonsu, Osiris…

3. Ferdinand de Lesseps se convertirá efectivamente en amigo de Linant de Bellefonds durante la construcción del canal de Suez. Linant recibirá el título de bajá en 1873.

Era numerosos, poderosos y misteriosos.

Cada amanecer, Helena y Paulos se iban al valle de los Reyes. La condesa Kisselev había renunciado a acompañarlos. Ya no podía aguantar el sol.

—Tengo sed —dijo Helena al campesino que cargaba con el odre.

El hombre pareció preocuparse. La extranjera bebía demasiado. Esperó a que Metamon le diera su consentimiento.

—Puedes dársela —dijo Paulos—, pero no tomará más hasta mañana. Tres sorbos y no más.

El agua tibia apaciguó su garganta reseca. Había retrasado ese momento durante más de dos horas. Ahora el campamento de Linant estaba lejos. Pensó en la tumba de Seti I, que habían explorado la víspera. Se guardó un poco de agua en la boca y se la tragó con delicadeza antes de retomar su marcha tras el infatigable copto. ¿Cómo podría aguantar sin beber hasta el día siguiente? Una simple mirada a su alrededor bastaba para avivar su sed.

Las montañas eran áridas y blancas, salpicadas de una luz cegadora, riadas de guijarros dificultaban el camino. A lo largo de las pendientes, agazapados sobre los peñascos, los ladrones de tumbas esperaban a los escasos europeos que por ahí pasaban para ofrecerles los objetos que habían saqueado. Esperaban durante horas, jugando con su rosario, su bastón o su sable.

Algunos acudieron al encuentro de Paulos y lo saludaron con respeto, fijando sus miradas febriles en Helena, que era para ellos una criatura exótica salida de un harén: una mujer deseable, más resplandeciente que la bella Isis de senos blancos pintada en las paredes de las sepulturas que profanaban desde hacía milenios.

—Ya hemos llegado —le dijo Paulos a Helena, señalándole una excavación en los peñascos.

Enseguida, los tres soldados de su escolta ocuparon sus posiciones a uno y otro lado del camino, al tiempo que escrutaban las alturas; mientras, un guardia del valle se presentaba ante Metamos. Era un jefe de comunidad, un ancestro huesudo con el rostro hundido y moreno. Impasible, escuchó a Paulos y después examinó a Helena sin complacencia. Ella le devolvió la mirada. El hombre apoyaba las leyes rígidas del Corán, las mujeres debían ir tapadas con el velo y estar encerradas. Tenía el corazón tan seco como una piedra del desierto.

Paulos le tocó el brazo a Helena y le ordenó en griego:

—Baja la mirada y no tendremos problemas.

Ella obedeció. El viejo guardia pareció satisfecho.

—No tiene mal de ojo —dijo.

Hizo una señal en dirección a los acantilados pelados, donde aparecieron unos quince hombres.

—Estos extranjeros son nuestros amigos. Ya conocéis a Paulos Metamon que, aunque no es musulmán, por ello no es un hombre menos justo y recto.

Se reunieron con los soldados de la escolta y entablaron una animada conversación, mientras examinaban los fusiles alemanes que poseían los turcos y los probaban, sin esperar ni un segundo, con los buitres del cielo.

Los ecos de los tiros se multiplicaron en el valle de los Reyes.

—Tienes mi protección —dijo el jefe a Metamon.

—Que Alá te proteja —respondió Paulos deslizando en la mano del ancestro una decena de piastras de plata.

Helena no pasó por alto la transacción.

—Es el precio que pagan los arqueólogos por su seguridad a partir del cuarto día de estancia en la necrópolis... ¿Sigues decidida a probar la experiencia? —preguntó.

—Sí —afirmó Helena.

—Sumergirse en la eternidad exige un coraje fuera de lo común.

—¡Ya lo hemos discutido, estoy lista!

Metamon le mostró la entrada a la tumba de Ramsés VI, en la que el viejo guardián acababa de desaparecer. Ella se dirigió hacia allí con paso firme.

Con la única luz de las antorchas que llevaban Metamon y su *felah*, se adentraron por un pasillo decorado con el *Libro de las Puertas*. Lo seguía el *Libro de la Duat*, y éste precedía al *Libro de los Muertos*. Por último, llegaron a la cámara astrológica, en la que estaba empotrado el sarcófago de granito rojo.

—Este lugar recibe el nombre de la cámara de la Metempsicosis. Como puedes constatar tú misma, se ven muchos grafitos griegos y coptos. Muchos magos y hechiceros han tenido aquí experiencias con el más allá, y muchos han perdido la razón. Te lo volveré a preguntar una vez más: ¿estás segura de querer llegar hasta el final?

Helena no respondió, pero se estremeció. Estaba decidida. Contra la opinión de María y de Linant, creía que estaba lista para pasar la noche entera en el sarcófago y visitar «el país del sueño y de las profundas tinieblas en las que habitan los que se han ido».

Como Metamon, quería saber qué había más allá de la vida. Para eso tendría que encontrar a Osiris, el dios de los muertos.

—Es el momento —dijo ella pasando por encima de los rebordes del sarcófago.

Metamon contenía la respiración. Helena se acomodó en el sarcófago helado, cruzó los brazos sobre el pecho y escuchó a Paulos iniciar la plegaria de los muertos, en la que alababa a la diosa que re-

129

side en la montaña tebana, la diosa de la cima, la que ama el silencio, Meret-Seger.

—Vela por tu hija Helena.

Metamon se retiró. Helena se quedó sola en la oscuridad, sin intentar romper el misterio de las tinieblas que la rodeaban.

Pasó una hora, luego la segunda. Le pareció ver a Sokaris, el dios momia con cara de halcón, inclinándose sobre ella. Poco a poco, entraba en el mundo de los muertos. Su cuerpo perdía toda consistencia. Se elevaba hacia una luz lejana. Los tiempos pasados se volvieron presentes. Volvió a ver al Faraón tal y como era en vida: dulce y delicado. Escuchó tocar el arpa, la lira, el sistro, y más lejos, el *cheneb*[4] y los tambores. La melancolía de esa música le oprimía el alma.

Seguía subiendo… Una diosa le habló: «La muerte está hoy ante ti, como la curación de una enfermedad, como un paseo después de un sufrimiento».

La diosa le mostró una tierra en la que el trigo, amarillo y alto, ondeaba hasta el infinito. Todos los muertos estaban allí, miles, millones de ellos.

«La muerte está hoy ante ti, como el perfume de la mirra, como un descanso, como una vela en un día de mucho viento.»

Sí, el descanso. Helena aspiró con toda su alma. «La muerte está hoy ante ti, como el perfume de las flores de loto, como un apeadero en las orillas de la embriaguez.»

¡Ah! Seguir subiendo. Dejarse flotar en la luz como un claro en un cielo nublado, una gota de rocío sobre una piedra…

«La muerte está hoy ante ti, la muerte está hoy ante ti, la muerte está hoy ante ti, ante ti, ante ti, ante ti…»

Una sombra entró de repente en la luz dorada. ¿Qué podría esconderse en el seno de esas transparencias? El miedo se apoderó de ella. La sombra volvió. Anubis la acompañaba. El dios de cabeza de chacal había venido a buscarla para llevarla al tribunal de los dioses.

Ella no quería morir. Anubis le tendía la mano. La muerte con su túnica negra estaba de pie tras él.

«¡La muerte llegará siempre demasiado pronto!», gritó una voz dentro de ella.

Vivir, vivir a cualquier precio y recuperar la posesión de su cuerpo, allá abajo, en el sarcófago.

4. Trompeta utilizada en las necrópolis.

La muerte se presentaba ante ella ahora. Su mirada sin pupila la penetraba con su brillo helado.

—¡No quiero morir!

—¡Estás viva!

La voz de Paulos. El rostro de Paulos. Recuperó la posesión de su cuerpo de repente.

El copto la ayudó a salir de su sarcófago. Estalló en grandes sollozos. Necesitaba que alguien la abrazara para olvidar el mundo de los muertos. Paulos la había dejado sola en el sarcófago durante dieciséis horas. Incluso había visto a Anubis bajar a la tumba, pero ella ¡seguía viva!

Helena había llegado a El Cairo en compañía de sus tres amigos. María había sido la primera en dejarlos y se había marchado a Inglaterra. Linant de Bellefonds, por su parte, había elegido ir a Palestina. Antes de irse, le recomendó que se pusiera en contacto con el escritor Paul Féval, que le haría de guía en los ambientes espiritistas de París.

Tres semanas más tarde, en Alejandría, había recibido la bendición de su querido maestro Paulos, su amante de una noche y de una eternidad, y se había embarcado en un navío inglés cargado de momias destinadas a fertilizar los campos de Sussex y Cornualles.

En la escala de Algelia, aprovechó para subirse a bordo de un vapor que salía hacia Marsella. Ahora, en tren, cruzaba Francia, que acababa de entregarse a un nuevo oportunista: el príncipe y Bonaparte.

131

32

Cuando Paul Féval entraba en un café, había algo glorioso en el chirrido de la puerta, y parecía que un clamor de trompetas lo acompañaba. El último romántico en llegar, era el rey del folletín y del bulevar, y debía su éxito a sus *Misterios de Londres*.

—¡Paul, Paul, Paul!

Lo reclamaban en todas las mesas. Cuantas sonrisas, bocas abiertas, gargantas ofrecidas y llamadas prometedoras… Pero en la sala llena de humo también se veían muecas, miradas de odio y de celos. Se guarda para sus amigos sus secretos de novelista: para el príncipe de la comedia y del vodevil, Eugène Scribe; para los escritores Petrus Borel d'Hauterive, Auguste Barbier, Théophile Gautier y Henri Monnier, y para Helena Petrovna Blavatski, que, desde hacía cinco meses, mantenía en vilo a los parisinos por sus revelaciones.

Dio docenas de apretones de manos, pero besó las de Helena.

—¡Ah! ¡Nuestro ángel guardián! —exclamó él—. Me hace muy feliz que nos acompañes esta noche, Helena. ¿Qué seríamos nosotros sin ti?

—Celebridades, Paul, ni más ni menos.

—¿Qué ves? —preguntó Petrus.

—¿Alguno de ellos entrará en la Academia francesa? —prosiguió Auguste Barbier.

Helena observó que se inclinaban sobre ella todos los rostros atentos. ¿Qué más querían saber? ¿No tenían bastante? La fuerza de su imaginación maravillaba a miles de personas, así como la complejidad de sus intrigas y la vivacidad de sus diálogos. Esperaban demasiado de ella. Sus peticiones le resultaban un poco violentas.

—Éste no es momento ni lugar —respondió con tranquilidad.

—¿No le da vergüenza? —exclamó Paul Féval—. ¿No se da cuenta de que está sufriendo? ¿Quiere convertirla en un fenómeno de feria? ¿Una máquina para fabricar horóscopos? Sometiéndola a semejantes interrogatorios, la están vaciando. Ya da bastante de sí misma en las reuniones organizadas por Alcide Rebaud. Entre nosotros, a ese Alcide le dan completamente igual los talentos de nuestra Helena, sólo actúa por interés.

Helena se sonrojó. Paul estaba en lo cierto. Alcide Rebaud, al que había conocido a su llegada a París, la explotaba sin escrúpulos. Como buen hipnotizador y fino psicólogo, Alcide había visto inmediatamente el provecho que podía sacarle a la joven rusa. Había sabido encandilarla, la había tentado con la gloria y con el dinero que podría conseguir de una clientela rica. No obstante, ella seguía obteniendo sustanciosos dividendos, después de haberle entregado el sesenta por ciento de comisión a ese curioso agente.

Paul continuó con su verborrea habitual:

—¿Quieren conocer su destino, señores? Entonces, pregúntense qué los empuja a escribir, por los miedos que les persiguen desde la infancia. Nunca se sentirán en paz, ni vencedores de una batalla ni mártires. Porque para morir cubierto de gloria, no basta con que las musas y los críticos lo hayan perseguido a uno. También es necesaria la fe que nos falta a todos. Un día, dentro de mil o diez mil años, sus obras acabarán en la basura... Ven, Helena —dijo sin aliento—, dejémoslos para que sigan soñando con su futuro mausoleo de mármol.

Helena se dejó llevar. Féval, fogoso, se abrió camino a golpes de bastón.

—¡Paso! ¡Paso! ¡Dejen paso para la princesa Helena Petrovna Blavatski!

133

Todavía no era medianoche. Las calles del barrio de Saint-Michel, completamente iluminadas, bullían de animación. En medio de los trajes negros, las rameras vestidas con ropas chillonas esperaban con aspecto resignado. Otras adoptaban posturas provocadoras, se apretaban los pechos y enseñaban los muslos. Impregnadas de absenta, pisaban su parte de la acera en el frío y sonreían a los hombres que pasaban.

Su mirada se iluminaba cuando uno de ellos hacia crujir los billetes, el elegido podía entonces palpar la mercancía. Y la pareja desaparecía por un pasillo sórdido.

Esas mujeres forzadas a vender su cuerpo, su miseria, sublevaban a Helena. De repente, se dio cuenta de algo: «¡Yo también vendo mi espíritu!». Presa del horror, apretó con fuerza el brazo de Paul.

—¿Qué ocurre, princesa?

—¡Tienes razón, debo alejarme de Alcide lo antes posible!

—¡A buenas horas! Por fin lo has comprendido. Ese bufón no le llega ni a la suela de los zapatos a Hippolyte-Léon Denizart Rivail,[5] con quien deberías haberte asociado. Es un mindundi que sólo es capaz de hacer mezquindades; tú estás ayudando a que su zafiedad triunfe. ¡Vales mil veces más que eso!

—Sufro, Paul. Sufro continuamente. Posee mi espíritu, ha invadido mi alma. Pertenezco a su mirada, a su discurso. Me domina mediante el verbo y me fuerza a ponerme en contacto con entidades que aborrezco, a buscar almas malvadas, a aproximarme a espectros, espíritus pérfidos, inmundos e impuros. Odio a Alcide y a todos los espíritus que conciben sólo el lado más sórdido de la mente. Esas personas son vampiros que buscan sólo lo sensacional. Las sesiones me agotan. Si esto continúa así, acabaré perdiendo la razón.

—Ven a vivir a mi casa.

Paul la tomó entre sus brazos y la besó en la frente.

Helena se sintió turbada.

—Eso es imposible —le susurró ella al oído.

—¿Por qué?

—Te haría infeliz.

—Entonces, ¿no me quieres?

—No puedo darte lo que necesitas. Mi querido Paul, sigamos siendo amigos.

Paul se sintió extremadamente triste. Helena era sincera…, ocupaba un lugar muy especial en su corazón, y se parecía mucho a las heroínas apasionadas de las novelas. Se sentía el único hombre capaz de quererla sin medida.

Ante el hotel en el que ella se alojaba, intentó una vez más robarle un beso, pero ella se apartó.

Esa noche, Helena juró que la sesión de espiritismo del día siguiente sería la última.

Un criado taciturno la recibió en la casa del barón de Goustine. Helena avanzó sola bajo los artesonados dorados y cruzó la puerta del salón chino, y después la del salón egipcio. El barón, gran viajero y esteta, miembro de la sociedad secreta del Priorato de Sion, había transformado el edificio en un museo. En las vitrinas o colgados de las paredes se exponían mil objetos extraños, como monedas de plata chinas antiguas con gatos embalsamados.

---

5. El futuro Allan Kardec.

Un espejo de pie le devolvió su imagen: estaba pálida, con su vestido negro de satén. Sus largos cabellos rizados permanecían ocultos por un velo oscuro. Una sola joya brillaba sobre su pecho: un broche con esmeraldas y diamantes engarzados que pertenecía a su abuela. Su padre le había hecho llegar una carta en la que le suplicaba que volviera. Al ver la joya, había pensado en los suyos. Ella le había respondido que volvería cuando fuera viuda.

Había escrito otra carta dirigida a la atención de Alcide Rebaud. Su asociado la esperaba en la cueva espiritista. Cuando abriera otra puerta, estaría en su presencia. Sentiría inmediatamente sus ojillos redondos sobre ella, en ella. Oiría cómo la alababa, con su voz de falsete, ante los asistentes; después le pondría encima una mano seca y dura y la guiaría hasta el sillón para que iniciara la sesión.

«Esta vez no me tendrás», se dijo cuando empujó la puerta.

Un resplandor amarillento iluminaba parcamente la habitación, que estaba invadida por el olor de perfumes fuertes e indefinibles. En el centro del salón oscuro habían instalado una minúscula mesa cuadrada cubierta con un mantel de damas rojo. Alcide estaba esperando a un lado, de pie y sonriente.

—La estábamos esperando —le dijo él, que se acercó a ella apresuradamente.

Su pecho se contrajo cuando él la cogió por el codo y la presentó a los personajes sentados en la oscuridad. Descubrió, uno a uno, a esos adoradores de la muerte, discípulos de Eleusis, enamorados de los aparecidos. Estaban allí el futuro Kardec, distante y secreto; el fervoroso Désiré Laverdant, que tenía como proyecto socializar a los católicos; el viejo barón de Pontet, fundador del *Journal du magnétisme*; Chevénard y Ménart, los aspirantes a magos; Louis de Tourreil, el inventor del culto de Mapah; Joséphine Coler, ardiente discípula de la señora Krüdener, el hada de las nieves, que había pedido la salvación a Satán; el pobre Auguste Comte, devastado por la muerte de su amante Clotilde; la condesa de Brinville, rota por la desaparición de su hija; y su única amiga, la condesa de Ségur, Sophie Rostopchine.

La presencia de Sophie la tranquilizó. Helena ocupó su sitio en el sillón colocado bajo la llama de un siniestro candelabro negro. Durante ese tiempo, Alcide alababa los beneficios del espiritismo y recordaba las diez leyes fundamentales que regían su movimiento.

—Los espíritus se manifiestan a los hombres para instruirlos. Hemos descubierto un medio para comunicarnos con los muertos y para recibir una nueva revelación llamada a reformar todas las certezas metafísicas. Dios quiso el cosmos. Mucho antes de que la Tierra apareciera, los hombres preexistían, virtualidades en estado la-

135

tente, análogas y diferentes a la vez. Después, aparecieron tallos de diversas razas humanas. ¡Amigos míos! Muertos, sobreviviremos, vagaremos, algunos de nosotros se reencarnarán y alcanzarán el conocimiento y la pureza…

Helena se asombró. Ya no soportaba más ni esa voz ni el discurso que había oído cien veces. No creía que los muertos pudieran hacer revelaciones a los vivos. Estaba segura de que el don de la videncia era propio del que lo poseía, de que la precognición era innata, de que algunos seres eran receptáculos de fuerzas que rigen el universo y que podían actuar de manera inexplicada sobre su ambiente. Ella era uno de esos seres.

—Vamos a empezar —dijo Alcide sacando del bolsillo de su chaqueta un péndulo dorado.

Se puso delante de Helena. Ése era el momento que más temía. Jamás había podido resistir la hipnosis. El péndulo oscilaba al final de la cadena. Se acercaba a sus ojos.

¿En qué momento había empezado? La sensación de caída, no, no exactamente de caída, sino de hundirse, de un completo derrumbe de la conciencia, de sumirse irremisiblemente en la nada. Helena ya no era nada, ya no sentía nada. Se encontraba en un lugar sin horizonte, sin altos ni bajos, sin color, sin olor, sin ruido.

Alrededor de ella, los espectadores habían formado un círculo y se agarraban de las manos. No movían un músculo de la cara, apenas respiraban. Al menor crujido del parqué, sus pechos se levantaban y sus ojos se dilataban. Los espíritus invisibles merodeaban por allí: los buenos, los malvados, los superiores, los inferiores y los de sus seres cercanos.

Joséphine Coler, con un nudo en la garganta, creía que iba a desfallecer. Tras leer los rostros de los asistentes, Alcide consideró que había llegado el momento:

—Madame Blavatski está ahora en estado de trance. Su envoltorio carnal está listo para recibir a un espíritu. ¿Alguno de ustedes quiere formular un deseo?

Tenían la esperanza vana de ser testigos de una aparición. Tardaba en producirse, pero siempre ocurría. La espera se volvía intolerable.

—Señora Krüdener…, espíritu de Krüdener —dijo torpemente Joséphine Coler, que notó que el sudor le perlaba la frente—. Te ruego que te manifiestes.

Los espectadores se estremecieron. Helena empezó a moverse hacia delante y hacia atrás. El parqué crujió como bajo el efecto de una fuerte presión. La médium entraba en la fase activa. Todos contuvieron el aliento y se preguntaron en qué mundo se movía ahora la joven rusa.

Un hilillo blancuzco cayó de los labios de Helena y flotó en el vacío. Se estiró, se condensó, después tomó la forma de una vaga silueta.

Joséphine estaba al borde de la histeria. Esa cosa que salía de la boca de la médium era un fantasma que fue tomando forma.

Corrientes de aire que venían del otro mundo dieron forma a los ojos, a una nariz aquilina, a una boca grande, a un moño, a un busto y a unas caderas de matrona. Una mujer sin gracia se mantuvo al lado de Helena, ligada a ella por un minúsculo cordón.

—Señora Krüdener —susurró Joséphine.

Ante esta afirmación, la voz ronca de Helena respondió:

—Soy yo, Joséphine.

—¿De dónde vienes, espíritu de Krüdener? —preguntó Alcide.

—De un espacio sin límite en el que no existen ni alegrías ni penas.

La aparición se deslizó hacia Joséphine, que se puso a gritar.

—¡No, no! ¡No quiero que me toque!

Enseguida, la materialización se contrajo, perdió volumen y se volvió a convertir en un hilo que Helena se tragó.

La decepción fue general, las manos se soltaron y se rompió el hechizo del círculo. Muy contrariado, Alcide procedió a despertar a su vidente.

Helena parpadeó y observó inmediatamente el disgusto de Alcide.

—¿Un fracaso?

—En absoluto. Se ha materializado un espíritu.

—Estoy harta de sus espíritus —dijo ella alzando la voz.

—¡Helena!

—¡No soy una simple intermediaria de sus muertos! No tengo problemas de nervios. Sé que ustedes piensan lo contrario. Les han dicho que tengo un don y que soy débil, y que esa debilidad atrae a los espíritus ocultos en lo invisible, que su sed de vida sólo puede calmarse con una persona que les ofrezca poca resistencia. Eso es falso, mis queridos amigos: ¡tengo un poder inmenso! ¡Un poder único! Un don que no le debe nada a la multitud de larvas y parásitos que bullen en el plano astral, sino que he obtenido de las fuerzas que rigen el universo. No soy la vela de un navío hinchada por el viento, ¡soy el viento! Mi pensamiento es libre para correr sobre los ejes del tiempo, y nada ni nadie puede dominarlo… ¡Y todavía menos comprarlo!

—Helena, ¡ya basta!

Ella lo empujó con tanta fuerza que perdió el equilibrio y se derrumbó sobre la mesa. Helena comprobó cuán débil era Alcide, y sus admiradores mucho más todavía.

—¡Mírense! —continuó con más vehemencia—. Se han convertido en esclavos de mesas que giran, de veladores parlantes y de oráculos de tazas de café. Adoran a lápices que escriben solos, a manos luminosas y a todo tipo de apariciones más o menos espectaculares. Esos fenómenos no son más que manifestaciones de sus deseos y artificios desplegados por los videntes. Se puede hacer de todo con la voluntad. ¿Quieren una prueba?

Una sonrisa cruel se dibujó en sus labios. Era un desafío a Alcide, que le parecía malvado. No sabía cómo cerrarle la boca a esa adolescente retrasada. Esa demostración era estúpida y enojosa.

—¡No la escuchen! No está en su estado normal —dijo él.

—¡Ah, sí, sí que lo estoy!

Tras estas palabras, se concentró. De repente, se oyeron unos cuantos golpes sordos. Venían del suelo, de los muros. Se alejaron y volvieron a un galope desenfrenado que puso a prueba los nervios de los participantes.

Alguien gritó. El tumulto cesó bruscamente.

—¡Aquí tienen mi mensaje! —dijo Helena.

Los hombres y las mujeres se observaron los unos a los otros, con el más absoluto mutismo. Alrededor de ellos sólo había silencio. Ya no existía nada más que los ecos de ese guirigay que retumbaba en sus cráneos.

—¡No quiero volver a verte! —gruñó Alcide.

—Ésa es mi intención. No quiero servir a las ambiciones de un estafador.

—¡Voy con usted!

La condesa de Ségur la atrapó en el salón chino y salió con una risa alegre.

—¡Qué salida, querida mía!

—Estoy harta de sus métodos.

La condesa le lanzó una mirada astuta. Sus delicados rasgos de muñeca eslava se tornaron más serios.

—He llegado a creer que el edificio se iba a derrumbar. ¿Cómo ha podido conseguir hacer un truco así?

—No lo sé, ha ocurrido sin más. Notaba que podía actuar sobre la materia.

—Nunca le perdonarán haber sembrado la duda en su espíritu. Aman a sus muertos y querrán vengarlos. Tiene usted que protegerse.

—¿Y qué quiere que haga?

—Nada, sólo poner cierta distancia entre ellos y usted.

—¿Adónde podría ir?

—A casa de nuestra amiga común, en Londres, la condesa Bagration. Estará encantada de recibirla, estoy segura de ello.

—¿Por qué no lo había pensado antes? Gracias, Sophie, ha sido usted muy buena conmigo desde que llegué a París. Sin usted y sin Paul, estaría echando las cartas en los cafés de Montparnasse.

—Venga, déjese de falsa modestia, Helena, usted es capaz de salir indemne de cualquier situación. La he ayudado por solidaridad. No se olvide de que yo misma soy una exiliada que no puede volver a Rusia. Nadie podrá decir que una Rostopchina ha faltado a su sentido del deber y del honor. Te he tratado como una madre a una hija.

Las dos mujeres se abrazaron calurosamente. Una vez más, Helena dejaba atrás a sus seres queridos.

33

*E*n el hotel Mivart de Londres, un gran edificio no lejos del Támesis, se podía encontrar a príncipes indios, artistas, ociosos y a personajes pintorescos con enormes fortunas. Helena había encontrado su refugio en ese lugar extraño y apacible cuando el conde y la condesa Bagration decidieron irse a sus tierras de las Shires para cazar zorros. Y, en ese remanso de paz que compartía con Jezabel, una de las señoritas de compañía de la condesa, se pasaba la mayoría del tiempo leyendo en la habitación tapizada de terciopelo malva.

Qué cosa más singular la lectura. Cuando leía, sentía que el libro la iba seduciendo, que la turbaba. Sus personajes, sus paisajes, sus colores, sus misterios y sus olores la invadían.

Helena se dio la vuelta sobre los cojines. Con una mano, mantuvo el libro abierto, con la otra se llevó un largo cigarrillo a los labios.

—¡Fuego, por favor!

Abandonando su gran sillón y sus posturas lascivas, Jezabel fue a sentarse en la cama y le acercó la punta rojiza de su cigarrillo.

—Gracias —dijo Helena, que echó el humo sobre el pecho menudo de su compañera.

En esa madriguera en la que el tiempo parecía congelado, las dos mujeres jóvenes vivían siempre medio desnudas. Se parecían a las paganas descritas en los libros que se amontonaban alrededor de la cama.

—Llevas exactamente cincuenta y tres minutos sin dirigirme la palabra —dijo Jezabel sacudiendo su abundante cabellera cobriza.

—¿Tanto?

—Sí, esa novela debe de ser muy apasionante.

—Lo es, Jezabel.

Después de inclinarse para leer el título, la joven inglesa esbozó una mueca de disgusto.

—*El último mohicano*, de Fenimore Cooper… Nunca he leído nada de ese autor.

—¡Pues eso tienes que solucionarlo lo antes posible! Incluso, te voy encargar que me consigas todos sus libros. Si América y los indios son tal y como los ha descrito, quiero unirme al próximo convoy de colonos que partan hacia Nueva York.

—¡Señor! —exclamó Jezabel, a quien la idea le parecía horrible.

Helena dejó su libro y aplastó el cigarrillo sobre la montaña de lukums, al alcance de la mano, que adoraba mordisquear con su joven amante. Ella no hizo preguntas. Le dio un beso en la boca y la hizo callar. Bastaba con desatar el encantador velo que envolvió su cuerpo de gata para apoderarse de su placer con una mano hábil. Prefería los gritos y los suspiros de Jezabel a cualquier otra palabra. El intercambio, tan nuevo como natural para ella, era más sabroso. Tenía que aprovisionarse de delicias para enfrentarse a los peligros que estaban por venir.

Partir con un puñado de patanes, aventureros y prostitutas sería insoportable para la delicada Jezabel. Todos los desechos de la sociedad se sentían atraídos por América. Todo había empezado en el agua fangosa de una orilla californiana, donde, en la tarde del 24 de enero de 1848, el sombrero de James Marshall se había llenado de pepitas de oro. «¡Oro, oro, oro!» Esos gritos habían resonado en todas las montañas y se habían extendido a través de los valles hasta San Francisco. Desde allí, los buques habían llevado la noticia a las islas Sándwich, a México, a Perú y a Chile. La fiebre del oro había llegado a Inglaterra el año pasado. Jezabel todavía se acordaba.

El delirio había llegado a todas las capas de la sociedad. Habían aparecido guías, panfletos y artículos de diarios. Y desde entonces, todas las semanas, salían hacia allá barcos que llevaban a obreros, comerciantes, lores arruinados, familias enteras de campesinos, misioneros y aventureros con el corazón lleno de esperanza.

Mientras el barco de Helena se alejaba del puerto, Jezabel lloraba en medio de los curiosos y los marinos. Ahora se sentía muy sola. Seguía intentando comprender por qué Helena se iba en busca de aventuras, y maldecía a los indios de América, que le arrebataban a su tierna amiga.

¿Qué podía pasarle en ese país poblado de animales feroces y de bandidos? Hasta el último momento había intentado disuadirla de lanzarse a tan loca empresa. Había encontrado artículos de prensa y cartas del escritor Hugh Henry Brackenridge que Helena se había negado a leer.

Con la cabeza llena de las aventuras de Chingachgook y de Natty Bumpo, los héroes de Fenimore Cooper, Helena contemplaba la multitud andrajosa reunida en los muelles. Vio a Jezabel agitar su pañuelo e irse.

Se estremeció por la frescura de la mañana. Iba a bordo del *Britania*, un buque a vela y a vapor, que accionaba las ruedas de las voladeras.

Una marea de emigrantes cargados de fardos y maletas lo rodeaba e intentaba encontrar su lugar en el puente.

¿Qué pensaría su padre si la viera con esos criminales y esos miserables? Antes de partir, le había escrito para pedirle que le enviara dinero a Montreal.

Dio algunos pasos con sus pocas maletas, sin saber dónde ponerse. El momento de la salida del barco había llegado, y sintió vibrar el puente. Una sensación de calor le invadió el pecho. El barco se separó de la orilla y las grandes chimeneas escupieron su humareda negra.

Helena pensó en la piel suave y ligeramente azucarada de Jezabel, en la intimidad húmeda de su cuerpo, colmado de caricias y aturdido por el placer.

Cerró los ojos y tragó el aire de alta mar a grandes bocanadas golosas. No era la única en comunión con el viento. La mayoría de los pasajeros estaban, como ella, mirando al oeste. La noche los arrullaría enseguida y vertería en sus sueños promesas de amaneceres resplandecientes. Por el momento, las estrellas iluminaban su camino. Inglaterra sólo había sido una escala amorosa antes de América.

34

*D*e Nueva York a Montreal, había quince días de viaje. Y otros diez para llegar a Ottawa. Ese 15 de abril de 1850, la nieve había dejado de caer, pero el frío seguía siendo muy intenso, hasta el punto de matar a dos niños al pie de las montañas Verdes. Ese día, el pequeño convoy de colonos ingleses en el que se encontraba Helena no había dado media vuelta hacia Albany. La aparición del sol los había animado a continuar valerosamente.

Dos días más tarde, estaban bloqueados en Portage-du-Fort, una aldea piojosa más arriba del Lac des Chats. Las autoridades los habían aparcado en un gran edificio con leños, en el que Helena estaba hecha un ovillo bajo su abrigo. Las dos sartenes humeantes no conseguían calentar la habitación en la que se amontonaban los treinta pioneros, que pasaban el tiempo gimiendo. Helena ya no soportaba más estar cerca de ellos. El olor a orina y a heces le impedía dormir. Su propia ropa y su cuerpo estaban sucios. Soportaba ese estado con dificultad. «En primavera, nos podremos lavar», le había dicho el viejo guía de Pointe-Fortune.

Pero la primavera no llegaba nunca. La garganta le ardía, el frío glacial penetraba en sus huesos y le impedía llorar su pena. Se veía como una sierva de las estepas rusas, a pesar de su oro, sus botas forradas, su ropa interior de cibelina, su gorro de castor, sus manoplas y su abrigo de trampero.

Estaba acorralada en un agujero a semanas de camino de las primeras tribus indias.

Las horas pasaban, inagotables, entre el mal olor y el desespero.

La mañana del tercer día, Helena vio inmediatamente el cambio en el cielo a través de los ventanucos sucios. El efecto del sol no se hizo esperar. La puerta del refugio se abrió y vieron la cara de alegría de su guía.

—¡Llega el buen tiempo, chicos!

El buen tiempo. Las palabras mágicas que llevaba esperando desde principios de abril. Los hombres y mujeres se libraron de sus abrigos miserables e hicieron un círculo alrededor del canadiense, que llenaba su pipa.

—¿Cuándo nos vamos?

—Dentro de dos o tres días, tal vez cuatro, habrá que verlo.

—¿Habrá que ver el qué?

Todas las cabezas se giraron hacia Helena. Ella se lanzó sobre el guía y empezó a sacudirlo agarrándolo del cuello de su chaqueta con forro.

—¿Por qué no nos vamos inmediatamente? ¡Ya nos hemos podrido aquí bastante!

El viejo soltó una bocanada de humo. Con su mandíbula pronunciada y su nariz rota, creía haberlo visto todo, y que lo había aguantado todo. Nunca una mujer le había puesto la mano encima. Parecía tan enfadado que Helena prefirió apartarse.

—Hay que ver si el buen tiempo dura, chiquilla —dijo tomando como testigo al sol que apuntaba entre las montañas.

Helena contempló a su vez al astro naciente. La nieve había empezado a brillar, un bloque hielo se soltó de la techumbre. Helena se decidió a actuar.

—Me iré mañana —afirmó ella.

—Está usted en su derecho. Por lo que sé, no va usted a Mont-Laurier, como los demás, sino a Ville-Marie, en el noroeste, ¿no?

—Sí.

—Es una excursión peligrosa para que la haga una mujer sola.

—Eso es asunto mío.

—Sí…, es posible que, dentro de un mes, el río nos devuelva su cuerpo. Parece que tiene buena salud y podrá sobrevivir algo de tiempo. Si no muere de frío, perecerá de hambre, cogerá el escorbuto y perderá sus dientes uno tras otro. Después llegarán los problemas de estómago y las fiebres. Cuando haya acabado de delirar después de haber vaciado las tripas y desfallezca, ni siquiera los lobos la querrán. Sí, el río la traerá de vuelta.

Helena lo había escuchado sin inmutarse, mientras empezaba a recoger sus cosas. Habría podido darle todos los argumentos del mundo, estaba decidida a probar suerte. Un cuarto de hora más tarde, se ataba su bolsa a la espalda y se alejaba por la única calle de Portage-du-Fort, hundiéndose en la nieve fangosa en compañía de hombres rudos con la barba escarchada y las piernas abrigadas con pellejos de zorro.

Al final de esa calle de trescientos metros, flanqueada de barracas, había un *trading post* que llevaba un letrero oxidado lleno de estalactitas en el que se podía leer «Golden Lake Bar», un lugar de perdición pintado de amarillo fuerte y con un piso superior, lo que lo hacía parecer lujoso si se lo comparaba con las cabañas de madera de la calle. Todo se vendía, se intercambiaba o se compraba. Allí tenía que aprovisionarse y comprar caballos. Tras limpiarse la nieve, subió los cuatro peldaños del establecimiento, respiró hondo y empujó la puerta tambaleante forrada con tela impermeable.

Creyó que se ahogaba.

El Golden Lake Bar era una sauna en la que se agitaban un centenar de individuos. No distinguía el fondo de esa caverna llena de abrigos de piel, cajas, sillas, hombres achispados y mujeres con ropas abigarradas. En cuanto entró, un trampero se acercó a ella y la llevó a la barra.

—Ven, muchacho —dijo él con voz pastosa—, bebamos a la salud del viejo Armand.

Dándole un codazo, ella se apartó.

—¡Eh, tú! —gritó él amenazándole con el dedo—. ¡Vas a tener que dar una explicación!

—¡Inútil! —dijo ella quitándose el gorro.

Sus cabellos cayeron en cascada sobre los hombros. Se secó el rostro, se quitó el abrigo, se desabotonó la chaqueta de fieltro y se quedó con una camisa de cuadros grandes.

—Pero ¿no eres un chico?

—¡Como puedes constatar!

—¡Una nueva! ¿Lo habéis visto? ¡Ha desembarcado una nueva!

Helena no comprendió lo que entendía por «una nueva», pero sintió que inmediatamente todas las miradas la desnudaban. Una mujer caballuna vino a mirarla de cerca y después lanzó con una mueca de disgusto:

—Esa mercancía no vale ni diez céntimos.

—Los precios los fijo yo —dijo un hombre que salió del fondo del antro.

De inmediato, la rubia y el trampero borracho se retiraron. Una montaña de grasa, ataviada con un pantalón de terciopelo, sujetado con unos tirantes, y con un jersey de punto manchado de salsa y sudor, avanzó hacia Helena.

—¡Armand, resérvamela! —gritó alguien.

—¡Trato hecho! —respondió la montaña antes de esbozar una sonrisa—. ¿Busca trabajo, señorita?

—No exactamente.

Armand pestañeó, sus mejillas mofletudas temblaron y su doble mentón se agitó cuando respondió con una voz menos complaciente:

—¿Qué puedo hacer por usted, entonces?

—Necesito material para llegar a donde viven los indios.

Una risita se escapó de su garganta y fue aumentando poco a poco. Se reía con carcajadas que no acababan. Momentos después, la risa hizo temblar el Golden Lake Bar. Los jugadores de cartas se golpeaban los muslos. Los bebedores tiraban sus vasos sobre la barra y las mesas, los pechos de las chicas de compañía se bamboleaban en los corsés de barillas.

—¡Los indios, los indios! —repetía el gordo Armand, mientras se secaba las lágrimas que resbalaban por sus mejillas—. ¡Quiere ir a buscar a los indios!

—¡Pago con oro!

La risa de Armand se extinguió de repente, como el agua del fondo de un sifón. La calma volvió enseguida.

—Venga por aquí —dijo.

La condujo al fondo de la vasta sala, donde, detrás de otro mostrador, se hallaban artículos diversos: clavos, clavijas, picos, armas, cuerdas, jabón, semillas, sierras, cacerolas…

—Tengo todo lo que necesita —dijo mostrando con orgullo su chatarra—. Hay más habitaciones detrás y todas están llenas. ¿Qué le gustaría comprar?

Los ojos de Helena recorrieron la habitación.

—¿Para cuánto tiempo se va? —continuó él, frotándose las manos, cuando la mirada de su clienta se detuvo sobre los fusiles.

—Tengo dudas, mi lista es larga.

—Puedo ayudarla a elegir. Dígame a qué lugar quiere ir.

—Quería llegar hasta Ville-Marie, pero todavía no hay nada seguro. No sé dónde están las tribus.

—¡Por el amor de Dios! No me gusta demasiado que se rían de mí, pequeña.

—No me burlo en absoluto de usted —respondió calmada Helena—. Tengo oro. —Dejó rodar una moneda por el mostrador—. Y usted necesita oro para mantener abierta su maldita cloaca. Véndame herramientas y un mapa.

El encargado se quedó boquiabierto.

—Creo que podemos entendernos —gruñó él antes de gritar—: ¡Nick, Nick Deleneuve! Ven aquí. Te necesitamos.

El tal Nick Deleneuve apareció cojeando ligeramente. Era un trampero de unos cincuenta años que ya no tenía pelo en la cabeza, pero que conservaba una barba venerable que le llegaba hasta el vientre.

146

—Hola, muñeca —dijo llevándose dos dedos a la sien—. ¿Qué puedo hacer por usted?

—Enséñale dónde viven los indios —dijo Armand, que desplegó un gran mapa donde amplias zonas blancas cubrían las regiones inexploradas.

Nick movió la cabeza de derecha a izquierda. Un movimiento que decía claramente lo que pensaba de Helena: una pobre loca que buscaba la muerte.

—Los indios —dijo escupiendo al suelo—. Son como piojos, aparecen por todas partes. Veamos, estamos aquí. —La uña se posó sobre el papel—. En el sur, están los ottawas, los potowatomis, los masoutens, los suks, los fox y grupos cuyos nombres ignoro; en el este, los *têtes de boules* (cabezas de bola), los abenakis y los micmacs; en el oeste, los crees, los ojibwas y los santees, y en el norte, los algonquinos. ¡Todos basura, señorita! Se niegan a convertirse y torturan a los padres peregrinos. Se matan unos a otros por el comercio de las pieles de castor. Violan a las mujeres blancas y hacen que, después, las devoren sus perros. Vuelva a casa y olvídese de ellos, es un consejo de amigo.

—¿Dónde viven los más cercanos?

«Una testaruda», se dijo Nick resoplando ruidosamente. Pareció reflexionar y le indicó con la mano la parte norte del mapa.

147

—Los algonquinos no son los más cercanos, pero son pacíficos... ¡Hum! Por supuesto, hay excepciones... Debe ir por ahí. Con un poco de suerte, encontrará a alguien que hable francés o inglés. Algunos han estado en contacto con los misioneros que ofrecen sus servicios de guía a los colones que se dirigen a la costa Este por los ríos y lagos del Gran Norte, hacia el Yukón. Son buenos cazadores, venden sus pieles en los mercados de Amos y del Valle del Oro. Lo más duro será llegar hasta allí. Deberá usted remontar el río Outaouais hasta Ville-Marie, después continuar hasta los rápidos de Quinze. Al otro lado, hallará una aldea: Notre-Dame-du-Nord, un nombre muy apropiado. Hay que esperar a que el licor se deshiele antes de poder beberlo. Un país asqueroso, querida... Sí, un país asqueroso... Después de Notre-Dame-du-Nord, tendrá que cruzar montañas, bordear la orilla derecha del lago Oposatica y girar, después, al noreste hasta llegar al río Harricana. En esa región viven los algonquinos.

Nick contempló a Helena. ¿Cómo una chica tan frágil podría llegar al Gran Norte, un lugar temido por los mejores tramperos?

—¿Cuánto tiempo? —preguntó ella.

—Es un buen paseo, veinte días a caballo como mínimo.

—Se lo agradezco, *monsieur* Nick —dijo ella plegando el mapa—. Señor Armand, whisky, y del bueno, para nuestro amigo. Corre de mi cuenta.

Sin preocuparse por los gestos de afecto de Nick, se inclinó por encima del mostrador y cogió un fusil de percusión, un modelo reciente. Los soldados de su padre los tenían a pares. Sabía utilizarlos. Lo encaró y el arma le pareció un poco pesada.

—¿Tienen algún otro modelo?

—Éste le servirá —dijo el patrón sonriendo.

Tenía entre manos una chatarra antigua de sílex, un modelo inglés de 1788. Tendría que cambiarle la piedra con cada disparo.

—Ya veo, ya veo —resopló.

—Una ganga —insistió Armand, que enseñó los cinco o seis dientes mellados que le quedaban.

—¿Tan estúpida cree que soy?

La sonrisa del hombre se desvaneció al comprobar que la mujer podía conocer lo poco fiable que era aquella arma.

—Tal vez quiera venderme un arcabuz o un mosquete —prosiguió ella, apartando el cañón del arma.

—¡Nada más lejos de mi intención! —exclamó lanzando una mirada furiosa a Nick, a quien le costaba aguantarse la risa.

—Quiero un fusil de percusión, ligero. Estoy segura de que tendrá algo así en su trastienda. ¿Debo recordarle que lo que le estoy pidiendo funciona con una cápsula química fulminante a base de clorato de potasio que enciende el cartucho cuando el gatillo lo percute? No se vaya tan rápido, señor Armand. Tome nota, coja su lápiz: quiero también un colt de tambor, cinco cajas de cartuchos, seis libras de buey seco, a treinta y cinco céntimos la libra.

—Pero ¡si está a cuarenta y cinco céntimos!

—¡Treinta y cinco!

—¡Cuarenta!

—¡Treinta y ocho!

—De acuerdo, damita.

La damita no cejó en su empeño. En el cuarto de hora siguiente, consiguió reducir su cuenta un diez por ciento, y casi hizo llorar a Armand cuando le compró dos robustos caballos por una suma modesta.

—Espero que los indios se la queden —dijo cuando Helena salió de la cuadra con su carga.

35

*E*n el río Outaouais, flotaban placas de hielo. Helena llevaba siguiendo su tumultuoso torrente sin haber encontrado ni un alma viviente. Iba superando pequeñas etapas y tenía mucho cuidado de no dejarse sorprender de noche. Todos los días dedicaba las primeras horas de la mañana al mismo ritual: montar la tienda, cortar madera, preparar el arroz y el tocino, verificar el estado del fusil y después guardar el colt y el cuchillo de caza a cubierto.

Los caballos se debilitaban. Avanzaban con dificultad, porque tenían que sacar a cada paso sus patas de la nieve blanda.

—Venga, amigos míos, un esfuerzo más. Veo un saliente rocoso donde establecer el campamento… Podréis descansar —los animó, y les acarició el lomo.

Respiraban el aire templado de la primavera, piafaban encorvando el cuello, felices por ver acabar un día duro. Diez minutos más tarde, resoplaron. La nieve había desaparecido. Las pendientes expuestas al sur estaban tapizadas de verde y cubiertas de hierbas jóvenes. Ante esta visión, Helena se sintió embargada por la alegría. Riéndose, se dejó caer hacia delante, aspirando la tierra húmeda.

La primavera… La promesa de vida… Arrancó puñados de hierba y corrió a dárselas a los caballos.

—¡Tened! ¡Comed! Tú, el precioso bayo… ¿Qué? ¿No quieres?

El caballo rechazó el alimento, giró sobre sí mismo, y su compañero lo imitó enseguida. Apuntaban con sus narices al bosque: parecían advertirle de un peligro. Sin perder ni un instante, Helena los ató a la rama de una madera, y después cogió el fusil.

Algo venía desde lo alto de la montaña y avanzaba sin hacer ningún ruido. Los caballos temblaban cada vez más fuerte. Agachada detrás de una roca, Helena vigilaba la sombra que se deslizaba y trepaba entre los troncos negros. Por fin, pudo distinguirlo en una brecha. Era un lobo, mucho más grande que los que había en Rusia. Plantado sobre sus patas, con los ojos amarillentos clavados en ella, permanecía inmóvil.

Apuntar al animal debajo de la cabeza y meterle una bala en el corazón, eso era lo que le había enseñado su abuelo, una noche en la que los aullidos del viento se mezclaban con los de una jauría que había cruzado el Volga helado.

El lobo seguía sin moverse.

Captó su pensamiento caótico, en el que se establecía un plan. Ella notó el hambre, el miedo, el instinto asesino del carnicero. Durante algunos segundos, tomó posesión de su cuerpo nervioso.

—¡Ven! Ven a morderme… —masculló.

Al lobo se le erizó el lomo y corrió hacia ella dibujando arcos de circunferencia. Iba a atacar por un costado, Helena lo sabía.

«Doce pasos más y disparo», pensó espiando a su enemigo. Doce pasos. Cinco segundos que duraron siglos. Una gota de sudor le resbalaba por la frente y delataba su miedo. El lobo giró a la derecha. Ella volvió a estar en el centro de su mirada hambrienta.

Los dos adversarios se plantaban cara. Los separaban veinte metros. Calibraban las respectivas voluntades y energías, cuya fuerza se remontaba al origen de los tiempos. El lobo echó su cuerpo hacia atrás, y su pelaje gris se erizó.

Helena apretó el gatillo, que golpeó la cápsula, pero el disparo no salió. Se quedó helada, ¡no iba a tener tiempo para recargar! Había dejado el colt en un saco. Enloquecida palpó su cinturón buscando municiones. El lobo estaba tomando impulso.

A Helena se le hizo un nudo en el estómago. Puso la mano sobre el mango del cuchillo y lo sacó con fuerza de la funda. El ataque fue fulminante. Enseñándole los colmillos, la bestia saltó sobre ella. Con los dedos pegados al arma, Helena empujó la gran cuchilla entre las costillas mientras las fauces del lobo buscaban su garganta. Helena empujó con todas sus fuerzas y empaló al animal, después cayó con él. Ambos rodaron…

Sacudido por espasmos, el lobo había recibido su merecido. Helena se levantó sobre las rodillas y lo contempló agonizar. Le pareció que, mediante tal acto, ahora pertenecía a ese país salvaje. Formaba una unidad con los árboles, el río furioso y las nubes rápidas. Su ser se había fundido con esa tierra, con esas aguas, con ese viento.

Ella era el sol. Era el miedo que llegaba con la noche.

Durante mucho tiempo, Helena vigiló las tinieblas. Los caballos se habían calmado. Más tarde, con el resplandor de su lámpara de aceite en su minúscula tienda, calculó en el mapa lo que le quedaba por recorrer hasta Notre-Dame-du-Nord.

36

*L*as noches se habían sucedido una tras otra, y un cansancio inexorable la había «pegado» siempre a la cama. Helena dormía, con las manos sobre el fusil. Un nuevo amanecer alejó sus preocupaciones. Los animales ya no la asustaban. Avanzaba por el corazón de una región virgen, por crestas coronadas de flores, a lo largo de precipicios entre montañas veteadas de cascadas y revestidas de rocas. Las olas límpidas del río Harricana se llevaban los pedazos de su pasado. Helena no podía evitar pensar que había encontrado el camino que llevaba a la paz.

Ella había alcanzado una orilla con vegetación.

—Vamos a acampar —dijo ella a sus caballos.

Mientras liberaba a las bestias de su carga, miraba a su alrededor. Había señales que no engañaban. Nunca había visto árboles como ésos, poderosos y majestuosos, de un verde profundo, lleno de olores, de cimas que levantan su vuelo hacia el cielo. Enormes abetos, arces y otros árboles se amontonaban a miles y dibujaban oscuras avenidas de hojas.

Se acercó al mayor de los abetos para apoyar el oído contra la corteza. En su avance, descubrió ramas rotas.

La sangre le subió al rostro. Muy lentamente sacó el colt de su funda de cuero y rodeó las ramas. Alguien las había reunido con una roca musgosa. Redobló su prudencia y constató que la hierba estaba aplastada. Tenía poco tiempo. Olisqueó el aire cargado de olor a resina, pero no descubrió restos de humo.

Entonces, decidió avanzar un poco más por el bosque. En diferentes sitios, unas huellas señalaban el paso de la persona o personas que la habían precedido. Mientras avanzaba, aguzó el oído. Sólo llegaba hasta ella el canto de las aves, que garantizaba la ausencia de peligro. Animándose, continuó su exploración hasta un pequeño cerro que dominaba un barranco.

En ese lecho arenoso y encajonado, vio una choza hecha con ramas. Empezó a deslizarse hacia allí. Un canto extraño provenía de esa construcción que el soplo del viento habría destruido. Jamás había oído nada semejante. Se habría dicho que era una antífona que llegaba desde la más temprana de las edades del mundo, un lamento que se agarraba a las entrañas. Habría jurado que la voz era la de un niño.

Tras sopesar el riesgo, acabó por deslizarse a lo largo de la pendiente. Había una abertura en un lado de la choza. Estaba segura de que la voz era la de un niño. Agachándose para penetrar en ese abrigo singular, descubrió una fosa en la que estaba de pie un ser enclenque, visiblemente asustado por su llegada.

Tenía el rostro completamente pintado de negro. La única ropa que llevaba encima era un paño. Su cuerpo estaba cubierto de llagas. La más horrible supuraba alrededor de todo el cuello, donde una correa de cuero se incrustaba en la piel.

—Pobre niño —dijo ella extendiendo los brazos para sacarlo del agujero apestoso y húmedo.

El niño le indicó que no lo hiciera con una súplica muda. En el rostro que levantó hacia ella, los ojos negros y brillantes expresaban terror.

—Sal de ahí, no quiero hacerte ningún daño.

El niño empezó a gritar de inmediato; antes de que pudiera reaccionar, se apoyó en las manos y saltó fuera de la fosa, y la empujó al pasar. Cuando ella salió de su refugio, él ya estaba lejos. A pesar de sus pies desnudos, corría como una liebre entre los arbustos.

—¡Vuelve!

Sólo obtuvo como respuesta un grito. Helena estaba desconcertada. Su primer encuentro con un indio había sido un fracaso. ¿Qué hacía aquel crío? ¿Estaría enfermo, lo habrían abandonado los suyos?

«¡Tengo que encontrarlo!»

Tras esta resolución, volvió junto a sus caballos, rehízo su equipaje y tomó la dirección por la que había huido el joven algonquino.

37

Si Helena hacía caso de lo que veía en el mapa, estaba bordeando el inmenso lago de Mistawac. Hacía dos días y dos noches que le seguía la pista al pequeño fugitivo. Su obstinación acababa de verse recompensada. Al alcance de su fusil, al final de un paso de tierra, como colocado sobre el agua de un azul profundo, un pueblo algonquino apareció ante su mirada radiante.

—¡Por fin! —resopló.

Había sufrido mucho para conseguir llegar allí. Había puesto todas sus esperanzas en esas orillas donde retozaban caballos en libertad.

Creyó que todos sus deseos se satisfacían bajo el cielo surcado por las águilas. Se sentía ya en la piel de una india cuando se lanzó al último galope, sin preocuparse de la acogida que le iban a dar.

No obstante, sintió un pinchazo de angustia cuando vio desplegarse ante ella una línea de jinetes. Cincuenta indios iban hacia ella al galope. Montaban a pelo, hacían girar sus tomahawks y blandían lanzas y fusiles.

Sus gritos eran tan fuertes que consideró durante un instante ponerse a cubierto para coger su arma. No habría podido hacer nada. Eran demasiados. La rodearon. Sus corceles se encabritaron.

En el centro de la nube de polvo que levantaban los cascos, apareció su jefe. Achaparrado pero de espalda ancha, estaba protegido por una piel de bisonte. En la cinta de piel de nutria que le ceñía el cráneo había tres plumas cosidas. No más grandes que guisantes, las dos bolas negras y fijas de su mirada la juzgaron. Su nariz cobriza se dilataba y sus paletas parecían palpitar: la estaba oliendo.

De repente, le señaló el pecho con su lanza y dijo en un inglés tosco:

—Tú eres la Mujer Liebre. Te estábamos esperando.

¿La Mujer Liebre? ¿Qué podía responder a eso?

Unas manos se apoderaron de las bridas de sus monturas. Helena se dejó llevar, confiada. Los algonquinos se hablaban en una jerga feliz. Desfilaban ante sus ojos y realizaban proezas ecuestres. Del pueblo llegaron grupos de niños con largas cabelleras de azabache. Se reían, la señalaban con el dedo e intentaban colarse en medio de los guerreros para acercarse.

Los recibieron a patadas o los apartaron sin más. Una amenaza verbal del jefe los hizo retroceder en desorden al perímetro delimitado por unas cuarenta viviendas.

Delante de las casas, unos cubos estrechos de corteza de olmo y *wigwams* cónicos, ensamblados con tablas de abedul, había un grupo numeroso de mujeres; se veían más mujeres que hombres.

Agitaban la mano en señal de bienvenida, le sonreían. Algunas, ignorando las invectivas masculinas, llegaron hasta ella. Sus ojos claros las fascinaron.

Sus primeros gestos los dedicaron a las botas. Palparon el cuero. Siguió una conversación animada. A Helena le asaltaron preguntas a las que no pudo responder. Aquellas mujeres con trenzas, ojos alargados y oscuros, con labios sensuales y pómulos prominentes se apresuraron alrededor de ella. Había cierta jerarquía. Las jóvenes bellezas salvajes se apartaron y dejaron sitio a las viejas *squaws* arrugadas. Menos expansivas, se expresaban con señas, el lenguaje común de todos los pueblos indios.

Esos diálogos mudos, esas decenas de figuras dibujadas por las manos apergaminadas hicieron que una sensación de vértigo se apoderara de Helena. Por su parte, las mujeres de más edad se retiraron. Se habían llevado a la extranjera ante una choza hecha con ramas, con el techo curvo.

Se hizo el silencio. La comunidad entró en el recogimiento. La estancia debía de ser de un personaje importante. Cuando vio salir a un niño, su sorpresa fue mayúscula. Lo reconoció enseguida: el pequeño fugitivo del rostro ennegrecido. Le habían recubierto las llagas con una pasta oscura, y ya no llevaba alrededor del cuello esa correa que le desgarraba la carne.

El niño la observó con respeto antes de desaparecer.

Todos se estremecieron cuando la «cosa» apareció. La cosa tenía el rostro enmarcado en una cara de lobo abierta. No se veía nada del cuerpo, que estaba oculto bajo una masa de pieles de animales, excepto unos brazos descarnados al final de los cuales colgaban unas largas manos asquerosas que sujetaban un bastón y un cascabel.

¡Un hechicero! Helena recordó el título de pronto. El niño intercambió una breve mirada con ese ser, después asintió vivamente. Entonces el hechicero invitó a Helena a unirse a ellos.

—¡Venga! —dijo el jefe, que se mantenía a su lado.

Helena se dirigió a la abertura circular bajo la que había pasado el inquietante chamán. Entró en la choza sin conseguir controlar su angustia. Su anfitrión se puso en cuclillas bajo un poste rojo, en cuya cima estaba esculpida una cruz de cuatro poderes (cada una de las ramas designaba un elemento). El hechicero le señaló el lugar en el que debía sentarse, bajo un poste azul rematado por una figura humana toscamente tallada.

Helena observó que había otros dos postes: uno verde y uno amarillo. Se le ocurrió que los postes debían de representar los cuatro puntos cardinales, pero ignoraba el significado de los colores. El hechicero todavía no le había dirigido la palabra. Se limitaba a examinarla. Encerrado en su pesado silencio, parecía de piedra. No movía ni un músculo de su rostro maquillado.

Sin duda, estaba decidiendo su suerte. Helena intentó captar su pensamiento, pero fracasó. Estaba muy lejos dentro de sí mismo, y muy lejos de ella. Sintió la inmensidad de la red de conexiones que establecía con el mundo exterior y con los mundos interiores.

—Tú eres la Mujer Liebre —acabó diciendo en un inglés más elaborado que el del jefe de los guerreros—. ¿Cómo te llamas?

—Sedmitchka —respondió ella, retomando el pasado mágico de su infancia.

—Ése no es un nombre de blanco.

—Me lo dieron en otro tiempo las gentes de mi país. Significa «consagrada al número siete».

Esa respuesta contentó visiblemente al hechicero, que sonrió.

—Entre nosotros, el cuatro y el siete son sagrados. Ciervo Ágil no se equivocaba: tú eres aquella a la que ha visto en sueños.

—¿Quién es Ciervo Ágil?

—El joven guerrero que salió de mi habitáculo-medicina.

—¿El niño herido?

—No está herido. Lleva las marcas de su iniciación.

Helena no lo entendía. El hechicero se anticipó a sus preguntas:

—Aprenderás a amar nuestras costumbres. No eres como los otros blancos.

Tras estas palabras, cogió una calabaza y vertió el contenido en una estera de mimbre tintada de negro. Esparció arena, ceniza, restos de reptiles y conchas. Con su bastón, empezó a hurgar ese montón informe mientras lanzaba hechizos.

—El oráculo es favorable —concluyó al cabo de un momento.

Helena se quedó perpleja. Ella no había descubierto ningún mensaje en los surcos que había trazado el bastón, como no fuera la paz, en la vaga forma de un círculo.

155

—Dudas de mi poder, mujer habitada de espíritus... Pensarás de otro modo cuando conozcas el lenguaje mágico *midewiwin*. Poseo un *orenda* y un poderoso tótem, lo que significa que puedo ver a través de la arenas y, mediante la arena, a través de los corazones y de las almas. Entre nosotros, llamamos al don «segundo rostro». Soy Waka Witshasha y Pejihuta Witshasha, Hombre del Misterio y Hombre de las Hierbas, al que debes escuchar y respetar. Tú también tienes el «segundo rostro», el oráculo no miente. Me dice que te enseñe medicina y las leyes de Manitú, nuestro Guitchi.

—¿Manitú? ¿Qué significa ese nombre? —preguntó ella.

—Guitchi Manitú quiere decir «que no tiene su origen en sí mismo». Es el Increado. Es la fuente de vida, el poder, la luz, el amante de la naturaleza. Unirse a él es el fin supremo de los algonquinos, y para ello realizamos ritos purificadores. Ciervo Ágil ha cumplido el suyo. Se fue hace ocho días al sur, se construyó una «choza de sueños» preparando su «ayuno de sueños». Ha cavado su «fosa de videncia», se ha pintado el rostro de negro para que se sepa que no hay que hablarle y, después de purificarse, ha invocado a Manitú. El Gran Espíritu le ha enviado la visión. En ese mismo momento, has surgido del bosque y lo has sorprendido. Te ha tomado por la Mujer Liebre de nuestras leyendas, por eso ha huido.

—¿Y las marcas de la iniciación?

—Se las ha infligido él mismo. Cuando la visión tarda en llegar, uno tiene que perder su sangre y estrangularse con una correa mojada que aprieta más cuando se seca. Así lo exige el ritual. Sin sueño y sin visión, nada puede sobrevivir. El sueño y la visión dictan cada uno de nuestros actos. Así vive el indio del Norte, el del Océano y el de las Grandes Llanuras. Esto es lo que debes saber y retener. Ven conmigo.

Volvieron a salir a la luz del día. La tribu seguía en su lugar. Ciervo Ágil seguía montando guardia ante el habitáculo-medicina. Todos esperaban el veredicto. El hechicero puso los ojos en blanco, las tranquilas nubes no le dieron ningún consejo contrario.

—El Gran Espíritu ha guiado a esta *squaw* —dijo él señalando a Helena—. Nanabozho, *el Liebre*, la protege. Nanabozho es el gran maestro que enseña a los hombres. Nanabozho nos pide que la aceptemos. No tiene el corazón de los blancos, ni tampoco el corazón de los algonquinos. Posee el espíritu traído por el viento. Tiene el poder de alejar a los windigos...

Al oír el nombre de windigos, las mujeres se cubrieron el rostro, los niños lanzaron miradas de miedo a los bosques y los guerreros levantaron sus armas. Los windigos eran gigantes caníbales con corazón de hielo. Esos malvados espíritus recorrían el bosque soltando gritos horribles. Siempre en busca de víctimas, devoraban a todos aquellos que caían en sus garras. En ocasiones, podían poseer a un hombre, y el desdichado se convertía, a su vez, en antropófago.

Helena no sabían nada de todos esos monstruos, pero el poder que el hechicero había dicho que tenía sobre ellos tranquilizaba a los algonquinos: ahora, le demostraban su admiración. Algunos se inclinaron ante ella.

Condescendiente y satisfecho, el hechicero esperaba que la excitación provocada por esta revelación disminuyera.

Contempló a Helena con orgullo. Desde el momento en que esa mujer había entrado en su cabaña, había sabido que era excepcional, tanto por su belleza como por su fuerza interior. Había visto su esencia roja, su poder mágico rojo.

Una aureola roja la rodeaba. Él era el único que la veía así. Poseía ese poder desde niño. Cada ser humano tenía su color.

Esa mujer roja tenía el «segundo rostro». Era igual que él.

—Oso Sentado, te corresponde a ti alojar a esta *squaw* bajo tu *wigwam*, y a tus esposas les corresponde prepararla para el consejo. Esta noche, fumaremos.

El jefe, Oso Sentado, se golpeó el pecho y llamó a sus esposas. Tres mujeres muy jóvenes (la mayor debía de tener apenas diecinueve años) fueron al encuentro de Helena, le acariciaron los cabellos y el rostro; después, cogiéndola de las manos, la condujeron a través de la aldea.

—Éste es nuestro *wigwam* —dijo la que parecía más tímida.

—¡Hablas inglés! —dijo asombrada Helena.

—Sí… Me lo han enseñado los padres.

Con la mención de los padres, el ánimo de Helena se ensombreció. Jamás habría creído que hubieran podido llegar hasta allí.

—¿Los padres se han ido? —preguntó algo ansiosa.

La india abrió los ojos de par en par, y después se echó a reír.

—Los padres están lejos, muy lejos, en el sur. Yo soy una menominea. Mi tribu quedó diezmada por una enfermedad de los blancos llamada viruela. Algunas familias que escaparon se dirigieron al norte y se reunieron con los algonquinos, los chippewas y los *têtes de boules*. Hace veinticuatro lunas, Oso Sentado me eligió; vivo con sus otras dos esposas. Me llamo Nutria Maliciosa. Ella es Agua Risueña; y ella, Luna Dorada.

Agua Risueña y Luna Dorada se sonrojaron, después se pusieron a cloquear empujando a Helena dentro del *wigwam*.

Una humareda espesa inundaba la habitación, que era una circunferencia de doce metros. A Helena le costó un poco acostumbrarse a esa atmósfera agria, cargada de fuertes olores de pieles. El suelo estaba cubierto con sólidas esteras trenzadas y pieles de oso. En el centro, un círculo de piedras pulidas rodeaba el fuego, encima del cual un trípode de hierro aguantaba una olla de latón. Helena reconoció que era un objeto manufacturado en Inglaterra. Pudo leer en su mirada que las tres indias se sentían orgullosas.

—Oso Sentado la cambió por dos pieles de castor —dijo Nutria Maliciosa, mientras rebuscaba en la ropa que había guardada a un lado—. También nos ha dado esto —añadió llevándose un pedazo de lana a su pecho.

Se acarició la mejilla con la lana y no escondió el placer que le produjo.

Su felicidad era contagiosa. Agua Risueña y Luna Dorada se arrodillaron cerca de ella y tocaron la lana importada de Stroud. Ese cuadro viviente alegró el corazón de Helena, que sintió ganas de abrazar a las tres jóvenes indias. Gestos simples, deseos simples, amores simples. Sus ojos se llenaron de lágrimas. Enseguida, Nutria Maliciosa abandonó su tesoro y le rodeó el rostro con las manos.

—¿Qué te pasa amiga de la Liebre?

—Nada, nada… De hecho me siento muy feliz por poder estar con vosotros.

Nutria Maliciosa se lo tradujo a sus compañeras, que se pusieron a dar palmadas y a reír.

—Querría conoceros para comprenderos mejor.

Su mirada recorrió el suelo del *wigwam*.

—Explícame para qué sirven esos recipientes de corteza… Este arquito… ¿Y esos hilos blancos? Lo quiero saber todo.

Nutria Maliciosa, orgullosa de iniciar a la amiga de la Liebre, le describió cómo se recortaban los mocasines en un solo pedazo de piel antes de coserlos con hilos de tendones, esos hilos blancos que colgaban de un marco de madera.

—El arquito sirve para tejer los pinchos de puercoespín.

—¿Pinchos de puercoespín?

—Sirven para decorar nuestras bolsas, cinturas, banderas y las flechas de los guerreros.

Al comprender la conversación entre Helena y la tercera esposa, Agua Risueña y Luna Dorada le enseñaron las banderas y los cinturones en los que los pinchos con colores vivos formaban finos y atrayentes motivos. Sus rostros redondos y bronceados se animaban. Palabras roncas salían de su boca. Nutria Maliciosa no podía contener su alborozo. Espinilleras, pañuelos, fundas de pipa, gorros, taparrabos y faldas desfilaron bajo los ojos deslumbrados de Helena, que se bebía las palabras de su traductora.

El tiempo pasaba. Nutria Maliciosa hablaba de valles profundos en que se cazaban alces por los pelos blancos de su papada, nieves eternas pisoteadas por manadas de caribúes cuyas bellas crines se utilizaban para hacer bordados, pantanos en los que crecían hierbas para tejer. Le explicó el significado de los colores. El rojo era sangre, el poder mágico, el fuego, la guerra, el amor, la divinidad y el verano; el amarillo era la tierra; el verde: la naturaleza, la abundancia y la caridad; el azul: la vida, el aire, el agua, la primavera, la caza y el espíritu.

Mezclando el lenguaje de los gestos y los gritos joviales, se llevaron aparte a Nutria Maliciosa. Las tres indias soltaron una risa clara y se precipitaron sobre Helena. Fue tan inesperado que no pudo esquivarlas.

—¡Déjate hacer! —gritó Nutria Maliciosa.

—Pero…

—Vamos a prepararte.

¿Qué habría podido oponer a las sonrisas ingenuas de los algonquinos, a sus miradas, al terciopelo de sus manos? Así que se abandonó.

Las esposas de Oso Sentado le quitaron una a una sus prendas de ropa. Ese proceso provocó conversaciones animadas porque palpaban y comentaban cada prenda de abrigo o de piel. Agua Risueña parecía fascinada por las costuras y los botones. Luna Dorada se probaba una de las camisas de cuadros grandes. Nutria Maliciosa, por su parte, intentaba convencer a Helena de que se quitara la ropa que le quedaba: un jersey de punto y un calzoncillo de hombre.

Helena sentía demasiada vergüenza por mostrarse desnuda, tan sucia como iba.

—¡No, no! ¡No quiero! —gritó ella en el momento en que las tres cómplices combinaron sus fuerzas para arrancarle sus últimas ropas.

Estaba hecho. El rojo abrasaba sus mejillas. Las indias la contemplaban en silencio. Incluso sucia, era bella. Sus caderas anchas estaban hechas para parir niños, sus senos redondos incitaban a la caricia. Su pubis poblado y rojizo escondía tesoros, como el bosque de los Espíritus del que el hombre indio obtiene su fuente de vida y su espiritualidad. El cuerpo de Helena era sagrado. Lo someterían al más dulce ritual.

Plantada en medio del *wigwam*, Helena se estremecía, con los brazos cruzados sobre el pecho. Tras acabar el examen, las tres esposas intercambiaron unas pocas palabras.

Luna Dorada saltó fuera. Nutria Maliciosa empezó a frotarle los pies, mientras Agua Risueña traía unos botes que contenían pastas espesas. Luna Dorada volvió con un montón de madera seca que echó a la fogata. Las tres indias se organizaban en silencio. Ense-

159

guida, el fuego crepitó, el calor se volvió intenso y el humo que invadió el espacio borró sus rasgos. A estas volutas sofocantes se añadieron nubes de vapor, pues las algonquinas echaron agua sobre las piedras ardientes dispuestas alrededor del hogar.

Helena sudaba. De repente, vio el cuerpo desnudo de Nutria Maliciosa a través de la niebla. La india se inclinó sobre ella y empezó a frotarle la piel con una paleta de madera de sauce. Su larga trenza golpeaba entre sus senos pesados. Todos sus músculos trabajaban, se tensaban y relucían a la luz de las llamas. Con el esfuerzo, su boca se abría y revelaba unos dientes perfectamente blancos.

Esa dura limpieza arrancó algún gemido a Helena. A continuación, llegó un masaje regenerador. También desnudas, Agua Risueña y Luna Dorada se habían unido a las dos jóvenes. Con la punta de los dedos cogían la grasa de oso y el caribú perfumado. Después extendieron esa pomada sobre el vientre sedoso de su invitada, subieron hacia los senos y el cuello, bajaron y se pasearon por el resto de su cuerpo.

Helena sentía aquellas palmas presionando su cuerpo. Una sensación de bienestar se extendió en su interior. La carcasa que aprisionaba su cuerpo se había quebrado, la fatiga desaparecía, el placer ocupaba su lugar, y las tres indias no se privaban de dárselo prodigándole penetrantes caricias. Ella cerró los ojos y se entregó a sus alientos.

Una vez tranquila y saciada, Helena se había dejado vestir con un largo vestido de piel de ciervo. Agua Risueña había trenzado sus cabellos. Luna Dorada le había dado un cinturón y una cinta para el pelo. Nutria Maliciosa le puso el collar de *wampums*.

—Los embajadores de todas las tribus del Norte llevan *wampums* —le explicó ella pasándole el collar alrededor del cuello—. Te protegerá.

De este modo, adornada con perlas blancas y púrpuras[6] talladas en conchas de almejas, buccinos y bígaros, se dirigió al consejo, en el que se admitían a las *squaws* que ejercían las funciones de mujer-medicina. Ella era la protegida de Nanabozho, *el Liebre*. Por tanto, se sentaría al lado del Brujo.

---

6. Los *wampums* se utilizaban también como moneda. Una perla roja valía tres blancas.

38

Los hombres del Mistawac y del Wannagasik se habían reunido en la casa del consejo. Medían sus palabras y hacían esfuerzos para involucrar a Helena en sus discusiones.

Aquélla era una concesión extraña y difícil. Las palabras de Lobo Solitario, su hombre medicina, no les habían sacado de la duda.

Helena observaba cómo los rostros se volvían herméticos y expresaban su disgusto y contrariedad. Aunque estaba sentada frente a Oso Sentado, cuya mandíbula deformada por una caída del caballo no dejaba de moverse, no comprendía lo que murmuraba a sus vecinos, Bisonte que Canta y Roca Amarilla, dos guerreros con los rasgos surcados por arrugas y de mirada huidiza. Tan sólo Águila de la Mañana, un robusto y joven cazador, le sonreía. No podía adivinar lo que el resto de los hombres, alineados a lo largo de los tabiques de corteza, pensaban. Sus rostros de ancianos seguían siendo de piedra.

Cerca de ella, el brujo Lobo Solitario preparaba el *kinikinik*, una mezcla de tabaco y de serrín de sauce destinado al *calumet*. Previamente, se había purificado el rostro con agua lustral y se había frotado el cuerpo con ramas de abeto.

Helena había podido verlo sin sus pieles de lobo y sin sombrero. Tenía la frente baja y chata, cubierta de pelos, el cuerpo enclenque y consumido. Una espuma blanca le había caído de su mentón puntiagudo sobre el torso cubierto de cicatrices cuando había lanzado sus hechizos. El *calumet*, de un metro de longitud, reposaba sobre dos trípodes. No debía tocar el suelo. Helena nunca había visto una pipa tan grande. La cazoleta era de un rojo oscuro. El caño, decorado con pinchos, plumas y pinturas, reunía los cuatro colores simbólicos. Se disponía a vivir un momento importante. En Villa-Le Marie le habían dicho que el *calumet* era un instrumento sacerdotal. Unía a los seres en la vida y en la paz. Con gestos delicados, Lobo Solitario llenó la cazoleta. Con cada pellizco de *kinikinik*, evocaba un elemento de la creación; presentó a la tierra, al cielo y a los cuatro puntos cardinales.

Por fin, lo encendió con un tizón que había cogido de un fuego del consejo.

Sentada a su izquierda, Helena fue la primera en fumar. Lobo Solitario le tendió el objeto sagrado:

—Fuma, mujer de Nanabozho. El soplo es el espíritu que se alía con el fuego divino, el humo que se eleva es la plegaria —dijo.

Recogió el *calumet* con temor. Era como un ser vivo entre sus manos, así era como lo consideraban los indios, con una cabeza, un cuerpo, una boca, un corazón, un aliento y un alma.

Ella no sabía que la cazoleta, que notaba muy caliente en la palma de su mano, era el elemento macho llamado «paternidad de la naturaleza», y que la caña por la que aspiraba era el elemento femenino, la «maternidad de la naturaleza».

El humo áspero bajó por su garganta y llegó a sus pulmones. Estaba a punto de llorar, pero consiguió evitarlo para no mostrar su debilidad. Oso Sentado tenía el poder de echarla del círculo si resultaba no ser la enviada de Nanabozho. Ella soltó el humo y pasó el *calumet* a su vecino. Ahora pertenecía realmente a su tribu.

La pipa sagrada unió a todos los miembros del consejo. Una vez acabado el ceremonial, las lenguas se soltaron. Hablaron de caza, de castores que habían visto en el curso de una orilla a tres días de canoa remontando el Harricana, unos crees que habían robado caballos a una tribu algonquina vecina, blancos a los que había prohibido la entrada en su territorio…

Esta última aseveración la hizo el jefe. Oso Sentado explicó la llegada de Helena. Los dos guerreros que la rodeaban asintieron.

—Cada vez construyen más pueblos —continuó con vehemencia—. ¡Se quedan con nuestros mejores pastos y nuestros ríos! ¡Muy pronto, no tendremos nada con lo que alimentarnos! En otra época, la caza era abundante. Hoy nuestros compañeros deben perseguir al caribú hasta más allá del Matagami.

Los guerreros asintieron con la cabeza. A pesar de la barrera de la lengua, Helena consiguió entender el significado del discurso de Oso Sentado. Las miradas de disgusto que le lanzaba bastaron para explicárselo. No hacía ni veinticuatro horas que estaba entre los algonquinos, y ya tenía un enemigo. Enfrentarse a él no iba a ser fácil. Belicoso, colérico, dispuesto a mostrar el puño. Se parecía en muchos aspectos a cierto tipo de terrateniente ruso. De repente, la conversación volvió a cambiar:

—Hay osos en nuestras montañas, y son peligrosos —dijo a sus hermanos.

La reacción de los indios no se hizo esperar.

—¿Quién teme a los osos?

—¿No es mejor comer carne de oso que de perro?

—¡La carne de oso te vuelve fuerte! ¡Matemos al oso!

—¡Sí, matemos al oso!

—¡Tú! —dijo de repente en inglés, señalando a Helena—. La protegida de Nanabozho, *el Liebre*, vas a venir con nosotros, para alejar con tu presencia a los windigos antes de que vayamos a cazar el oso.

Esas palabras, pronunciadas con fuerza, desafiaban la autoridad del hechicero, que ni siquiera se inmutó.

—Alejaré a lo gigantes y cazaré al oso.

—Tú eres una mujer. No debes matar osos.

—Soy la hija de un gran guerrero. He cruzado países inmensos, ríos impetuosos, he cruzado montañas y desiertos, he tenido como compañeros al águila y al lobo, he visto la muerte como tú nunca lo harás, he visto a pueblos enteros morir, he visto a dioses terribles, y los osos de mi Rusia natal no tienen nada que envidiar a los tuyos.

—¡Hum! —respondió Oso Sentado, visiblemente molesto.

Nunca había oído hablar de los osos de Rusia, pero conocía bien las bestias que habitaban su territorio: los grizzlis, monstruos de tres metros y medio de altura y que pesaban una tonelada.

—Voy a beber —dijo Lobo Solitario, que sacó un recipiente de madera de entre las pieles.

Los miembros del consejo se encogieron. Helena distinguió una brizna de miedo en los rostros tallados por los vientos y las tormentas de nieve. El brujo se llevó el recipiente a los labios. Un líquido negro y pegajoso cayó lentamente en su lengua. Era la «bebida negra». Al tragarla, podía entrar en el otro mundo, ver el pasado o el futuro. La bebida negra separaba el alma del cuerpo. El aterrador viaje empezaba una hora después de haber bebido.

Un sabor nauseabundo inundaba su rostro, torcido en una mueca. Cogió un tambor que tenía tras él, lo golpeó, primero lentamente y después cada vez más rápido, a medida que el tiempo corría. La bebida negra lo conducía ineluctablemente hacia lo invisible. El tambor cavernoso: «Estoy sentado y toco el tambor, y con su voz llama a las bestias de las montañas. La tormenta y el trueno responden a su voz. El gran remolino deja de mugir para escuchar los sonidos de mi tambor. Incluso el gran pájaro del viento deja de batir las alas para escuchar su voz. Y el hombre negro sube desde el fondo de las aguas para escuchar».

Helena sentía un nudo en la garganta. Ese canto y ese tambor lo llevaron lejos del mundo real. Sin embargo, ella no podía ver las landas, ni los valles, ni las marismas ni los precipicios sobrevolados por el Lobo Solitario, que era el señor de las fuerzas invisibles. Entró en trance. La droga lo transportó a través de espesas tinieblas. A su alrededor, los indios bajaban la cabeza, siempre temerosos. Sólo la crueldad de sus apagadas pupilas recordaba en todo momento que la pantera de agua que habitaba en cada uno de ellos podía despertarse de un momento a otro.

Helena vigiló el regreso del Lobo Solitario al lugar de los vivos. Atraído por cordeles invisibles, el hombre medicina se balanceaba por sacudidas.

De sus labios lívidos caía una baba espumosa. El regreso fue suave. Poco a poco, su torso se estabilizó sobre su eje, sus miembros recuperaron su movilidad, sus párpados, al abrirse, mostraron el blanco de sus ojos, su voz recuperó su timbre normal.

—Oso Sentado, cinco guerreros y la Mujer Liebre partirán hacia el oeste con la próxima luna —dijo, y se levantó.

El consejo se había acabado. Sin pronunciar una palabra, los algonquinos abandonaron el círculo. En el momento en el que Helena se disponía a salir, Lobo Solitario la cogió por el brazo y le dijo en voz baja:

—Desconfía de Oso Sentado más que del grizzli. Tus poderes son grandes, pero no bastan para detener el tomahawk de un hombre rencoroso. Toma esto, Sedmitchka: cuando hayáis matado al grizzli, lo enterrarás en el lugar en el que Oso Sentado haya despedazado al animal.

Le entregó un minúsculo saquito de cuero cerrado con una cinta roja y negra. Antes incluso de poder pedir explicaciones, el hombre medicina la apartó con su bastón.

Oso Sentado estaba delante del *wigwam*. Con los brazos cruzados y mirada severa, observaba a las mujeres que realizaban sus tareas domésticas.

Helena apretó el saquito en su mano. Su primer gesto fue deslizarlo dentro del hueco de la silla, cerca de la entrada, donde habían colocado y ordenado todas sus cosas. Después, se reunió con Agua Risueña y Luna Dorada, que lanzaban el arroz a la brisa ligera y volvían a cogerlo en sus bandejas. Al cabo de unos pocos minutos, Helena aprendió a crinar. Sus hombros oscilaron con gracia. Su trenza se levantó. Sus caderas describieron círculos bajo la piel de ciervo. Ella reía. Y cuanto más se reía ella, más ganas de ver levantarse la luna nueva tenía Oso Sentado, que seguía inmóvil ante el *wigwam*.

Υ

Una hora más tarde, mezclado con el azúcar de arce, el arroz se cocía a fuego lento junto a la carne. A Helena se le hacía la boca agua con ese olor. Por fin, podría comer otra cosa que no fuera harina de trigo y buey seco. No apartaba los ojos de la marmita panzuda lamida por las llamas. El humo ya no le molestaba. La rivalidad con Oso Sentado continuaba. Cuando las esposas no lo aturdían con peticiones, el jefe contemplaba a Helena sin pestañear. Para poner fin a esa investigación silenciosa, Helena le dirigió la palabra:

—¿Dónde están tus hijos?

Esa pregunta lo desconcertó. Oso Sentado parpadeó. Su gran nuez de Adán subió y bajó varias veces.

—Todavía no tenemos *papoose* —dijo Nutria Maliciosa con un tono irónico.

Su comentario pareció inoportuno. Oso Sentado estaba furioso y lo demostró dirigiendo a la impúdica esposa un aluvión de palabras malintencionadas. En el momento en que levantó la mano para abofetearla, Agua Risueña y Luna Dorada intervinieron y unieron sus voces a la de Nutria Maliciosa. Ante la oleada de injurias y chillidos desgarradores, el guerrero retrocedió. Luna Dorada, la primera esposa, cogió la cuna que su madre le había dado el día de su matrimonio y amenazó con lanzarla al fuego. Las tres jóvenes estaban furiosas y se lanzaban sobre el esposo al que tachaban de impotente, de degenerado, de serpiente cornuda y de otros nombres de animales dañinos.

Oso Sentado estaba harto de que lo insultaran así. Tras apoderarse de una antorcha, se enfrentó con ella a Luna Dorada, y le quemó la frente. La joven vaciló por el dolor de la quemadura.

—¡Basta! —gritó Helena.

Oso Sentado gruñó y volvió a su sitio.

—No es nada, la curaré con hierbas —dijo Nutria Maliciosa.

Minutos más tarde, Luna Dorada, con la frente decorada con un emplasto verduzco, se arrodillaba cerca de Oso Sentado. Como una esposa sumisa, le acercó su recipiente. La comida se desarrolló en calma. Moldeaban con los dedos el arroz de la olla. Los dientes desgarraban la carne tierna. El jefe parecía satisfecho. Asentía con la cabeza después de cada mordisco. Tranquilas, las mujeres volvieron a hablar de pescados que ahumar, pieles que había que teñir, de hacer la colada, de la nueva canoa… En honor a la invitada, los recipientes no se vaciaron y un segundo trozo de carne que chorreaba jugo azucarado le tocó por derecho a Helena.

—¡Resulta verdaderamente suculento! —dijo ella mordiendo la carne que se deshacía.

—Nos hace felices que te guste —respondió Nutria Maliciosa—. La hemos preparado mientras estabas en el consejo. Era nuestro perro más gordo.

A Helena, de repente, le costó tragar. Se esforzó por sonreír y se dijo que, después de todo, el perro de los indios no era tan diferente al *foie-gras* y a las ranas de los franceses.

—No está tan bueno como el ciervo o el oso —continuó Nutria Maliciosa—, pero es más fácil de cocinar.

Helena no lo dudó. Se preguntó, no obstante, si sería igual de fácil de digerir, pues presentía que su estómago lo iba a rechazar.

39

*N*o eran los rugidos de su vientre lo que le impedía dormir, sino los tiernos murmullos y susurros que provenían de los lechos vecinos. Le resultaba imposible cerrar los ojos. Con el débil resplandor de las brasas, había visto saltar a Oso Sentado sobre las pieles. Se había metido en la cama de Agua Risueña y se había echado sobre ella.

Ahora empezaba a empujar entre las piernas con las que la chica se agarraba a su cintura, resoplaba, se arqueaba y volvía a resoplar. A los ruidos de fragua de su pecho respondía con dulces gemidos.

Testigo pasivo de esta unión, Helena notaba que un oscuro deseo crecía en ella. Si Oso Sentado decidía tomarla allí inmediatamente, ¿qué podría hacer? Tras aguantar la respiración, agarró el cuchillo de caza que había escondido bajo la cubierta. Su deseo se diluyó en el temor.

Oso Sentado había vuelto a la caza. Lo vio levantarse, completamente desnudo, el sexo erecto como un cuerno. Estaba listo para volver a empezar. Su elección estaba hecha. Nutria Maliciosa fue la afortunada. Diez minutos más tarde, sus ronquidos sonoros hacían vibrar el *wigwam*.

Durante los cincos días anteriores a la luna nueva, Helena se había acercado a Lobo Solitario. De aquel hombre de piel más dura que la del bisonte, aprendió los secretos de la botánica, la preparación de la poción contra las fiebres de los pantanos, la dosis de veneno que cura las enfermedades. Sobre todo, había estudiado la manera de interpretar los sueños, que condicionaban los actos diarios. Sin sueños, no habría expediciones de guerra o de caza, curaciones, esperanza ni contacto con los dioses. Sin ellos, el futuro no existiría y la existencia de los pieles rojas se acabaría. Helena había escuchado a los soñadores de la tribu. Durante sus largas excursiones por el bosque, Lobo Solitario podía detenerse para ponerse a soñar. Entonces, ella entraba también en el sueño y consultaba a los oráculos del mundo invisible.

La víspera de la luna nueva, Helena lo encontró en esta actitud cuando recogía plantas acuáticas en la orilla del lago. Ella lo llamó. No respondió. Parecía una estatua, tenía la mirada perdida en los abismos del lago.

Volvió en sí al cabo de un largo momento de peregrinaciones, y su rostro se iluminó con una sonrisa:

—Te he visto en un mar de arena, con dos guerreros. Llevabas un sombrero de pelo, un cuchillo muy largo, y cabalgabas sobre un monstruo con dos jorobas. ¡Eso no puede existir!

¡Un camello! ¡La había visto en un camello! ¿De qué desierto se trataba? Helena ardía en deseos de saber más, pero Lobo Solitario se mostraba reticente a hacer precisiones cuando se trataba de lo sueños sobre la Mujer Liebre. Le resultaba más fácil interpretar los sueños que afectaban a sus hermanos.

—Tienes razón —dijo ella con un suspiro—, eso no puede existir.

Helena nunca soñaba bajo el *wigwam*. Pasaba sus noches vigilando los movimientos de Oso Sentado. Pensaba en huir cuando retozaba con sus esposas, y se estremecía bajo su cubierta mientras agarraba el mango de su cuchillo. No obstante, tomaba a Nutria Maliciosa bajo su protección cuando la joven india lo rechazaba. Él merodeaba como un animal alrededor de la fogata y después acababa saliendo.

—¿Cuándo podré tener mi propio *wigwam*? —le preguntó a Lobo Solitario cuando llegaron al pueblo.

—Tras la caza. Éste será para ti —le dijo señalando un habitáculo un poco alejado de los demás.

¡Su *wigwam* estaba en la orilla del lago! Era un poco más pequeño que los otros, pero no deseaba nada más. Su casa... Cerró los ojos y saboreó el momento... Guardaría su canoa cerca de la entrada, y su reserva de madera, entre las dos rocas que había a la derecha. Necesitaría muchas pieles. Sí, una enorme cantidad de pieles en las que se cobijaría cuando llegara el invierno.

—¡Mi *wigwam*! —exclamó ella dirigiéndose hacia el cono de cortezas.

—¡No puedes entrar! —gritó Lobo Solitario.

—¿Por qué?

Sin esperar a la respuesta del hechicero, se acercó a «su *wigwam*».

—¡Te prohíbo que entres en esa casa! Si lo haces, grandes desgracias caerán sobre ti.

Se detuvo. Varias mujeres y niños, atraídos por la voz del hombre medicina, se habían amontonado y la contemplaban con ansiedad.

—¿Por qué me miran así? —preguntó ella.

—Tienen miedo de que infrinjas nuestras leyes. Ese *wigwam* es tabú. Pero dejará de serlo cuando vuelvas de la caza. No habrías podido cruzar el umbral. Compruébalo por ti misma.

Una mujer muy anciana, alerta y nudosa, apartó la piel de bisonte que ocultaba la abertura, con un rompecabezas en la mano. Demostrando su autoridad, se plantó ante Helena. Su rostro arrugado tenía la pátina de un bronce antiguo. Lo más sorprendente era el color de su cabellera: era rubia. Una lejana filiación con los vikingos la había convertido en un ser extraño. Sus trenzas eran dos llamas que caían sobre su pecho, prolongadas por unas plumas blancas y verdes.

—Es la más sabia de nuestras mujeres —dijo Lobo Solitario.

Helena la contempló. ¿Esa mujer era la encarnación de la sabiduría? Ella había abandonado un mundo en el que los sabios debían probar su abstinencia y su virtud, en el que la lisura de su alma debía leerse en sus rostros inexpresivos.

Pero entre sus amigos pieles rojas las cosas no eran así. Obtenían su sabiduría de la fuerza de los vientos, del rugido del trueno, de la forma de las nubes, del humus de la tierra, del mordisco del lince, de la imponderabilidad del sueño y de la risa. Se dio cuenta de lo difícil que le iba a resultar remontar el sendero que la conduciría a Manitú. Su alma seguía siendo rusa.

—¿Qué oculta en ese *wigwam*? —le preguntó a la mujer amenazante.

—No entiende lo que dices. Te va a romper el cráneo, como rompería el mío si intentara pasar.

—¿Me vas a explicar qué hay dentro?

—Hablar no es bueno.

—¿No soy la enviada de la Liebre, el que enseña y aprende? Tú mismo me has dicho que no se puede ocultar nada a Nanabozho y a sus servidores.

Lobo Solitario parecía enfadado. Resolvió su dilema esparciendo por el suelo sus amuletos. Después de dar unos cuantos golpes de bastón en los guijarros mágicos, le desveló el secreto del *wigwam*:

—Prado Tranquilo, a la que ves ahí, tiene a Pequeña Cierva bajo su vigilancia. Pequeña Cierva va a perder su primera sangre. Su infancia se acaba. Entre nosotros, las que se vuelven mujeres tienen, durante un corto periodo, verdaderos poderes. Son capaces de engendrar catástrofes contra las que los hombres medicina no pueden hacer nada. Por tanto, las aislamos en un *wigwam* apartado, bajo la custodia de una *squaw* experimentada. Prado Tranquilo enseña las

169

virtudes esenciales de nuestro pueblo. Prepara a Pequeña Cierva para su papel de esposa y madre. ¡Su deber! Ella le enseña los ritos de purificación. Nada debe perturbar su formación. ¡Nada! ¡Ni siquiera los animales! Muchos de nosotros moriríamos si una *squaw* o un hombre posaran su mirada en Pequeña Cierva.

—Pero ¡eso no es ningún secreto!

—¡Desde luego que sí! Todos lo saben y todos se callan. Todos temen perder su lengua. Debes respetar nuestras costumbres si quieres convertirte en una de los nuestros. Durante el tiempo que permanezcas aquí —precisó él.

—¿No moriré aquí?

—No, sopla demasiado viento en tu cabeza. Mientras tanto, respeta los ciclos y las estaciones. Respeta los árboles y las cascadas. Respeta el viento y la lluvia. Respeta al indio y al castor. Respeta el polvo bajo tus pies, y aprenderás a respetarte. Mañana, llegará la luna nueva; hay que protegerte, Sedmitchka. Tengo para ti una bolsa medicina. Ven a mi casa, esperaremos a la próxima visión.

40

—¡*H*uellas de oso!

Helena se acercó a Roca Amarilla. Estaba agachado; en su rostro bronceado se reflejaba la concentración. Las plumas flotaban sobre el cañón de su fusil. El indio se llevó un puñado de musgo a la nariz.

—Oso pasar por aquí hace seis hora. ¡Oso muy fuerte! Grizzli macho. Él dirigir a cascada del Ciervo.

Roca Amarilla se levantó y soltó un largo grito. Helena se preguntó dónde estaban los demás. Habían desaparecido hacía ya bastantes horas.

El primero en aparecer fue Águila de la Mañana. Guiaba hábilmente a su caballo por la parte abrupta y sombría de la montaña. Poco después, Oso Sentado y otro guerrero descendieron por el lado soleado de la pendiente. Ellos también habían encontrado huellas de oso, pero tenían ya tres días. Oso Sentado olisqueó también el musgo y dio muestras de una gran excitación:

—¡Es nuestro!

—Viejo oso astuto —dijo Roca Amarilla, guiñando los ojos como para intentar vislumbrar a la bestia sobre las crestas boscosas.

—¡Es nuestro! —repitió Oso Sentando, que se volvió a montar al caballo para lanzarse hacia el oeste.

—Tú, cargar fusil —le dijo Águila de la Mañana a Helena—. Grasa del grizzli gruesa. Tú disparar ojo de grizzli.

¿Que disparara al ojo del grizzli? ¿Qué quería decir con eso? En Rusia, se apuntaba al corazón de la bestia. ¿Intentaba hacerle creer que el animal era tan grande como un elefante? Helena llegó a la conclusión de que esa exageración era algo propio de la imaginación india.

Acamparon en el fondo de un pequeño valle. Prudente, Helena durmió cerca del único guerrero en el que confiaba, Águila de la Mañana. Fue una noche dura, primero los lobos habían estado merodeando y después se puso a llover. Era imposible pegar ojo.

A pesar de los galopes y de las hazañas de los dos primeros días, el grizzli se seguía escabullendo. Siempre pisándole los talones, los llevó hacia el oeste.

Atravesaron paisajes que no les resultaban familiares y siguieron un camino utilizado por hombres blancos. Tras revisar los restos de un campamento, Roca Amarilla anunció que pertenecían a dos tramperos con cinco caballos. El oso también los seguía. A Roca Amarilla no le gustaba esa bestia salvaje. Por eso, echaba pie a tierra regularmente para examinar el suelo encharcado.

Según se le antojara al viento, la lluvia cambiaba de dirección, los cogía por la retaguardia, los atacaba furiosamente de cara antes de azotarlos, de nuevo, por detrás. Suponía un problema, pues estaba helada y caía sin interrupción. Incluso en las horas centrales del día, el cielo estaba encapotado y caía agua en grandes cantidades. Empapaba la ropa, humedecía el polvo y encharcaba los mocasines. Roca Amarilla no conseguía identificar las señales, y su mirada se perdía en las nubes que rodeaban los montes de los alrededores.

—Oso observar nosotros —decía él.

El séptimo día por la mañana, paró de llover. Descubrieron una cadena rocosa, cerros pelados, llanuras erosionadas en las que un océano de piedras cortantes había ocupado el lugar de los abetos. En algunas partes, se elevaban formidables murallas de granito, picos retorcidos como dedos de hechicera, bloques y más bloques que había que rodear sin cesar.

Roca Amarilla, con la mirada puesta en el cielo, seguía el movimiento de las aves. Las águilas expulsaban a sus congéneres cuervos.

—Muchos pájaros negros. No bueno.

—Grizzli no lejos —le dijo Águila de la Mañana a Helena—. Tú ven conmigo.

Sin ponerse de acuerdo, los indios se separaron en tres grupos de dos. Águila de la Mañana le hizo una señal a Helena para que bajara del caballo. Había sacado su fusil de la funda de cibelina. Helena le imitó. Dieron un gran rodeo para tener el viento de cara. No muy lejos, delante de ellos, las grajillas y chovas piquirrojas daban vueltas.

Helena calcaba los gestos de Águila de la Mañana: se encorvaba, se agachaba, aguzaba el oído. Su tensión muscular aumentaba, su instinto lo advertía de un peligro. Vio fugazmente una cosa enorme desplazándose por las acebedas. Agarró la culata de su colt, y apuntó hacia el lugar en que graznaban los cuervos. Las alas negras batían por encima de un esqueleto de caballo. Las entrañas esparcidas, la putrefacción, la cabeza medio seccionada… Los rastros oscuros de sangre permitían ver que al animal lo habían arrastrado varias decenas de metros.

—Grizzli —dijo simplemente Águila de la Mañana, mojando sus dedos en la sangre del caballo.

Los ojos opacos del indio pasaron por ella. Ya no tenían nada de humano. Águila de la Mañana se desplazó como un felino evaluando el peligro.

—Demasiado peligroso para ti —continuó él—. Sube al peñasco. Grizzli no te alcanzará.

Después, tuvo otra visión de la cosa a cuatro pasos bajo un abeto inclinado. Estaba muy cerca.

—¡Voy! —dijo ella.

El indio olisqueó el aire, le sonrió, y después desapareció entre la maleza. Sola, Helena utilizó su don. El grizzli era un asesino. Siguió el hilo que la ligaba a él, subiendo la pendiente pronunciada, con el fusil en bandolera. Sus pies resbalaban sobre los esquistos, se hundían en la tierra gris. Le costaba e intentaba no perder el espíritu del grizzli, que debía verla como un insecto debatiéndose entre los pedregales de la montaña.

Llegó, por fin, a una parte un poco más llana y se sentó sobre un promontorio. Se sintió embelesada. Al otro lado de la montaña, el bosque había reclamado sus derechos. La pendiente de un centenar de metros era suave y florida. Dando la espalda a los cuervos, al aire cargado de miasmas de podredumbre y muerte, al paisaje desértico en el que los guerreros perseguían al animal asesino, Helena ofreció su rostro a la caricia de la brisa y respiró con felicidad los perfumes primaverales y sutiles.

Había cortado el vínculo entre ella y el grizzli.

De repente, un ruido sordo que parecía venir de debajo de la tierra hizo temblar el suelo. Helena miró a su alrededor y vio que una roca se tambaleaba sobre su base y rodaba. Cayó cuatro metros. Una excavación marcaba su antiguo emplazamiento. Una segunda roca dejó su ganga, topó con la primera y rodó hasta el umbral del bosque, desenraizando un abeto que estaba en su camino.

Al cabo de pocos segundos, se hundió en un miedo visceral. Se quedó petrificada. Lo que se movía tan rápido no podía ser un oso.

«Es imposible… ¡No es real! ¡No es real!»

Sin embargo, el monstruo gruñía y era muy real. Y su gruñido se extendía leguas a la redonda. Ese grito de rabia sonaba en parte como un mugido, y también como el rugido de la tormenta.

Cayeron otras rocas. En medio de unos remolinos de polvo gris, la enorme masa avanzaba.

El suelo se estremeció, las ramas se quebraban como huesos de

173

vidrio, las piedras volaban en todas las direcciones, proyectadas por la inmensa montaña de piel y garras.

—Grizzli… —balbució Helena, que retrocedió lentamente.

Las patas gigantescas cortaron el aire delante del morro terrible. El animal parecía haber salido de un cuadro de Jérôme Bosch. A esa distancia, los ojos de oso se parecían a dos minúsculas cabezas de alfiler. Notó que estaban clavadas en ella y que evaluaba cuál era su peso justo de carne y miedo.

Helena siguió retrocediendo. Una piedra la hizo tropezar. ¿Adónde podía huir? Estaba prisionera en ese promontorio sin salida. Y estaba segura de que el monstruo la alcanzaría si intentaba volver a bajar por donde había subido.

El grizzli se irguió para olerla mejor, y supo, por el olor, que el ser humano, su peor enemigo, estaba indefenso. Con la sensación de que el aire se había vuelto espeso, Helena había preparado su arma, con el dedo en el gatillo y el ojo en el visor.

Ahora los separaban unos quince metros.

El grizzli abrió sus fauces. Soltó toda su rabia entre los colmillos. Su cólera explotó, y como una onda barrió toda la montaña.

El arma chasqueó una primera vez. El oso agitó sus patas para evitar la avispa que acababa de picarle. Helena disparó de nuevo. Tuvo la impresión de que ningún proyectil había alcanzado a la presa. Echó mano, entonces, de su colt y disparó seis veces, pero los cartuchos parecían vacíos.

Helena ya no tenía más margen de maniobra. El grizzli volvía a la carga.

Esperó el golpe de garra que la iba a cortar en dos. Ni siquiera oyó las otras detonaciones ni el grito estridente de guerra que acompañaron a la carrera de Águila de la Mañana.

El indio saltó a la espalda del animal y se agarró. Pasó el brazo izquierdo alrededor de su grueso cuello y con las piernas se enganchó a los flancos, que no dejaban de temblar. En la mano derecha, destellaba un cuchillo que buscaba el corazón del oso.

El grizzli rugía, intentaba en vano librarse del piel roja. Otro guerrero acudía ya blandiendo una lanza. Roca Amarilla soltó también su grito de guerra. Le clavó la lanza en el vientre. Empujó con todas sus fuerzas el palo, después retrocedió, rápido como un lince.

El grizzli todavía resistía, pero a su espalda, Águila de la Mañana abría nuevas brechas con su arma. Tras un último gruñido, el monstruo perdió fuerza y se quedó inmóvil. Los indios levantaron los brazos al cielo y dieron las gracias a Manitú. En ese instante, el aliento del Gran Espíritu habitaba en ellos, y Helena lo notaba. Era la vida y la muerte. Era la resurrección. Perdonaba la violencia de los guerreros y se llevaba el alma del grizzli. Él era el Espléndido, el Incomprensible, el Increado, «cuyo origen sólo está en sí mismo». Él era su Guichi Manitú, igual que era el Orenda de los iroqueses, el Wakantanda de los sioux, el Nilchi de los navajos, el Tirawa de los pawnees, el Pokunt de los shoshonis: la fuerza primordial a la que todos los seres humanos se unirían después de su muerte.

—Tú recibir tu parte —le dijo Águila de la Mañana a Helena—. Tú luchar bien contra grizzli. Venir con nosotros a río para purificación.

—¡Ella no tendrá ninguna parte! Ha sido cobarde —dijo Oso Sentado, que apareció fresco y dispuesto.

—¿Qué sabes de eso? —respondió Helena—. ¿Estabas aquí? ¿Acaso no te has limitado a observar de lejos, en lugar de venir a ayudar a tus hermanos? ¿O esperabas que el grizzli me matara?

Oso Sentado se ensombreció. Su mirada no dejaba duda alguna sobre sus intenciones. Se inclinó sobre el cadáver del oso y contó los impactos de balas.

Como para alejar la mala suerte, Helena tocó el saquito de medicina que llevaba en el cinturón. Lobo Solitario le había dicho que era la garantía de su permanencia en este mundo. Lo era doblemente, porque había ocultado el saquito mágico. Todos los guerreros se habían reunido en torno al trofeo. Parecían tristes. Acababa de morir un rey. Esperaban el veredicto de su jefe.

Oso Sentado miraba nervioso la tierra manchada de sangre; después, tras desenvainar su cuchillo, señaló el cadáver del animal.

—¡Tendrás lo que te corresponde! —dijo con sorna, y sin ocultar el doble sentido de sus palabras.

175

41

*D*ecidieron viajar de noche para evitar que la carne, que iba a ahumarse, se pudriera. Los caballos no podían con la carga solos, así que habían tenido que construir un trineo para transportar los cuartos deshuesados, así como los hallazgos de Roca Amarilla: alforjas, objetos diversos y un centenar de pieles de castor que habían pertenecido a los dos tramperos cuyo rastro habían seguido. Los blancos habían sido presa del grizzli, y después de los buitres: sus restos esparcidos se confundirían muy pronto con raíces y piedras.

Helena, que no tenía ninguna intención de acabar como ellos, había enterrado el saquito después de despedazar al grizzli, exactamente en el lugar en el que había estado Oso Sentado. Ahora, el mal estaba hecho. La magia obraría su efecto en el momento oportuno.

En los días siguientes, Oso Sentado sintió que le fallaban las fuerzas, aunque su odio hacia la Mujer Liebre no disminuía. Soñaba con matarla. Con gusto habría acabado con ella de un hachazo o clavándole una lanza. Las ocasiones no le habían faltado, pero cada vez que lo intentaba la fiebre que lo minaba podía con él. Le temblaba la mano como a una vieja *squaw*, y se sentía tan débil e indefenso como un *papoose* nacido antes de tiempo.

Al llegar al pueblo y en el momento del reencuentro, sólo era la sombra de sí mismo. Tenía los ojos hundidos en sus órbitas por la fiebre, sus ojos ya no se iluminaban cuando sus esposas correteaban a su alrededor. De sus labios, sometidos a un temblor continuo, ya no salían órdenes.

Sólo Lobo Solitario podía salvarlo.

—No volverá a intentar hacerte daño —le dijo el brujo a Helena, al ver a Oso Sentado avanzar hacia ellos con paso vacilante—. Voy a curarlo. Vete a tomar posesión de tu *wigwam*. Pequeña Cierva ya no es tabú, ha vuelto con los suyos. Construiremos otro refugio para las jóvenes núbiles. Prado Tranquilo quiere que esté lejos del lago, donde el bosque sea espeso. Nutria Maliciosa te ayudará a preparar tu nuevo hogar. La puedes tener contigo durante dos lunas. Oso Sentado podrá pasar sin ella. Lo que necesita no son caricias, sino plantas amargas y descanso. Recuperará su vigor de macho dentro de tres lunas. No antes.

Pasaron tres, cuatro, cinco lunas. Helena se había convertido en una verdadera *squaw*: había aprendido a coser pieles, a ablandar los pinchos de puercoespín, a reconocer las bayas y plantas aromáticas.

Nutria Maliciosa era una profesora emérita cuyos conocimientos eran casi tan extensos como los de Lobo Solitario.

Al cabo de los días, se había convertido también en la confidente de Helena y en su amiga. Helena, no obstante, se aburría. Su nueva vida como algonquina no bastaba para satisfacerla.

«Tengo veinte años —se decía ella—. Tal vez veinte años y un día, o veinte años y dos días, ¿qué importancia tiene eso?»

Helena no se parecía en nada a Agua Risueña, Luna Dorada o Nutria Maliciosa, que se pasaban el tiempo soñando. Helena sentía que crecía en ella la sed de aventuras. El mundo era grande, lleno de cosas inesperadas, de misterios y de bellezas. Comprendió que el primer movimiento musical de su vida se acababa. El día en el que debería abandonar a sus amigos indios se acercaba.

Unos gritos la sacaron de su ensimismamiento. Momentos después, tenía a Nutria Maliciosa entre sus brazos.

—Me ha vuelto a pegar —dijo ella, enjugándose las lágrimas.

—Quédate conmigo esta noche.

—Dice que tú tienes la culpa de que yo lo rechace.

—Ahora ya no puede hacerte nada.

—¡Quédate conmigo para siempre!

Helena no respondió, sintiéndose oprimida por ese aliento tibio que le calentaba el rostro. Apretó contra ella a la india palpitante y la meció con dulzura. No dejo de hacerlo cuando los pasos pesados de Oso Sentado rompieron el silencio. Jadeando, el jefe daba vueltas alrededor de las dos mujeres como un perro hambriento.

—¡Devuélvemela! —gritó él de repente.

—¡Has vuelto a beber el agua de fuego de los blancos! —constató Helena al verlo inclinarse sobre una canoa y vomitar.

—El agua de fuego te vuelve fuerte —dijo entre hipidos.

177

—Os destruirá tanto a ti como a tu pueblo.

Helena se sentía triste. El alcohol originaba terribles estragos entre los indios, aunque Lobo Solitario y Helena habían intentado combatirlo en la comunidad.

—No tengas miedo —le dijo a Nutria Maliciosa, que estaba acurrucada contra ella y volvía a llorar—. Ese cerdo no volverá a levantarte la mano.

—¡Ella es mía! —le espetó él avanzando con dos o tres pasos.

—Ella es libre —respondió Helena, que sacó de repente su colt.

Oso Sentado estaba atónito. La Mujer Liebre era intocable. Eso lo había entendido al volver de cazar el oso, hacía muchas lunas. Sus labios se fruncieron con malevolencia, después farfulló una imprecación antes de cruzar el pueblo zigzagueando; allí, otros hermanos silenciosos titubeaban bajo la pálida luz de la luna creciente que había aparecido encima del bosque.

—Se ha ido.

—Sedmitchka…

—No digas nada, Nutria, escucha los latidos de mi corazón.

Estaba dispuesta a entregarle el corazón a esa mujer. Helena se puso a cantar un aria de su Rusia perdida, del Dniéper de las ninfas. Se la cantó a esa india del Nuevo Mundo. Se le empañaron los ojos. Su voz cálida y grave iba al encuentro de la luna.

—Es hora de volver —murmuró Nutria Maliciosa.

La india había roto el hechizo. Helena la contempló con tristeza.

—Tiene que estar esperándome… Soy su esposa… No me lo reproches.

Helena no se lo reprochaba. Acababa de cortarse el último lazo. Su lugar ya no estaba allí. Al día siguiente, retomaría su camino hacia el sur.

42

*E*n Montreal, Helena había recibido la sorpresa de encontrarse con una buena suma de dinero y una carta de su padre en la que le suplicaba que volviera, pero no estaba dispuesta a reestablecer tan rápido los lazos con su terrible pasado.

«Volveré cuando me anuncies la muerte de mi querido esposo —le había respondido—. Mientras espero a que llegue el feliz día, tengo la intención de continuar mis viajes e irme a California o a México, no lo sé todavía…»

En Buffalo, había asistido al ahorcamiento de un renegado. En Fort Wayne, se había jugado a cara o cruz la elección del camino que debía tomar en una encrucijada. Uno partía hacia el sur, a través del territorio de los potowatomis, de los neutrales y por el dominio de la tribu conocida como la nación del gato. El otro se adentraba de pleno en el oeste, en el territorio de los miamis, los sioux, los crows y los bannocks. La suerte decidió que cogería el segundo camino, el que llevaba a las Montañas Rocosas: el California-Oregon Rail, que recorrían miles de carros. Un verdadero vía crucis.

Centenares de inmigrantes se dejaban allí la piel. En ese bulevar de polvo que llevaba a Council Bluffs, caravanas, jinetes y peatones iban a la misma velocidad que los bueyes. Helena caminaba en medio de esos colonos que no se quejaban ante los obstáculos. Familias enteras se amontonaban en sus carretas de conestoga. Helena descubrió esas «goletas de plegarias», rodeadas de tela, flanqueadas por toneles, repletas de instrumentos de labranza y tiradas por seis mulas y un par de bueyes. Avanzaban en medio de un estruendo de cacerolas, perseguidas por bandadas de niños, de perros, de corderos y de cerdos.

Υ

Council Bluffs, en el margen del río Misuri, era la joya de la civilización occidental, construida deprisa y corriendo, y el punto de encuentro de los pioneros. Los peores crápulas se mezclaban con santos. Al ver a esos miles de personas errantes, Helena no pudo evitar pensar en el Éxodo. ¿Qué hacía ella allí? ¿Qué fuerza la había empujado hacia ese río? ¿Qué había más allá que mereciera vivirse? Unos hombres fervorosos pasaron por delante de ella. Eran mineros. Sus mulas sufrían bajo el peso de los picos, de las lonas y de los víveres. Tenían la cabeza llena de pepitas. Un número de ocho cifras parpadeaba ante sus miradas: 41.273.106. Ésa era la cantidad de oro, en dólares, que se había generado el año pasado. ¡Cuatro veces más que en 1849!

«Persiguen un fin», se dijo Helena viéndolos alejarse por el campamento que se extendía por la orilla derecha del Misuri. Abandonó los accesos al puente y se coló entre las carretas que se habían reagrupado esperando una hipotética salida. De repente, una voz atrajo su atención. Un hombre encaramado a una silla arengaba a una reunión de personas vestidas con trajes negros: mormones.

Ya se había cruzado con alguno. Atraída por el magnetismo del predicador, se acercó.

El hombre, alto y mayor, parecía no tener ni carne ni músculos. Sin embargo, ese esqueleto recubierto de piel daba la impresión de que poseía una fuerza invencible. Helena notó en él una formidable energía contenida. Era como la flecha de una ballesta dispuesta a volar tras el objetivo.

—¡Hermanos míos, hermanas mías! —clamó él señalando con su dedo índice a los fieles que lo escuchaban con respeto—. ¡Recordad las palabras de nuestro añorado Joseph Smith! ¡Coged el libro y leedlo!

En su mano izquierda blandía el Libro del Mormón, escrito en 1830, a partir de un largo texto grabado en placas de oro que Joseph Smith encontró en 1827. No fue un hallazgo casual: un ángel le reveló a Joseph la ubicación del libro sagrado del rey mormón. Ése es el origen de la nación mormona, y el pequeño campesino de Mánchester cambió el nombre de Smith por el título de profeta.

Gracias a la adoración de sus miles de discípulos, reinó sin rival y promulgó la poligamia, medida que causó su perdición, porque, desde entonces, los gentiles lo persiguieron hasta que lo asesinaron en la prisión de Cartago, en Illinois, en 1848.

Helena admiraba la ley y la tenacidad de esos mormones perseguidos, que no tenían otra opción que la de lanzarse a la conquista del oeste tras el fracaso de su comunidad en Nauvoc, su capital, en aquel momento destruida por católicos y protestantes. Pero no podía dar su apoyo a ese movimiento.

—El Señor me ha dicho —continuó el hombre de negro—: «Aunque no tengan caridad, no importa, has sido fiel. Por eso tu ropa será purificada. Y, como has visto tu debilidad, te volverás fuerte, incluso hasta llegar a sentarte en el lugar que he preparado en la morada de mi Padre. Y ahora yo, Moroni,[7] digo adiós a los gentiles, sí, y también a los hermanos que amo, hasta que nos reencontremos en el Juicio de Cristo, donde todos los hombres sabrán que en mis ropas no hay ni una gota de vuestra sangre...».

Helena se acercó más al orador. Con cierta inquietud, los mormones se apartaban a su paso. Esa aventurera de ojos claros les recordaba a las mujeres desatadas de los colonos que habían atacado sus casas blandiendo horcas y antorchas.

Helena no percibía tal miedo. El predicador acaparaba toda su atención. Aquel viejo inquietante tenía algo de Metamon. Su rostro no pertenecía a este mundo. Tenía el cabello blanco peinado hacia atrás, con lo que quedaba al descubierto su frente alta y abombada. Si no hubiera sido por su delgadez, habría tenido una cara bonita. Una barba cuadrada y blanca enmarcaba sus rasgos armoniosos. Sus ojos verde claro veían llegar a Helena, y de su boca pequeña salieron palabras dirigidas a ella:

— ... Y, entonces, sabrán que he visto a Jesús y que Él me ha hablado cara a cara, que Él me ha hablado con total humildad, como un hombre habla a otro hombre, en mi propia lengua. Por mi debilidad he escrito muy poca cosa. Y ahora, querría recomendaros que busquéis a ese Jesús, del que los profetas y apóstoles os han hablado tan bien, para que la gracia de Dios Padre y también del Señor Jesucristo, y del Espíritu Santo, que da testimonio de Ellos, viva en vosotros para siempre. Amén.

El hombre hablaba bien, pero sus afirmaciones eran idénticas a las de los popes y a la de los jesuitas a los que ella detestaba.

—Bienvenida, hermana —dijo él, tras saltar de su pedestal—, aceptamos a todos los gentiles que respetan nuestras reglas.

Gentiles, ése era el nombre que daban a todos los que no pertenecían a su clan, a esa Iglesia mormona a la que llamaban pomposamente «Iglesia de Jesucristo de los Santos de los Últimos Días». A ella no le gustaba ese término, «gentil». Y odiaba el nombre de «santo».

—Sólo paso por aquí —respondió ella.

—¿No quieres caminar junto a los santos? El camino que lleva a las Rocosas es peligroso y difícil. No creo que puedas conseguirlo sola. ¿Por qué no te unes a nosotros?

---

7. El nombre del ángel que se le apareció a Joseph Smith.

—¿Y por qué no? —sonrió, y le tendió la mano.

Sospechaba que quería convertirla. Como mínimo, el hombre tenía la ventaja de ser sincero, y eso la seducía.

—David William Bancroft.

—Helena Petrovna Blavatski.

—¿Rusa?

—No tengo patria.

—Bueno, pues nosotros te ofrecemos una. Nos dirigimos a las orillas del lago Salado. Muchos de los nuestros se han instalado allí con nuestro presidente del Consejo de los Doce Apóstoles, Brigham Young, que es también nuestro segundo profeta. Muy pronto, cuando nuestra nación se haya reunido, llevará el título de presidente de la Iglesia de Jesucristo de los Santos de los Últimos Días. Entonces, ¡empezará una nueva era!

—Ya lo veremos —dijo Helena.

43

$\mathcal{A}$ la mañana siguiente, al alba, las treinta y cuatro carretas de conestoga, los caballeros y los rebaños se estremecieron. Junto a los remolinos de polvo, se elevaron los cantos a la gloria de Cristo redentor. Como un cónsul a la cabeza de una legión, Bancroft trotaba a la cabeza del grupo.

Helena se tomó su tiempo. Esperó a que la caravana se extendiera de este a oeste antes de montarse a horcajadas en su caballo. Durante la noche, había tenido un mal sueño: caminaba por encima de sangre.

La llanura, la inmensa llanura, estaba limitada por un cielo con abundantes nubes. El camino, el camino infinito, estaba sembrado de tumbas, de carcasas putrefactas, de utensilios oxidados y cenicientos. A su alrededor se extendía la tierra cubierta de hierba bendita, repleta del zumbido de los insectos, recorrida por los bisontes y los sioux.

Detrás de la grupa de los bueyes y de los ejes chirriantes, Helena se tragaba el polvo seco. Proveniente de la cabeza de la columna, un muchacho de unos diez años se unió a ella, pero se mantuvo a una distancia de cuatro pasos. Enseguida llegaron un segundo, un tercero y todo un grupo de chicos de ambos sexos. Se convirtieron en su escolta observándola y juzgándola. La condenaron sin juicio. Ellos eran santos, mientras que ella era gentil. Ellos eran víctimas, y ella, el verdugo.

—¡Has venido para matarnos! —le espetó el que parecía más espabilado.

—Por supuesto que no, el señor Bancroft me ha invitado a unirme a vosotros.

—Mientes. Padre no nos ha dicho nada.

—¿No queréis a gentiles con vosotros?

—Padre dice que los gentiles quieren exterminarnos.

¿Padre? Helena se fijó con detalle en los niños y, en efecto, les encontró numerosos puntos en común: la misma nariz aquilina, la misma cabellera abundante y tupida, y casi todos tenían los ojos verdes. ¡Eran unos treinta! ¿Podía ser que Bancroft fuera el padre de todos ellos?

—¿Sois todos Bancroft? —preguntó Helena.

—¡Sí!

Tras esa afirmación, que la dejó anonadada, volvieron a irse corriendo hacia los carromatos.

Helena quiso asegurarse. Se dirigió a la cabeza de la fila y llegó a la altura de las carretas de conestoga cubiertas de lonas de Bancroft. Del interior de los vehículos salían cantos triunfales, siempre los mismos, hacia los cielos.

—¡La extranjera nos ha seguido! —gritó uno de los niños.

Enseguida aparecieron unos rostros por la parte trasera de ambas carretas. Eran diez, con edades entre los veinte y los cincuenta años. Eran más bien guapas. Su aspecto reservado y triste, ese ambiente de iglesia que se desprendía de su actitud, era prueba sobrada del puño de hierro que las doblegaba. Había algo de David William Bancroft en cada una de sus arrugas.

Miraban insistentemente a esa aventurera que un ángel malvado les había echado sobre su luminoso camino. De sus labios no se escapó ni una palabra, sus manos reposaban en el regazo de sus faldas grises.

Con el corazón encogido por la compasión y el pecho hinchado de cólera, Helena reprimió los deseos de mostrar su agresividad, de zarandearlas y de subir a su caballo a la más joven de ellas para proporcionarle alegrías galopando hacia el horizonte y rivalizar con el viento y los bisontes en rapidez…

—¿Tal vez son ustedes las esposas del señor Bancroft?

Como toda respuesta obtuvo una sacudida de cabeza. Su reacción fue inmediata. Se alejó al galope. Aislado, como iluminador de su pueblo en el camino hacia la salvación, Bancroft abría la marcha cerca de un kilómetro por delante del convoy. Su hopalanda de cuello plano ondeaba en la brisa. Parecía un cuervo a punto de emprender el vuelo.

No consideró oportuno volverse al oír el galope ni saludar a Helena cuando ésta se situó a su altura. Su mirada estática le recordó la imagen de esos santos que, para resistir a la tentación, se forzaban a ser ascetas para satisfacer su fe intransigente.

—Acabo de conocer a sus esposas.

—¿Le han hablado?

—No.

—¿No le parecen encantadoras? —le preguntó él.

—Desde luego, pero…

—¿Le sorprende que un hombre de mi edad tenga diez esposas, no?

—En efecto, me parece sorprendente.

—¿Tal vez, incluso, le inspira un poco de asco? Se pregunta cómo puede ser que seres que consideran pecados capitales el consumo de alcohol y de tabaco, así como el juego, se nieguen a condenar los actos de la carne, pues los multiplican tomando un número considerable de esposas, ¿cierto?

—¡Ésa no es la cuestión! No importa cuántas sean, ni su capacidad de satisfacerlas, usted no tiene derecho a convertirlas en sus esclavas. Es cierto que no me han hablado, pero he tenido tiempo de leer su angustia en su mirada.

Las palabras salían de su boca como bolas de cañón. Bancroft, estupefacto, la devoraba con los ojos, y le resultó evidente hasta qué punto creía ella en lo que acababa de afirmar. Consideró oportuno explicarle ciertas reglas de los mormones.

—Practicamos el matrimonio plural, lo que los gentiles llamáis poligamia, con total buena fe. De este modo, seguimos una tradición bíblica. Dios, que permitió esta práctica a los patriarcas, nos animó a tomar varias esposas. Nuestras mujeres no son esclavas. Aceptan el matrimonio. Pueden recibir o no a las futuras esposas. Tienen derecho a veto cuando deseamos aumentar la familia. Casarse implica juramentos y sacrificios. No es un acto que los mormones tomen a la ligera. Cuando nos casamos, nos unimos con un vínculo eterno, no hasta que la muerte nos separe, sino para siempre.

Casados para la eternidad. Helena imaginó con horror a un Nicéphore esperándola en el otro mundo. Se imaginó también a Bancroft, con su harén en un rincón del Paraíso. El viejo sátiro se preparaba unos días felices. ¿Llorarían sus mujeres el día de su muerte? ¿Esperaban ellas con una alegría pérfida el día fatal que se acercaba a ritmo cruel y silencioso? ¿Contarían las noches pasadas a su lado, y cada mañana, las nuevas arrugas que les habían salido alrededor de sus ojos cerrados? Era poco probable.

—Nuestro jefe, Brigham Young, tiene quince esposas —añadió él como justificándose.

—Me parece que sólo es un medio de asegurar su poder. ¡Yo me desesperaría si estuviera casada con un hombre como usted, David William Bancroft! Muchos hombres, mediocres e intolerantes, con una apariencia bonachona, actúan como verdaderos dictadores en el seno de su hogar. Su primera mujer debe de sentirse amargada: quedar relegada poco a poco tras las recién llegadas debe de ser un suplicio. ¡Que tu esposo destruya una a una tus opciones de ser feliz y saberte sacrificada para la eternidad no es digno de un pueblo que se proclama el elegido de Dios! Sí, hay que ser una santa para soportar el matrimonio plural. Señor Bancroft, usted obtiene su pequeño poder de una comunidad de débiles. No veo nada bíblico en su empresa.

Bancroft palideció. Lamentó haberle propuesto que se uniera a ellos. Si en el más allá de los mormones hubiera infierno, aquella Blavatski iría derecha a él. Lamentablemente, sólo existían diversos grados de salvación repartidos entre varios niveles de gloria: gloria superior, gloria celestial y gloria terrestre. Ni rastro de Satán ni de diablo cornudo alguno, ni ningún fuego en el que quemar el alma de esa impía. Se preguntó si no habría que revisar los textos sagrados para introducir alguna noción de infierno. Esa mujer sería la primera en sufrir un castigo. Ella lo retaba con la mirada. Esa actitud le resultaba insoportable. Estaba acostumbrado a tratar con mujeres temblorosas y sumisas. Fomentaba la delación y el miedo en el seno de su pequeño harén.

—Que Dios me vea —empezó él con voz solemne, desplegando su frase lentamente—, y que Él sea testigo de que la indignación que siento ante tu iniquidad no es diferente de la que Él mismo sintió ante los mercaderes del templo. Mujer, rezaremos para que tu alma inmortal no acabe errando a través de los siglos en un universo sin estrellas, como la de Judas Iscariote. Rezaremos para salvarte de la soledad y, si lo hacemos arduamente, conocerás el reino celeste tras tu muerte.

—¡Bella diatriba, señor apóstol! Pero no funciona conmigo. Mi alma elegirá su reino cuando llegue el momento, ¡y dudo mucho de que se decante por el suyo!

Helena soltó un grito para animar a su caballo a avanzar. Ahora sólo tenía un deseo, fundirse con la línea pura y verde del horizonte.

A falta de no poder ser Judas, sería la primera exploradora del convoy.

—¡Ya te convenceré! —gritó Bancroft cuando ella no era más que un punto lejano en el camino.

44

$\mathcal{A}$l oeste, y de nuevo al oeste… Hacía un mes que habían salido de Council Bluffs. Día tras día, recorrían la monótona llanura. En ocasiones, se encontraban con otros mormones establecidos en puntos estratégicos, que la comunidad de los santos explotaba. Los mormones controlaban los puentes y los barcos, así que hacían que los gentiles pagaran por cruzar los ríos. Ya los llamaban «los judíos de las Grandes Llanuras». Tenían el monopolio del Kaw, del South Platte, del North Platte y del Green River, importantes ríos hacia los que afluían los convoyes.

Esos impuestos añadidos para franquear los obstáculos no afectaban a Bancroft y a su clan. Los hermanos se ayudaban, se apoyaban y causaban la admiración de Helena. Su fe les permitía unir sus fuerzas para vencer los torrentes tumultuosos. Las efusiones entre miembros de las diferentes congregaciones, reunidas por azar en esas tierras hospitalarias, eran sinceras.

Helena había asistido al bautizo por inmersión de Jeremie Lead, un muchachito de ocho años. Ésa era la edad en la que los mormones consideraban que los niños ya tenían uso de razón. A los doce años, se convertían en diáconos, instructores o sacerdotes. A los diecinueve, llevaban el título de ancianos y entraban en el oscuro mundo de los adultos. Helena esperaba que no fueran la imagen de Bancroft, cuyos deseos y bajos instintos adivinaba un poco mejor con cada etapa de su viaje.

—¡Alto! —gritó el patriarca.

El convoy se detuvo. El ruido de cascos y de ruedas así como los silbidos y los chasquidos de fusta se callaron. Ahora, se oía la fricción de las lonas por el viento y los ladridos de los perros. Bajarse del caballo, preparar su rincón para pasar la noche, cuidar a los caballos, esconder su oro en sus botas: Helena había repetido esos gestos centenares de veces. Había cogido la costumbre de guardar su barda bajo la carreta de conestoga de la familia Mitchell.

Los Mitchell eran gente honrada. Compartía el pan con ellos, las judías, a veces la carne salada y seca que repartía el santo encargado de la intendencia. El padre Mitchell era carpintero. Con cuarenta años, sólo tenía una esposa, Jane, que le había dado tres hijos: Duncan, Joseph y Betsy. No quería tener otra y compadecía a los que tenían varias.

Jane se ocupaba de todo: las tareas domésticas, el cuidado de los bebés, la educación de los niños, la elección de las plegarias y la limpieza de las armas.

—¿Le parece un buen sitio? —le preguntó Jane a Helena.

Helena contempló el ocaso del día en el oeste. Aquí y allá, se adivinaban surcos oscuros en la llanura. Macizos rocosos de tormentoso relieve se alzaban sobre la alta hierba. Su espíritu intentó desvelar algún pensamiento belicoso. Captó algunas almas en pena que no se habían decidido a abandonar este mundo.

—Esto debería funcionar —respondió ella, sin estar totalmente convencida.

—¿Piensan ustedes que los indios podrían atacarnos?

—No lo creo… El peligro no proviene de los indios.

—¿Qué quiere decir?

—Me temo lo peor… Pensaba en el cólera que devastó a más de cinco mil prisioneros el año pasado.

Estaba mintiendo. Jane era demasiado aguda como para dejarse engañar: no había ninguna epidemia de cólera desde enero. Se plantó ante Helena esperando otra respuesta. Bajo el gorrito de delicada puntilla, su rostro franco y enérgico exigía la verdad.

Helena volvió entonces su mirada hacia el fuego que acababan de encender y ante el cual Bancroft se paseaba de un lado a otro, mientras meditaba un sermón. Jane siguió esa mirada.

—Que Dios nos guarde de los errores de ese sacerdote —dijo ella reprimiendo un escalofrío.

Jane desconfiaba de él y lo temía desde que le había echado el ojo a Cathy Powers, una belleza de dieciséis años a la que pretendía tomar como esposa. Cathy era la prometida de su hijo Duncan. Cathy y Duncan se amaban. Su querido Duncan… Jane rezaba para que no le pasara nada. Conocía muy bien la justicia expeditiva de David William Bancroft, que, para conseguir el título de obispo, no dudaba en enviar a sus detractores al mundo celeste. Helena no decía nada. Se iba a derramar sangre. Manchaba demasiado a menudo sus visiones. No obstante, no había visto el drama con precisión.

—Usted tiene el don de la videncia, ¿no? —preguntó Jane con dulzura.

—Así es.

—¿Qué sabe?

—Que no cruzaré las Rocosas…, al menos, no en esta ocasión.

—¿Por qué? ¿Vamos a morir?

—No, yo seré la única que dará media vuelta. Estoy segura. Es la primera vez que me ocurre esto. Antes no veía nada sobre mí. Una especie de barrera invisible se interpone en mi camino, una barrera nacida de la sangre derramada en un tocón.

Se calló y se perdió en sus pensamientos. Entonces, Jane se puso a rezar con todo su corazón para alejar el mal presagio.

Más tarde, cuando los centinelas envueltos en sus mantas dormitaban y los coyotes lanzaban sus lúgubres aullidos, Helena, que no podía conciliar el sueño, distinguió una silueta recortada en la noche. Era la de una persona alta y encorvada: Bancroft. Caminaba sigiloso hacia el recinto de los caballos, pasó de largo y se perdió en la noche.

Ella se levantó y lo siguió. Parecía un chacal aproximándose a su presa, dando un rodeo. Iba de roca en roca. Lo oía hablar con alguien. Los algonquinos le habían enseñado a desplazarse como la pantera de agua. A menos de cinco metros del lugar en el que se había ocultado, Bancroft y la joven Cathy hablaban cara a cara.

—Tendrás que olvidar a Duncan —dijo él—. Tu padre me ha concedido tu mano.

—Sé que le ha dado dinero a mi padre para obtener su consentimiento. Pero sepa que, pase lo que pase, siempre amaré a Duncan. Tendrá mi cuerpo, pero nunca mi corazón ni mi alma.

—Entonces, ¿por qué has venido esta noche?

—Porque padre me lo ha ordenado.

—Eres una buena hija. También serás una buena esposa.

—¿Por qué me ha hecho venir aquí?

—Para conocerte mejor.

—¿No me ve ya todos los días?

—Claro…, claro.

Bancroft se quedó mirando a la joven con avidez.

—¡Siéntate!

Cathy se sentó en la hierba. Con la punta de su bota, le levantó el bajo del vestido y le dio a entender que debía mostrarle un poco más. Ella se tapó los ojos con las manos. Se sentía avergonzada. Le habían inculcado el sentido de la virtud y del pudor. Las Santas Es-

189

crituras promulgaban la castidad. Y ahora, ese hombre, su guía, su líder espiritual, le pedía que se comportara como las mujeres de mala vida que se vendían a los gentiles.

—Venga, Cathy. Ahora eres mía. Dentro de dos días nos casaremos. ¿Qué puedes ocultar que yo no haya visto ya? Tengo diez esposas y no eres diferente a ellas en absoluto. Enséñame lo que Dios ha hecho para la dicha de los ojos.

Bancroft utilizó todo su magnetismo y Helena comprendió por qué era el señor incontestable del clan. Su voz era el instrumento mágico con el que era capaz de domar la más rebelde de las voluntades. Y Cathy no era capaz de resistirse. Como en un estado de trance, se retiró las manos de la cara, empezó a subirse las enaguas dejando al descubierto la parte superior de los muslos. Al verla someterse así, Bancroft comprendió que, una vez la tuviera en su cama, la podría modelar a su antojo. Se deleitó con esa carne virgen y trémula. Sintió ganas de tomarla de inmediato.

Helena, por su parte, sentía ganas de meterle una bala en la nuca.

Bancroft dudó. Le goteaba saliva de la comisura de los labios. Esa Cathy lo volvía loco. Ahora tenía las piernas abiertas de par en par y se había abandonado a esa mirada viciosa, mientras enrojecía.

—Dentro de dos noches, serás mía —acabó por decir con voz ronca, sofocando el fuego voraz de su deseo.

Volvió corriendo al campamento. En ese instante, Helena vio una segunda silueta. Era Duncan Mitchell, que acudía al encuentro de Cathy.

—Si intenta mancillarte, ¡lo mato!

—Duncan… Duncan, ¡abrázame fuerte! ¡Más fuerte!

—Huyamos, Cathy…

—Sabes muy bien que es imposible. ¿Dónde iríamos? ¿Al territorio de los indios? ¿Con los gentiles? Somos mormones, Duncan. Nuestro lugar está en la comunidad de los santos.

—No quiero que pertenezcas a Bancroft.

—Hay una forma de evitarlo.

—¿Cuál?

—Ven, mi amor… Ven.

45

*B*ancroft se había casado. Bancroft había ofrecido el banquete. Bancroft se había llevado a Cathy a la carreta de canestoga engalanada.

Era el alba, la hora de la primera plegaria. Aturdidos por el frío, los mormones miraban, emocionados, la cruz que el patriarca había ofrecido, mientras que Helena se calentaba el café. A pesar de las reprimendas de los santos, nunca había dejado de consumir esa bebida prohibida por su religión. Beber café le provocaba un sentimiento de libertad, sobre todo por la mañana, cuando los fieles arrodillados ante Bancroft tiritaban, devotos, con las manos unidas. Con su recipiente de hierro caliente contra su pecho, escuchaba los humildes murmullos que se llevaba el viento. Esperaba pacientemente el desgarrador homenaje que se le rendía a Cristo.

Los presentes levantaron la cabeza. Su guía espiritual debía tomar la palabra como todas las mañanas. Pero esa mañana, Bancroft permanecía en silencio. Helena descubrió tensión en su rostro. Sus ojos estaban quietos y brillantes. Apretó los puños cuando Cathy se santiguó. Su nueva esposa no lo admiraba ni lo amaba. Lo había traicionado mofándose del sacramento del matrimonio.

—¿No va a rezar esta mañana?

Contempló a la mujer que acababa de dirigirle la palabra y no pareció verla.

—Padre —insistió ella.

—No, estoy cansado —acabó respondiendo él.

Se dibujaron unas cuantas sonrisas. La noche debía de haber sido agotadora para el viejo David. No se tomaba impunemente por esposa a una chica de dieciséis años. Con esa idea pícara y reconfortante, el grupo se dispersó, y cada uno empezó a prepararse para la partida.

—¡Jane!

La voz de Bancroft paralizó a los Mitchell. Jane y su marido se interrogaron con la mirada. El patriarca los separó con un gesto brusco.

—Quiero hablar a solas con tu esposa. Ve a enganchar las mulas. Nos pondremos en camino dentro de media hora. ¡Venga! Es una orden.

Con los hombros bajos, Mitchell se alejó de su esposa. Confiaba en Jane. Podía plantarle cara a Bancroft sola. Desde su rincón, Helena no perdía detalle de la escena que estaba teniendo lugar a veinte pasos de ella. Bancroft le puso fin con un gesto colérico.

Jane quería sermonear a Duncan, pero su hijo ya se había ido. Bancroft lo había designado como explorador. «Estoy segura de que intenta que lo maten los indios…. Señor, protege a mi pequeño Duncan.» Miró compungida a su marido, que aceptaba la situación con fatalismo. Ella le recriminaba su cobardía. Aparte de manejar el cepillo y la garlopa, sólo era bueno para guiar las mulas mientras recitaba salmos. Si tuviera el valor suficiente para ello, actuaría como esa mujer libre que no rendía cuentas a nadie.

Contempló a Helena con envidia. Ésta le sonrió. Empujada por un deseo irresistible de confesarse a la aventurera, Jane abandonó el banco del carromato.

—¿Adónde vas? —preguntó su esposo dejando ondear las riendas. Con una única y dura mirada, lo relegó al papel de cochero y después se dirigió hacia su amiga.

Helena se bajó enseguida de la silla.

—No, se lo ruego, no eché pie a tierra por mí —dijo Jane.

—Caminaremos juntas por el polvo, porque creo que lo que tiene usted que decirme no puede oírse desde lo alto del caballo. ¿Me equivoco?

Jane ocultaba mal sus preocupaciones. Dijo que no con la cabeza y lanzó una rápida mirada a su alrededor antes de examinar el rostro franco y abierto de Helena. Supo que podía dar rienda suelta a su pensamiento.

—Duncan y Cathy… —empezó ella con dificultad, mientras se retorcía los dedos.

— … son amantes. Ya lo sé, Jane.

La mormona se estremeció ligeramente por la sorpresa, pero no intentó averiguar cómo se había enterado.

—¡Ese hombre no los va a perdonar!

La expresión «ese hombre», que pronunció en un tono turbado, designaba por supuesto a Bancroft, pero habría podido referirse a cualquiera de los miembros del clan. Los santos no perdonaban a los jóvenes que no respetaban la ley. Jane esperaba que aquella amazona providencial obrara un milagro.

—Usted es la única que puede enfrentarse al «presbítero omnipotente». Él la teme.

Jane se había referido al título de Bancroft con terror. Era la primera vez que Helena escuchaba tal denominación: presbítero omnipotente. ¡Así que ésa era la verdadera función del patriarca! Sonaba como el nombre de un poder caído de los Cielos; sonaba mejor que «Gran Inquisidor». Esa carga espiritual le pegaba bien a la personalidad de Bancroft.

—No soy mormona. ¡Mi voz no cuenta!

—Ayúdeme, por piedad, antes de que todo el mundo se entere de esta relación. Después será demasiado tarde.

¡Demasiado tarde! ¿Y no lo era ya? Helena oía las grandes ruedas del destino triturando las vidas de Duncan y de Cathy. Unas nubes oscurecían su futuro.

¿Qué podía hacer contra una comunidad que se consideraría mancillada por la castidad perdida de una joven? ¿Cómo luchar contra las palabras amargas de Bancroft y de sus discípulos, contra los tabúes instaurados por iluminados que se conmocionaban al ver a alguien tomando una taza de té o fumando?

—¿A qué se arriesgan Duncan y Cathy?

—A que les impongan la pena máxima. En cuanto tenga pruebas de su culpabilidad, David les podrá hacer lo que le parezca.

—Son pruebas difíciles de conseguir sin perder la honra.

—¿Cree usted que a Bancroft le preocupa su honor? Sólo le importa una cosa: el poder que ejerce sobre nosotros para asegurarse su ascenso en nuestra Iglesia. Hará todo lo necesario para conseguir su objetivo, aunque eso le cueste la vida a nuestros queridos hijos. Todo es culpa mía, Helena… He sido una mala madre. Hay demasiada pasión dentro de mí. Duncan es como yo.

Jane se mordió los labios. La revelación de la relación carnal de Duncan y de Cathy le había causado una gran impresión. Conocía muy bien a su hijo. No se detendría, seguiría viendo a Cathy, y eso sería su pérdida. ¿Cómo detener a Duncan? ¿Cómo hacerle entrar en razón?

Jane lanzó una mirada cargada de angustia a su confidente.

—Intentaré protegerlos —dijo Helena.

Jane le arrancó esas palabras con su angustia, e intentó besarle la mano. Helena escapó de esa prueba de confianza volviendo a subirse rápidamente a la silla. Se fue en busca de Duncan. Como mínimo, lo protegería de los indios.

El sábado era el día de descanso, lo que suponía una gran alegría para los pioneros, devastados por la fatiga. La mañana transcurría entre plegarias. Por la tarde, se hacían reparaciones, se lavaba, se hacían curas, se cazaba. En ocasiones, bailaban. Bancroft abría el baile con el aforismo del Libro del Mormón: «Adán cayó para que los hombres existieran, y los hombres existen para sentir alegría».

Ese día, la alegría no había acudido a la cita. Los violines seguían en sus estuches. La armónica de Kisley, *el Cojo*, no marcaba el tiempo. Se notaba una tensión en el campamento. Habían visto a muchos indios la víspera. Por tanto, habían cargado las armas y las habían repartido. Al abrigo de sus carros, los mormones esperaban a un enemigo invisible. Tras ellos, el río Platte era un remanso de paz para las mujeres que lavaban y golpeaban la ropa. En el agua, los niños levantaban presas. La escena era casi idílica.

194 En su puesto de vigía, sobre una roca plana, al borde de las aguas tranquilas, Helena observaba aquellas manos con articulaciones envejecidas escurriendo calzoncillos, pantalones y enaguas, el balanceo de los cuerpos arrodillados o agachados sobre las piedras, el destello de los cabellos liberados de sus gorritos.

«Harán lo mismo semana tras semana, durante toda su vida. Es un castigo perpetuo», pensó Helena agarrando su fusil.

Ninguna de esas setenta mujeres se le parecía. Ni una sola habría robado un caballo para escapar de una vida sin ilusión, ni siquiera la valiente Jane, o Cathy la rebelde.

Helena se sintió de repente angustiada al verlas vestidas de negro. Fue peor cuando notó que Cathy ya no estaba en su lugar.

Su cesta y su pala reposaban bajo un matorral, lejos de la camarilla de cotorras de las santas.

Helena sólo tenía una idea: encontrarla antes de que alguien más se percatara de su ausencia.

Helena abandonó discretamente el lugar. Las huellas de la joven, fáciles de seguir, la condujeron a un bosquecillo. Su temor estaba justificado. Descubrió a Duncan y a Cathy enlazados contra un tronco.

—¡Malditos!

Al oír jurar a Bancroft, Helena palideció. El patriarca se le había adelantado. Desde su alta estatura, controlaba a los amantes.

—¡Déjala, perro!

Duncan empujó a Bancroft e intentó huir, pero un latigazo le azotó la espalda. El ardor aumentó su odio, así que se volvió para enfrentarse a su rival. Agachándose, cogió una piedra y echó el brazo hacia atrás para lanzársela a Bancroft a la cara.

La correa silbante se abatió sobre su cuello. Se tambaleó y se dio cuenta de que el patriarca no había acudido solo. Otros hombres lo rodeaban. Se echaron todos al mismo tiempo sobre él y le ataron por las muñecas con unas cuerdas.

—Sabía que cometerías un error —dijo Bancroft—. Sois todos testigos, hermanos míos, de que esta mujer y este hombre son culpables de adulterio.

—¡Eso es falso!

Helena apareció delante de Bancroft, que acababa de coger a Cathy de la cabellera.

—¿Qué quieres, mujer perdida? —gruñó Bancroft.

—¡Suéltala, maldito bruto!

—¡No te metas en esto, extranjera! —dijo un hombre—. Es asunto nuestro.

Los santos adoptaron una actitud amenazante. Esperaban una orden de su presbítero omnipotente para acabar con Helena. Bancroft desplegó una sonrisa demoniaca y dio un fuerte tirón a la cabellera de su prisionera.

—¡Dile tú que eres culpable!

Cathy le escupió a la cara.

195

Acababa de dictarse sentencia. La madre de Cathy Powers se esfumó, Jane ahogó un gemido, los dos esposos se santiguaron. Helena, mantenida bajo custodia, gritó:

—¡No tiene derecho! ¡Es usted un monstruo, Bancroft! Y vosotros, mormones, sois sus cómplices. ¡Cobardes! ¡Asesinos! ¡Lo único que os espera es el infierno de los gentiles! Os lo exijo, liberad a esos niños y dejadlos partir conmigo… ¡Bancroft, por piedad y por el amor de vuestro Señor!

Ella intentó liberarse, pero unas fuertes manos la obligaron a mirar a la cara a Bancroft, ahora convertido en verdugo. El patriarca se apoderó del cuchillo que le entregó un diácono.

—Dios es testigo de que no actuamos por simple odio —dijo él mostrándole la hoja al clan. Después se dirigió a Duncan y a Cathy, inspirándose en las palabras de san Juan—: «Os lo he dicho, pero no me creéis. Las obras que hago en nombre del Padre Eterno son mis pruebas, pero no me creéis, porque no sois mis ovejas. Mis ovejas escuchan mi voz, las conozco y me siguen. Yo les doy la vida eterna, nunca morirán, y nadie las arrancará de mi mano…».

Ese hombre estaba loco. Paralizada por el horror, Helena intentaba cerrar los ojos para no asistir al desarrollo del suplicio, pero no lo conseguía.

A Duncan lo habían lanzado sobre un tocón. Cinco hombres lo tenían inmovilizado. Un sexto le quitó el cinturón del pantalón, después lo desnudó hasta los muslos. Duncan no pudo gritar, una mano le amordazaba los labios. Vio a Bancroft agacharse ante él y sintió sus dedos en su sexo. Su cuerpo se arqueó. Perdió el conocimiento en el momento en que el verdugo lo castró, pero un lamento se elevó, agudo, desgarrador, un interminable grito desesperado que heló a los mormones.

Era Cathy, Cathy a la que no conseguían hacer callar, Cathy a la que azotaban de camino al tocón. La obligaron a arrodillarse y la ataron. Ayudándose con una plancha, dos hombres se apoyaron con todos su peso sobre su nuca. Todas las miradas cayeron sobre el cuello blanco rodeado de vello y de finos cabellos rubios.

Helena se crispó cuando Bancroft levantó su hacha por encima de la cabeza de la joven mormona…

No podía alejar de su mente la imagen del suplicio. Una pesadilla. Una semana de viaje la separaba del odioso clan de Bancroft. Estaba de camino hacia el sureste. No se tomaba ni un momento de descanso porque quería poner la mayor distancia posible entre ella y los mormones.

Su mirada se perdía en la lejanía, pero seguía viendo únicamente los cuerpos de Cathy y de Duncan atados al tocón. Sufrían espasmos y la sangre se derramaba a sacudidas. Galopaba para no oír el ruido del hacha cayendo sobre la nuca.

46

*S*eguir huyendo, huir siempre… Alejarse de los mormones, olvidar la crueldad de Bancroft y los amores trágicos de dos adolescentes.

Durante días y días, lloviera o hiciera viento, Helena cabalgaba al mismo ritmo por las tierras de los cheyenes, de los arapahoes o de los kiowas. Había conseguido encontrar algo de paz. Cazaba y se alimentaba de liebres, de patos salvajes y de hortelanos hechos a la brasa. Cruzaba ríos sin nombre. Una noche, se encontró ante un río de fango.

—Esta vez, no iremos más lejos —le dijo a su caballo.

En su huida desesperada hacia el sur, había agotado casi todos sus recursos. No tenía ni mapa ni idea alguna de la distancia que la separaba de la frontera mexicana. Imaginaba que estaba a veinte o treinta días de camino de El Paso, la meta que se había fijado provisionalmente.

—Espero que haya caza por aquí —le dijo de nuevo al animal, que estaba bebiendo—. Tienes razón, viejo amigo. Bebamos, eso al menos nos llenará el estómago.

Saltó al suelo y hundió su cara en el agua rojiza.

—Esa agua la puede matar, señorita.

—¡Por amor de Dios! —exclamó ella, lanzándose a un lado, para intentar alcanzar su colt.

—¡Sobre todo, no se mueva!

El frío cañón de un fusil le tocó la mejilla. Levantó la mirada hacia el saco de polvo que sujetaba el arma.

—Jacques Frasters Lemail… Frasters es el apellido de mi madre, y Lemail es el apellido de mi padre francés, que en paz descansen. Bueno, ya nos hemos presentado. Tiene usted un bonito colt ahí, señorita.

El rostro del merodeador transmitía crueldad y bondad a la vez:

su boca, una delgada llaga horizontal, se inscribía en una mandíbula cuadrada sin barba. Su piel oscurecida por el sol tenía la textura de un bronce de cobre. Sus cabellos cortados al ras se adaptaban a los huecos y chichones de un cráneo cosido a cicatrices. Sus ojos parecían mofarse del mundo entero.

—Helena Petrovna Blavatski —respondió ella apartando suavemente el cañón.

—Es un verdadero placer encontrar a alguien en este maldito país. Chócala, Petro, eres una verdadera vagabunda de las llanuras, pero me caes bien. Podemos hacer un buen equipo tú y yo.

¡Una verdadera vagabunda! ¿Podía estar todavía más piojosa y mugrienta de lo que imaginaba? ¿Y ese Frasters creía tener mejor aspecto, con esa nube de moscas a modo de aureola y ese olor a rayos?

Se tocó en un gesto coqueto el sombrero de fieltro, y después alisó maquinalmente sus cabellos enredados y ásperos.

—Habrá que cortar esa mata —dijo Frasters con una mueca de disgusto.

—¿Está usted hablando de mis cabellos? —se rebeló ella, desconcertada.

—Hablo de ese nido de golondrinos que tienes en la cabeza. Te aseguro que es una porquería. Te lo aseguro. He visto a chicos que se han vuelto locos por la miseria. ¿Y los indios, has pensado en los indios?

—¡No me dan miedo los indios! He vivido en el norte con ellos.

—Sí, diría incluso que te has pasado una buena temporada con los algonquinos, ¡esos tipos tienen hasta el corazón emplumado!

—Pero ¿cómo puede usted saber eso?

—¡Para! Tutéame. No estamos en un vulgar salón de Washington, estamos en las Grandes Llanuras. Y saber lo de los algonquinos es fácil: llevas un saco medicina bordado con pinchos y un collar de *wampums*.

Helena bajó la vista al saco medicina que le había regalado Lobo Solitario. No se había separado de él en ningún momento. Lo llevaba colgado en el cinturón de caribú. Y respecto al collar, había olvidado que lo seguía llevando en torno al cuello. Tocó las perlas y recordó los momentos de felicidad que había pasado junto a los algonquinos.

—Esos pieles rojas del Gran Norte son buena gente —prosiguió Jacques—. Comen perro, pero no cortan cabelleras a viajeros. Los de aquí coleccionan pelambreras y raptan a mujeres. Estás doblemente en peligro; tendré que tonsarte adecuadamente antes de que lo haga algún cheyene o algún comanche. Has tenido mucha suerte de llegar viva hasta el río Arkansas. Me vas a explicar cómo te las has arreglado mientras preparo algo de comer.

¡Comer! Ya había empezado a salivar. Estaba dispuesta a contar su vida por un poco de pan y de carne. Frasters la invitó a sentarse, y ella empezó a relatarle sus vivencias. Procuró hacerlo sistemáticamente, respetando la cronología de los acontecimientos, sin artificio. Sólo tenía ojos para la olla de hierro. Frasters la había llenado de una pasta oscura después de haber encendido el fuego. El olor exquisito y la visión de dos tortas de maíz entre las manos morenas de su interlocutor le hicieron perder el hilo de sus pensamientos.

—¿Tienes hambre, verdad?

—Hace dos días que no le hinco el diente a nada.

—Te va a encantar este plato. Es un concentrado, se lo he cambiado a los pawnees por una navaja. Carne de bisonte secada y cortada, mezclada con cerezas salvajes. Ésa es la receta. Con una cuchara de esta mezcla y un *piki* en el estómago puedes aguantar treinta horas.

—¿Un *piki*?

—¡Un pan de los indios! —dijo él ofreciéndole una de las tortas planas—. Veo que te quedan muchas cosas por aprender. El *piki* es un pan sin levadura, blanco y plano. Normalmente, se cuece a partir de una harina azul obtenida a partir de la ceniza de salvia, y se enrolla a lo largo sobre una losa untada con manteca de asno, pero prefiero mi receta y las preparo yo solo. Habría podido convertirme en cocinero jefe en la costa y tener un restaurante en Nueva York, pero decidí vivir una vida… de altos y bajos. Prueba esto, Petro.

Helena cogió el recipiente con avidez. Lo había llenado con una copiosa ración de concentrado. Ella empezó a devorarlo.

—¡Señor, qué rico que está! —dijo ella con la boca llena.

Jacques la miró con afecto. Aquella mujer que parecía salida de sus sueños lo tenía cautivado. En su juventud, había decidido convertirse en cocinero. Su padre, originario de un pueblo del Lyonnais donde se criaban ocas y pollos, lo había animado. Estaba predestinado a ligar salsas, servir salchichas calientes y mollejas de cordero.

Cinco desgraciadas cuchilladas recibidas en un garito habían cambiado el curso de su adolescencia. Después de curarse, se fue a explorar la región de Quebec, y acabó embarcándose en el primer barco que lo llevaba a Saint-Laurent. Tras su primer caballo, su primer fusil y su primer camino, se pasó cuarenta años buscando fortuna a la vuelta de cada colina.

Helena era la primera aventurera con la que se encontraba más allá de Misuri. Demostraba tener agallas. Se parecía bastante a la mujer con la que soñaba fundar una familia en otra época. Como no tenía ni planes ni objetivos precisos, se dijo que iría donde ella deci-

199

diera ir, siempre y cuando consintiera deshacerse de su cabellera. Helena sentía ganas de gritar. Sus cabellos rubios, sus queridos rizos… Iban cayendo uno a uno bajo la cuchilla de Jacques. No debería haberse dejado hacer por ese grosero esquilador de perros.

—¡Para! ¡No quiero que sigas! —gritó ella levantándose.

Jacques la agarró con firmeza del hombro y la obligó a volver a sentarse en la silla que había colocado en el suelo.

—¡Los indios no son tan hábiles como yo, Petro!

—¡Deja de llamarme Petro!

—Está bien, Helena… ¡Estás llena de piojos, querida, ya era hora de que alguien interviniera!

La navaja rechinaba sobre su cráneo. Helena se estremecía bajo la hoja. Ahora la tomarían por un hombre. Estaba completamente fuera de sí. Cuando la última mecha cayó sobre su hombro, juró que se compraría un vestido de volantes y una sombrilla en cuanto llegara a México. Jacques le entregó un espejo desportillado. Ella no quiso mirarse.

—Como quieras —dijo él antes de ponerle súbitamente el espejo bajo la nariz.

Parecía un presidiario de Siberia. Pensó que tenía un aspecto tan lamentable que cogió su sombrero y se lo hundió sobre sus horribles orejas desnudas.

—¡Estoy horrible, es horroroso! —farfulló.

—Este nuevo aspecto te salvará la vida, palabra de Frasters Lemail. ¿Dónde piensas ir ahora?

—¡A México!

Había respondido con rabia. Él se echó a reír.

—¡Ése es un país ideal para mí! ¡Viva la Virgen de Guadalupe! ¡Muerte a los españoles!

Y con ese célebre grito de Dolores, acuñado por los revolucionarios mexicanos en 1810, Helena y Jacques iniciaron su descenso al sur a través de Kansas.

47

—*T*e había dicho que había una ciudad al oeste de Independence.

Jacques estaba orgulloso de su descubrimiento. Helena contemplaba la verruga a la que su amigo llamaba ciudad. Consistía en unas cabañas ruinosas al pie de los montes Flint, divididas por una amplia calle.

—¡Sígueme!

Lo siguió sin entusiasmo. Al fondo de ese lugar sin nombre, la amplia puerta de un hotel *saloon* dejaba ver una tapicería roja y granate. El establecimiento dominaba cinco o seis casas de notables, reconocibles por las cortinas de flores y por el cobre brillante de los tiradores de la puerta. Alrededor de ese centro pulcro, todo estaba montado de cualquier modo.

201

Helena se ajustó el sombrero de su frente. Unos tipos mal afeitados y unas mujeres emperifolladas salieron de sus casas en ruinas para observarlos. En las inmediaciones del *saloon*, había una multitud de personas ociosas, atraídas por los falsos dorados y la música.

—¿Tienes con qué pagar? —le preguntó Jacques, con cierta suspicacia.

—Desde luego que sí —farfulló mientras descendía del caballo.

La puerta se los tragó como el aventador de una máquina de vapor. En la sala animada por un pianista furibundo con chaleco de seda, donde bailaban varias chicas generosas ataviadas con colores vivos y unos treinta campesinos de la región bajo elegantes lámparas de araña con tulipas esmeriladas, no había nadie con pinta de presidiario ni criminales de gatillo fácil.

Pocos minutos después, estaban en una habitación. Una habitación… Una cama… Una cubeta de agua… Jabón… Un espejo orlado de hojas de acanto… Y su doble abrumada: una Helena llena de barro y fango. Con gestos febriles, se quitó la ropa y la amontonó. Se pasó horas y horas restregándose, frotándose la piel antes de conciliar el sueño en la cama mullida.

En su cerebro hervían sonidos, voces y rostros. Pasado y futuro se mezclaron: Nicéphore y su látigo, Bancroft y su hacha: dos apariciones impregnadas de tanta violencia que se despertó varias veces. Cuando cerraba los ojos, unos mormones le susurraban plegarias al oído, la condesa Kisselev aparecía como gran sacerdotisa de Isis, Nutria Maliciosa bailaba en el vapor de un *wigwam*, unos soldados en formación resistían una carga de lanceros, pero todavía no había vivido esa escena de batalla, montañas gigantescas albergaban templos extraños que un día visitaría. Heridas, miedo, muertos y la propia muerte…

Se hizo un ovillo y apretó el cojín entre los brazos. Se despertó de nuevo, justo antes de que la muerte le asestara un golpe con su azadón. Estaba viva en un agujero perdido. Pensó en la calle que había más abajo, en el espectáculo deprimente de esa ciudad: sus timadores con sombrero, sus borrachos, sus jornaleros sin futuro, sus pobres campesinos demasiado cansados para proseguir su camino, demasiado cobardes para volver a la costa Este.

202

«¡Tengo que largarme de este pueblucho lo antes posible!», se dijo ella.

Cuando se despertó, encontró a Jacques de pie ante la cama contemplándola. Comprendió por la luz que entraba del exterior que la mañana estaba avanzada.

—Casi es mediodía —le dijo con una voz suave y benévola.

—¡Por amor de Dios! —exclamó ella.

—Hay café y huevos esperándote abajo. He conseguido provisiones para tres semanas, me debes dieciséis dólares y cincuenta y dos céntimos. También he hecho errar los caballos… ¿Supongo que no pensarás quedarte aquí?

—¡Desde luego que no!

—Entonces, ¿qué esperas para salir de las sábanas?

Ella se sonrojó. Él se fijó en la blancura de su hombro y se dio un golpe en la cabeza.

—Nunca me haré a la idea de que eres una mujer… Bueno, te espero en las cuadras.

De nuevo, recorrían territorio virgen, dejando tras ellos grandes nubarrones que se acumulaban sobre la joven nación americana, gobernada por el presidente Fillmore, al que consideraban un pelele.

Sus labios le sabían a polvo. El viento, que crispaba las nubes, dispersaba sus pensamientos. Ya no intercambiaban secretos. Sabían mucho el uno del otro. Sus miradas bastaban para cultivar su complicidad. Se contentaban con comer a la hora justa, beber en las fuentes, cazar y seguir al sol.

Jacques se tensó de repente sobre su silla. Levantó los brazos y tiró de las riendas.

—¿Qué pasa?

—¡Shhh!

Intentó orientarse. Helena, a pesar de su experiencia como india y de sus dones, no percibía nada. Buscó algún indicio en el terreno duro y desigual en el que crecía una vegetación escasa.

—¿Lo oyes? —murmuró Jacques.

—No…

—Son los sioux… Pero ¡es imposible! No estamos en su territorio.

Helena se concentró. El corazón de las montañas circundantes latía débilmente. Jacques le hizo una señal para que continuara. Recorrieron un centenar de metros. Helena estaba ahora atenta al ruido sordo. Había unas presencias más allá de las filas de árboles que rodeaban las montañas. Poco a poco, el sonido aumentó.

—Sería mejor que siguiéramos nuestro camino —dijo Jacques, inquietado por la llamada de tambores a una hora tan temprana.

—¿Qué dicen esos tambores?

—Parece una ceremonia.

—¡Vamos a ver!

—¡Nos matarían!

—Escondamos los caballos.

Galopaban juntos con el viento de cara. Un picor recorrió la espalda de Helena cuando se levantó sobre los codos.

—¡Madre de Dios! —exclamó mirando de reojo a su alrededor.

Nunca había visto una cosa semejante. En un vasto espacio delimitado por doscientos tipis, más de dos mil pieles rojas se habían reunido en círculo. Mujeres, niños, ancianos, guerreros, todos pisoteaban el suelo al ritmo de los tambores que golpeaban ancianos sabios de aspecto enjuto y con caras semejantes a cortezas de nogal, y con unas marcas negras y amarillas pintadas en los pómulos y la frente.

—¡Diablos! ¡No nos quedemos aquí!

—¿Por qué?

—¿No ves que llevan pinturas de guerra? Son hunkpapas o sihasapas, quizá miniconjus. No quiero verlos desde más cerca.

—¡Yo me quedo!

—¿Te has vuelto loca? ¿Quieres que te aten a un puesto y te desuellen viva?

—¡Me quedo!

Jacques se hundió en los matorrales tras perderse en su mirada. Un oscuro sentimiento obligaba a Helena a no abandonar esa peligrosa posición. Los tambores la turbaban, el balanceo de las cabezas coronadas con plumas de águila, de cuernos de bisonte y de pieles de armiño actuaba sobre ella como el péndulo de un hipnotizador. Se sentía irresistiblemente atraída por esa gran flor que se abría y se cerraba siguiendo los gritos de los hechiceros.

En cierto momento, unas jovencitas entraron en el interior del círculo. Iban ataviadas con capas de bisonte y vestidos de alce decorados con perlas y conchas. De repente, mordieron a las serpientes que agarraban entre sus manos.

—No comprendo nada de esta ceremonia —dijo Jacques, fascinado por la escena—. Estamos en plena fiesta de las vírgenes, que precede a la danza del Sol. Habitualmente, la celebran a finales del mes de julio, ¡no a principios de otoño! Un «Sin Arco», con el que solía cazar bisontes, me dijo que para realizar la danza sagrada, la Luna y el Sol debían convertirse en uno.

—¿Qué hacen? —preguntó Helena, que se estremeció al ver a las jóvenes bailarinas y a las serpientes de cascabel.

—Demuestran su pureza. Si mienten, la serpiente las morderá. Esto es tabú, Helena. No tenemos derecho a asistir a este ritual.

Se dejó caer hacia atrás, pero Helena lo retuvo.

—Te lo ruego, quiero saber qué sucede…

Jacques aceptó explicarle lo que veían.

Sin duda, las jóvenes indias estaban en trance. Unos guerreros las llevaron a los hombres medicina. Los hechiceros empezaron a trazar signos rituales sobre sus mejillas y el caballete de su nariz con los dedos untados en pintura.

Incansablemente, los tambores continuaban llamando a los dioses de las llanuras y del cielo, y uniendo al pueblo sioux en el fervor. Unas *squaws* de edad avanzada iniciaron unas letanías y después encendieron fogatas acompañadas de los niños. Unos velos azulados subieron a la luz dorada del otoño, cubriendo con una bruma mágica el pueblo. Las vírgenes elegidas por los hechiceros esbozaron unos pasos de danza, con gestos contenidos y bajando la mirada con humildad, con una reserva fingida.

Los tambores despertaban en ellas pasiones. Todos los genios de los bosques y las estrellas se unían a su danza. Oían clamores, suspiros y las voces de los ancestros.

Helena sentía en sus propias carnes la violencia contenida de los indios. Cuando los tambores se detuvieron, contuvo la respiración.

—No se ha acabado —dijo Jacques—. Ahora cada un ade las vírgenes va a elegir a un compañero y seguirán bailando.

Helena se interesó por una hermosa india que se dirigía hacia un gigante magnífico con los brazos cruzados. Se detuvo tres o cuatro segundos frente a él antes de volverse. Él la siguió por la pista sagrada de baile. Se formaron las parejas y los tambores les insuflaron vida.

Alrededor de los hombres que bailaban, los sabios, que ya habían presenciado la escena en otras ocasiones, recordaron las cacerías de antaño, las flechas que disparaban subidos a sus caballos al galope, el ruido atronador de los cascos, la tierra destripada por miles de bestias enloquecidas. Asociaron sus cantos roncos a las plegarias de las *squaws*.

Sin duda, Jacques no conocía todos los detalles de la vida de los sioux. Por su parte, Helena adaptaba lo que le contaba a su visión poética. Durante mucho tiempo, estuvo perdida en sus ensoñaciones. El redoble de los tambores disminuyó y se apagó.

—Se ha acabado por esta noche —dijo Jacques con alivio.

—Volveremos mañana.

205

48

*D*esde el amanecer, Helena esperaba la señal. Llegó de repente, rompiendo el silencio.

—¡Jacques! ¡Los tambores! —dijo exaltada.

A pesar de su aspecto bravucón, Jacques no estaba tranquilo. Un tic de las cejas ponía de manifiesto su ansiedad. Siguió a Helena gruñendo. No comprendía los motivos de su joven compañera. ¿Para qué tomar tantos riesgos para espiar a esos salvajes? Pensaba que el hombre blanco no tenía nada que aprender de los indios. ¿Qué provecho había sacado de las enseñanzas de los algonquinos? Él la contempló. Era un enigma fascinante al que se agarraba cada día un poco más.

—¡Jacques, mira!

Las vírgenes de la víspera transportaban un álamo. Toda la tribu los seguía. Un jefe cubierto de plumas caminaba cerca de las jóvenes que vigilaban que el árbol no tocara el suelo.

—Es el Árbol de los Susurros —dijo Jacques—. Es sagrado. Es la Estrella o el Sol, no estoy seguro. ¿Ves a los dos gordos detrás del jefe?

—Sí.

—Llevan el nido del pájaro trueno. Un maldito bicho gigantesco con dientes de lobo en el pico y unos ojos que lanzan destellos. Sólo los indios pueden inventarse monstruos así.

Las vírgenes introdujeron el álamo en el hueco. Habían podado todo el árbol, excepto su cima. Los hombres medicina dibujaron unos círculos en el tronco, mientras los dos gordos, encaramados a los hombros de los guerreros más robustos, colocaron el nido en el que los niños habían guardado las efigies del águila y del bisonte, así como las figuritas de todos los animales conocidos.

Los tambores se aceleraron. Los indios estaban edificando ahora una muralla circular de ramas, con cuatro puertas.

Helena reconoció los símbolos de las cuatro edades de la vida. Veintiocho soportes sujetaban las ramas del recinto. Un aespecie de pértigas aseguraban una unión entre los pilares y el Árbol de los Murmullos. Helena estableció una relación entre ese número y los veintiocho días del mes lunar. Cuatro veces siete. Las cifras sagradas. «No son muy diferentes a los algonquinos», se dijo.

—No me gusta lo que viene ahora —le indicó Jacques.

—¿Qué va a pasar?

—Torturas, creo… Mi «Sin Arco» nunca me aclaró en qué consistía la danza del Sol, pero no me ocultó el peligro que entrañaba y que puede acabar con la muerte de los participantes.

Con la frente arrugada, los dedos hundidos en el humus, Jacques esperaba una señal de su compañera para dar media vuelta, pero Helena no era una persona que se diera fácilmente por vencida.

—¡Ya llegan! —dijo.

Unos cincuenta guerreros corrían a través del pueblo. Un simple paño les cubría el sexo. Llevaban dibujados en el cuerpo los emblemas del Sol y de la Luna en rojo y negro. Gritaban, y los tambores les hacían eco con una violencia ensordecedora.

Los guerreros se dividieron en dos grupos opuestos. Los tomahawks y las lanzas se entrecruzaron. Levantaron sus escudos. Los más ágiles saltaban e intentaban golpear la cabeza de su adversario. Los más fuertes asestaban golpes terribles, pero no alcanzaban a nadie. Sólo era un simulacro de combate adornado con gritos de guerra y de desafío. Los mayores, enseguida, hicieron prisioneros a los más jóvenes, y levantándolos por el brazo, los llevaron al recinto del Árbol de los Susurros.

Jacques cogió la mano de Helena y la agarró con fuerza. El momento crucial se acercaba. Los brujos y los antiguos fueron hacia los prisioneros. Largos aullidos salieron de sus bocas desdentadas. Tenían una mirada exorbitada. Levantaban sus cuchillos hacia el sol redentor. Los gritos de miedo de los niños, la cantinela de los ancianos y los chillidos de las *squaws* se mezclaron con los gemidos de los jóvenes sioux en el momento en que los cuchillos penetraron en los pechos que se ofrecían.

Los cuerpos se convulsionaron. Los mayores sujetaban a las víctimas mientras los dignatarios oficiaban. En el interior de las profundas heridas, ensartaron unos broches, cuyos extremos estaban ligados al álamo con cintas.

Helena sufrió por los jóvenes guerreros.

—Es una forma de redención —murmuró Helena, que, a pesar de la barbarie del espectáculo, comulgaba con los indios.

—Y eso hace ya días que dura y…

207

Jacques no tuvo tiempo para terminar su frase. Pegó un bote y desenvainó su puñal. En un acto reflejo, Helena rodó a un lado, y vio que lo empuñaba contra una india de largas trenzas.

—¡No la mates!

—¡No es una *squaw*! —replicó Jacques, que mantenía su chuchillo contra el cuello de su prisionera, a la que tenía aplastada contra el suelo.

—¡Déjala! ¡No va armada! —dijo Helena, empujándolo.

—¡Te estoy diciendo que no es una *squaw*!

Helena no lo comprendía. Ante sus ojos, tenía a una india, una pobre sioux atemorizaba y temblorosa. Sin embargo, no tenía pechos, y había algo masculino en su rostro. La mirada era suave, los labios delicados y carnosos incitaban a besarlos, la piel parecía aterciopelada, pero los maxilares cuadrados y la nariz arqueada y espesa le daban un toque poco agraciado al conjunto.

—¡Es un *berdache*![8]

En sus palabras había un gran desprecio. Escupió a la cara de su adversario, demasiado débil y se volvió a levantar.

—¿Eso te da derecho a tratarlo como al peor de tus enemigos? ¿Acaso te ha amenazado? ¿Te ha faltado al respeto? Le das miedo.

—Es un berdache —repitió él con una mueca de disgusto—. Quítale la ropa y lo entenderás. Es un hombre que ha elegido convertirse en una mujer. Es algo corriente en las tribus del oeste.

Jacques seguía dándole vueltas, pero Helena ya no lo escuchaba. Consiguió comunicarse con el berdache mediante el lenguaje de los signos comunes a todos los indios. El berdache le explicó que los suyos se disponían a viajar al norte, en busca de bisontes. Por esa razón, bailaban una segunda vez en honor al Sol. Él no participaba en las ceremonias. La visión de la sangre de los jóvenes iniciados le repugnaba.

Enfadado y curioso a la vez, Jacques asistía a ese extraño diálogo silencioso, y no podía evitar sentir admiración por Helena. Pocos guías poseían sus conocimientos. Ninguno lo igualaba en la caza ni tenía su habilidad para montar a caballo. Helena acarició la mejilla del sioux, después le puso alrededor del cuello su collar de *wampums*.

—Es para ti, para que te acuerdes de nosotros. Venga, ahora vuelve con los tuyos y reza al Gran Espíritu.

El berdache le cogió las manos y se las llevó a los labios antes de desaparecer.

—¡Pongámonos en marcha hacia México! —exclamó Helena.

---

8. Literalmente, «hombre de misterio» y «hombre de hierbas».

49

Algunos días más tarde, Helena y Jacques volvieron a dirigirse hacia los montes Sacramento. Después de haber cruzado el Red River, llegaron a Estacado, que, desde Nuevo México a Texas, era el paraíso de los buitres, de los crótalos y de los comanches. La meseta alta era un desierto apenas más poblado que la estepa siberiana. Los misioneros católicos se aventuraban sin éxito. Los renegados mexicanos, los fuera de la ley y los desertores acudían allí después de cometer sus crímenes. También había algunos valientes colonos que intentaban establecerse en esa tierra ingrata y que luchaban con armas desiguales contra todos esos feroces adversarios.

Los colonos que habitaban las orillas del río Pecos, al sur de Fort Summer, no habían tenido tiempo para echar raíces en ninguna parte. Con el dedo en el gatillo del fusil, Helena y Jacques se acercaron a los restos calcinados de las dos carretas de conestoga. Se pusieron en posición e inspeccionaron los alrededores para arrodillarse cerca del primer cadáver, cuyo camino hacía el río había detenido en seco una flecha con plumas negras y blancas.

—Comanches —dijo Jacques rompiendo la flecha clavada en la espalda del muerto.

Después escrutó el cielo, en el que daban vueltas las rapaces.

—Esos asquerosos siguen volando alto.

Que los pájaros tardaran en devorar a los muertos era una señal de peligro.

—Esos perros rabiosos siguen por aquí… Larguémonos. Hay que cruzar lo más rápido posible el Pecos y poner un día de viaje entre ellos y nosotros.

—Démonos prisa.

—Y esos malditos tienen fusiles —añadió Jacques al reparar en los impactos de bala.

Helena revisó el lugar y su corazón se rompió al ver a mujeres y niños degollados; había hombres cortados en pedazos. Tres familias habían sido masacradas, al parecer sin haber podido defenderse, sin duda, sorprendidas al amanecer.

—¡Vámonos! —dijo, conmocionada.

Cuando alcanzaron la otra orilla, cabalgaron al galope. Después de recorrer menos de un kilómetro, se detuvieron en la cima de una pequeña colina. De un vistazo, Jacques reconoció la cadena rosácea de Sacramento, que recortaba el horizonte. No gastó tiempo en informar a Helena. Su ojo captó el movimiento de varios caballos.

—Los comanches —dijo sordamente.

Los indios hicieron una aparición fugaz. Un pliegue del terreno se los tragó. Helena cogió su fusil.

—Nos están rodeando —continuó Jacques buscando una salida.

Era posible. Helena conocía muy bien las tácticas que utilizaban los indios. Los esperarían en una curva del camino o se les echarían encima de repente.

—¡Esos demonios no nos dejarán en paz! —exclamó Jacques.

—Tenemos dos posibilidades —dijo Helena—: buscar un sitio elevado y vigilarlos, o dirigirnos a rienda suelta al paso de Carizozo, del que me hablaste ayer. Aunque tal vez sea eso lo que esperan que hagamos. Probablemente, un segundo grupo haya preparado una emboscada allí.

—Entonces, sigamos adelante.

Helena tomó la delantera y dejó que la bestia fuera tranquilamente al trote. Doscientos metros la separaban del lugar en el que se habían volatilizado los pieles rojas. Un poco retirado, Jacques la cubría con su arma. Ella llegó al punto crucial. Nadie apareció en el barranco.

El silencio tan sólo se rompió por el grito ronco de un pájaro. ¿Alguien los observaba? Helena no sintió nada particular. Continuó hacia una cresta invadida por una vegetación tupida.

De repente, la asaltó un pensamiento. Algo acababa de modificar el equilibrio natural del paisaje. Observó a su izquierda que las hojas se agitaban, y oyó un ligero ruido. Con un rápido movimiento de muñeca, se colocó el cañón del arma sobre su brazo izquierdo y disparó.

Oyó un estertor, y un guerrero comanche cayó entre las ramas.

—¡Bonito disparo! —gritó Jacques, que disparó a su vez sobre un indio que se lanzó al galope.

El indio rodó por el suelo. Inmediatamente, el aire se llenó de gritos y de silbidos. Unas flechas cruzaron el aire y pasaron por encima de sus cabezas, que se agacharon sobre sus monturas.

—¡Carguemos contra ellos! —gritó Helena.

—¿Qué? ¡Estás loca!

—¡Carguemos y sorprendámoslos! —dijo ella cogiendo el colt. Dio media vuelta y esquivó las flechas pegándose al caballo. Los indios dudaron, desorientados por ese loco ataque. Tres de ellos cayeron bajo las balas. Helena y Jacques vaciaron los tambores, gritando y provocando la huida de los indios. Embriagados por las detonaciones y los gritos, uno junto al otro, continuaron con su embestida.

—¡Hemos podido con ellos!

Oyeron los silbidos de las balas, pero los comanches se habían rendido.

—¡Tenemos que recargar nuestras armas! —dijo Jacques.

—¡No te detengas!

Helena espoleó violentamente a su caballo. Jacques azotó el lomo del suyo con las riendas. Tuvieron la impresión de volar por encima del suelo. Ante ellos, los árboles se apartaban a toda velocidad, las gargantas se abrían y las colinas aumentaban de tamaño. Su supervivencia dependía de la resistencia de sus bestias.

La noche cayó. El crepúsculo envolvió los acantilados cincelados. Helena y Jacques, de pie sobre los estribos, aguzaban el oído. Parecía que se habían librado, pero Jacques no estaba del todo seguro.

211

—No estamos en una buena posición. Nos hemos adentrado en un territorio donde abundan cosas peores. Sí, preciosa, detrás de ti has dejado a los comanches, y delante, a las bandas de mexicanos. Esos tipos son unos verdaderos chacales. Matarían a su padre y a su madre por un dólar. Nos dirigimos hacia ellos, eso está claro. Tendremos que contar con algo de suerte para salir airosos. Podemos llegar al río Hondo. Más allá, está la civilización, según dicen.

Helena deseaba que fuera verdad. Estaba lista para enfrentarse a los bandidos mexicanos. Si uno de ellos se atusaba el bigote, ella no dudaría en arreglárselo a balazos.

La noche ganó terreno rápidamente. Los comanches seguían sin dar señales. Los caballos descansaban, y Jacques se había ido a explorar río arriba.

Agazapada en la maleza donde zumbaban miles de pájaros, Helena miraba fijamente los oscuros matorrales que bordeaban la otra orilla. Escrutaba la noche en vano. Como su visibilidad era muy limitada, la joven debía fiarse de sus poderes. ¿Cuánto tiempo hacía que Jacques se había ido?

—¡Suelta el arma, chico!

Se quedó paralizada por el estupor. El hombre que acababa de dirigirse a ella con un fuerte acento mexicano insistió.

—¡Gringo, tu fusil!

No pudo seguirla orden de ese desconocido. Hizo acopio de fuerzas y se lanzó, de repente, al río. Cayó con gran estrépito y acabó su carrera rodando sobre los guijarros. Cuando quiso volver a ponerse en pie y huir al río, un peso enorme la tiró al suelo.

—¡Despreciable gringo!

La sujetaban entre tres. Otros se unieron a ellos. Unos rostros morenos, enmarcados por un pelo asqueroso se inclinaron sobre ella. Eran mexicanos de la peor clase, criminales sin fe ni ley.

—¿Eres testarudo, verdad, gringo?

Ella no respondió, temiendo que su voz la traicionara. El hombre que chapurreaba en inglés parecía el jefe. Su cara estaba picada por minúsculos agujeros, huellas de la viruela, lo que hacía que pareciera más feroz. La empujó hacia delante sin contemplaciones. Los rufianes la siguieron hasta el lugar donde Jacques se debatía entre las manos de varios hombres.

El jefe lo calmó con una bofetada en la mejilla y un puñetazo en el estómago.

—Ahora que eres razonable, ¿podremos discutir, gringo?

Jacques le respondió con una mirada de menosprecio. Lo que le valió un golpe directo en el mentón.

—¡Tú también eres un testarudo! —gruñó el jefe—. ¿Acaso sois familia?

—¡Es mi hijo! —respondió Jacques mientras contemplaba a la pobre Helena en manos de los mexicanos.

—Entonces, dile lo que queremos de vosotros.

—Quieren que nos enrolemos en su banda —dijo Jacques.

Petrificada, Helena se preguntó si lo había entendido bien. Jacques no estaba en situación de bromear:

—Han perdido a unos hombres en Sonora. No creo que podamos negarnos, chico.

—Ya has oído a tu padre. Responde rápido.

Al amenazador ultimátum se unieron los fusiles que, de repente, apuntaban a su pecho.

Ella asintió. Recibieron entre risas su decisión.

—Serás un excelente recluta, gringo. ¿Cómo te llamas?

Desde lo más profundo de la garganta, poniendo voz grave, respondió:

—Alan.

—¿Alan?... ¡No me gusta! Te llamarás Pedro.

212

50

La banda de mexicanos había recorrido la meseta de Edwards, se había aventurado por el camino de San Antonio, donde la milicia de Del Río la había perseguido. Había vuelto a subir al norte, había rodeado Abilene y se había adentrado en los montes Wichita.

Como pistolero pasivo, Helena había sido testigo de ataques y saqueos. La noche del vigesimosexto día de ese periplo por Texas, hombres y bestias, agotados, avanzaban como espectros. A la cola de la fila, durante el día, Helena no albergaba ninguna ilusión sobre su destino, a pesar del oro que escondía en las botas, a pesar del colt y el fusil, a pesar de sus poderes. ¿Cómo podía salir bien parada de tal situación?

Volvía sin cesar a la cuestión.

Su caballo era menos rápido que cuatro de los suyos.

De repente, los vio galopar a toda velocidad: treinta guerreros comanches se acercaban a ellos. No le dio tiempo a reaccionar. Una lanza le atravesó el hombro. El dolor la hizo gritar, y cayó sin fuerza. Tendida sobre el pedregal, pisoteada por los cascos de los caballos, oyó las detonaciones, los gritos, los relinchos; después, la voz de Jacques:

—¡Helena! Señor…

Apenas podía distinguir el rostro de su amigo. Quiso ponerse en pie, pero volvió a caer enseguida, gimiendo.

—No digas nada… Sobre todo no te muevas… Te voy a curar…

Le siguió hablando, pero ella cayó inconsciente.

A veces, tanto los sonidos como el dolor se difuminaban, y sólo quedaba la niebla. Helena había errado por las tinieblas, y había creído que encontraría la luz del otro mundo. Era extraño, el más allá estaba lleno de alemanes… ¿Sería ésa la lengua universal de los muertos?

¿La iban a recibir sus ancestros Von Hahn? La densa niebla seguía presente. El dolor rondaba, volvía y la atenazaba. También se oían esos susurros góticos y los chirridos.

Durante un tiempo infinito, permaneció en ese lugar iluminado. Algunas veces los ancestros se callaban. La impresión de estar en una bodega de barco que olía a salchicha y a pan moreno se hacía más clara. Que un ser incorpóreo pudiera hacer algo así era extraño. Tuvo tanta hambre que abrió los ojos.

Un ángel se inclinaba sobre ella.

—¡Mamá, mamá! ¡Ha abierto los ojos!

El ángel tenía un claro acento de Sajonia. No iba a bordo de un buque, sino en una gigantesca carreta de conestoga.

—¡Helena!

¡Jacques! Jacques estaba allí. Una mujer corpulenta lo acompañaba. El ángel le sujetaba la mano. Otros niños, ruidosos, tomaron al asaltó el lecho en el que descansaba.

«Colonos alemanes… No estoy muerta», pensó.

—Gracias a Dios, has salido de ésta —dijo Jacques sonriendo, y poniéndole un dedo en los labios—. Calla. Todavía estás muy débil. Tu herida tiene cinco días, pude vendarte después de la partida de Ignacio y de su banda. Esos perros nos abandonaron en el desierto con los cadáveres de dos de los suyos y una quincena de comanches. Estarías muerta si los Kunert no hubieran tenido la brillante idea de acortar por el desierto.

Helena miró agradecida a esa mujer que exhalaba bondad y salud. La señora Kunert le enjugaba la frente con un pañuelo.

—Yo…

—Descanse —dijo la mujer antes de echar del lugar sus hijos.

—Tengo hambre —acabó diciendo Helena.

Se estremeció. Se le había despertado el dolor en el hombro. Jacques rio a carcajadas. Su Helena estaba vivita y coleando.

—¡Te has ganado un buen tazón de caldo de buey!

Había tomado caldos, potajes y sopas de pollo. El día que pudo ponerse a caminar, se veía la ciudad de Austin.

La frontera mexicana estaba ahora muy cerca, pero Helena ya no quería ir a ese país. No podía renovar su aventura. No cruzaría Río Grande.

—¿Y qué pasa con México? ¡Allí está todo por hacer! —dijo Jacques, que había intentado convencerla de que lo acompañara.

—Sólo ha sido un sueño —respondió ella—. Estoy decidida a abandonar América.

Helena sentía que había pasado página.

—¿Y dónde irás?

—A Inglaterra o a Italia...

—¿Con qué dinero?

—Con éste —dijo ella a la vez que se quitaba una de las botas y después un grueso calcetín de lana.

Llevaba atada a la rodilla y al tobillo una espinillera con varios bolsillos. Cortó una costura y salieron una decena de monedas de oro canadienses.

—Tengo setenta y dos en total en los bolsillos cosidos —dijo ella volviendo a utilizar el cuchillo—. Treinta y seis son para ti.

—Yo... no puedo aceptar...

—¿Y cómo vas a conseguir un caballo?

La idea de no volver a verla lo desgarraba. Pero tampoco tenía fuerzas para empezar una nueva vida en el viejo continente.

Helena se sentía también conmovida, pero su mente estaba ya en otro sitio.

Llevaban tres meses viviendo juntos. Nunca olvidaría a ese hombre valeroso que le había salvado la vida. Contó el oro e hizo dos montones.

—Cógelo. Voy a escribir a mi padre, me enviará más.

—Gracias... ¿Qué va a ser de mí sin ti? —preguntó él con un nudo en la garganta.

—Abrirás un restaurante y te casarás con una viuda rica.

—¿Has visto eso en mi futuro?

—Sí... Mientras tanto, ¿qué vas a hacer?

—No sé..., volveré al norte.

—Eres un hombre de honor, Jacques Frasters Lemail.

—Y tú, una mujer excepcional, Helena Petrovna Blavatski.

215

Por primera vez, Helena lo miró con una ternura amorosa. Se sentía conmovida hasta lo más hondo por sus palabras. Él notó que su mirada lo penetraba y volvió la cabeza, perdiéndose en un horizonte que no alcanzarían nunca juntos. Nada se había cumplido y todo iba a deshacerse. Se sintió roto. Cuando se volvió, ella estaba desvistiéndose, sonriendo con tranquilidad. Helena no le quitaba los ojos de encima. Él apenas se estremeció. Ella le tendió la mano y él la agarró brutalmente por la cintura, quemando sus labios con los suyos con un grito apenas ahogado. Ese primer abrazo y esa última noche durarían una eternidad. No obstante, sería tan efímera e intrascendente como una estrella fugaz.

Cuando se levantaron, el amanecer alejó los reproches. Después de comprar caballos, se separaron en el puente que cruzaba el río Trinity. Jacques tomó el camino a Huntsville. Helena se fue en dirección contraria. No se volvieron en ningún momento.

El 16 de enero de 1852, Helena se embarcó a bordo de un vapor que partía hacia Bristol. Regresaba a Europa y se acercaba a su pasado. Helena quería volver a ver a su padre.

51

*L*os cañones atronaban desde hacía horas. Los artilleros del Zar bombardeaban concienzudamente sus objetivos. En el horizonte, ardían dos pueblos. Una fortaleza de madera en las que los disparos habían hecho mella soportaba los repetidos asaltos del régimen de Karanov. Había ya doscientos muertos en el bando ruso, en ese lugar descollado y sacudido por el cierzo. Y no era más que el principio. El asalto de esa fortificación era crucial para ganar la batalla. No obstante, el desenlace del combate tendría lugar en la llanura a la que acudían sin cesar los temibles kalmuks.

«¡Qué carnicería!», pensó el coronel Von Hahn al ver cargar a los terribles guerreros azuzados por sus jefes.

Los enemigos caían a decenas abatidos por la metralla, pero otros ocupaban su lugar, levantaban las banderas, corrían hacia las filas rusas y acababan también muriendo. Los batallones de Su Majestad disparaban a bocajarro sin poder ralentizar el asalto. El aire vibró con un gran grito: «¡Por Dios y por el Zar!», pero no consiguió que los kalmuks recularan. El clarín lanzó cuatro notas claras desde el bando del Estado Mayor, para dar inicio a la tercera fase de la batalla. Von Hahn lanzó a sus tropas.

—¡Adelante!

Sus capitanes repitieron la orden. Los caballos resoplaron como en los desfiles de las bellas avenidas de San Petersburgo, caminando solemnemente con paso firme hacia la muerte.

La víspera, los kalmuks habían vencido a un regimiento de élite moscovita. Von Hahn intentaba evaluar la amplitud de la masacre. Por todas partes había hombres ensartados, eviscerados, luchando por una parcela de tierra, un pedazo de bandera o por el honor de acabar con un oficial.

—¡Cargad! —gritó de repente Von Hahn.

Un proyectil agujereó la fila de hombres que había ante él y explotó esparciendo un ramillete de carnes y de uniformes. Se acostó sobre el lomo de su alazán. Un kalmuk apuntó con su lanza hacia él. Von Hahn hizo que su caballo se desviara. La lanza tocó su pierna cuando él azotaba el aire con su sable antes de cortarle el cuello a su adversario. No tuvo tiempo de verlo caer. Una hoja apareció y se le clavó en el hombro. Desconcertado, Von Hahn soltó las riendas y cayó hacia atrás. Sintió el frío de la nieve y el calor de la herida, vio a un coloso de grueso bigote erigirse sobre él con un hacha de doble hoja entre las manos.

«¡Levántate! ¡Levántate!»

Era la voz de su querida Helena, que le ordenaba reaccionar. No le pareció extraño. Sabía que los moribundos disfrutaban del privilegio de oír a sus seres cercanos, entrar en contacto con ellos justo antes del final. El kalmuk levantó el hacha por encima de su cabeza.

«¡Padre! ¡Acéptame en ti!»

Algo ocurrió. Lleno de una nueva fuerza, sintió que tenía que rodar sobre un lado y apoderarse de su sable. El hacha se hundió en la nieve. Von Hahn se volvió a poner de pie. No comprendía a que se debía esa nueva y repentina fuerza. ¡Su hija estaba en él! Su brazo ya no le pertenecía. Helena luchaba en su lugar. El sable cortó el pecho del adversario, y después la cadera. Von Hahn se había salvado.

—¡Helena, mi querida hija! ¿Dónde estás? —exclamó en medio de la batalla, en la que los rusos estaban tomando ventaja.

Helena oyó la voz de su padre, tan lejos, su querido padre, al que acababa de salvar. La joven se pasó los dedos por los rizos enredados y cayó en su cama, empapada en sudor, asustada por la experiencia que no había provocado. Desde que había vuelto a Inglaterra, sus poderes habían aumentado, pero no podía controlarlos. Se echó a llorar.

«Papá, papá, te echo de menos.»

Se secó sus grandes ojos grises. Tenía que encontrar a su padre lo antes posible. «Antes de primavera», se dijo… Sí, antes de la renovación de la tierra.

La niebla cubría la ciudad desde hacía varios días. Londres estaba triste y gris. La oscuridad revestía los edificios, el frío imponía el silencio. Nadie caminaba por la calle. Abrazados, Helena y su padre contemplaban el Crystal Palace, la joya de la Exposición Universal de 1851, que ahora estaba desierta.

Recuperado de sus terribles heridas de guerra, el coronel Von Hahn disfrutaba de Londres con su hija. ¡Qué feliz estaba Helena por poder ver a su tan amado padre! Superados los nervios iniciales, ambos vivían una inmensa celebración. Se sentían muy felices por reencontrarse.

Von Hahn agarraba firmemente a su hija de la mano, como si temiera que se la tragaran la escarcha y las sombras que se deslizaban a su alrededor. Londres no era una ciudad segura, en ella se cometían crímenes abominables. No debería haberse sentido inquieto. Helena sabía defenderse. Había vivido aventuras; conocía su coraje y madurez a través de sus escasas cartas. Había visto cómo su escritura perdía los trazos redondeados y caracoleados y las florituras de la infancia. Había pasado de una caligrafía torpe y aplicada, a correr por las páginas, con unos trazos inclinados e imbuidos de una fuerza excepcional. Su hijita de cabellos rubios se había convertido en una joven esbelta que caminaba a paso seguro. Sus ojos de un gris profundo le devolvían siempre una mirada insondable y enigmática, inquietante en ocasiones.

Helena había entrado de nuevo en su vida; parecía que sólo se había marchado de su lado una hora antes. El día en que se habían vuelto a ver, no llevaba ni sombrero ni guantes, sólo un simple abrigo de gruesa lana oscura. Nadie habría dicho que había recorrido la mitad del mundo. Esa sencillez había tranquilizado a Von Hahn. En un arrebato caluroso, la había besado, la había levantado del suelo, la había abrazado. Era su hija, su niña, su amor. Helena se sentía protegida, y después, la locura de su padre se había apoderado de ella también. La recepción había estado a la altura de su sinrazón. Más de cuatrocientos invitados se habían apresurado a reunirse en torno a la aventurera con la complicidad del embajador. La Policía del Zar seguía buscando a Helena, y su esposo, el general Nicéphore Blavatski, ofrecía recompensas cada vez más elevadas a los que se la devolvieran.

No se había preocupado de la voluntad imperial ni de las vivas reivindicaciones del marido herido en su orgullo. Helena había tenido en vilo al espléndido auditorio formado por nobles ingleses y rusos mientras explicaba su extraordinario periplo por América. Más tarde, en los apartamentos privados del embajador, se había confiado a los íntimos del presidente, hablándoles de la miseria humana que había visto y de los sufrimientos que le había supuesto su evasión. Tuvo la sensación de que toda esa gente la amaba y la respaldaba. Había vuelto a ver a Jezabel, que se había casado y esperaba su primer hijo. Helena le dijo que siempre la querría como a una hermana, pero lo cierto es que el vasto mundo las alejaba.

Sin embargo, Helena soñaba con un nuevo viaje. Mientras esperaba que concluyeran sus maletas, leía y paseaba, vagabundeando

219

por la ciudad, sin utilizar sus poderes paranormales. Eso era muy difícil. Era demasiado sensible al más allá, y su imaginación exacerbada mantenía vivo el fuego de sus dones. Erraba a paso lento por las plazas y los palacios velados por la bruma, vigilando por el rabillo del ojo a las estatuas, que parecían a punto de cobrar vida. A veces, sus pasos la conducían hasta la residencia de Windsor, ante la cual no podía evitar pensar en la joven reina Victoria. Entonces, la embargaba la tristeza y se sentía helada ante la idea de la extrema soledad de la soberana. A pesar de su amor por Alberto, a pesar de los honores, la riqueza, los cortejos gloriosos, la devoción de sus damas de honor, lady Douro y miss Dawson, Victoria no tenía derecho a la felicidad.

Era el precio que había que pagar cuando se estaba a la cabeza de un país. Una sola vez, Helena la había visto en su carroza, con el rostro pálido sobre un fondo de terciopelo rojo. En esa ocasión, sintió todo el peso de la fatalidad engendrada por el poder.

El mismo poder desesperadamente frío se desprendía del Crystal Palace.

—Vámonos, padre. Este edificio me pone de mal humor.

—¿No te parece maravilloso?

—Refleja demasiado el alma de la reina Victoria.

—Simboliza el triunfo de Inglaterra y la joya del nuevo reino. Te aconsejo que te muerdas la lengua si no quieres provocar un incidente diplomático. Para nuestro zar, Victoria es sagrada. Haz tuyos los versos de Tennyson, y ganaremos en tranquilidad:

> Su corazón era puro, su vida serena,
> Dios le había dado la paz, su país descansaba.
> En ella se encontraban mil razones
> para reverenciarla como madre, esposa y reina.

—Oírte decir semejantes tonterías me deja desolada, padre. Toda Europa sabe que la pobre Victoria está harta de que el insípido de su marido Alberto la deje embarazada. ¡Con treinta y dos años, tiene ya siete hijos! Padece crisis de histeria y trastornos nerviosos. Respecto a la paz, dudo de que Gran Bretaña la respete si tu Nicolás, movido por su Estado Mayor de viejos idiotas, entre los que se cuenta mi marido, sigue mirando de reojo la costa de Crimea.

—¡Señor! ¡Hablar así de nuestro bienamado zar Nicolás! ¿Quieres que nos tengamos que exiliar a Siberia?

—Más vale tener que exiliarse que vivir con deshonor.

Él le tapó la mano con la boca y la apretó contra él.

—Cállate, hijita… Tienes toda la razón, pero, por piedad, no proclames a voz en grito la verdad.

—Me pides demasiado…

—Sólo el tiempo justo para poder oír latir tu corazón, por favor.

—Padre…

—Por favor.

Helena se calló. Von Hahn cerró los ojos y respiró el perfume delicado de los cabellos de su hija rebelde. Se acordó de los tiempos felices en Yekaterinoslav, los momentos que había vivido junto a su esposa, que murió demasiado pronto, la familia reunida y feliz ante la chimenea o en los campos en flor. Le habría gustado tener el poder para volver el tiempo atrás. El rugido lejano de los engranajes de la gran rueda del destino que provocaría un día su destrucción había turbado la felicidad de estar con su hija. La apretó todavía más fuerte contra él para escapar de ese oscuro pensamiento. Recordaba las epidemias que habían golpeado al pueblo ruso, el infierno de las batallas, a los turcos y a los kalmuks muertos a miles, los pueblos devastados, las cosechas quemadas. Él había estado a punto de morir varias veces en la conquista de algunas hectáreas de colina y de partes del río, en sus cargas imprudentes de caballería, en el asalto de reductos y de fuertes sin nombre. Sus pensamientos acababan volviendo siempre a Helena, en busca de una dulce y benévola protección. Algunas veces, tenía la impresión de que cabalgaba a su lado, envueltos ambos en un aura luminosa. Entonces, él se volvía invencible.

221

Ella también había estado a punto de morir cien veces, pero era ahora cuando tomaba conciencia de los peligros que había corrido y que había afrontado con coraje.

—Helena, prométeme que no volverás a arriesgar tu vida.

No le respondió. No podía cumplir esa promesa. Su padre lo entendió. Le levantó el mentón y se perdió en el lago de plata de su mirada. La vida no tenía precio. En ese momento, el amor estaba en todas partes, y sobre todo en el corazón de su hija, cuyos latidos estaba oyendo.

—Prométemelo —insistió él.

—He oído algo —dijo ella, apartándose.

—¿El qué?

—Parecía un grito en el Crystal Palace.

—¿Un grito?

Helena se concentró, pero no captó nada más. Ignoraba que había tenido una premonición. Ese grito era el de la primera víctima del fuego que iba a devastar el Palace algunos años después. Von Hahn creyó que se lo había inventado, pero tampoco se lo reprochó. No obstante, era tenaz y quería preservarla a todo precio de la violencia del mundo.

—Helena, vuelve con nosotros. Arreglaré tu situación.

Ella suspiró. Él le hablaría de su hermana, de sus tías y de sus primos, de los lazos que unían a las familias, de la tierra querida de los ancestros. No deseaba oír esas cosas.

—No estoy preparada para volver. Me perdería para siempre si volviera. No estoy hecha para ser esposa o madre.

—Pero tendrás que volver a casarte algún día con un hombre más joven para fundar tu propia familia.

—¡Jamás!

—Helena, me haces daño.

—Padre, ¡he cambiado mucho! Veo la vida de otro modo. Ya no soy una niña, y todavía menos una futura viuda a la que casar. Sí, he cambiado por completo. Tengo más capacidad de videncia, estoy más segura de mí misma, veo profundamente en las almas de los demás, y me asustan. Tal vez nací para ayudar a mi manera, aunque todavía no sé cuál es el camino que me llevará a conseguir ese ideal. Sí, lo sé, puede parecer tan infantil como las historias que escribía mamá, pero lo creo sinceramente. Al inicio de mi viaje, cuando desembarqué en Estambul, no pensaba huir. Después, tuve una revelación en Egipto, experiencias espirituales en Francia y en Inglaterra, viví con los indios. He vivido horrores y alegrías, he perfeccionado mis poderes ante los peligros… Mis poderes, padre… Los que tanto asustaban a nuestros criados y que asombraban a mis amigas. Quiero seguir por esta vía sin tener que cargar con un esposo o envejecer en el seno de nuestra familia. ¿Quieres verme marchitar?

—¿Qué piensas hacer?

—Todavía no lo sé…, pero ha llegado el momento. Alguien me enseñará el camino.

—¿Qué quieres decir?

—No puedo darte ninguna explicación racional. Tengo que ir a buscar a *Dick*.

¡*Dick*! ¿Qué demonios pintaba ese *Dick* en esta historia? Pero *Dick* no era una persona, sino un perro salvaje. Von Hahn suspiró.

Sin ninguna duda, su hija acababa de tener una de sus malditas premoniciones que, en otro tiempo, la hacían incontrolable. Ese abominable perro negro debía de tener alguna relación con el futuro de Helena.

La vio alejarse en la niebla sin ni siquiera intentar alcanzarla.

—No has cambiado, digas lo que digas —murmuró—. Sigues siendo la Sedmitchka.

52

El Anciano estaba desnudo, sentado en la nieve en la postura del loto. No sentía frío ni temía el fuego. Cuando era muy joven, había aprendido a resistir el dolor en las escuelas de magia tibetana. Con el tiempo, se había convertido en un maestro incuestionable y temido. Servía a Buda, pero se decía que prefería invocar a los demonios.

Ya nadie lo llamaba por su nombre. Para los peregrinos y los monjes del Tíbet, era el Anciano de la Montaña.

Se puso a mirar el horizonte hacia occidente. Se estaban formando unas nubes. Se agruparon. Un cincel invisible las esculpió creando una silueta femenina.

El Anciano proyectó su pensamiento hacia el oeste.

«Mi enemiga.»

Su enemiga era una joven con grandes poderes. Muchos horóscopos habían predicho su llegada a ese mundo. Había nacido en Rusia, y todavía no conocía su misión: derrocar las grandes religiones para fundirlas en una sola.

Él defendería a Buda.

Esa mujer debía morir y no volver a reencarnarse nunca más.

53

*D*ick le tiraba del brazo con una fuerza prodigiosa. El dogo negro tenía un pedigrí irreprochable. Había salido directamente de las perreras de lord Henry John Temple Palmerston. En cuanto lo vio, supo que debía comprarlo. No era un perro común. Sentía las entidades del otro mundo. No le gustaba particularmente, pero *Dick* se había impuesto a ella con el primer y último ladrido.

Después, se había callado. Parecía un animal infernal en busca de un alma a la que devorar. Buscaba, resoplaba y guiaba a su dueña por toda la ciudad. Helena estaba segura de que *Dick* la iba a conducir al «lugar idóneo». Lo atraían los fuegos débiles que encendían los pobres para cocinar sus parcos guisos.

A esa hora avanzada de la tarde, no se desvió hacia las fogatas que apestaban las calles, y se dirigió hacia el observatorio de Greenwich. La cúpula del monumento relucía débilmente envuelta por un aura de grisalla, y ejercía una extraña fascinación sobre los paseantes.

El perro tiró con fuerza, la obligó a correr, rodeó el observatorio y se adentró en los jardines. La niebla era cada vez más densa.

—¡*Dick, Dick!* ¡Detente!

El dogo no la escuchó. Siguió avanzando hacia un bosquecillo. Las ramas fustigaron el rostro de Helena. El perro tiró todavía más de la correa. Llegaron a un sendero y volvieron a ver luz. Bajo el sol que penetraba por encima de los árboles desnudos, había un grupo de personas engalanadas. *Dick* no fue más lejos. Se sentó sobre las patas traseras y se puso a lloriquear débilmente.

La escena era sobrecogedora. Helena creyó que estaba soñando, su corazón latía a toda prisa. Los seres que tenía delante de ella estaban cubiertos de piedras preciosas. Hablaban con animación. Pensó en los príncipes de Oriente. Había visto a alguno en los palacios de su infancia. Su abuelo recibía a los embajadores chinos y siameses que estaban de viaje a la capital. No eran chinos, sino indios, mucho más ricos que los que frecuentaban las calles de Londres.

Dejaron de hablar y la contemplaron. En ese momento, Helena vio llegar a un oficial británico acompañado de dos soldados. Con las maneras propias de un marino, con el rostro surcado de arrugas, el mentón voluntarioso y la mirada altiva, llevaba el uniforme de gala y las dos condecoraciones que lo clasificaban como noble: la azul de la muy ilustre Orden de San Patricio y el carmesí de la muy honorable Orden del Bain. Sin embargo, parecía inconsistente comparado con otro personaje cuya aura deslumbraba. Llevaba rubíes y esmeraldas en los dedos, un collar de diamantes recargado con un cabujón rosa y traslúcido, y, en la frente, se ceñía un turbante de seda roja realzado con una piedra de ocho caras. Gracias a su altura dominaba a todos sus compañeros. Avanzó hacia ella. El oficial inglés les lanzó una mirada severa. El príncipe indio lo ignoró. Se contentó con levantar la mano, con la palma abierta hacia el rostro de Helena.

«Mañana, aquí.»

No había abierto la boca. Sin embargo, Helena había oído su voz con total claridad. Había entrado en ella, y volvió a salir enseguida. Ella permaneció quieta. Ese hombre tenía poderes superiores a los suyos. El aterrador *Dick* se comportaba como un cachorro. Le lamió la mano al indio, y después empezó a frotarse contra ella cuando el grupo se fue. El perro guardián había cumplido su misión. Ahora ya no lo necesitaba.

Esa misma tarde, comunicó a su padre que iba a regalar el perro al embajador Stratov. Von Hahn aceptó. Las noticias de Rusia no eran buenas. Nicéphore Blavatski había solicitado poderes excepcionales para hacer que su esposa volviera al hogar. Había conseguido el aval por escrito de dos ministros: el de Interior y el de Asuntos Exteriores. Habían puesto a su disposición a veinte comisarios y a una buena cantidad de agentes. Helena podía ser detenida en una embajada o secuestrada. Era un buen momento para abandonar Inglaterra una vez más.

225

54

*U*n sol deslumbrante había sucedido a la bruma de la víspera. Como por arte de magia, el Londres gris se había engalanado con oro viejo y transparencias azuladas. Era un día perfecto para los pintores de acuarelas y para los enamorados. Helena se cruzó con personas felices. Ella misma se sentía así. Su noche se había embellecido con sueños mágicos. Había visitado países fabulosos donde los elefantes con corazas de oro se arrodillaban ante los marajás, donde los templos rebosantes de riquezas se extendían a lo largo de hectáreas de jungla, se elevaban en el seno de ciudades gigantescas, pobladas por místicos y fanáticos que adoraban a los dioses y a las diosas de múltiples formas.

El observatorio de Greenwich y la escuela naval se alzaban majestuosos sobre el Támesis y los jardines. Helena no se fijó en ellos. Estaba concentrada y caminaba mecánicamente hacia el lugar de la cita. Una inquietud oscurecía su rostro. ¿Y si todo eso no era más que una ilusión, una pura invención de su cerebro? Tal vez el príncipe desconocido sólo existía en su imaginación. Se tropezó con un peatón y recobró el ánimo.

«Existe», se dijo.

A la vuelta del camino, estaba allí, magnífico con sus ropas de muaré de colores. Él la veía llegar, y la recibió con los versos del poeta indio Bhartrihari:

> ¿Qué actitud tomará un espíritu vigoroso hacia la vida?
> O llevará un traje magnífico,
> o ropas de mendigo;
> en su mano tomará a una joven
> o un rosario sumergido en las aguas del Ganges.

ϒ

Mientras la esperaba, jugaba con las cuentas de un rosario sumergido en las aguas del Ganges, pero no era un mendigo, pues había renunciado a vivir como un shivaita.

—Me alegra que haya venido, señora Blavatski.

—¿Conoce mi nombre?

—Sé muchas cosas. Me llamo Kut Humi Lal Sing. Pertenezco a la secta de Baha dur Shah II, emperador de Delhi.

Tenía una voz tranquila y cantarina. Era el digno representante de su soberano. ¡Baha dur Shah II! Helena estaba impresionada. Su visita a Inglaterra era el tema de portada de los periódicos. Todo el mundo en Londres hablaba sin cesar de la visita del emperador, de sus marajás y de los suntuosos regalos que le había hecho a la reina Victoria.

La corte colmaba de atenciones al soberano mongol. De él dependía el futuro de la India y de los intereses británicos en esa parte del mundo. Ejercía una gran influencia sobre los temibles cipayos enrolados en el ejército inglés. El ejército de Su Graciosa Majestad no podía permitirse el lujo de una revuelta en sus filas después de la difícil campaña militar contra los sijs del Punjab.

—He venido a Londres para conocerla —añadió él como si fuera lo más natural del mundo.

—¿Conocerme?

Helena estaba pasmada. En sus ojos, abiertos de par en par, se leía su incomprensión. El hombre tenía una belleza mágica: una mirada negra y profunda, una nariz corta y recta, una boca con labios perfilados cuya feminidad estaba atenuada por una barba negra rizada. Esa noble cabeza reposaba sobre un cuerpo de atleta. Le dio tiempo para recuperarse de su sorpresa.

—Nunca lo había visto antes —dijo ella.

—¿Está usted completamente segura de que nuestros caminos no se han cruzado ya en circunstancias misteriosas? Ocurrió en Rusia, cuando usted era una niña. Yo recorría el mundo cuando noté una llamada poderosa. Era usted, llamándome a su pesar en aquel momento, y mi doble intemporal se apareció varias veces en el castillo de su abuelo. Recuérdelo. Pertenecemos a la misma raza, Helena, recuérdelo.

Le transmitió unas imágenes antiguas, y ella volvió a verse una pequeña niña temeraria que exploraba los sótanos del castillo entre los fantasmas. Él era uno de ellos, pálido y luminiscente, diferente a los demás. En aquel momento, no entendió que no era un aparecido.

—Ahora recuerdo.

—Formamos una cadena en torno al mundo y cada vez somos menos numerosos. Hoy he venido a hablar a Helena Petrovna Bla-

227

vatski para despertar su espíritu. Anubis te puso cara a cara ante la muerte. Voy a mostrarte el camino de la vida.

Se oyó un ruido de pasos en el sendero. Un hombre con levita pasó a su lado y se detuvo cerca de ellos.

—Nos vigila —dijo Kut Humi.

—¿Sí?

En un momento de pasión casi la había tuteado, pero volvió a retomar el usted.

—A usted particularmente. Su zar tiene medios, y su amistad con la reina de Inglaterra facilita las cosas. Los hombres del gobernador general, lord Dalhousie, la perseguirán por todo el Imperio británico, y tampoco es fácil entrar en el Tíbet.

—¡En el Tíbet! Pero si es el sitio más apartado del planeta. Un occidental nunca ha conseguido entrar en el reino de Buda.

—Ya he avisado a unos hombres. Irá usted hasta Lhassa, donde se revelará ante el mundo. En lo más alto de las nieves eternas está la Vía.

—Nunca he tenido la visión de un camino así. El Tíbet estaba lejos de mis pensamientos, y lo sigue estando.

—Va a ser un viaje muy difícil, mucho más que cualquier cosa que haya vivido hasta ahora. Al cabo de una larga estancia en este país, volverá usted a la India, donde se sumergirá en una sociedad altamente espiritual cuyo objetivo es guiar a los hombres a un plano superior de la conciencia. La muerte la acechará en cada paso que dé, y sus enemigos no serán sólo humanos, Helena.

—¿Por qué tengo que irme tan lejos?

—La verdadera enseñanza está allí, y hay que merecerla. Antes de poder estudiar filosofía, metafísica, magia, medicina y las escrituras sagradas de los maestros Tsen Gnid, Gyud, M'en y Do, tendrá usted que enfrentarse a guerreros, tempestades, bestias salvajes, a brujos *nga gspas*, a hadas asesinas *kandhomas*, a demonios león *sindongmos* y a usted misma. Tendrá a la opinión pública en contra. Cuanto mayores sean sus progresos, más numerosos serán sus enemigos y sus detractores. Sea fuerte física y espiritualmente. Todavía tiene que enfrentarse a lo que vendrá de los mundos demoniacos. Sólo debe tener una única meta: el Tíbet.

Helena miró al hindú con un resplandor desafiante en la mirada. Pensó que el Tíbet no tenía un acceso más difícil que las montañas Rocosas. Era una mujer de acción que amaba el peligro. Estaba segura de que lo conseguiría en menos de seis meses.

—Diez años —corrigió Kut Humi, que leía sus pensamientos.

—Dentro de seis meses estaré en la cima del mundo y hablaré con Buda —replicó ella.

—Dentro de seis meses, una mujer chapoteará en el fango de un río en la frontera nepalí y recordará lo que le he predicho.

—No todo está escrito definitivamente. Se puede influir en el destino.

—Diez años de sufrimientos y de lágrimas. Ése es el precio que hay que pagar para elevarse y purificarse. Como los lamas, tendrá que conocer ciento ocho lagos, ciento ocho montañas y ciento ocho bosques antes de que los sabios la admitan. Tendrá que desprenderse de las cosas terrestres. Llegue hasta lo más lejos en el descubrimiento de la naturaleza, cruce fronteras y acceda al conocimiento, pero no olvide nunca, Helena, que el conocimiento sin amor y el amor sin conocimiento no alcanzan nunca el final. Ahora tenemos que irnos, y, cada uno por nuestro lado, obrar de un modo que armonice este mundo. Ésa es nuestra misión.

—Pero...

—Ya está todo dicho.

—¿Cuándo volveré a verlo?

Kut Humi se fue sin responder. El hombre de la levita le siguió los pasos mirando de reojo a Helena. Un obrero apareció en el camino. Parecía estar interesado en ella. La angustia se apoderó de Helena. Sintió unas ganas locas de huir. Se imaginó perseguida por las Policías secretas de Rusia e Inglaterra, prisionera y cargada de cadenas en un barco, y entregada a Nicéphore en un muelle de Odessa.

Esa opción aterradora la decidió a abandonar Londres lo antes posible. La idea de ir a la India y partir a la conquista del conocimiento se concretaba.

¡Dentro de seis meses, entraría en el Tíbet!

55

*L*os seis meses habían empezado. Helena se había pasado treinta y ocho días en el mar. Treinta y ocho días y treinta y ocho noches en las que había entendido por qué seguía errando, a pesar de las revelaciones de Kut Humi Lal Sing. Había trazado sus planes para el futuro en un continente del que no sabía nada.

Al cabo de ese largo viaje por mar, había admitido que sólo era un instrumento al servicio de una fuerza superior. Pero no era Dios quien la usaba, de eso estaba segura. En secreto, deseaba el final de las grandes religiones monoteístas inventadas, como decía ella, por los hombres para esclavizarse unos a otros. No había compartido sus puntos de vista con sus dos compañeros de fortuna, los aventureros William Brown, filósofo en Liverpool, e Indranath Sagori, un hindú apasionado por la magia y el ocultismo.

—¡Bombay!

El grito entusiasmado de William la sacudió. Para ser filósofo, y además inglés, el señor Brown era excesivamente extrovertido. Helena no había visto aparecer la costa.

—¡Deje de soñar, Helena! Ya tendrá tiempo para eso. Mire esta maravilla que se ofrece a nuestros ojos. La capital del Maharashtra es una perla colocada entre siete islas. No tendrá ocasión de descubrirla bajo un sol igual que éste. ¡Gracias a Dios, la época del monzón ya se ha acabado! No tendremos que soportar las inundaciones. ¿Ve usted cómo tenía razón cuando retrasé nuestra partida una semana? Sabía que llegaríamos con un tiempo ideal… ¡Mire a los parsis en la grava!

William cogió a Helena del brazo. La apresuró y la exasperó. Debería de haber ignorado a «ese amigo» que la había convencido de unirse a él. Ahora dudaba de que pudiera tener sangre fría ante el peligro. Podía sentirlo. Poco a poco había desvelado los secretos de su personalidad.

A pesar de tener la corpulencia de un luchador de feria y una voz estentórea, William era un gran paquidermo febril y cobarde. El quinto día de su travesía, durante un golpe de viento que había sacudido el barco, lo había visto hundirse miserablemente en el puente, y rogar e implorar el auxilio de Dios. Era completamente opuesto a Indranath, en cuya frialdad había algo inquietante. Helena desconfiaba de él.

—Aquí fue encerrada la Trimurti —dijo Indranath con voz tranquila.

El hindú se había acercado a ella hasta rozarle el lóbulo de la oreja con sus labios carnosos. Helena retrocedió violentamente. A menudo, aquel hombre tenía gestos y actitudes que inducían a error. Siempre la miraba por encima del hombro, con los párpados entreabiertos. Esa mirada se filtraba a través de las largas pestañas sedosas y la incomodaba. Sabía que ese hombre falsamente devoto la codiciaba como a una chica de burdel. Como la mayoría de los hindúes, no tenía a las mujeres en muy alta estima.

—¿Qué es la Trimurti? —preguntó ella cuando se repuso.

—Shiva, bajo sus tres formas. Una cabeza enorme con tres caras que representan al dios trascendente, al destructor Bhairava y a la fuerza creadora Shakti. Ya aprenderá a conocer a Shiva en todos sus diferentes aspectos. Él la ayudará. Su cólera cósmica destruye a los demonios, y también es el portador del amor.

Helena se volvió. Ya había oído bastante. No deseaba oír un discurso cuyo único fin era seducirla. Indranath ya le había hablado de amor y de erotismo.

Ahora ya sabía algo sobre Shiva. Indranath se había divertido describiéndole el *lingam* y el *yoni*, el órgano sexual en erección que penetraba el sexo de la mujer elegida. Ese hindú era perverso. Sintió de nuevo su aliento en el cuello. Seguía a su lado.

—Deje de intentar seducirme o de despertar deseo alguno mediante su retorcidas palabras —dijo ella—. Conozco un poco sus costumbres y su extraña religión. No soy una bailarina impúdica del monte Kailasa. Nunca seré Tripurasundari, la diosa del erotismo, ni Gauri, la blanca enamorada, y todavía menos Parvati, la esposa de Shiva. En lugar de eso, más bien debería temer que me convirtiera en Chandi, *la Cruel*, o en Kali, *la Negra*, si usted no me respeta como Durga que soy.

Esa larga réplica sorprendió a Indranath. No pensaba que tuviera tantos conocimientos. ¿Dónde había aprendido esos nombres propios? ¿Cómo había podido recordarlos, cuando la mayoría de los europeos eran incapaces de citar ni uno solo? Ella le había mentido. Sabía lo mismo que él sobre Shiva y Trimurti. Cuanto más la miraba, tanto más le parecía esa Durga detrás de la que se escudaba: Durga, *la Casta*; Durga, *la Inaccesible*; Durga y su tigre, enviados a la Tierra para combatir el mal.

Se separó de repente de ella, como si sintiera los efectos de haberse acercado demasiado al fuego, y la mujer se volvió hacia la proa del navío bajo la mirada perpleja de William.

—¿Qué le ha dicho? Parecía vejado.

—Le he preguntado cuál era la longitud real del *lingam* de Shiva —mintió ella.

—¡Señor!…. ¿Cómo ha podido atreverse? ¿Se da cuenta de la afrenta que le ha hecho ironizando sobre el sexo de ese gran dios?

—¡Oh! Sí.

—Es un chela, Helena, sigue unas enseñanzas religiosas.

—Lo sé: el culto del *yoni*.

—No, no… Se equivoca, no es yogui, no practica el yoga.

—No he dicho yogui, sino *yoni*, con una «n» en lugar de «g»: el sexo femenino. ¿Quiere usted más detalles, querido?

William enrojeció. Bajó torpemente la mirada hacia el vientre de Helena.

—Eso mismo, veo que por fin lo ha entendido. Su *lingam* en mi *yoni* —añadió ella en tono burlón.

—¡Me decepciona usted! —dijo, y se fue también hacia la proa.

Helena estaba, por fin, sola. Podía contemplar tranquilamente el puerto, el inimaginable amontonamiento de palacios, templos, de tinglados y de tugurios, la maraña de mármol y de fango que se superponía de la isla de Mambai a la colina de Malabar. Bombay le hablaba de Ptolomeo, del rajá Bimba, de las hordas de Gujarat, de sultanes, de portugueses e ingleses. Ya le gustaba el jaleo de la ciudad, sus calles amarillas y polvorientas, las miles de velas triangulares que chasqueaban al viento, las barracas carcomidas de los pescadores, humanos arracimados en los muelles, los dioses acariciados por millones de manos.

Encantada por esa visión, respiró profundamente, y su inspiración coincidió con la del mar que levantaba el barco. Durante un breve instante, tuvo la impresión de que esta conjugación del movimiento del océano y de su respiración iba a llevársela mucho más allá de las siete islas, al oscuro país de lo lamas, donde los seres silenciosos y velados esperaban su llegada.

—¡Echad el ancla!

La cadena luchó en la gatera. Un chorro de espuma salpicó el fino estrave del barco. Esa emanación de agua era la señal que esperaba una jauría de embarcaciones con velas y remos. Enseguida rodearon y abordaron el buque de la East India Company. Desde el fondo de las naves repletas de miseria llegaban llamadas lanzadas en todas las lenguas del continente indio (hindi, oriya, telugu, marathi, gondi, badaga, perji) y a veces algunas palabras en inglés. Unos brazos delgados y oscuros agarraron unos cabos lanzados por los marineros.

Helena sintió el corazón en un puño. El casco del barco se había llenado de hombres en harapos o medio desnudos. Uno de ellos, ágil y esquelético, se puso de pie cerca de ella y le dirigió una cándida sonrisa. En la tinta de sus ojos dulces, leyó hambre, esperanza y fe... Él la saludó en bagri, un dialecto indoeuropeo hablado sobre todo en el Punjab, y después chapurreó en inglés:

—*Bagages, lady...*, *bagages*...

—¿No pensará confiar en un bagri? —dijo William.

El dúo insoportable había vuelto. William e Indranath, a los que los marineros de proa habían echado para realizar la maniobra, miraban con desprecio al desgraciado.

—Son ladrones —añadió William—. ¿No es cierto, querido Sagori?

Escarmentado por su anterior conversación con Helena, Indranath siguió siendo prudente.

—Los bagris son descendientes de ladrones que vienen del desierto de Thar.

—Sería mejor que esperara al transbordador —le aconsejó William.

—Voy a confiarle mis maletas —respondió ella—. ¿Vienen ustedes, o debo entender que nuestra asociación se acaba aquí?

—Vamos.

—Tenemos el deber de protegerla. Vamos en la misma dirección. Sin nosotros, no podría usted llegar a la frontera nepalí —dijo orgullosamente William.

Esa réplica hizo sonreír a Helena.

—No esperaba menos de ustedes, señores. Hacen honor a su sexo. Hagan entender a este porteador que lo contratamos y denle el doble de lo que pida.

—Si empieza a gastar su dinero de ese modo, no llegará lejos —observó Indranath—. Estamos en la India, rodeados de millones de necesitados, y no tiene la fortuna de la reina de Inglaterra.

—He dicho el doble —replicó ella—. Digamos que será mi buena acción del día.

Indranath se dirigió al bagri en hindi. El rostro del hombre se iluminó de dicha. Le mostró su agradecimiento a Helena uniendo las manos. Quiso postrarse, pero William se lo impidió de un empujón.

—¡Síguenos!

—¡William! —intervino Helena—. Recuerde las bellas palabras

que les decía a los allegados de la condesa Bagration: «El hombre no debe envilecerse hasta la esclavitud en este mundo, debe ser elevado hasta la dignidad en la vía de Dios».

—Eso era en Londres, no en Bombay. Me dirigía a un auditorio civilizado, no a la escoria de una casta inferior.

—¡Tenga cuidado, William, no me provoque! Le recomiendo que a partir de ahora no trate con desprecio a los indios. Al menos, mientras viajemos juntos. Ese bagri es como nosotros. Tal vez mañana, usted mismo sea un bagri. Hay pocas diferencias entre usted y él, sólo unas cuantas libras esterlinas y la seda de su camisa. Todos pertenecemos a un gran todo. Hemos salido del mismo pensamiento creador en el origen de los tiempos. Ese miserable, según usted, cuya primera preocupación es comer, la segunda es rezar a Kalki, el último *avatara* de Vishnu, es nuestro hermano.

William abrió los ojos de par en par. Esa Blavatski quería darle lecciones. Él la vio serena frente a ese continente rico en prodigios y milagros, versado en la meditación y la violencia. Ignoraba que Helena, alentada por Kut Humi, sentía la presencia de un nuevo maestro.

Alguien la esperaba en las nieves eternas del Himalaya. Estaba en un estado de gracia y permaneció así hasta el momento del desembarco. El tumulto de la marea humana la arrancó a disgusto de su felicidad. Un mercader parsi, con el sombrero lacado negro, parecía el solista de todos esos coros que gritaban y clamaban su pertenencia a una casta, tribu, etnia o religión. En la cima de una pirámide de cajas, supervisaba la descarga de productos manufacturados en Inglaterra.

—¡Señor Brown, señor Brown! —gritó gesticulando.

William le hizo una señal. El mercader se bajó de su observatorio y cayó en medio de inquietantes devotos vadagaleses, marcados con el tridente de Vishnu entre las cejas. Empujó a un imponente guerrero de la casta de los Kshatriyas y evitó con horror a los piojosos mendigos chandalas. Completamente turbado, abordó a Brown y a sus amigos.

—¿Ha visto usted, ha visto? «Comedores de perros», aquí, ¡voy a hacer que los echen!

—¿Qué ocurre? —preguntó Helena.

William eludió la pregunta de Helena haciendo las presentaciones.

—Señor Jījibhoy Tata, señora Helena Petrovna Blavatski.

Pero Tata, el rey del comercio, el condenado amo de los ingleses, apenas se fijó en ella. Toda su atención la acaparaban esos «comedores de perros» que con su sola presencia incomodaban a las personas de las castas altas.

—Malditos sean los chandalas —dijo Indranath—. Esos gusanos

234

no deberían estar en la ciudad. No tienen ningún derecho aquí, ni siquiera pueden beber el agua de los pozos.

—Los compadezco —dijo Helena, que avanzó hacia el asustadizo grupo de hombres, mujeres y niños.

—¿Qué hace? —dijo, inquieto, Tata, el parsi.

—Me temo lo peor —dijo William con un suspiro.

—¡Deténganla! —gritó Tata—. Son intocables.

—Detener a Helena Blavatski, ¿está usted de broma? Ni diez thugs lo conseguirían.

El rico y gordo mercader mostró su desprecio retorciéndose las manos. Debían invitar a esa mujer a su casa. Debían purificarla, aislarla. Hizo el esfuerzo de preguntar si traían noticias del Imperio, para no mirar lo que estaba haciendo con esos excrementos de la humanidad.

Helena había sacado una moneda de plata de su bolsa y se la dio a una madre desnuda que llevaba colgado un antiguo amuleto de cobre grabado con símbolos *brahmis*: un círculo era el sonido *tha*; un anzuelo, el *pa*, y tres puntos en un triángulo significaban *i*. Esa mujer, venida de otra época, estaba cegada por unas cataratas, pero con la precisión de sus movimientos dejaba a las claras la conciencia que tenía del mundo que la rodeaba. Todo su cuerpo se estremeció al contacto de la plata.

Una fortuna.

Más de lo que había acumulado durante los diez años anteriores. No era una rupia, sino que, al menos, valía veinte annas… Todos los chandalas se pusieron a comentar el acontecimiento. Bendijeron a la extranjera, y después se sintieron obligados a retirarse.

Helena percibió su miedo. Se volvió y se dio de bruces contra un oficial inglés, rodeado por cuatro cipayos armados con bastones.

—¿La señora Helena Petrovna Blavatski, supongo?

—Exacto, capitán.

El joven desvergonzado, convencido de su poder, parecía un soldadito de plomo. Su casco de tela, muy echado hacia delante, endurecía sus rasgos y ocultaba su frente y sus pensamientos. A Helena no le impresionaba ni el rojo del uniforme ni el sable adornado con los escudos de armas de una vieja familia, ni siquiera la cruz de plata que había ganado contra los sijs; tampoco las botas lustradas ni la varilla que sujetaba en su mano enguantada de blanco.

—Los servicios de Su Majestad nos habían avisado de su llegada. ¿Quiere usted provocar un alboroto?

—Tan sólo auxilio a los desfavorecidos.

—Si se corre el rumor de que derrocha usted el dinero, serán miles los que vengan a abordarla, y habrá numerosos muertos. ¿Adónde piensa ir?

—¿Y eso qué le puede importar?

—Soy yo quien hace las preguntas, señora. Soy el responsable de la seguridad del territorio de Bombay, y hasta nueva orden, es mi deber velar para que los agitadores, los espías y los aventureros no vengan a perturbar la paz pública.

—¿Y en qué categoría me han clasificado los servicios secretos de Su Graciosa Majestad? —replicó ella.

—Usted es ciudadana rusa. Nuestros dos países codician ciertas regiones en el noroeste de la India. Eso basta para convertirla en sospechosa.

—¿Debo recordarle mis títulos para obligarle a comportarse con más tacto conmigo?

El representante del señor de las Indias, lord Dalhousie, se sonrojó. Dos parpadeos delataron su confusión. Volvió a verse leyendo el informe del ministerio de la Guerra a la luz de la vela. En la página tres, en el párrafo de las observaciones particulares, el título de «princesa», asociado a la poderosa familia de los Dolgoruki, tomó de repente proporciones gigantescas. Desbordó el formato de octavilla del papel amarillento reglamentario.

—Capitán Percy Burke…

Ella no le permitió continuar, decidida a mantener su ventaja.

—¿Es usted pariente del escritor Edmund Burke, que nos dio el excelente ensayo sobre la Revolución francesa?

—Somos del mismo linaje.

—Leo mucho, sabe usted. Mi madre escribía novelas. Yo misma tengo intención de escribir. Por esa razón hago este viaje. Mi libro tratará de los usos y costumbres de los pueblos del norte de la India. Y si mis fuerzas me permiten avanzar más en este largo periplo, iré hasta Sikkim y Bután.

Helena empezaba a engatusar al capitán Burke. No obstante, éste se tiró del bajo de su chaqueta y recuperó su aire marcial. Le preocupaba sobre todo la consideración de sus cipayos y su reputación: debía actuar con seguridad.

—¡Echad a estos intocables! —ordenó cortando el aire con su varilla.

—¡No! —gritó Helena.

Su grito se perdió en el bullicio. Los bastones se abatieron sobre las espaldas y las cabezas. Los soldados lanzaron juramentos en hindi, para expresar su disgusto hacia esos desechos de castas. La población, cuyos atavíos señalaban sus derechos y orígenes, los animaba. Parsis, mongoles, hindúes, santales del Rajmahal vestidos con pieles de pantera, cachemiros con turbantes de Zankar, urdus ligados espiritualmente por la *zaban-e-urdu-e*, la lengua de la Corte Sublime, negros asameses vestidos con preciosas sedas tornasoladas de Eri y de Mugak, bhils, concaneses y sinds estaban unidos por el odio, con los puños en alto y escupiendo sobre los desgraciados maltratados.

Helena estaba horrorizada. Toda la India expresaba su intolerancia y revelaba su violencia. Un anciano recibió un golpe en el cráneo y cayó.

Ella quiso acudir en su auxilio, pero William la agarró por la muñeca.

—Va a conseguir que la masacren.

—¡Déjeme!

—¡En nombre de Dios! Debe tomar conciencia de cómo es este continente.

Helena titubeó. Él la miró directamente a los ojos.

—Aquí no somos nada. Apenas valemos más que los intocables. Si no respeta el sistema de castas concebido por el dios Brahma, y codificado por las leyes de Manu, su futuro en esta tierra está más que comprometido.

—¡Quiere que abandone a esta gente!

—Créame. Mi deseo es que permanezcamos con vida y en la India. Esperemos que las autoridades indias no dirijan una súplica a la Administración inglesa para que la expulsen.

Helena cerró los ojos. No podía hacer nada por esa pobre gente.

El Tíbet, el fin último. «Allí te enfrentarás a tu destino», le susurró de repente una voz. Hacía ese viaje para descubrir los secretos del Himalaya. Debía continuar su camino.

56

William condujo a Helena hasta una calesa. La India no era exactamente como había leído en los libros. El sufrimiento se disimulaba tras las sonrisas. Lo sentía. Intentó comprender a esa muchedumbre mientras cruzaba la ciudad tentacular repleta de vehículos de todo tipo, de miles de mendigos, de ascetas y de devotos, de vacas sagradas y de montones de inmundicias.

Los fuertes olores de orines y de sudores se mezclaban con el de un perfume de alcanfor al que los indígenas llamaban «cerebro de Naga», el olor del incienso tagara acompañaba al tufo de los cadáveres transportados hacia las torres del silencio por los parias, y, por encima, se olían las carnes quemadas por las hogueras. Helena sintió vértigo.

La calesa subía las pendientes del monte Malabar, y pasaron de un mundo caótico a una especie de paraíso al acercarse al sol. Casas decoradas con lujo bordeaban el camino sinuoso. Europeos elegantes se paseaban por los jardines florecidos. No parecían percibir el bullicio de los barrios bajos ni la presencia de miles de cuervos graznando a su alrededor.

—Los cuervos limpian nuestras calles y nuestros jardines, y los buitres limpian las torres del silencio —dijo Indranath señalando al cielo.

Helena levantó la cabeza. Los buitres daban vueltas lentamente alrededor de una *dakhma* con aspecto de torreón. Uno de ellos cayó en picado de repente hacia el suelo, enseguida lo imitaron docenas de ellos y empezaron a despedazar a un muerto. A pesar de la distancia, los viajeros oyeron la terrible batalla de las aves en el interior de la torre, que contenía trescientas sesenta y cinco cavidades y otros tantos cadáveres parsis listos para devorar.

Helena reprimió un escalofrío. Almas atormentadas se escapaban de las torres del silencio.

—Ya hemos llegado —dijo William.

La morada del señor Tata, un vasto edificio achatado de techumbre rosa, dominaba la bahía de Bombay. Más allá de los setos floridos de la avenida que conducía a la escalera de entrada, se extendía un bosque de mangos y de higueras sagradas. Bajo estos últimos árboles, Helena vio unas efigies esculpidas. Buda Gautama alcanzó el despertar bajo una higuera sagrada. El árbol era también el receptáculo de las almas de los difuntos, eso no se le escapaba. No tuvo tiempo de sondear el más allá. Unos servidores de la casta de los shudras esperaban a los visitantes y les hicieron de escolta.

En el umbral, el señor Tata, su esposa y el joven Tata, Jamshedji Nasarwanji, un adolescente de trece años, les desearon la bienvenida. El señor ya no estaba inquieto. Su rostro redondo con doble mentón expresaba una alegría sincera. Se había adelantado a ellos y se había dedicado a realizar abluciones rituales de purificación. Ahora recibía a Helena con los brazos abiertos, siguiendo al pie de la letra el principio de las tres virtudes cardinales zoroástricas: pensamiento puro, buenas palabras, buenas acciones.

—Usted iluminará mi morada —le dijo él.

57

*E*n la casa llena de olores fabulosos, Helena vagabundeaba por todas partes, como un elfo en un reino encantado. Pero, durante toda la noche, el guardián de los espíritus invitado a la mesa del señor Tata no había dejado de estudiarla. Estaba segura de que la occidental era malvada.

En plena noche, Helena se asfixiaba. Las sábanas de la cama estaban impregnadas de una humedad que venía del mar y de los estanques de alrededor. Había acabado durmiéndose a pesar del ardor de estómago producido por las especias y de la sed que la torturaba. Cayó en un sueño extraño cuyo decorado era un templo inmenso con pisos habitados por grandes simios. Desconocía dónde estaba. El templo aparentemente abandonado estaba construido en el seno de una selva exuberante. Una puerta monumental, custodiada por gigantes de piedra con los ojos fuera de sus órbitas, se abría al final de un tramo de cien escalones. Ella no dominaba ese sueño. En contra de su voluntad, empezó a subir la gran escalera. En contra de su voluntad, se adentró en las entrañas oscuras del edificio donde chillaban los simios. Allí los vio.

Los monstruos la esperaban. Rodeaban a una diosa cadavérica. Helena quiso romper los lazos que trababan su voluntad. Gritó. Vio a los demonios de piel verde y roja, cubiertos de ampollas, abalanzarse sobre ella. Ellos la agarraron y la llevaron hasta la diosa.

—Soy Kanya, el poder de los poderes demoniacos, y vas a morir.

—¡No! —gritó Helena.

La diosa hundió la mano en su pecho y buscó el corazón. El dolor era atroz. Helena volvió a gritar, tan fuerte que su alarido llegó hasta los señores que regían su vida. Alguien la sacó fuera del templo y la proyectó fuera de su sueño. Se levantó de la cama. El corazón le dolía. Se tocó el pecho y vio que tenía sangre.

No había sido una simple pesadilla. Así pues, decidió abandonar Bombay al día siguiente.

58

$\mathcal{A}$compañada de Narayan, el guía que había contratado siguiendo los consejos del responsable de los talleres del señor Tata, Helena se adentraba en el país. Se conmovía ante las estatuas que exaltaban la belleza y la armonía, y al mismo tiempo estaba al borde de la desesperanza, la muerte, el mal bajo todas sus formas. Los dioses destructores le pisaban los talones, marcando su camino con sus plagas.

A ella le costaba aceptar la realidad. Eran cientos, miles, los hambrientos y enfermos que veía pasar desde su carro de dos ruedas tirado por un buey. Helena sufría con ellos. Era el receptáculo de todas sus debilidades. No podía ser indiferente a tanta miseria. De camino a Rewa Allahabad, filas ininterrumpidas de mendigos caminaban penosamente en medio del polvo ocre que levantaban sus pies. Parecían avanzar sin objetivo.

—Deja de mirarlos, son unos malvados —le dijo Narayan.

Helena miró con severidad al shudra. ¿Cómo podía hablar así de sus hermanos? ¿Qué era lo que lo diferenciaba tanto de ellos? Él mismo era un niravasita. Pertenecía a la categoría de «exteriores» de su casta y, por ello, era casi un intocable. Niravasita significaba «impuro» y se oponía a aniravasita: «puro».

—Te corromperán —continuó él.

¿De qué le serviría replicar? ¿Qué fuerza tenían las palabras, el sentido común o el humanismo contra las viejas creencias de miles de años de antigüedad, profundamente arraigadas en la propia carne de los adorados dioses? Narayan, su guía, al que pagaba seis annas al día, «vivía dentro de su verdad». Era perfectamente consciente del lugar de cada uno en este mundo, el lugar que Brahma les había otorgado al inicio de los tiempos y para siempre. Miró a los moribundos atascados en los arcenes. Ninguno de ellos reivindicaría un lugar en ese carro. Con total tranquilidad, y mirando el espinazo de la tranquila bestia, continuó recitando el *jap* pasando una a una las ciento ocho cuentas de su rosario.

El desfile de hombres descarnados continuó; sin embargo, se rompió de repente, cuando apareció un imponente cortejo de caballeros y elefantes en el camino de Chitrakut Dham. Una formación de soldados lo precedía, abriéndose camino a golpes de asta y de porra. Hombres, mujeres y niños, agredidos salvajemente, intentaban protegerse.

Huían campo a través y trepaban a los árboles. Un caballero llegó velozmente e hizo que su caballo se encabritara delante del carro.

—¡Hazte a un lado! —dijo en punjabi.

—¿Con qué derecho me hablas así? —replicó Helena en inglés, y se puso de pie.

El caballero observó que llevaba un puñal colgando en la cintura. Frunció el ceño. Narayan estaba aterrorizado.

—Tú, callar —le susurró en voz baja—. Es un Rajput, del clan de los Rathor. Pertenecer a la subcasta de los Kshatriyas.

El caballero del turbante amarillo hizo girar a su caballo. Con una mano sobre el sable, se midió con la extranjera que se atrevía a desafiarlo. Otros caballeros se unieron a él y la tomaron con los pobres diablos refugiados en los campos de mijo, asustándolos con sus caballos. Una mujer se cayó. Los cascos la pisotearon. Helena saltó del carro y corrió hacia la desgraciada. Era demasiado tarde.

—¡Vuelve, no puedes salvarla! —gritó Narayan, sin pensar en la suerte de la mendiga.

Helena se quedó un momento agachada cerca del cadáver desnudo, que tenía la piel cubierta de úlceras llenas de moscas. La India se mostraba una vez más con todo su horror y su barbarie.

Helena se levantó con el puño en alto.

—¡Asesinos! —le espetó al Rajput.

Los guerreros permanecieron impasibles en sus sillas. Se volvieron hacia los que llegaban a lomos de un elefante sobre palanquines cubiertos de seda y bordados.

Un susurro de adoración se elevó de la masa de mendigos. Ninguno de ellos prestó atención a la muerta pisoteada por los caballos. Avanzaron humildemente hasta la fila de caballeros. Helena se sentía disgustada. Se subió en su carro y contempló la majestad que suscitaba tanta admiración.

Un rajá sobre su asiento de oro con palio de seda avanzaba acompañado por sus ministros y sus dignatarios, con plumas y flores sobre sus paquidermos cubiertos de guirnaldas. A continuación, llegaban las trompetas y los tambores de un destacamento de músicos a caballo. Más lejos, caminaban unos bardos con *pagri* blanco. Apareció, después, el elefante real. Conducido por un *cornac* tocado con un monumental turbante, balanceaba a Su Majestad Rajput cubierto por sardónices, topacios, diamantes, jaspes, zafiros y esmeraldas. En los rasgos del rajá estaba grabada una paz enternecedora. No parecía ver a los necesitados en los campos que lo bendecían y lo elevaban hasta las nubes asociándolo con los dioses.

Lentamente, el cortejo se alejó y los guerreros dejaron el paso libre. Todo el mundo volvió a ponerse en marcha. Había algo mejor que el rajá al final del camino: el Ganges. En las miradas brillaba la esperanza. Helena recuperó el ánimo. Esos hombres y mujeres despojados de todo estaban alegres. El río curaría las heridas de sus almas.

El telón malva del cielo cayó sobre la ciudad y oscureció las aguas perezosas del Ganges y de la Yamuna. Un vapor subía de las orillas. Helena estaba bajo el encanto de ese paisaje enigmático. Estaba a orillas del río sagrado, el Ganges, que borraba todos los pecados, cerca de Allahabad, donde había caído la vasija que contenía el líquido de la inmortalidad, nacido del batido de mar de leche. No lejos, estaba Akshya Bata, el tronco mágico del baniano encerrado en la fortaleza de Akbar. Lo que había aprendido en los libros escritos por los eruditos y los viajeros se concretaba ante sus ojos. Pero los libros no describían el asombro de los peregrinos ni la postración ante los sansayis, hombres santos entre los santos, ni a las cohortes de los *nagas sadhus* completamente desnudos y cubiertos de ceniza o excrementos, ni tampoco a los hindúes que se sumergían en las aguas glaucas.

Un grito se elevó sobre sus cabezas. La muchedumbre se agitó. Sólo fue una sacudida. La tempestad llegaría más tarde.

—Cuando fiesta sagrada de Khumbamela empezar —dijo Narayan—, mucha gente morir.

Helena se quedó conmocionada ante la brutal visión de la multitud mística, formada por un millón de personas que se reunían en esas orillas cada doce años, de la desembocadura en los *gaths* y de los débiles que morían en las escaleras aplastados.

—No ir a los *gaths* —dijo el guía adivinando los pensamientos de la fogosa aventurera—. Está prohibido. Te matarán.

Helena asintió a regañadientes. Sería muy difícil entrar en una ciudad llena de fanáticos religiosos y donde reinaba un desorden indescriptible.

—Nosotros dormir allá.

Narayan le señaló una casa construida a la sombra del recinto del fuerte de Akbar. Era un albergue con las paredes agrietadas cuyo nombre, medio desconchado, estaba escrito pomposamente en un rótulo. «Etapa del Royal Sussex», leyó ella. Como en el resto de la India, era un cuchitril en el que estaba garantizado dormir con truhanes y ratas.

—Ocúpate de todo. Pon las maletas a buen recaudo, voy dar una vuelta por la ciudad.

—Yo ir contigo. Demasiado peligroso.

—Tengo con qué defenderme —respondió ella, dándole unas palmaditas al arma que llevaba a la cintura.

—Eso es lo que me da miedo, señorita.

—También puedo defenderte a ti.

—No —dijo él mostrando su rosario—, yo prefiero confiar en dioses.

—Entonces, quédese aquí, es una orden.

—¡Miss!

Cuando Helena se adentró en una callejuela que llevaba al corazón de la vieja ciudad, le lanzó una mirada afligida e inquieta.

59

*L*a visión de esa extranjera que se atrevía a aventurarse sola por la ciudad santa había provocado un maremoto. Un enjambre de mercaderes acosaba a Helena.

—*Salaam, miss, panchanga!* Comprar...

Un astrólogo, más tenaz que los otros, la persiguió durante más de media hora para venderle un horóscopo inspirado por el zodiaco babilónico. Cansada, acabó adquiriendo por seis annas ese *panchanga* increíblemente complicado con sus días lunares, sus veintiochos casas, sus setecientos veinte mediodías lunares, sus jornadas divididas en sesenta *ghatis* de veinticuatro minutos.

De repente, se dio cuenta de que sus pasos la habían conducido a un barrio en ruinas. Había hogueras por aquí y por allá. El suelo estaba cubierto de desechos humanos que gemían y se arrastraban. Eran cuatrocientos o quinientos, desnudos, en los huesos, con los estigmas del hambre en su cara. Pero no había nada que comer en las basuras invadidas por las ratas, siempre más rápidas.

Helena estaba aterrorizada. Dos leprosos acababan de agarrarse a su ropa. Era un hospicio al que iban los supervivientes del cólera y la viruela. Treparon unos sobre los otros para verla mejor y la rodearon. Por todas partes, salían de galerías excavadas bajo la ruinas. Haciendo acopio de valor, Helena se abrió camino ayudándose de los codos y los puños. Su reacción azuzó un odio durante largo tiempo contenido. La agarraron. Enseguida, la hundieron. En un acto reflejo, sacó de su bolsillo unas cuantas moneditas de cobre y las lanzó. Las monedas caídas por el suelo provocaron una tempestad.

Se alzó un griterío. Cayeron piedras a su alrededor, piedras que alcanzaron a los que se habían lanzado al suelo para apoderarse de un *anna*. Una mujer joven con viruela la señaló con el dedo y dijo en hindi:

—Seguro que lleva más dinero encima.

Empujando a un hombre que caminaba con muletas, Helena se echó a correr hacia un estrecho callejón. Los más fuertes la persiguieron. Una verdadera horda furiosa se lanzó por la callejuela que ella había tomado. Los mendigos que estaban allí se unieron a sus hermanos, tendiendo sus muñones hacia ella.

Con la energía del desespero, Helena se dirigió hacia un *narthex* levantado en honor de Panchanana, el señor Shiva de cinco cabezas, lo franqueó soltando un grito y se encontró en la orilla del Ganges, donde bullían los santos, los ascetas y los fieles. El griterío los distrajo de sus plegarias, y mujeres con saris tornasolados se volvieron hacia Helena.

Pudo notar sus miradas cargadas de reproches. Detrás de ella, los gritos cesaron. Los perseguidores no se atrevieron a bajar a los *gaths*.

Las sagradas orillas del río les estaban prohibidas en periodo de fiesta. Ellos contemplaron a la mujer blanca, a partir de ahora inaccesible, después escupieron en su dirección.

No obstante, todavía no se había salvado. Las mujeres de los saris la señalaron con el dedo. Unos *sadhus* se unieron a ellas, con el tridente *trishula* de puntas afiladas en la mano. Vestidos con un paño naranja o un vestido rojo, habían abandonado los desiertos del noroeste para saborear el néctar de inmortalidad mezclado en el río.

Helena temió de nuevo por su vida. Sin embargo, aquella gente se concentró en sus invocaciones a Rama y a Krishna. El agua resplandeciente los invitaba a la más mística de las comuniones. Como ningún hombre parecía pensar en alejar a la extranjera, las mujeres acabaron ignorándola.

Su corazón latió menos rápido. Helena estaba a unos pocos metros del Ganges. Se le hizo un nudo en la garganta. Un cadáver flotaba en la superficie. Descubrió otros dos dando vueltas en la corriente. Hinchada, con las patas levantadas como mástiles sin velas, una vaca se encalló en el último escalón de un *gath*. Entre dos inmersiones, los peregrinos la devolvieron a su lento viaje bajo el cielo rojo.

Helena comprendió que todavía no estaba lista para fundirse con aquella India. La proximidad del río le pareció ilusoria; la ciudad, quimérica; los creyentes, irreales. Había pensado que podría conocerlo todo en seis meses...

«¿Viviré el tiempo suficiente para realizarme en este mundo?», se preguntó.

Durante veinte años, vagaría por las llanuras con su guía, dando vueltas, atravesando ríos sin puente; allí escuadras de soldados ingleses pacificaban las provincias anexionadas. Cuanto más se acercaban a Nepal, más se intensificaban los rumores de revuelta.

Durante las largas horas que pasó caminando, Helena aprendió a adaptar su vida a la de los hindúes. La India entraba poco a poco en ella.

Incrementaba sus poderes de videncia, y, durante las noches, el maestro Kut Humi se le aparecía y le hablaba. Entre ellos, se había abolido la distancia. Sus pensamientos iban del uno al otro a la velocidad de la luz. Le bastaba con cerrar los ojos y evocar al príncipe mongol. Su doble se transportaba allá donde él viviera, a las alturas de una montaña o a una ciudad blanca. Aunque a veces todavía se sublevaba ante las injusticias, intentaba siempre serenarse. Todas las mañanas se levantaba con la misma idea en la cabeza: «Debes canalizar tu energía hacia la verdad oculta y no dejar que la realidad se apodere de ti».

No obstante, ¿dónde iba a buscar la verdad? ¿Dónde la encontraría? ¿En la mirada de Narayan, que creía en Chamunda, la potencia destructora de demonios, y en Janardana, el terror de los hombres, cuyas figuritas de piedra protegían los templos? ¿En la ciudad de Ayodhya, donde había buscado en vano la sombra de Rama en las salas oscuras? ¿En el fondo de los pozos del Conocimiento de Varanasi, la ciudad de Shiva, a los que se asomaba durante horas? ¿En los vestigios de Pataliputra, donde había comulgado con las almas de los reyes Gupta? Tal vez la verdad estuviera detrás de la barrera inmaculada que percibía en la lejanía.

—¡Himalaya! —gritó Narayan, al ver con dicha despuntar el fin de su viaje.

60

*L*as ruedas del carro crujían, el buey sufría en la ascensión hacia Jaynagar. Caravanas de mulos cargados con cajas y sacos se cruzaban en el camino polvoriento. Los conducían hombres con rasgos duros, ataviados con sombreros de pelo, largas chaquetas y botas de fieltro.

—Tibetanos —dijo Narayan.

Helena veía por fin a los habitantes del techo del mundo. Los señores de esos convoyes iban subidos a ponis de pelo largo y cerraban la marcha. Vestidos con brocados de seda azul y verde, y una vaina de sable damasquinado atada a la cintura, se inclinaban y sonreían con condescendencia cuando pasaban por su lado.

Helena quería unirse a ellos. Con oro solía poder convencer a los mercaderes. Para integrarse mejor en el convoy, había ideado vestirse como un tibetano, se disfrazaría como un hombre de pueblo y ocultaría sus cabellos rubios. ¿Quién se fijaría en ella con el sombrero si, además, se maquillaba con tierra mezclada con pasta de sándalo? Tal vez la traicionarían sus grandes ojos grises, así que tendría que procurar bajar los párpados.

—¡Sigue a esos hombres! —le susurró a Narayan.

El guía farfulló. Como la mayoría de los hindúes, odiaba a esos montañeros que vivían en el país de los demonios. Las leyendas contaban que los tibetanos comerciaban con los seres malvados.

—No es buena idea —dijo él.

—No te pido que te mezcles con ellos —dijo Helena—, comprendo tus miedos. En cuanto lleguemos a Jaynagar, podrás irte. Me has servido bien, Narayan. Tengo diez rupias de plata. Puede ser tu recompensa. Diez rupias eran más de lo que necesitaba para vencer las reticencias de Narayan. Por primera vez, reprendió al buey jorobado preguntándose si debía proseguir ese viaje.

La caravana se había adentrado por las calles estrechas de la ciudad medieval de Jaynagar. Como en todas las ciudades fronterizas, florecían los negocios y el tráfico. Todo se vendía o se intercambiaba. Los tenderetes rebosaban de mercancías, los estantes se hundían bajo las especies y los lingotes de metal. Los tibetanos, Helena y Narayan llegaron a una plaza flanqueada por dos templos shivaitas dominados por sendas torres coronadas de pináculos en forma de espina. Su llegada hizo que aumentara un grado el ambiente sobrecalentado donde se exhibían acróbatas mahrattas provistos de antorchas, que actuaban al son de los tambores y de las flautas.

Cautivada por el espectáculo de los bailarines, Helena no se fijó en el cambio de actitud del público. Narayan silbó, ésa era su manera de alertar de que se avecinaban problemas. Oyeron un estruendo a su derecha. Gemidos. Gritos de rabia. Los espectadores huyeron en todas direcciones. Apoderándose de su puñal, Helena retrocedió y se puso en guardia. Robustos marwaris y baniyas de las castas de mercaderes indios atacaban a los tibetanos. Aparecieron armas por todas partes. Helena se encontró en el centro del alboroto. Un hindú de mirada fanática la provocó. Danzaba sobre sus pies desnudos y luego la golpeó con todas sus fuerzas con una barra de bronce. De un salto, se lanzó a un lado. La barra cayó sobre la cabeza de un mulo, que se derrumbó. Helena le rajó la espalda al hombre. Se volvió con cara de odio, pero un chico con puños enormes lo asaltó.

—¡Por aquí! ¡Por aquí!

Narayan la llamaba. Helena no conseguía verlo en medio de los combatientes, el polvo y ese desbarajuste insensato. De repente, sonaron unos disparos. Todos agacharon la cabeza.

—¡Los ingleses! —gritó alguien.

En la esquina norte del lugar, aparecieron unos jinetes. Unos cipayos coléricos, erguidos sobre sus estribos, empezaron a dar golpes al azar con sus lanzas. Los oficiales y los sargentos utilizaban sus armas y disparaban al aire. Cuando vaciaron sus revólveres, desenvainaron sus sables y avanzaron metódica y tranquilamente.

Helena vio con estupor que iba a darse de bruces con los ingleses. Oficialmente, tenía prohibido viajar por esa zona del territorio. Aprovechando un agujero que habían hecho los mulos al volverse incontrolables, consiguió introducirse en uno de los dos templos. No fue la única que se metió en aquel antro oscuro. La nave estaba llena a rebosar. El fuerte olor a sudor hacía difícil respirar.

Helena se dio cuenta de que estaba atrapada en una trampa, como un pez en la red. Se volvió hacia la entrada. El sol iluminaba los ribetes de piedra. Un caballero apareció envuelto en esa luz. El primer reflejo de Helena fue agacharse en medio de los fieles. Éstos se apartaron de ella.

—¡Señora Blavatski!

La voz pastosa y ceceante del caballero se hizo más fuerte al resonar en el templo.

—¡Que yo sepa usted, no es una mendiga, princesa! Su descripción se ha difundido por todo el país. Además, usted es la única mujer blanca en quinientas leguas a la redonda. No intente tretas conmigo. Levántese y acérquese. ¡No me obligue a enviar a mis cipayos!

Helena, herida en su orgullo, se levantó y caminó con la cabeza erguida hacia la salida. Debía poner en práctica su diplomacia. Se obligó a mostrar una sonrisa amistosa.

No había gesto agradable o artificio alguno que pudiese ablandar la dureza de los gestos del hombre que la miraba desde lo alto de su caballo blanco. Era un viejo capitán al final de su carrera. Tenía las mejillas hundidas como dos ríos de lava a un lado y al otro de su delgada boca, y estaban llenas de pecas y de venillas.

Helena sondeó el espíritu torturado del capitán. Demasiadas decepciones amorosas lo habían llevado a desconfiar de las mujeres y a dudar de sí mismo. Ocultaba su debilidad tras el caparazón de su grado.

—¿Qué hace usted en la frontera? Los extranjeros no pueden pisar Nepal. ¿Lo sabía usted?

—Desde luego, capitán. No tenía intención de ir allí. No habría tenido fuerzas para coronar esas cimas. ¿Por qué se muestra tan suspicaz conmigo?

El inglés la contempló largamente antes de responder. La estaba analizando. Veía en ella todos los defectos de su sexo: mentirosa, embaucadora y retorcida. No le hizo cambiar su opinión de las mujeres. Al contrario.

Helena no intentó seguir discutiendo. Captaba todos los pensamientos negativos de aquel oficial amargado.

—Señora Blavatski, ese famoso informe que la describe lo enviaron las autoridades de Bombay, y no es elogioso. En Rusia, se ha borrado su nombre, pero tal vez sea para asegurarle una mayor protección. Los rusos son maestros en el arte del complot. Ya hablaremos más tarde. Ha visitado numerosos países con los que no mantenemos las mejores relaciones. Las Iglesias católica y protestante la acusan de revisionismo y extremismo. Piensan que quiere hundir los fundamentos de nuestras sociedades civilizadas y deslustrar la imagen de Dios. Eso es mucho decir para una «débil mujer», ¿no le parece? No le hemos perdido la pista en todo este viaje. ¿Qué viene a hacer aquí? ¿No tenía la intención de ir a Sikkim para estudiar las costumbres de las tribus? ¿No es eso lo que le ha dicho al capitán Burke? Está todo por escrito, señora Blavatski.

—Pues sí, ésa era mi intención.

—La tenía. Y por unos de esos cambios de humor que tienen todas las mujeres, ha cambiado de idea cuando ya estaba de camino. Me conozco la canción, señora Blavatski. Si tiene una buena y verdadera razón, explíqueme por qué se encuentra a miles y miles de kilómetros del lugar en el que debería estar.

—Nos hemos perdido.

—¡Vaya, vaya! —bromeó él.

—Tengo que admitir —se corrigió ella— que cambié de opinión.

—Me cuesta creer que el zar Nicolás haya enviado a alguien que llame tanto la atención, y tan poco preparado e informado. Parece usted caminar hacia la muerte. El marajá Jung Bahadur Rana tiene una reputación feroz. Hará que la torturen durante días. Detesta particularmente a los rusos y sus proyectos expansionistas.

—¡No soy una espía! ¡Me importa un bledo la política de mi país! Si su informe estuviera completo, sabría que mi esposo ha pedido mi cabeza al Zar.

—Por supuesto. Es una buena tapadera. Entonces, ¿por qué envía tantas cartas a su padre, el coronel Von Hahn? ¿Todas las descripciones que le hace de la India no son datos que un Estado Mayor puede aprovechar? Lamenta la miseria en la que está hundido este continente, y responsabiliza de ella a Inglaterra.

—Es una simple constatación.

—Creemos que sirve usted a la fe legitimista de su zar, cuyo objetivo es reinar en Turquía, Afganistán y Pakistán, antes de atacar Irán y Nepal. Se creen ustedes que son los paladines de la Cruz contra los infieles del mundo entero. ¡Los conflictos que provoquen acabarán destruyendo el planeta!

—Capitán, me otorga poderes que no tengo. Le suplico que me crea. Siempre me he rebelado contra las dictaduras y el fanatismo religioso. Desapruebo la política de Nicolás. El único objetivo de mi viaje es comprender mejor a la humanidad y descubrir las fuerzas ocultas de este mundo. No soy instigadora de complots ni fomento la revolución…

—¡Eso no es óbice para que su llegada a esta ciudad desencadenara inmediatamente una batalla entre dos comunidades!

Tras estas palabras, el capitán hizo un gran gesto con el brazo para señalar a los beligerantes que se habían refugiado en ambos extremos del lugar. Los insultos llovían de una parte y de la otra. Los soldados estaban atentos. Un clamor se elevaba en la ciudad. La gente corría por las calles vecinas intentando atravesar la barrera de los militares. La cólera iba en aumento entre la población, que se tomaba muy en serio la profanación de los templos.

—No tengo nada que ver con este alboroto —le lanzó ella.

252

—La creo, pero esta historia requiere un chivo expiatorio, y me parece que es usted perfecta para ese papel. La población la señalará como culpable, así que no apostaría por que sobreviva a esta noche. Sin su presencia, esta bronca sería anodina. Vamos a enviar a su guía a Bombay, y voy hacer que la escolten hasta Darjeeling. Allí, podrá usted consagrarse al estudio de las diferentes etnias que viven en Sikkim y beber buen té. La vigilaremos noche y día —sentenció.

Inaccesibles, Chomolungma y Kanchenjunga. Infranqueable, la muralla de hielo al alcance de su vista. Ese Tíbet tan deseado estaba allí, oculto tras los dientes inmaculados del Everest y del Makalu.

Helena se había pasado la jornada meditando sobre sus oportunidades de alcanzar el reino prohibido. Las sombras invadían la ciudad, las tinieblas llegaban con sus cortejos de demonios, y los habitantes se apresuraban por entrar en sus casas. No obstante, Helena no sentía, en la habitación rosa, ninguno de los peligros que sentía en Inglaterra, pero se aburría. La señora Murray, su encantadora anfitriona, esposa del comandante de la guarnición, la llevaba algunas veces al sanatorio o a pasear por los campos de té. De esa región de Sikkim, sólo conocía las ricas plantaciones pertenecientes a los occidentales.

Una sola vez había intentado zafarse de la compañía de la frágil *lady* cubierta de lazos y empolvada, que se quedaba sin aliento al menor esfuerzo. Había podido dejarla atrás rápidamente, pero un temible *gurkha* había aparecido ante ella en el momento en que se disponía a penetrar en el bosque inextricable. Por la risa de la señora Murray, comprendió que un buen número de esos mercenarios nepaleses la vigilaban sin hacerse notar.

Las montañas lechosas en la noche tocaban las estrellas. Una delgada luna creciente hacía palpitar el manto de un glaciar, el frío del Himalaya hería la frondosa vegetación del valle. Estaba haciendo equilibrios entre dos mundos, y consiguió comprender los mecanismos secretos de esa naturaleza. Fuerzas contradictorias actuaban ante sus ojos, y ella sentía la fenomenal energía que se desprendía de ese combate eterno.

Allí había espíritus que no pertenecían a la especie humana. Le provocaban sensaciones extrañas. Daban vueltas a su alrededor cuando se apoyaba en la ventana.

Era… No eran más que impresiones. Tras dar por acabadas sus contemplaciones, volvió a su habitación cargada de bibelots y cacharros de loza, impregnada de un perfume de violetas y lavanda. Se

253

quedaría allí toda la noche, tendida en su cama. Un ruido de pasos en el pasillo la puso en alerta. Golpearon a la puerta y se oyó la voz aguda de la señora Murray.

—¿Se puede?

—Adelante.

—¡Vaya! Qué oscura está esta habitación —dijo la inglesa—. ¿Quiere que encienda alguna luz?

—No, prefiero seguir a oscuras.

—Es usted una mujer extraña.

—Desde luego, si me compara con las personas consideradas normales, lo soy.

La señora Murray no supo cómo responder a eso. Permaneció entre la cama y la puerta. El débil reflejo de la luna iluminaba su rostro diáfano. Su cuerpo esbelto permitía adivinar graciosas curvas, unas líneas tan largas, tan exageradamente frágiles, que la joven parecía un dibujo estilizado. Llevaba un simple vestido blanco con mangas cortas y ahuecadas. El contraste entre la modestia de ese atuendo y su aspecto de reina de otra raza resultaba desconcertante. Ante Helena no era una burguesa envarada en sus principios, sino una vestal que podía volverse cruel.

—¿Por qué me mira así? —preguntó aquella mujer.

—Usted es tan extraña como yo.

—¿A qué se refiere?

—Yo la veo tal y como es… Una mujer fuera de lo común.

Cynthia Murray enrojeció de placer. Se sintió turbada hasta el punto de olvidar el motivo de su visita. Helena le tendió la mano y ella la cogió.

—Es la primera vez que viene a verme aquí.

—Tengo malas noticias. Estamos muy inquietos.

—¡Explíquese, se lo ruego!

—En Sikkim, todavía no se ha corrido la voz. Se acaba de declarar la guerra entre Inglaterra y Rusia. Mi marido va a tener que ponerla bajo arresto domiciliario.

La cara de Helena se descompuso. Esa guerra echaba por tierra sus esperanzas. Nunca tendría la oportunidad de cruzar la frontera. Todo se venía abajo justo en el momento en que se había granjeado la amistad de los Murray. Estaba a punto de conseguir un salvoconducto para entrar en Sikkim.

Desde la capital, Gangtok, habría podido alcanzar fácilmente el alto valle del Nagmo, y después la ciudad de madera de Karponang. Allí abundaban los serpas. Con sólidos montañeros, aventurarse por las cadenas tibetanas sería una empresa fácil. Ese plan se hundiría.

Se secó las lágrimas que le caían de los ojos agrandados por la desesperación. Cynthia no dudó en cogerla por el hombro y abrazarla con fuerza.

—¿Tan importante es para usted ir a esas regiones desconocidas?

—Es el objetivo de mi vida.

—Me temo que habrá que esperar al final de la guerra. Si pudiera, firmaría yo misma los papeles oficiales que la autorizaran a cruzar la frontera. Créame, Helena.

—Si esos *gurkhas* no estuvieran vigilándome noche y día, podría irme.

—Puedo hallar un modo de alejarlos durante unas horas.

—¿Haría eso?

—Por usted sí.

—¡Cynthia!

—Los voy a llevar a la ciudad. Tengo que comprar estatuas de Buda para unos amigos de Londres. Pesan mucho y les diré que tienen que cargarlas ellos. ¿Qué necesita?

—Una mula y ropa de campesino.

—Me encargaré de ello.

Helena estrechó a su cómplice entre sus brazos. En su gesto, hubo algo más que simple afecto.

255

61

$\mathcal{M}$antener la cabeza gacha bajo el gorro de fieltro. Ser humilde entre los humildes. Confundirse con la tierra gris de los caminos. Ése era el precio que había que pagar para que nadie adivinara que una mujer había entrado sola en Sikkim. Helena se pintaba el rostro con carbón de madera o con arcilla diluida en aceite, y se ensuciaba adrede su ropa hecha con pieles. La joven podía pasar por un «hombre de los barrancos», uno de esos pastores de cabras y yaks que recorrían los caminos vendiendo lana y productos lácteos. No había vuelto a suscitar las sospechas de la población.

Ahora, su mula bajaba hacia el río Rungit, una franja limosa y gris flanqueada por los abruptos montes que separaban Sikkim de la India. Avanzaba con precaución por el suelo mullido y resbaladizo, entre los bambúes, las higueras gigantes y los árboles desconocidos. La selva cubierta de lianas y plantas trepadoras, agitada por aleteos y llena de rugidos y silbidos se escalonaba en vertientes.

Allí residía el peligro. Era el escondite de serpientes, fieras y criminales. Sin embargo, no tenía otra opción que la de adentrarse en aquella jungla para evitar el puesto fronterizo.

Unos cuantos metros antes de llegar al puente que cruzaba el río, Helena se salió del camino. La jungla se cerró sobre ella y su mula. Inició el descenso de la pendiente resbaladiza para llegar al río, que cruzó sin dificultad. Su caudal todavía no había crecido por las lluvias del monzón. Retomó su marcha y, al llegar a la otra orilla, estaba por fin en Sikkim. Contempló los picos nevados. Su alma se encontraba ya en aquellas cumbres. Después de medio día recorriendo a marchas forzadas la jungla, consideró que se había alejado de la frontera, llegó a las orillas del Tista y volvió a toparse con el camino que unía Kalimpong con Gangtok. Por aquella ruta serpenteante, pedregosa y con continuas encrucijadas, marchaban caravanas de mulos y de yaks. Los cencerros de las bestias de carga resonaban en el valle, y llenaron de dicha el corazón de Helena. No obstante, continuó siendo prudente.

Los funcionarios y soldados del rey Rgyal-po realizaban en ocasiones registros de las mercancías y de los viajeros. Debido al deterioro de las relaciones entre la East India Company y el reino de Sikkim, los occidentales tenían prohibido entrar en el Tenjong[9] sagrado.

En cuatro ocasiones se cruzó con guerreros montados en ponis. Ninguno de ellos mostró interés por Helena, confundida entre los miles de guardias y peregrinos. Delante de ella se balanceaban las grupas de las mulas cargadas con cobre de Nepal y con sacos de coral. Tras ella, un clan de ngologs armados escoltaba a un rico notable que se dirigía hacia un retiro espiritual. Estaba llegando a Gangtok. Pensaba aprovechar la noche para cruzar o rodear la ciudad del negocio del oro y la sal.

Estaba perdida en sus reflexiones, cuando el viento trajo hasta ella el ruido de un galope. Entre los mercaderes tibetanos y nepaleses cundía la conmoción. Nunca nadie los había atacado allí. Desenfundaron las armas y ordenaron a sus servidores que encerraran a los animales. El galope se oía cada vez más cerca.

—¡Los ingleses, los ingleses!

Se elevó un clamor en todas las lenguas. Los ingleses… Un mal presentimiento la invadió. Aparecieron los banderines rojos y blancos de los lanceros. Junto con los caballeros reales del Rgyal-po, se abalanzaron sobre los ngologs y los dispersaron.

«¡Han venido a por mí!»

Ahora estaba segura de ello. Se planteó la única solución posible: escapar de ellos lanzándose al Tista. Le dio dos violentos golpes de talón a su mula, que se abalanzó por la pendiente, y la metió en el río. El agua estaba helada, y la jungla, cerca. A su espalda, los ingleses le daban el alto, pero no habían tenido valor para seguirla hasta allí con sus caballos. Dispararon al aire.

Helena alcanzó la orilla. La mula se negaba a ir más lejos, así que la dejó atrás y se echó a correr, apartando violentamente las cortinas de hojas y de lianas con los brazos. Se le pegaban cosas a la cara. En dos ocasiones, se cayó de bruces en el fango, se levantó y aumentó la velocidad hasta perder el aliento.

La jauría inglesa y sikkimesa le pisaba los talones. Oía el ruido de los machetes abriéndose camino, los gritos en tibetano y en hindi, las órdenes rabiosas proferidas en inglés. Estaba intentando al-

257

9. Nombre tibetano de Sikkim.

canzar un sendero que subía hasta la cima cuando notó que la agarraban del tobillo.

Un lepcha con una coraza de cuero se lanzó sobre ella. Tenía una mirada feroz y la nariz rota. Helena sacó el puñal para atacarlo.

—¡Blavatski, no!

La voz del comandante Murray la detuvo en seco. Ella soltó el arma y la dejó caer lentamente por un tronco liso.

—Confiaba en usted, princesa. Ha pervertido a mi esposa y ha provocado un incidente diplomático. Hemos tenido que hacer ciertas concesiones ante las autoridades de Sikkim para dar con usted.

—Quería llegar a Lhassa.

—Nunca nadie ha llegado a esa ciudad, ni siquiera los jesuitas, inspirados por la fe. Ha infringido la ley inglesa y ha pisoteado nuestra amistad… ¡No voy a mostrar ninguna indulgencia con usted, señora Helena Petrovna Blavatski!

—¿Qué piensa hacer conmigo?

El veredicto cayó como un mazazo.

—Expulsarla de la India.

62

*D*esde el día en que Helena abandonó Darjeeling bajo vigilancia hasta que entró libre en Iowa, habían pasado cerca de ocho meses. Era abril de 1854. La fogosa joven tenía veintitrés años y se sentía lista para iniciar la reconquista del Nuevo Mundo. Había vuelto a América en un arrebato, después de escapar de los emisarios del Zar encargados de devolverla a su viejo esposo.

Necesitaba acabar lo que había empezado tres años antes: la conquista del oeste. Con la seguridad que le proporcionaba su experiencia en ese vasto continente, había comprado cuatro bueyes en Chicago, dos caballos y un carro entoldado antes de unirse a tres familias de irlandeses.

En Davenport y en Des Moines, se incorporaron a su aventura otros emigrantes. Una decena de tiros levantaban una gran polvareda en la calle principal de Old Fort Kearny.

Con el fusil sobre las rodillas, un ojo puesto en los vaqueros que deambulaban por las casas de tablones, y el otro en el lomo reluciente de sus bueyes, Helena se había puesto con total naturalidad a la cabeza del convoy. Los hijos de John e Isabel McCortack jugaban en su carro. Se había encariñado con aquella familia que había abandonado los terrenos turbios de Galway para ir en busca del espejismo californiano.

Una cabellera rubia emergió del habitáculo. Era la de Mary, de nueve años, con una naricita respingona, una carita rosa y maliciosa, unos ojos azules ávidos de vida, y siempre lista para disparar cien preguntas

—¿Dónde estamos? —preguntó, colgándose al cuello de Helena.

—En Old Fort Kearny.

—¡Qué feo es! La gente nos mira mal.

—No nos quedaremos más de dos días.

—Cuando lleguemos allá abajo, ¿me ayudarás a sacar oro de los ríos?

—No pienses en el oro, sino en el gran océano Pacífico, en los campos de maíz, en las flores salvajes que crecen en el desierto de Mojave, en los albatros y en las águilas que se disputan el cielo siempre azul. Créeme, el oro más bello es el de las espigas de trigo acariciadas por los rayos de sol. Esos hombres que te parecen malos son buscadores de oro. Cuando lo encuentran, algo poco frecuente, vienen a gastarlo aquí bebiendo y jugando a las cartas. Se pelean, y a veces se matan unos a otros por unas pepitas.

Helena se calló que en realidad se dejaban mucho dinero en prostitutas para conseguir un poco de afecto y que morían rodeados de soledad y miseria.

Mary se asomó por encima del banco. Un equipo de mineros apareció por una calle transversal. A lomos de sus asnos, hablaban a gritos. Rendidos por el peso de sus amos, las mantas, los sacos de harina, de sal y de judías, los animales se arrastraban a duras penas. Sartenes, cacerolas, palas, picos, batientes y chatarra de todo tipo tintineaba en sus flancos.

Los mineros les asestaron unas cuantas patadas fuertes para adelantar al convoy de emigrantes.

Los aventureros hirsutos y llenos de barro soñaban ya con sus grandes sombreros mojados llenos de pepitas de oro y con una vida de nabab con las chicas más guapas de América.

Uno de ellos saludó a Helena con una sonrisa desdentada. Ella no se inmutó y el hombre no insistió. Nadie quería problemas con una mujer que llevaba un fusil, un colt y un puñal.

—No quiero que papá se convierta en un buscador de oro —dijo Mary, que se hundió bajo el toldo para no ver más a esos tipos horrorosos.

—Tranquila, tú padre no está hecho para los *claims*. Irá a los campos.

—¿Qué son los *claims*?

—Los terrenos en los que trabajan los mineros.

Los buscadores de oro los adelantaron y se pusieron a cantar. Estaban entusiasmados. Todos soñaban con el momento en que descubrieran la veta del siglo. Pensaban en el fango de su río, en las rocas de su mina, en las chispas en los tamices, y en los destellos brillantes en las palas. No creían en la mala suerte.

La miseria no era para ellos, sino para los campesinos subidos a sus carros.

En la calle, estalló un alboroto. Los niños enseguida levantaron la cabeza. Helena les ordenó que volvieran bajo el toldo.

—¡Quedaos donde estáis!

Puso la mano sobre la culata del colt.

Había un enfrentamiento entre dos bandas. Un hombre con chaqueta y en buena forma dirigía una de ellas gritando: «¡Muerte a los republicanos!».

Le respondieron con juramentos. Granjeros, vaqueros, empleados y notables se daban puñetazos, se sacudían y rodaban por el suelo.

Helena hizo una maniobra con el carro y cogió el látigo.

—¡Abríos paso! —gritó ella a los emigrantes.

En ese instante, un gigante rubio, con la piel roja que derribaba a sus adversarios con una maza, se lanzó hacia ella gritando: «Muerte a los negros, a los judíos y a los *whigs*! ¡Muerte a los indios y a los extranjeros!». Quiso saltar sobre el banco en el que estaba sentada Helena para tirarla al suelo. No obstante, el cañón del fusil que apuntaba a su frente lo detuvo en seco. Volvió a bajar y llamó al hombre de la chaqueta.

—Señor Mortimer, tenemos aquí a una abolicionista.

—¡Todos son abolicionistas! Además, vienen a robarnos las tierras. Hay que darles una lección —gritó Mortimer.

Se movieron alrededor de los carros. Helena disparó al aire y clavó así, en el suelo, a todos aquellos tipos de cara quemada.

—¡Sólo queremos pasar! Y usted va a ser nuestra garantía —dijo ella apuntando con su arma al hombre de la chaqueta.

Mortimer se echó a reír. Helena abrió fuego y le agujereó el sombrero.

—La siguiente bala será para su cabeza. Camine delante de mi tiro. No lo dejaremos libre hasta que estemos a más de un kilómetro de su encantador pueblo.

No tenía elección. Le hizo una señal a sus hombres para que se mantuvieran al margen. Con la cabeza gacha empezó a caminar delante de los bueyes de Helena.

—¡Todo el mundo en marcha! —ordenó ella—. ¿Mary?

—¿Sí?

—Canta.

—¿El qué?

—Lo que quieras.

Mary cogió a su hermano pequeño, Michael, entre sus brazos y se puso a entonar una canción muy popular entre los colonos:

Oh, don't you remember sweet Betsy from Pike
We crossed the wide mountains with her lover Ike

261

With one yoke of oxen and a big yellow dog
A tall Shanghai rooster and a one-spotted hog...[10]

Los rostros de los hombres beligerantes se destensaron. Se dieron palmaditas unos a otros y señalaban a la pequeña que cantaba tan bien. Cuando todos los niños del convoy unieron sus voces para contar las hazañas de Ike y de Betsy, estalló una carcajada general.

10. Oh, te acuerdas de la dulce Betsy de Pike. / Cruzamos las montañas con su amante Ike, / con un rebaño de bueyes y un gran perro amarillo, / un gran gallo de Shanghai y un cerdo moteado...

63

$\mathcal{U}$n nuevo convoy se formó al salir de Old Fort Kearny. Cincuenta y dos tiros tomaron la pista de la California-Oregon Trail, guiados por Robert Balfe.

Era una senda mítica en la que Helena había sufrido muchos disgustos. Se volvió para revivir, siguiendo las profundas huellas de las ruedas en compañía de los mormones.

Alejó lo más rápido posible sus trágicos recuerdos. Viajar con los McCortack era una alegría. Era una familia muy unida y que le brindaba grandes muestras de cariño.

Por la noche, en el corral, John tocaba la guitarra, e Isabel le explicaba cosas de Irlanda después de acostar a los niños. Al alba, Mary, Will, Pam y Michael se disputaban el derecho a sentarse a su lado en el banco del carro. Esos niños, que la querían como a una hermana mayor, desbordaban afecto, reclamaban mimos y se sabían protegidos. Siempre encontraba un medio de que cupieran todos en la estrecha tabla de pino.

En la mañana del cuarto día, al sur del río Platte, una tormenta azotó el convoy. El huracán aullaba, arrancaba los matorrales, golpeaba las crestas con tanta violencia que las piedras salían volando. Helena permaneció imperturbable y sonriente. Ante su serenidad, los niños no dieron ninguna señal de miedo. Estaban en el aura de su protectora. Ella los animó incluso a burlarse del viento furioso. Tuvieron que parar durante seis horas para no perderse en la tormenta. Cuando el cielo se despejó y los pájaros reaparecieron, vieron una columna de humo elevándose en el horizonte.

—Los indios —dijo Helena—, al menos, tienen algo que asar.

—¿Son malos los indios? —preguntó Mary.

—Eso depende de las tribus. Se vuelven muy malos cuando se pintan la cara.

—¿Se pintan la cara?

—Sí, para demostrar que están en pie de guerra. Pero tampoco son malos porque sí. Quieren defender sus tierras.

Mary era demasiado joven para comprenderlo. Continuó con sus preguntas.

—¿Y ésos se van a pintar?

—No, no lo creo, sólo intentarán robarnos los caballos. Son cheyenes.

Helena se calló. Un jinete remontaba la pista. Era uno de los exploradores del convoy. Cuando llegó a la altura de Helena y de los McCortack, hizo una cabriola con su caballo y exclamó:

—¡Vienen los indios! Al menos son treinta.

Helena no se alarmó. Robert Balfe se puso a dar consignas.

—Tenemos que reagruparnos. Si los pieles rojas atacan, nos defenderemos. Poner a los niños a resguardo. Preparad vuestros fusiles, y si os sobran, repartidlos entre las mujeres.

—¡No sé usar un arma! ¡Jamás he disparado! —confesó Isabel McCortack, aterrorizada.

—Señora, aprenderá en cuanto vea a sus hijos en peligro.

264

En los calderos, se cocían judías. Los carros se habían reunido en círculo, y habían apostado centinelas en las posiciones más altas. Los colonos seguían con sus tareas, con el arma al hombro.

—No nos atacarán —le aseguró Helena a Isabel, que no apartaba la mirada de las montañas.

—¿Cómo está tan segura?

—Los conozco bien. Sólo les interesan nuestros caballos. Esta noche intentarán quitarnos dos o tres alazanes. Después, correrán con la luna. Me acuerdo de esas noches. Es muy extraño. En este momento, mi espíritu está con ellos.

Isabel la miró con una mezcla de incomprensión y de admiración. Cada vez movía más lentamente la cuchara de madera en el caldero. Inconscientemente, envidiaba a esa aventurera tan joven cuya vida estaba repleta de experiencias, que había conocido tantos horizontes, tantas aventuras y tantos pueblos diferentes. El humo que salía del fuego lanzaba un velo misterioso sobre la bella Helena. Isabel la imaginó en medio de los guerreros con plumas, en los templos llenos de ídolos, en la corte del Zar, ante las grandes pirámides de Egipto. Paliaba su ignorancia con una imaginación sin límites. Había visto dibujos en los periódicos, grabados en la Biblia, y se acordaba de historias que contaban los marineros de Cork, donde había vivido en su infancia.

Bajó la vista al caldero. En su futuro vio hilo y aguja, el rodillo pastelero y el tamiz para la harina, la ropa para lavar, los doce dólares ahorrados en un año en Chicago, los niños que criar, cuidar y educar, y al esposo a veces poco conciliador y menos enamorado que al principio del matrimonio. Ya no la miraba. Sus cabellos habían perdido brillo, su talla había aumentado, se le había caído pelo y su rostro se marchitaba. Envejecía mal a pesar de tener sólo treinta años. Las privaciones tenían mucho que ver. De repente, ante su vestido manchado y remendado, sintió amargura y cólera. Se puso a remover las judías con rabia.

—No estés triste —dijo Helena rodeando el fuego para sentarse a su lado.

—No me merezco esta vida.

—Pues yo la envidio.

Perpleja, Isabel dejó su trabajo y examinó el rostro de su amiga.

—Se burla usted de mí.

—¡Oh! No... Yo nunca podría hacer lo que usted hace. Tiene usted cuatro hijos preciosos que la admiran por su inteligencia y bondad.

—Que Dios la oiga.

Esas sinceras palabras afligieron a Helena. ¡Dios, siempre Dios! Dios dispensador de castigos o de recompensas eternas. ¿Cómo podía hacerle entender a Isabel que ese dios suyo era egoísta y cruel? Había creado la vida y su cortejo de sufrimientos. Se hablaba del Padre que amaba a sus hijos, del ser perfecto en su Cielo. Era peor que Satán.

Helena contempló las estrellas y buscó al Gran Espíritu de los Indios. Entre los «salvajes», como los llamaban complacidos los misioneros, el mal no existía, como tampoco la eternidad de las penas. De repente, sintió ganas de rezar como los iroqueses, los algonquinos y los hurones, y rogar al Gran Espíritu la paz de los hombres.

—Gary, ¿no me estarás jugando una mala pasada?

Ante la pregunta de Robert Balfe, Gary bajó la cabeza.

—No —susurró.

El guía pasó revista a los doce hombres que habían montado guardia durante la noche.

—¿Cuántos has dicho? —gritó el guía.

—Tres: la yegua de MacMillan, el alazán de la señora Blavatski y el pardo grande de los Miller.

—Sois todos unos inútiles. Los indios os han robado los caballos ante vuestras narices, y no habéis visto nada ni oído nada. La próxima noche, los cheyenes volverán y os cortarán la garganta. No contéis conmigo para pronunciar un discurso elogioso en vuestras tumbas.

—¡Eran invisibles! —repitió Gary haciendo acopio de agallas.

—¡Tonterías! Los indios no tienen poderes mágicos. La verdad es que os dormisteis. ¡Vais a tener que pagar los caballos!

—¡Ésa no es la cuestión! —intervino Helena.

—¿Qué?

—Deje de echarles la bronca. Usted también estaba durmiendo. ¿Y no es usted el guía, el experto en rutas y en los indios? Debería haberse pasado la noche vigilando.

Balfe apartó a Gary y le plantó cara en silencio a la pequeña rusa que lo sometía a escarnio público. La respetaba. Desde el principio, se había dado cuenta de que tenía agallas. Si los hombres de ese convoy hubieran tenido una cuarta parte del valor de esa aventurera, ese viaje habría sido coser y cantar. Sin embargo, no deseaba quedar en evidencia delante de todo el mundo. Después de todo sólo era una mujer. Empezó a tutearla.

—Tú también dormías, y conoces a los indios tan bien como yo. ¿Qué tienes que decir?

—Digo que pagar un tributo a los cheyenes por pasar por su territorio es un mal menor. Estamos sanos y salvos, y eso es lo principal. Mi alazán me da igual. El viento ha parado, se anuncia un día bonito y tranquilo. Si seguimos al sol, todo irá bien. Tú deberías estar contento, no se han llevado tu caballo.

—Estoy seguro de que los viste.

—¿Y qué cambia eso? ¿De qué habría servido despertar a los niños? ¿Tendría que haber disparado? No, Robert. Nadie se merece morir por robar un caballo.

Balfe se regodeó en su cólera. Aquella mujer había visto a esos sucios pieles rojas y no había dado la alerta. El orgullo del guía de las Grandes Llanuras se enfrentaba a un duro reto. Volvió a tomar la iniciativa.

—Bueno, vamos a recuperar esos caballos. ¡Moveos, muchachos! Subid a las sillas. Quiero a diez hombres conmigo. Los demás tendrán que preparar nuestra partida.

Balfe se subió a la montura y se fue a buscar las huellas de los cheyenes. Cuando se orientó, gritó:

—¡Os traeré un cuero cabelludo!

Helena sacudió la cabeza en un gesto de desaprobación. Ese hombre estaba loco. Se dirigió a los colonos.

—Si mata a un cheyene, muchos de nosotros no llegaremos a las Montañas Rocosas. Prestadme un caballo —pidió ella agarrando su silla de montar.

—¿Dónde pretende ir?

—Donde están los cheyenes.

—¡Es una locura! —exclamó Isabel.

—Sólo les voy a hacer una visita de cortesía.

—¡Voy con usted! —dijo McCortack.

—¿Y quién se ocupará de mi carro? Volveré antes que Balfe, no se preocupe.

John no insistió. Isabel lo retuvo por el brazo. Él conocía sus límites. Todos conocían sus límites. Eran valientes padres de familia. Tenían la valentía de sus sueños de campesinos, de mineros y de obreros. No permitiría que derramaran su sangre por las Grandes Llanuras, pretendía sudarla en sus campos o en sus talleres.

Ante sus miradas de admiración, Helena puso un pie en el estribo, saltó sobre su caballo y se lanzó hacia el norte.

Le seguía la pista a los indios sin descanso a través del caos de rocas y barrancos. A veces, desmontaba del caballo, rastreaba las huellas, recogía ramitas, devolvía a su lugar una piedra, olisqueaba el aire y proyectaba su pensamiento en el espacio. De algunas cosas estaba segura. Los cheyenes que habían participado en el saqueo estaban a menos de un cuarto de hora de distancia.

Hizo un esfuerzo por concentrarse. La premonición se tradujo en imágenes. Balfe y sus hombres iban a caer en una emboscada.

64

$\mathcal{H}$elena había vuelto al galope. A lo lejos, el círculo de carros se deshacía y tomaba la forma de un punto de interrogación. Por ahora, los colonos no corrían ningún peligro. Debía encontrar al grupo de Balfe a toda costa. Franqueó las dos crestas y reparó en las huellas recientes que llevaban directamente al cauce seco de un arroyo seco.

El guía había estado dando vueltas sin encontrar a los indios. Sus prisas por vengarse los llevaba a correr riesgos, olvidando que sus astutos adversarios desbaratarían siempre sus planes.

El lugar estaba muy encajonado. La luz era viva y las sombras espesas. Ese contraste perjudicaba su búsqueda. El lecho de guijarros, estrangulado por las paredes rocosas, se revelaba como un buen lugar para tender una trampa. Las señales de la muerte no la engañaron. Un pájaro graznó mientras trazaba círculos. Allí había alguien, escondido y oculto.

Olvidando a los cheyenes y con el corazón a punto de salírsele por la boca, bajó la pendiente con un estrépito que debía de oírse a centenares de metros a la redonda.

Vio a Gary, abatido y roto como una marioneta. Dos flechas con plumas rojas y negras le habían atravesado el vientre y el hombro. Subían y bajaban al ritmo de su respiración entrecortada. Todavía estaba consciente, y la miraba con unos ojos llenos de dolor. Helena se inclinó sobre él. El olor a colonia le recordó que era un peluquero de Dublín con el proyecto de abrir un salón en San Francisco. Las heridas no eran mortales, pero había que sacarle las flechas para evitar infecciones. Ella se armó de valor y mantuvo la sangre fría.

—Le voy a llevar de vuelta al convoy. Primero, tengo que quitarte esas flechas. Apriete los dientes —le dijo en susurros.

—Déjelo, no voy a salir de ésta.

Ignorándolo, empuñó su cuchillo y le cortó la camisa de algodón.

Sin dudar, Helena le cortó la piel para facilitar la extracción del proyectil. Cuando lo hizo, el hombre lanzó un grito de dolor.

—¡Aguante la respiración!

Sacó el primero. Gary perdió el conocimiento. La segunda flecha, que tenía clavada en la grasa del abdomen, salió más fácilmente. La hemorragia no era abundante, y el muchacho volvió en sí.

—Voy a tener que cargarlo —dijo ayudándolo a levantarse.

—Estamos perdidos —resopló él.

Helena leyó el miedo en su mirada, lo entendió y sintió un escalofrío. Soltó al herido y se volvió.

Clavando los talones en los flancos de sus caballos moteados, a los que montaban a pelo, los cheyenes se abrían camino entre los peñascos y bajaban hacia el lecho del río. Helena contó seis, después diez. Otros aparecieron en las alturas, con lanzas o arcos. Los más cercanos tensaron sus arcos y apuntaron.

—Van a matarnos —dijo Gary.

—No hable.

Demostrando su audacia, Helena les plantó cara. Se acordó de los gestos de bienvenida del lenguaje de signos de los indios. Formó con sus manos los signos de reconocimiento y de paz.

Sorprendidos, los indios marcaron el paso. Esos bravos guerreros llevaban plumas de águila real con la punta negra como símbolo de su valor en el combate. Su jefe se distinguía por las dos tiras de armiño sujetas por encima de las orejas con garras de ave.

En las gemas negras de sus pupilas se revelaba su inteligencia. Calmó a sus guerreros con un gesto y leyó el mensaje de Helena. Los dedos de la mujer blanca pedían vida, respeto y paz en nombre de Manitú.

Uno de los cheyenes pronunció la palabra *wakan* o *wakon*… Helena no lo entendió bien. Tal vez era un término derivado de los sioux, que utilizaban la palabra *wukum* para expresar lo sagrado, poderoso y misterioso… Los indios adivinaban en ella la presencia de una fuerza sobrehumana.

Alentada por esa reacción, preguntó al jefe sobre los hombres blancos que acompañaban a Gary. La respuesta fue directa. El cheyene apartó un faldón de su túnica. Helena ahogó un grito al reconocer los cabellos rizados de Robert Balfe. La cabellera sanguinolenta atrajo enseguida a las moscas.

—¡La vida! —dijo el cheyene en inglés.

Los señaló con el dedo. Todo estaba dicho y dio media vuelta.

Tan rápida y silenciosamente como había aparecido, la banda se fue. Entonces, Helena se concentró en ayudar a su herido. Finalmente, ambos partieron lentamente a reunirse con el convoy.

Υ

El 2 de junio de 1854 relataron esos trágicos acontecimientos a las autoridades militares de Fort Laramie. El convoy había alcanzado ese lugar perdido en el que todo pertenecía a la American Fur Company, donde los hombres en busca de dinero aceptaban todos los trabajos, incluso los más horribles.

Allí había numerosos aventureros. Entre ellos, se encontraba Victor Creed, un guía proveniente de San Francisco que se ofreció a reemplazar a Balfe. Enseguida consiguió la unanimidad de los colonos gracias a la buena fama que tenía en el oeste.

Vic era lo contrario de Balfe. Morfológicamente, recordaba a un insecto. Estaba hecho de huesos y de nervios. Su piel morena no temía el sol ni las picaduras de tábanos. No conocía la sed ni el cansancio. Debía su robustez a los veinte años que se había pasado cazando junto a los indios shoshonis del Wind River.

—Tengo tres hijos de una *squaw* shoshoni —le confió un día a Helena, cuyos sentimientos por los indios compartía.

—¿Todavía los ve?

—Allí abajo está el South Pass —respondió él obviando la pregunta—. Lo cruzaremos antes de que caiga la noche.

La conversación acabó ahí. Vic se volvió impenetrable. La ensenada de los macizos bermejos parecía acaparar toda su atención. Se adelantó un poco, como si quisiera escapar de la mirada compasiva de Helena.

Volvió a encontrárselo bastante después en la cima, donde ejercía de centinela que vigilaba por el bienestar de los suyos. Volvió a unirse después a la fila y se volvió a situar junto a Helena.

—Lo más difícil todavía está por llegar —dijo él.

270

La dificultad se reflejaba en los llantos de los niños, en la muerte de dos ancianos agotados, y en la pérdida de animales y de material. A continuación del SouthPass, llegó el desierto, después cuarenta y ocho horas de felicidad en la etapa de Fort May, donde cada uno pudo curarse sus heridas.

Fort Hall, el Raft River y el Humbold formaban ahora parte del pasado. Sin el valor tranquilo de Vic y la testarudez de Helena, muchos colonos habrían renunciado. Los McCortack habían estado a punto de abandonar cuando su carro se rompió en un barranco. Por suerte, Isabel y los niños estaban protegidos cuando ocurrió el accidente. John había tenido reflejos suficientes para saltar y había sufrido algunas contusiones. Los McCortack habían sacado sus pocas pertenencias y herramientas del montón de madera. Habían dejado en el lugar del accidente el armario hecho añicos y dos toneles destrozados.

¡Qué desgracia! ¿Cuántos sufrimientos le quedaban por aguantar? Helena sentía que a veces la tristeza la invadía. No podía ayudar a todos los colonos, curar la fiebre de los niños ni a la vieja Vera, que acababa de caer en coma después de delirar durante varios días.

Impotente y con lágrimas en los ojos, contemplaba el horizonte desértico. La tierra se resquebrajaba. Los huesos blanqueados de animales o la carcasa de un vehículo abandonado rompían de vez en cuando la monotonía del paisaje.

La pista estaba llena de indicios de muerte; costaba tragar saliva al toparse con cruces erigidas sobre montículos de piedras. ¿Cuántos habrían muerto de sed en ese infierno en el que la temperatura alcanzaba los 50 grados? En más de ciento cincuenta kilómetros a la redonda no había ni una sola fuente.

—¡Aguantad! —exclamó Vic.

Recorría de principio a fin las cuarenta carretas que resistían, animando a unos y tranquilizando a otros. No obstante, no se hacía ninguna ilusión. Ya le había dicho a Helena que los bueyes se morían y que, sin animales para tirar de los carros, tendrían que abandonar la mitad de los vehículos antes de dejar atrás Sierra Nevada.

Sus sombrías previsiones se confirmaron. Al día siguiente, uno de los bueyes de Helena se tambaleó y cayó muerto al suelo. Isabel sufrió una crisis nerviosa. Tuvieron que hacer un gran esfuerzo para detenerla. Se echó a correr por el desierto. Necesitaron la fuerza de John y de dos hombres para agarrarla. Ella se puso a gritar presa de la desesperación:

—¡Vamos a morir todos!

—¡Cállate!

—¡No habrá ningún paraíso!

Vic llegó y la calmó con una sonora bofetada.

—Es la única manera que conozco de hacerlo —le dijo a John, que estrechaba a su esposa llorosa entre sus brazos.

Soltó una cantimplora que llevaba atada a su caballo y se la dio.

—Tenga, es para sus hijos. No la malgaste.

—¿Y usted? —preguntó John.

—No se preocupe por mí, estaré bien. Necesito tan poca agua como un tizón. Mi cuerpo no pide agua —mintió.

—Compartiré la mía con él —le dijo Helena.

Vic esbozó una sonrisa de reconocimiento.

—¿Cuántos días faltan para llegar a California? —preguntó en voz baja.

Levantó tres dedos.

271

65

*E*l sueño californiano tenía un sabor amargo. El Tíbet seguía turbando el espíritu de Helena. El Tíbet..., el nombre mágico que Kut Humi había pronunciado tres años antes. Invirtiendo todas sus fuerzas en la batalla contra el tiempo, podía seguir al sol en su recorrido, embarcarse en un vapor en San Francisco y llegar a China. Remontaría el río Amarillo, cruzaría Mongolia y...

Parecía tan lejano e irreal. Oyó los relinchos de los caballos, los gritos de los charlatanes, los bruscos juramentos, una melodía de fandango y la risa histérica de una mujer. Helena, los McCortack y los MacMillan habían llegado a Sonora. La capital del oro no era la ciudad de las mil y una noches, sino un vasto refugio de criminales, depravados y jugadores de póquer.

Helena estaba a veinte mil kilómetros de Lhassa. Agotada, con dos familias a su cargo, sentía que la invadía el desaliento. Se recompuso. Guardó en un recodo de su memoria el vapor, China, los yaks y los lamas, junto a los demás fantasmas del pasado.

Sólo contaba la acción física, concreta e inmediata. Le quedaban doce mil ochocientos dólares en los bancos americanos, aparte de los tres mil dólares que llevaba encima. Además todavía podía contar con el dinero depositado en Rusia. Tenía suficiente para cubrir sus propias necesidades y las de sus amigos. El Holden's Hotel, que tenía aspecto de hangar en ruinas al borde de un mar de tiendas, era el único edificio sólido situado al este de la ciudad. Allí condujo a su tropilla con paso firme.

—Esperadme delante —dijo ella—. Voy a ver qué les queda en esta «casa».

En el interior, el vestíbulo recordaba a una sala de hospicio adornada con unos cuantos cuadros vulgares en los que aparecían representadas unas mujeres desnudas en todo tipo de poses lascivas. Una vieja rubia acicalada ronroneaba tras el mostrador de recepción. Miró de reojo el colt y el fusil de Helena.

—Bueno días, señora. Querría unas habitaciones —dijo.

Con una lasitud exagerada, la encargada se acodó y apoyó su mejilla en la palma de su mano.

—No alquilamos habitaciones, sólo camas.

—Con las camas bastará —dijo John.

—Somos diez —intervino Helena, que apretó a la pequeña Mary contra ella—, es sólo por una noche.

Yendo al grano, la rubia anunció el precio:

—Diez camas, diez dólares.

—¡Qué! —se rebeló John— ¡Eso es un robo!

—O pagan o se largan —respondió la encargada parpadeando—. No estáis en la costa Este, amigos. Apuesto a que no tienen ni veinticinco centavos para que les pueda ofrecer una cerveza.

—¡Tengo lo necesario! —lanzó Helena, que puso una moneda de oro sobre el mostrador.

Era oro… La cogió con la habilidad de un prestidigitador. La anciana sonrió después de morderla.

—Circulan monedas falsas —explicó.

—La llave, se lo ruego.

—¿Qué llave?

—Acabo de pagar por una noche, me parece —dijo Helena apoderándose de su colt—. Estoy segura de que un lugar en el cementerio es bastante menos caro que sus habitaciones.

—¡Nuestras habitaciones no tienen llave! Tengo camas, montones de camas libres. Inscriban sus nombres en el registro. Está arriba, en el segundo piso, la primera puerta a la izquierda, la 238. Hay diez camas —se apresuró a aclarar la patrona.

Empezaron a subir la escalera de madera, alrededor de la cual continuaba la sucesión de pinturas obscenas que decoraban todos los pisos del hotel.

En cuanto entraron en la habitación, un olor insoportable les cortó la respiración. Era un hedor rancio de viejos mal lavados. Las camas de madera, cubiertas de tela y con un edredón marrón y un almohadón amarillo relleno de salvado, estaban alineadas en dos filas, unas frente a otras.

Las cucarachas corrían en todas las direcciones. Las chinches escondidas en el colchón esperaban carne fresca.

Se quedaron atónitos y horrorizados ante el precio de semejante cuchitril. Oyeron un gruñido y descubrieron a un tipo detrás de uno de los armarios cojos. Tenía el torso desnudo y los tirantes colgando sobre los muslos. Colillas aplastadas y botellas vacías lo rodeaban.

273

Los recién llegados sintieron que se les revolvía el estómago. Les lanzó una mirada mortecina, después lo sacudió una tos viscosa.

—¿Qué hace usted aquí? —preguntó John.

—Aquí… ¿Aquí, dónde?

—Ésta es nuestra habitación.

—No sé nada de todo eso.

No tuvieron tiempo para preguntarle nada más. Los empleados de la señora Roggers entraron en la habitación, lo agarraron por los hombros y lo defenestraron. Se estrelló dos pisos más abajo.

—¡Menudos tipos asquerosos! —gritó Helena.

—¡Cierren la ventana! —respondió uno de ellos—. Ese perro siempre intenta dormir aquí desde que se arruinó en el juego. Quiere dormir sin pagar.

Los brutos dejaron a solas a las familias. Helena estaba furiosa.

—No diga nada, Helena. Es inútil. Me contento con no acabar como ese pobre hombre. Vayámonos de aquí y durmamos en el campo.

—¡Nunca! —gritó John— ¡Nunca, oídme bien!

—Sí, tenemos que organizarnos —prosiguió Helena—. No salgáis, voy a salir a por noticias. Confiad en mí, sólo tenemos que pensar en pasar una mala noche. Amigos míos, os voy a ayudar a salir de este difícil momento.

274

Por la calle principal de Sonora, caminaba rápidamente, lejana, al margen de la animación malsana y de la violencia. La ciudad le producía horror. La codicia se leía en todas las caras. Todo el mundo quería oro, más oro y mucho oro. La competición por obtener el metal precioso era feroz, y a menudo acababa con la muerte de algún hombre. Se mataba y se ahorcaba rápido.

Helena llegó a un barrio donde se había reunido una multitud en respuesta a la llamada de un animador. Había un cercado en el que habían soltado un oso grizzli y un toro. Los apostantes empezaron a vociferar lanzando billetes de banco a las garras de los *bookmakers*.

Helena sintió odio por ese mundo que parecía haber enloquecido.

—¡El toro! ¡El toro! —le gritó un hombre alucinado—. ¡Apueste por el toro!

Se alejó del cercado y se dirigió hacia un edificio de una sola planta. En torno a esa construcción sin gracia, que llevaba el nombre de «Oficina de concesiones», hombres y mujeres, caballos y mulos, bueyes y perros esperaban a un desconocido Mesías. Bebían y meditaban sentados en sillas, sobre mesas y toneles. Algunos contaban sus experiencias y hablaban de la existencia de filones fabulosos que dormían en las entrañas de las Rocosas. Nadie echaba de menos el viejo mundo. Pretendían convertir California en el faro de la humanidad.

Había colas de personas esperando para entrar. Sus cabezas se reunían ante una de las tres entradas del alto edificio de troncos.

—Señorita, aquí ya no queda *na'* que sacar —le dijo un hombre a Helena cuando se acercó a una de las entradas.

—No he venido para sacar, sino para plantar —respondió ella espontáneamente, sin medir el alcance de sus palabras.

¿Qué se le había pasado por la cabeza...? ¿Plantar?¿Qué ridiculez era esa que estaba arraigando en su cerebro?

No intentó analizar el sentido de sus pensamientos.

—¡Eso no es nada común! —exclamó su interlocutor.

Ella sonrió. Ese hombre sin edad, con aspecto anguloso, lleno de brío, no parecía del lugar.

Con un golpe en el zurrón que llevaba en bandolera, se presentó:

—Me llamo Jud Brenton. Llevó el correo a los pobres diablos que lavan fango en los valles. Libro los domingos, pero no puedo abandonar a esos tipos. A menudo, vengo a consolar a los perdedores y les aconsejo que se vayan a la costa y a poner en guardia a los que quieren adquirir un terreno minero de los *placers*. Tendría que haber sido pastor y llevar a los hombres por el buen camino. El oro está podrido, señorita. Te corroe desde el interior. Cuando se te mete en el tarro, estás jodido. Mira a ése y a aquél —dijo dando una palmadita amistosa a dos tipos que esperaban en la fila—. Por su cara, sabemos en qué punto están. Vienen a revender su terreno con la esperanza de sacar bastante dinero para huir de la región.... Se irán como los demás, con el petate a la espalda y los zapatos agujereados.

Ambos hombres mascullaron algo entre dientes. Lo miraron mal, pero no tuvieron fuerzas para hacer nada más. Estaban acabados, como la mitad de los mineros presentes allí. Proyectaban su angustia en el entorno.

—Mucho me temo que acabarán de la peor manera en los barrios bajos de San Francisco. Pero, dígame, ¿realmente tiene usted intención de cultivar la tierra? —preguntó el cartero Jud.

—Sí, es una idea que se me ha ocurrido de pronto, y siempre me fío de mis intuiciones.

—Es extraño, no consigo imaginarla en un maizal y ordeñando una vaca.

—Es verdad que no tengo ninguna experiencia en la materia.

Jud reflexionó durante un instante, balanceando la cabeza como si sopesara las posibilidades de éxito que tenía Helena. Le aconsejó que contratara a indios de la tribu havasupaí o walapaí.

—Siempre hay alguno rondando por aquí. Saben cultivar calabazas, maíz, tabaco y semillas de girasol mejor que nadie.

—Gracias por el consejo.

—Allí abajo, le darán todo lo que quiera por una hogaza de pan —dijo Jud señalando el edificio—, siempre y cuando no sean terrenos que excavar o supuestamente ricos en filones de oro.

—También necesito bueyes, material y tres carros.

—Hay un negociante llamado Calley que tiene un almacén, La Silla Negra, a un kilómetro y medio de la salida oeste de la ciudad, en el camino hacia Colombra. Sus precios son altos, pero tiene un buen material. Buena suerte, señorita.

Le agarró la mano con fuerza y le vio ponerse a la fila de los condenados. Volvió a desearle suerte. La invisible mano del destino iba a tirar los dados. Los de los demás ya estaban echados…, pobre gente. Jud se confundió con la multitud murmurando:

—¡En nombre de Dios, qué mujer tan valiente! Al verla, se ve que puede galopar durante días enteros, cruzar los ríos a nado, pelear como un hombre, pero nunca conseguirá que crezca ni un rábano…

66

*E*l despacho del señor Beckman, agente, corredor, revendedor, prestamista, usurero y expoliador de los bienes ajenos, se parecía a un hormiguero lleno de papeles y archivadores, que diez empleados en mangas de camisa y con un lápiz encima de la oreja mantenían en funcionamiento.

Cuatro hombres armados custodiaban el cofre en el que entraban varios miles de dólares al día. También se conservaban los reconocimientos de las deudas. Los escribientes y sus colegas corredores trabajaban detrás de largas mesas mal escuadradas y ponían mejor o peor cara según los clientes. Ninguno de ellos sonreía. Cuando Helena entró, los chinos de la cofradía Sam Yups habían invadido la inmensa habitación de veinte metros por cinco. Con una algarabía incomprensible, intentaban conseguir un precio menor, pero los empleados explicaban invariablemente que los precios los había fijado madame Toy[11] y que la posibilidad de venderles mujeres a menos de cuatrocientos dólares estaba fuera de cuestión. Los chinos argumentaron que madame Ah Toy las compraba por menos de cien en Shangai. Inmediatamente, los colaboradores de Beckman dieron sus motivos habituales: diversos gastos de mantenimiento, pérdidas durante el viaje, comisiones sobre las mercancías para las autoridades portuarias y para los políticos. Lo aceptaron todo. Las mujeres de Shangai entraban en la categoría de ganado. Helena palideció. Si con ello hubiera podido poner fin a ese comercio, los habría matado a todos allí mismo. Pero había centenares de personas que ambicionaban un puesto de trabajo en el negocio de Beckman y eran miles los que querían comprar mujeres esclavas.

11. Célebre prostituta china de San Francisco que tuvo el monopolio del comercio de mujeres a partir del año 1851.

—¿Señora?

Aquel hombre había aparecido de repente ante ella, con su impecable traje gris. Estaba delante de ella con entradas, dientes de oro y una cara vulgar, ligeramente encorvado, como quien se prepara para saltar sobre su presa. Gesticulaba con las manos para añadir entidad a su discurso habitual. Pero en él todo sonaba falso.

—Soy el señor Beckman, el director de este honorable establecimiento. Aquí hallará los medios para realizar sus deseos. Podemos jactarnos de hacer felices a nuestros clientes…

Desplegó toda su charlatanería mientras la examinaba de arriba abajo. Al ver que sus botas eran de buena calidad, le pareció una persona creíble. La calidad de los zapatos era la mejor garantía. Esa mujer tenía dinero.

— … Tenemos el monopolio de esta región. Nuestros terrenos mineros son rentables para los que pueden permitírselos. Y alquilamos el material para explotarlos. Cuente un año para amortizar la compra. Después de ese tiempo, sólo dará beneficios. Hay filones bajo las tierras que le ofrezco.

—No quiero comprar ningún terreno.

Su mirada curiosa se detuvo sobre el colt y el puñal. Habría jurado que aquella chica había ido a buscar oro. Tenía un claro aspecto de aventurera.

—¿Viene usted a casarse?

—Ya estoy casada, y si no lo estuviera, tampoco habría venido hasta aquí para dar mi alma gemela. A qué viene esa pregunta, ¿tiene usted algún chino de Shangai para proponerme?

—¡Nada más lejos de mi intención! Entonces, ¿qué está usted buscando?

—Tierras cultivables.

—¿Quiere usted cultivar la tierra? —dijo Beckman con asombro.

—¿Eso le extraña? —respondió devolviéndole la pregunta.

—No, no es asunto mío. ¿Cuántos acres desearía comprar?

—Trescientos, como mínimo, repartidos en tres lotes.

—¿Tres lotes?

—Sí, serán tres diferentes. Represento los intereses de dos familias irlandesas.

—Puedo ofrecerle una gran cantidad de lotes. Nadie intenta labrar y sembrar la tierra por aquí, pues la miseria está garantizada.

—La miseria se debe sobre todo al filón de oro que nunca se encuentra. Quiero lotes buenos, terrenos poco accidentados, con agua en las proximidades.

—Puedo ofrecerle tres lotes buenos, pero estarán lejos unos de otros.

—Eso no importa.

—Son tierras vírgenes —precisó él—. Habrá que desbrozarlas y abonarlas antes de plantar.

Seguía perplejo. No entendía por qué quería convertirse en campesina.

—Conozco las dificultades que me esperan. Vengo de un país en el que trabajar la tierra es duro.

Asintió con la cabeza y se aproximó a una mesa cubierta de mapas. Desenrolló uno.

—Muy bien —continuó él—, aquí está nuestro sector. Entre el río Deer y el Kern, la población se concentra alrededor de la bahía de San Francisco y en las montañas auríferas. Un enjambre de aglomeraciones ha crecido en menos de cinco años en una superficie de menos de diez mil metros cuadrados. Más allá, prácticamente sólo hay zonas desconocidas. Todas esas partes blancas del mapa no valen más que un plato de lentejas.

Señaló con su índice al norte de Fort Sutter.

—Aquí, tenemos ciento veinticuatro acres en Hornaday Point.

Su dedo hizo un salto de cuatrocientos kilómetros siguiendo el curso de un río a lo largo de la cadena costera de Santa Lucía.

—Setenta y ochenta y cinco acres al sur de Monterrey. Una buena oportunidad por un puñado de dólares.

—¿Por cuánto exactamente?

—Doscientos dólares.

—Me lo quedo.

Beckman se mordió la lengua. Cayó tarde en que podría haber doblado el precio de unos terrenos que nadie quería. Con voz chillona, le preguntó a qué nombre debía poner los títulos. Le deletreó el suyo y después los de sus protegidos.

Se fue sin darle la mano. Estaba harta de las bajezas de Sonora. La invadió un sentimiento de tristeza. Muy pronto iba a tener que separarse de los McCortack, de los arrebatos de Mary, de los niños, que se habían convertido un poco en los suyos, de las veladas en familia alrededor del fuego de campamento, de los miedos y esperanzas comunes.

En lo más profundo de sí, sentía una imperiosa ansia de soledad. El resumen de su vida era triste, una vida repleta de experiencias inacabadas…

La separación de sus amigos iba a ser difícil. Trabajar aquella tierra iba a ser complicado. Los indios que habían contratado en Hornaday Point tenían dificultades para levantarse al alba. A veces, desaparecían durante horas. Había tenido que luchar contra los lobos, el granizo y las malas hierbas. Había calculado mal la cantidad de provisiones necesaria. Los indios comían demasiado, y los sacos de maíz y patatas se habían vaciado en pocos meses. Esa tierra le costaba dinero. Su entusiasmo había ido desapareciendo a lo largo de las semanas, y cada vez soportaba peor la visión de las montañas boscosas.

El tórrido verano de 1855 acababa de destruir lo que las tormentas de primavera habían arrasado. Los toneles de agua transportados a duras penas desde el río no bastarían para salvar los embriones de espigas que el viento ardiente había estropeado. Helena no había podido llevar a buen puerto su proyecto de canal. Los indios estaban al límite de sus fuerzas. Se alimentaban de raíces y bayas cuando las provisiones se retrasaban. Y ahora se retrasaban. Las mulas morían una tras otra de agotamiento. Helena comió pan duro y cebolla el día de su vigésimo cuarto cumpleaños. El fracaso habitaba en ella como una enfermedad incurable que le corroía el espíritu y le impedía dormir. En el horno de su cabaña de madera, vivía a la espera de la siguiente catástrofe. Una plaga de langostas, un incendio, paludismo, no se podía descartar nada. Las perspectivas de su futuro eran tan negras como las de los mineros arruinados de Dutch Flat que vagaban azorados por el desierto.

Ser un campesino se había convertido en una ruina. Le quedaban trescientos dieciocho dólares en el bolsillo. Había llegado el momento de ir a una gran ciudad. La carta de petición de fondos que le iba a enviar a su padre estaba lista desde hacía semanas. Añadió una hoja en la que le hacía partícipe de su intención de volver a la India.

Antes de abandonar sus tierras, quiso regalar su terreno a los indios, que lo rechazaron. Le explicaron que había cielos más clementes al norte. El día de la partida de Helena, se dirigieron hacia allí.

El 2 de agosto de 1855, entregó su carta en la oficina de correos central de San Francisco. El día 5, se embarcó rumbo a Japón.

67

*D*e Japón, donde había pasado cinco semanas, sólo le quedaban impresiones fugaces. En Tokyo, le había resultado imposible establecer lazos con nadie debido a que no había conseguido descifrar su idioma. Los habitantes desconfiaban de los extranjeros, y las casas de papel guardaban celosamente sus secretos. El emperador convertido en dios velaba por aquella nación que practicaba el infanticidio por razones económicas y que dejaba muy poco lugar para las mujeres, sometidas a unos hombres pagados de sí mismos, orgullosos y autoritarios. Así pues, se había ido de allí frustrada y enfadada. Se reencontró con la India con un placer inmenso. Allí, los más pobres de los pobres eran más libres que los japoneses. Pero Helena había olvidado el insoportable olor de esa miseria.

El olor de Calcuta era tan fuerte que la perseguía en sus sueños y en sus pesadillas. Noche tras noche, se despertaba. Había ratas, muchas ratas. Las oía correr alrededor de su cama. Los gemidos que subían desde la calle donde algunas agonizaban eran peores.

Los ingleses le habían desaconsejado esa parte de la ciudad, en la que afluían los campesinos acosados por el hambre. Helena había elegido ese lugar debido precisamente a su mala reputación entre las autoridades de Su Majestad. Debía ser discreta.

Helena se sentó sobre su catre, después de que la despertara el barullo organizado por las ratas. Se encontraba mal, febril. Más allá de las paredes asquerosas vivían sesenta mil pobres sobre un mar de excrementos.

No lejos, inmaculada, nueva y enorme, se erguía la catedral de San Pablo. ¿A qué esperaba ese dios misericordioso para venir a ayudar a los desdichados? El dios de los cristianos había perdido todos sus poderes. Los dioses de la India también. Las puertas de su reino no se abrían para quien vivía entre ratas y cucarachas.

Algunos afirmaban que los mendigos estaban pagando las faltas de su vida anterior. Los sacerdotes de cualquier orilla mantenían a sus fieles inmersos en el miedo y la ignorancia. Los templos se enriquecían. Los dioses dormían.

—¡Fulminadme! —gritó.

No se despertaron. Las ratas fisgonas continuaron sin temor con sus idas y venidas. La pensión apestosa de tres pisos no tembló sobre sus cimientos.

Helena pensó entonces en los indios que adoraban a la negra Kali. Al menos, ellos conocían la verdad. Ante esa diosa uno temblaba y se doblegaba. Era el tiempo destructor, el fuego devorador, la portadora de enfermedades. Un verdadero efecto de la vida aquí abajo. De repente, sintió un escalofrío. ¿Su grito desafiante había surtido efecto? Sintió una presencia inmaterial. Algo se manifestaba. Una forma luminiscente apareció ante la ventana. Helena lamentó su provocación. Se agarró a la sábana. La forma se concretó en una silueta humana.

Aquella entidad no desprendía agresividad alguna. Al contrario, el espíritu de Helena se llenó de calma. Las ratas huyeron. La habitación se purificó. El aire olía a rosa y a jazmín. En ese instante se oyó una voz.

—Me ha costado encontrarte.

—¡Kut Humi!

—Sí, soy yo.

—¿Qué noticias me traes, maestro?

—Un hombre va a venir a ayudarte… mañana…, el Pakula…

Su voz se debilitaba.

—¿Dónde estás? ¿Quién es ese Pakula? ¡Te lo suplico, vuelve!

Helena tendió una mano hacia la forma que ya se disipaba. Se oyó una aspiración, un ruido parecido al del agua de un sifón, y después un golpe seco.

Intentó volver a reunirse con Kut Humi mediante el pensamiento y, de repente, se sintió absorbida. Eufórica, partió a una velocidad de vértigo hacia cimas lejanas. Un viento tumultuoso la llevó hacia cimas nevadas. En unos pocos instantes, recorrió centenares de verstas. ¿Estaba en el Tíbet, por fin?

En el cielo, las constelaciones no ocupaban su lugar habitual. Todo parecía gigantesco. Las fallas, las depresiones, los salientes, los acantilados y los glaciares estaban hechos para gigantes. A lo lejos, una débil luz atrajo su mirada. Ella no lo dudó. Estaba llegando a su meta. Se preparó para efectuar un salto gigantesco. Su alma se lanzó hacia el punto luminoso e intentó imponer su voluntad a la fuerza que la conducía. De nuevo, se oyó el ruido de succión. Cayó en el vacío y se encontró en el suelo rugoso de su habitación. La vuelta a la realidad la llenó de amargura.

«No era más que una ilusión —dijo ella—, me estoy volviendo más crédula y estúpida que un *mujik*.» No obstante, estaba helada. Poco a poco, su cuerpo reaccionó al frío. Sintió quemaduras sobre su piel, debidas a las bajísimas temperaturas de la región de la que venía. Entonces, ¿había sido real?

¡Real!

Su pecho se elevó de esperanza. Debía encontrar al Pakula.

68

*L*os ocho monjes vestidos con ropas color azafrán desataron sus pensamientos. Se levantaron. Habían permanecido sentados en la nieve y el hielo y ya no sentían frío. El calor no les llegaba de las antorchas clavadas en el suelo. Estaba dentro de su cuerpo. Lo evocaban, lo invocaban, lo materializaban en un pequeño sol que calentaba su carne.

Volvieron dentro de la gruta de las Revelaciones, donde les esperaba el Maestro.

El delgado anciano había adoptado la posición del loto. Con la mirada ausente, estaba debajo de la inmensa estatua de Buda Bhumishparsha, que toma a la tierra como testigo. Una inmensa higuera sagrada con el tronco de bronce y las hojas de plata cubría a Buda y al Maestro.

Formando un semicírculo, colocados en cavidades, había esculpidos en la pared de obsidiana ocho demonios con los ojos fuera de sus órbitas y colmillos prominentes.

Cada uno de los ocho monjes se sentó delante de un demonio, con la cara vuelta hacia el Maestro y el Buda, iluminados por ocho lámparas de aceite.

Esperaron más de una hora hasta el final de su meditación. Cuando parpadeó, un monje le dirigió la palabra:

—Hemos visto su espíritu. Ella se acerca.

—No conseguirá llegar hasta nosotros —respondió él.

—¿Tendremos que transgredir el primero de los preceptos morales si llega a Lhassa?

—Segar la vida pertenece a los guardianes. Ninguno de nosotros infringirá la regla de las Diez Inmoralidades. Dejad hacer a los que vigilan.

Los que vigilaban estaban detrás de ellos, abominables y negros demonios a los que un encantamiento insuflaba vida. El Anciano tenía ese poder. Lo utilizaría si la extranjera se atrevía a poner en peligro la doctrina. Los monjes se recogieron. Ninguno de ellos dudaba del Maestro. Estaba en el camino de la perfección. Casi lo había cumplido y también había alcanzado los cuatro fundamentos con la concentración justa: *chattarosatipatthana*, la contemplación del cuerpo, la contemplación de las sensaciones, la contemplación del espíritu y la contemplación de la inteligencia. Había alcanzado la pureza, había superado la pena y el dolor. Ahora estaba en el tramo final del camino que llevaba a la felicidad.

La mujer blanca seguía buscando el camino. Era impura. Su destino era ser entregada a los demonios.

69

¿*A*dónde ir? ¿Dónde encontrar al Pakula que Kut Humi había mencionado? En cuanto el amanecer iluminó los templos de Kalighat, Helena abandonó la pensión. Caminaba con paso decidido por las calles de Calcuta. Evitó las cercanías de la columna Ocherlony, del jardín botánico y del hospital, por donde patrullaban los soldados británicos.

La guerra de Crimea había acabado con la victoria de las fuerzas francoinglesas y turcas. Aunque el nuevo zar Alejandro deseaba la paz, los ciudadanos rusos seguían sin ser bienvenidos en la India.

Helena no olvidaba que la habían acusado de espionaje. Por eso intentaba fundirse con el magma humano, con los leprosos y los tullidos. Se dejó llevar por su intuición, siguiendo las mareas de porteadores agotados, aplastados por cargas enormes. La mayoría mascaba *pan*, confeccionado con una pasta de nuez de areca y de cal viva, envuelta en una hoja de areca. Servía para engañar el hambre. A pesar del vientre vacío y la dureza de su trabajo, no se caían jamás. Continuaban incansablemente con su vaivén de insectos, pasando por encima de humanos esqueléticos.

Helena se sintió acongojada. Todavía no conseguía mantenerse impasible ante la miseria, los espectros de mujeres con niños raquíticos y de bebés con el vientre hinchado.

Empezaba a dominar algunas frases en hindi, en telugu y en oriya. El inglés no bastaba para hacerse entender.

—¿Dónde está el Pakula? —preguntó en varias ocasiones a los tenderos de un bazar y a las personas con las que se cruzaba por la calle.

Ni los perfumistas, ni los joyeros, ni los usureros ni los mercaderes de agua conocían ese nombre. Se atrevió incluso a abordar a un yogui y le hizo la pregunta. Tras fulminarla con la mirada, volvió a enviarla de vuelta al desorden de la calle.

Cuando llegó a un cruce, entró por curiosidad en un hospital jainista. Alrededor de un minúsculo jardín, habían acondicionado unos reductos en los que curaban a los animales enfermos. Los jainistas respetaban a todas las criaturas vivas. Las almas pasaban de unas a otras durante su transmigración. Pollos, gallos, palomas, lagartos, panteras, perros y serpientes con vendas y ungüentos parecían escuchar a los monjes flacos mientras recitaban los seis *avashyaka*. Los más ortodoxos de los jainistas llevaban una máscara de gasa para no tragarse insectos. Miraban con angustia a los mendigos impuros que venían en busca de las migajas de una alimentación reservada para los animales.

Había entre cien y ciento cincuenta indios amontonados en el centro del jardín ante los descendientes de Verdhamana, fundador de la secta en el siglo VI antes de Cristo.

Un hombre deforme avanzó de cuclillas, picoteando por aquí y por allá los granos caídos de las jaulas ocupadas por los pájaros convalecientes. Helena sintió un arrebato de rebeldía y desánimo. En la calle, niños desnudos corrían en todas direcciones. Gritaban agitados.

—¡La vaca! ¡La vaca!

Las mujeres, que estaban cociendo tortas, no interrumpieron su trabajo. Indiferentes, se limitaron a mover las piernas bajo sus harapos, a llamar a los más pequeños y a mover a los viejos apáticos que corrían el peligro de dejarse pisotear.

—¡La vaca! ¡La vaca!

Helena vio a la muchedumbre apartarse. Una vieja enjuta desapareció rapidamente. Vio cómo se hundía un tenderete. En medio de un ruido insoportable, chirriante sobre sus ruedas macizas, apareció un enorme carro tirado y empujado por una decena de jainistas. Una vaca yacía en él.

Helena se echó a un lado para evitar que el vehículo la arrollase; éste se metió en el jardín del hospital. Hubo gritos y heridos, y las ruedas aplastaron a un mendigo. Los jainistas no se inmutaron. El carro se detuvo ante un cercado donde dormitaba un buey. Los jainistas saltaron junto al animal, y se hablaron en prakrit y maharashtri. Después, uno de ellos auscultó sus flancos delgados. A su grupo se unió un sacerdote indio pujari. Dejaron la antigua lengua por el bengalí. Estaba claro que la vaca estaba a punto de morir. El sacerdote propuso una última operación.

—Haga venir al Pakula.

La palabra mágica. Había sonado como el amén de un oficiante al final de una ceremonia. Se repitió. Dominó las conversaciones incomprensibles. Helena esperaba ver a un ídolo con virtudes benéficas aparecer bajo un baldaquino de seda, o a un sabio con barba larga vestido de blanco inmaculado. Cuando vio llegar al Pakula, pudo leerse en su rostro el desengaño.

—Pero ¡si es un tártaro! —dijo en voz alta.

Un tártaro. Uno de verdad. Medio lobo, medio humano. El terror de las estepas, salido directamente del antiguo Janato de Kazán.

—Un tártaro —repitió.

Iba vestido como si tuviera que galopar en la tundra en pleno invierno, con unas magníficas botas de fieltro con puntas curvadas. Cuando vio a Helena, se mordió los labios con sus dientes puntiagudos. La mujer imaginó que ese carnicero le sonreía. Era la antítesis de los jainistas. Los monjes vegetarianos no parecieron preocuparse por la impureza de su persona. Le ordenaron que se inclinara sobre el animal. Antes de acercarse a la vaca moribunda, dibujó un círculo en el polvo con una varilla de cobre. Su amplio vestido relleno contenía todos los bártulos propios de un mago. Con el círculo cerrado, se dedicó a soltar amuletos.

Helena reconoció las fichas que se usaban para la magia. No eran más grandes que pequeñas monedas. Cada ficha estaba grabada con un signo en mongol y con una fórmula sacada del ritual zor.

Un chamán... Hacía mucho tiempo que no había visto a esos hombres misteriosos y temibles. Interpretó el mensaje transmitido por los círculos de bronce. Su mirada inteligente volvió a posarse sobre Helena. Era mucho más que un simple descendiente del sanguinario Atila. Sus espíritus se reencontraron durante un corto instante. Eso le bastó para comulgar y reconocer que el Pakula era al que esperaba.

Con la ligereza de un gato, saltó sobre el carro y apartó a los doctores y al sacerdote. Cerró los ojos cuando aplicó sus grandes manos sobre el cuello del animal. Su respiración se entrecortó. Entró en un estado de trance y empezó a murmurar encantamientos.

Su persona desprendía una formidable energía. Helena sintió la ola de calor benefactora.

Después de un cuarto de hora, no había ocurrido nada. De repente, la bestia se estremeció y sus patas empezaron a agitarse. Ante la muchedumbre estupefacta que estaba apiñada alrededor del cercado, la vaca se puso en pie sobre sus cascos.

Helena se convenció de que se trataba de un gran chamán dotado de poderes superiores. La emoción se apoderó de ella. Sintió gratitud hacia Kut Humi por haberla guiado hasta allí. Volvía a conectar con su destino.

El tártaro se había levantado. Era poco sensible a los elogios de los jainistas y a las bendiciones del sacerdote. Volvió a centrarse en su principal interés, en aquella extranjera que destacaba entre los pobres del barrio. Era igual que la mujer que aparecía a menudo en sus sueños. La consideró desprendida y algo cabeza loca, con poderes chamánicos. Ambos habían recorrido un largo camino, buscándose el uno al otro. Había llegado la hora.

Se quedó contemplando el hospital, las ruinas de las casas y los frontones dorados de los templos. El espacio estaba saturado de plegarias y susurros. Los dioses se alimentaban de ofrendas y sufrimientos. No debía quedarse allí más tiempo.

Él, Pakula Ligdan Taïji, señor de chamanes, expulsado de los confines de Rusia, no volvería a imponer sus manos sobre los hombres y las bestias de Calcuta. El desconocido de sus sueños le ofrecía la posibilidad de abandonar Bengala.

Tras escapar de las muestras de agradecimiento de monjes y mendigos, abandonó a la vaca resucitada y se acercó a Helena. Fue directo al grano. Sin dudar, se dirigió a ella en ruso.

—¿Tengo intención de ir al Punjab? ¿Y tú?

—Yo también.

—Llevo mucho tiempo esperándote.

Sonrieron. Su predestinación sobrenatural no exigía explicaciones. Se limitaron a aceptar la fuerza que los unía con un apretón de manos. En el calor de su palma pasó una corriente.

Un jainista les llevó una sopa de verduras.

—El salario del sanador —dijo Pakula con una mueca de disgusto—. Prefiero la carne.

—¿Un chamán que come carne?

—Tú también comes carne, y eso no te impide viajar al más allá, leer los pensamientos, acercarte a los dioses y a los demonios, y hablar con los muertos, por lo que yo sé.

—Sí.

—Tengo que tomarme esta sopa, si no perderán su prestigio —dijo él hundiendo la cuchara de madera en la espesa mezcla dulzona.

—¿Cómo has curado a esa vaca?

—Poseo el don de la curación. Los maestros me han enseñado a utilizarlo. La gente de aquí cree que estoy poseído por un dios. Para algunos, soy un enviado de Kali, para otros poseo el *tapas*, es decir, el fuego interior. Algunos incluso piensan que soy una reencarnación del discípulo de Buda Mahamaudgayayana, el *siddhi* dotado de inmensos poderes. Yo dejo que lo crean. No tengo nada de asceta ni de santo. Me gusta la buena vida y las sensaciones fuertes. Debes saberlo.

—No me enseñarás nada de los tártaros que no sepa ya. Veo el poder de la magia en ti… Me invade. Conocí a chamanes en Tiflis, pero no eran tan fuertes como tú, ni tan instruidos. Kut Humi ha elegido bien.

—No debemos invocar el nombre del Maestro.

—¿Dónde está? —preguntó ella en voz baja.

—En algún lugar del Tíbet.

—Debes conducirme hasta él.

—Subiremos hasta allá más adelante, primero debemos perfeccionar nuestros conocimientos de la India. Eso es lo que dicen los amuletos. Hace siete años que surco esta tierra intentando comprender el sentido de la vida y de la muerte. Juntos nos perderemos menos en este continente.

—¿Por qué no nos vamos inmediatamente?

—Hay un anciano en una caverna del Tíbet que reina en el mundo de los demonios refugiándose en la conciencia de Buda.

—¿Y qué?

—Quiere matarte.

—¡Vaya!

—Kut Humi se enfrentará primero a él. Después ya se verá. No quiero morir y reencarnarme en un escarabajo. Tenemos que armarnos mentalmente. ¿Qué sabes de las religiones y de las tradiciones de este país?

Le resultaba imposible responder a semejante pregunta. Su saber libresco y la experiencia sobre el terreno no le bastaban para poder dar un sentido al hinduismo.

Demasiados dioses, demasiados textos sagrados, demasiadas contradicciones.

La cara socarrona del hombre se inclinó sobre ella.

—Los más sabios también pueden perderse. Sabes muy bien que no sirve de nada precipitarse hacia el Tíbet. Hemos de buscar las primeras verdades en la India. Para elevarse, hay que ser iniciado. Siempre será difícil soportar las tormentas de nieve e inclinarse ante el dios viviente en Lhassa. El Tíbet está plagado de trampas y sigue estando vedado para los extranjeros. No olvides que el Anciano nos espera allá. Todavía no tenemos las armas necesarias para vencerlo si Kut Humi fracasa en la primera batalla.

Él la condujo por las callejuelas tortuosas hasta un nicho al final de un pasillo oscuro. Iluminado por dos lámparas de aceite, un hombre esquelético y desnudo, sentado sobre una piedra redonda, meditaba.

—Es un monje del duodécimo grado —dijo Pakula—. Ha decidido suicidarse por inanición para alcanzar la verdadera paz espiritual. Te he traído aquí para que toques con el dedo una de las realidades de la India. Pon tu pulgar en su frente.

Ella dudó. Le temblaba un poco la mano. Rozó con el pulgar la frente y enseguida se llenó de impresiones mórbidas.

—Es horrible —murmuró.

—Hay que saber desear ardientemente la muerte para apreciar la paz.

Un hombre llegó, con un estilete en la mano. Le hizo un corte a la momia a la altura de la axila. Lo hacía cada tres horas para debilitarlo un poco más. De inmediato, las moscas cubrieron la herida y se abrevaron en la sangre.

—Es una forma de morir siendo útil. Ha elegido alimentar a los insectos. Ninguno de los caminos que llevan al conocimiento y a la perfección es fácil. Los jainistas admiten que para conseguirlo hay que evitar perjudicar a los seres vivos, la falsedad, el robo, los deseos carnales, y no aferrarse a los bienes de este mundo. Ni tú ni yo podemos satisfacer esas exigencias, por tanto, no seguiremos esa vía. Por mi parte, no estoy listo para admitir que una gota de agua está formada por una cantidad innumerable de individuos acuosos cada uno de los cuales tiene un alma propia.

Helena asintió. Ella tampoco podía aceptar que los bichos que bullían en la barba del anciano tuvieran alma.

—Tenemos muchas cosas que entender —continuó el tártaro.

—Dejemos Calcuta. Estoy harta de la muerte.

—Mañana al amanecer, pero no podremos escapar de su compañía. En la India, está presente en todas partes.

—Eso ocurre en todo el mundo, y lleva persiguiéndome desde mi nacimiento. Como es mi destino, acepto enfrentarme a ella en el Tíbet.

—Sí, el Anciano de la Montaña la llamará. Hace mucho tiempo que se apartó de la senda marcada por su orden. Ya no sigue las ideas del decimocuarto Dalai Lama.

Helena no pidió explicaciones sobre esa doctrina. Se sabía de memoria los tres preceptos dictados por el décimocuarto Dalai Lama. Se los había aprendidos en su primera tentativa de penetrar en el Tíbet. En el primer precepto moral, el *adishila-shiksha*, se decía, siguiendo la regla de las Tres Inmoralidades, que estaba prohibido quitarle la vida a cualquier ser vivo directa o indirectamente.

El Anciano de la Montaña ya no servía a Buda.

70

*E*l infatigable Pakula era capaz de cabalgar durante horas bajo el más ardiente sol. Empujaba a Helena hacia delante. La animaba a no dejarse abatir por la realidad cotidiana, pues la miseria se extendía por todo Pradesh, a cada lado de los caminos, desplegando sus enfermedades y su hambruna. Los indios perecían sin que nadie pudiera ayudarlos. Helena sufría.

Avanzaba por el aire agrio, por las aguas fétidas, en medio de cadáveres putrefactos, bajo los cielos dominados por los cuervos y los buitres. Seguía sin conseguir aceptar la banalidad de esos males, por el contrario, sus sentidos se agudizaban y sus dones mejoraban. Percibía cosas que los hombres prodigiosos de los santuarios ignoraban. Instintivamente seguía el camino más corto y evitaba los peligros.

Pakula se mostraba impasible. La visión de los despojos devorados por los carroñeros no lo perturbaba. Las piras teñían de rojo sus noches, pero sólo le importaba el fuego de su campamento. Helena no lo había visto vacilar ni una sola vez desde que habían cruzado el Yamuna.

Se mantenía erguido sobre su silla. En varias ocasiones, sólo con la fuerza de su voluntad, había hecho huir a bandas de sijs dirigidos por predicadores udasis, blandiendo el sable.

—Ahí llegan más —dijo lanzando una mirada maliciosa a su compañera de viaje.

Helena añoraba su colt y su fusil. Los sijs estaban a doscientos pasos, cortaban el camino. Recibieron con gritos salvajes a los dos jinetes que osaban penetrar en el gran desierto de Thar.

—Los cinco K están coléricos —continuó Pakula con voz calmada y regular.

—¿Los cinco K?

—Los sijs se reconocen entre ellos porque llevan las cinco K: *kes-*

ha, la barba; *kangha*, el peine; *kara*, el brazalete de acero; *kachla*, los calzoncillos cortos; y *kirpan*, el sable.

Pakula había dicho bastante. Abandonó su papel de profesor y se concentró para enfrentarse a los barbudos que se acercaban. Calculó que eran unos cuarenta. Gritaban y llamaban a la guerra santa. Sus sables curvos azotaban el aire en dirección a los extranjeros. Un gurú de pequeño tamaño gesticulaba más que los demás: se jactaba de ser el dedo de Nam, la divinidad. Exhortaba a sus hermanos a destripar a los invasores. Lo aclamaron y se dispusieron a lanzarse sobre los jinetes.

Pakula alzó el brazo izquierdo, donde llevaba atado un poderoso talismán: la Piedra Hablante. Una parálisis se apoderó de los sijs. Bajaron la cabeza. El gurú supo resistir mejor a la piedra. En nombre de los adoradores del Sin Forma, el hombrecillo vengativo maldijo a los impíos. Tenía los ojos, llenos de odio, clavados en Helena, a la que tomaba por inglesa. A pesar del miedo que le inspiraba el chamán del país de los Estandartes, se acercó a ella y le escupió en la cara.

Humillada, Helena se preparaba para lanzar su caballo contra el gurú.

—¡No! —dijo Pakula.

Cerró el puño izquierdo. Enseguida, el gurú cayó, abatido por una maza invisible. Los sijs, asustados por tanta magia, se dispersaron y desaparecieron entre gritos.

—¿No te parece más sencillo? No hay necesidad de derramar sangre… Nuestra sangre, concretamente.

—Vas a tener que enseñarme tu magia.

—Vamos a intercambiar nuestras fuerzas… Los sijs se recompondrán. Debemos salir del desierto antes de la caída de la noche.

Azuzaron a sus caballos y se dirigieron al galope hacia un horizonte de dunas y espejismos.

71

*L*os caballos olisquearon la vegetación y el agua. Aceleraron el paso. Una línea oscura se perfiló en el horizonte. El desierto de Thar acababa allí, al norte. Pakula lo confirmó.

—El fortín avanzado de Kasur. Aquí acaba el desierto.

Helena suspiró. Un pájaro nocturno ululó. La vida se reanudaba entre los árboles desmedrados. Las hojas crujían suavemente bajo la caricia ligera y fresca del viento del norte.

—Vamos a poder descansar —dijo Pakula dirigiendo a su caballo hacia el fortín.

Era una antigualla en ruinas habitada por roedores y murciélagos. Una torre seguía en pie. Así pues, decidieron instalarse en ella para vigilar mejor el desierto. Los sijs podían aparecer de un momento a otro. También existía el peligro de los bandidos, los saqueadores, los nómadas…

Helena estaba completamente fatigada. Se tumbó en el suelo sin preocuparse por retirar los guijarros. Pakula, como de costumbre, no mostraba ningún signo de cansancio. Preparó un caldo sobre un fuego débil. Se lo tomaron al mismo tiempo que masticaban carne seca.

Helena se durmió muy rápido. No vio a su amigo tártaro lanzar los encantamientos ni preguntar a los Grandes Ancianos, los señores de todos los destinos. No lo sintió cuando se inclinó sobre ella y murmuró:

—Velaré por ti. El Anciano no te matará.

A la mañana siguiente, se pusieron en marcha hacia Kasur. Pasaron los días y se fueron acercando a Lahore. Una mañana, llegaron por fin a Punjab y se pusieron a resguardo del peligro sij. El estado de Punjab estaba bajo vigilancia de militares ingleses.

En aquel invierno de 1856, Helena albergaba la esperanza de que el viaje siguiera siendo fácil. Al llegar a las orillas verdes del Béas, compartió la alegría y la comida con los campesinos musulmanes. Allí, no se padecía hambre. Prácticamente no había mendigos.

Pakula era un agradable compañero de ruta. Hablaba de todo. Su extraordinaria memoria le permitía restituir todos los detalles de su saber. Era uno de los pocos chamanes que sabía leer y escribir en varias lenguas, y seguramente el único que conocía la historia de Asia y que se identificaba con los personajes que habían logrado la gloria. Su mirada se iluminaba al mencionar a Akbar, el Conquistador, a Abú Fadi, el Unificador del Corán, a Hammir, el Príncipe Rajput, o Dhrishtadyumana, el Rey Ciego, al que imitaba agitando los brazos ante sí, mientras decía que iba en busca de su fiel esposa Gandhari y de sus cien hijos.

Era la última historia de Pakula. La más fantástica y larga. La hoguera se apagaba.

—¿Qué fue de los hijos del Rey Ciego? —preguntó Helena, riéndose por ese número excesivo de hijos.

Pakula pareció reflexionar, después lanzó unos juramentos antes de responder:

—Este lugar no es propicio para las revelaciones.

—Pero ¡ocurrió en el pasado! Es una leyenda.

—¿Quién te dice que el poema del Mahabarata no es verdad?

—Según la opinión de los historiadores, todos los poemas fueron inventados.

—La Gran Batalla tuvo lugar… Sus historiadores no estaban presentes cuando los ejércitos se enfrentaron al norte de Panipat…

—Los hombres saben inventar bellas historias…

—Tienes el poder de remontarte en el tiempo y reencontrarte con los espíritus de los muertos. ¡Puedes verlo por ti misma!

—Tengo que estar en el lugar.

—Yo estaba en ese sitio y en ese momento y… —Dejó de hablar y se puso a escudriñar los alrededores.

—¿Qué pasa?

—Utiliza tus dones y lo sabrás.

Helena cerró los ojos y abrió su espíritu a la noche. Seguían merodeando por allí fantasmas y… había algo más.

—Está ahí —dijo ella.

—¿Lo sientes?

—Lo percibo. No pertenece a nuestro mundo.

—Es un malhechor enviado por el Anciano de la Montaña. Mi piedra hablante bastará para echarlo —dijo Pakula, que dirigió el talismán hacia un punto preciso.

Se oyó un grito parecido al de un recién nacido, seguido de una ráfaga de viento. Helena perdió el contacto con esa presencia que había detectado.

—Se ha ido —dijo abriendo los ojos.

—Y no volverá esta noche. Intenta dormir. Mañana tenemos por delante una larga etapa.

—No es más que un simple poema. No hay ninguna revelación.

—Conozco otro que habla de mujeres estúpidas, feas y testarudas.

—Ése ya me lo has recitado.

—Es muy adecuado para la situación.

Helena se rio. Por primera vez, Pakula se ponía nervioso. La comparaba con una de las mujeres del horroroso poema que recitaba complacido con voz pastosa cuando bebía demasiado arak:

> La octava clase es la de las mujeres imposibles de mirar, con cabellos semejantes a un erizo; huelen tan fuerte como bestias y hablan como grita el búho. La novena, la de aquellas con las que nadie se acuesta. Enemigas de la propiedad, tienen la ropa manchada de barro y les cuelgan los labios. La décima clase es la de las que nadie escoge y cuya casa parece una piara. Tienen el carácter de perro y la boca y los labios de camello. Tenemos ahora a la undécima clase, la de aquellas que son tan malvadas y peleonas alrededor de la mesa como las grajas. Tienen culos enormes que son nidos de ladillas.

—¿Qué pretendes decir? —le preguntó ella, que recordaba la edificante clasificación del hombre, que como todos los de las estepas, tenía en mayor consideración a sus caballos que a las mujeres.

—¡Que tienes que morderte la lengua!

—El Maestro no nos ha unido para discutir, y somos lo bastante fuertes como para vencer a cualquier criatura de los mundos prohibidos. ¿O es que tienes miedo, gran chamán?

—¡Puf!

Herido en su orgullo, le contó cómo los cien hijos de Dhrishtadyumana se habían convertido en demonios yathudhana tras la gran batalla en la que se habían enfrentado los kaurava y los pandava.

De nuevo, demonios.

—Me encontré con ellos en una ocasión. Éramos cuatro chamanes. Soy el único superviviente, y no lo digo para pavonearme. Los demonios yathudhana son como a los que nos tendremos que enfrentar en el Tíbet.

—Acabaremos con ellos.

—Que los dioses te oigan. Debemos ser precavidos —dijo él, que, bruscamente, metió la mano en el fuego. Agarró una brasa y la lanzó a la noche—. Yo, lama y mago, chamán de la estepa, lanzo este hueso de fuego en nombre de Zor, lo lanzo contra mis enemigos, a los que odio a muerte; lo lanzo contra los diablos causantes de todos los males; los lanzo contra los espíritus que provocan el desorden; lo lanzo contra los monjes crueles de las altas montañas.

Se había expresado en tibetano, una lengua desconocida por Helena; sin embargo, captó el sentido de las palabras gracias a la violencia del tono. Pakula se hizo un ovillo. Parecía agotado.

—No me gusta este sitio.

—A mí tampoco.

—Tengo mis razones, ahora me acuerdo. Este lugar está maldito. Aquí han pasado cosas terribles. Está claro que esta noche no vamos a pegar ojo —dijo levantándose de golpe.

Helena se sintió pesada. El miedo le pasó de las tripas a la columna.

La suave brisa se volvió un viento frío portador de hielo. El frío le cortaba el rostro. Sintió que se le dormían las extremidades y se acercó al fuego moribundo. En ese momento, las piedras se desprendieron de las paredes y una torre se derrumbó en medio de un estruendo ensordecedor. El suelo temblaba…, temblaba bajo los pasos de algo inmenso y pesado.

—Un demonio yathudhana —susurró Pakula—. Viene del corazón del hielo.

Helena tiritaba. La temperatura seguía bajando. El viento del Himalaya traía consigo un olor fétido. No olía a cadáver, sino a frutas en descomposición, agua estancada y huevos podridos. Helena intentó no dejarse llevar por el pánico. De repente, vislumbró unos ojos sobre la torre.

Dos rombos azulados con las pupilas dilatadas flotaban en la noche. Tan sólo veía aquella mirada demoniaca que la juzgaba.

Helena luchaba con todas sus fuerzas para no huir. ¿Existiría algún medio de alejar esa aparición gigantesca cuyo cuerpo brumoso empezaba a distinguirse? La violencia del aliento glacial aumentó. Tuvo la impresión de que unas garras se hundían en sus carnes y coagulaban su sangre. Vio una pata fantasmal elevarse hacia el cielo.

—¡No, no, vete! ¡No existes, no existes!

No pudo soportar más el miedo y gritó.

—¡Invoquemos a Kut Humi!

La voz de Pakula le llegaba deformada.

—¡El Maestro puede salvarnos! ¡Él ha alcanzado la perfección!

Lo llamaron con toda la fuerza de sus pensamientos, pronunciaron tres veces el nombre del Maestro cogidos de las manos. Sintieron que el frío se apoderaba de ellos. El demonio derribó lo que quedaba de pared de su refugio y cerró su puño para aplastarlos.

—Sal de este mundo —susurró una voz.

Kut Humi se les apareció entre sombras y plantó cara al yathudhana. Hizo nacer una esfera de luz y la lanzó a la cara del monstruo. Los ojos naranja estallaron formando una miríada de puntos. El viento cesó y la temperatura subió. Sólo persistió el olor. Helena y Pakula buscaron al Maestro. También había desaparecido; tampoco pudieron reunirse con él mediante el pensamiento.

—Nos ha salvado —dijo Pakula.

—¿Cómo lo ha hecho?

—Utiliza armas sagradas.

La explicación se detuvo ahí. Pakula no estaba en condiciones de decir nada más. Jamás había alcanzado la perfección, y no lo haría nunca.

—Tan sólo estamos al inicio de las pruebas. Cuanto más avancemos, más salvajemente se manifestarán los seres de los mundos invisibles. El Anciano de la Montaña no se dará por vencido.

—Ya encontraremos el modo de librarnos.

Señaló hacia el norte, al Himalaya.

—Quiero hacer el voto de ir al Tíbet. ¡Juntos nos realizaremos en Lhassa!

$\mathcal{H}$elena y Pakula seguían pensando en la noche que habían pasado luchando contra el gran demonio enviado por el Anciano de la Montaña. En cada parada que hacían, multiplicaban las precauciones y procuraban asegurar sus defensas tanto como podían. Su complicidad había aumentado. Pakula usaba fórmulas mágicas. Helena dibujaba pentáculos en el suelo.

Por turnos, montaban guardia cerca del fuego, que no dejaban de alimentar. Los sabios europeos se habrían burlado de ellos si los hubieran visto actuando como los brujos de la Edad Media. Se habrían enfrentado a ellos con la teoría científica de la «objetivación de las formaciones mentales», según la cual el hombre crea ilusiones en el espacio al creer en sus miedos infantiles. Pero no, no habían creado nada. El demonio estaba allí. A la mañana siguiente, se habían encontrado con huellas de garras de un metro de longitud.

Hacía ocho días que reinaba la calma. Los caballos ya no se encabritaban. No leían malos presagios en la naturaleza. Como los augures, Pakula leía las entrañas de los pollos, y no encontraba nada de qué preocuparse. Tampoco habían lanzado ningún hechizo. Las premoniciones de Helena ofrecían bellas perspectivas en su futuro inmediato. Parecía que el Anciano de la Montaña había renunciado a matarlos.

Aliviados, entraron en Lahore, donde se reencontraron con la civilización.

La ciudad estaba eternamente de fiesta, opulenta y cosmopolita. Pasaron desapercibidos en medio de los encantadores de serpientes y de los domadores de tigres, y entre los aventureros de todo tipo que venían de Irán o de China. Además, allí había más occidentales que en cualquier otra parte. Mercaderes de la Compañía de las Indias, misioneros jesuitas, mercenarios franceses y exploradores alemanes se encontraban en los jardines de Shalimar o de Shahdera. Había un buen muestrario de crápulas y de prevaricadores con ansias de repartirse las riquezas de Punjab, que los ingleses habían anexionado seis años antes, después de su victoria contra el regente sij Rani Jindhan.

Pakula conocía perfectamente la ciudad. Había estado en ella un mes durante la guerra. La condujo cerca del Badshahi Masjid, donde se conservaba un cabello del Profeta. En el barrio de ese lugar santo, se encontraría con sus amigos médicos, que practicaban la cirugía shalya con una punta de flecha.

—Me han enseñado mucho. Debes conocerlos —le había dicho a Helena cuando entraban en Lahore—. Te enseñarán las ocho partes del arte médico. Olvidarás lo que tus ojos y tus oídos vieron y oyeron al respecto en Occidente.

Para reforzar lo que habían vivido en Khana, le precisó que la cuarta parte de las enseñanzas, la más preciada para los médicos del Punjab, trataba enfermedades demoniacas, y que la quinta tenía que ver con las enfermedades infantiles atribuidas a la influencia de los demonios.

Helena siguió silenciosa. No deseaba contrariar al chamán criticando a esos médicos exorcistas que se basaban en presagios y en sueños para establecer un diagnóstico. De todos modos, pensaba anotar sus recetas con vistas a escribir un libro sobre los misterios de la India.

Cuando Badshahi Masjid se acercó, la muchedumbre se tornó tan densa que tuvieron que bajar del caballo. Se formó una verdadera marea de hombres y camellos. Helena se fundió feliz con ese magma, encantada con el jaleo y tranquila por las plegarias susurradas y la presencia de las mujeres en los tejados.

En todas las calles vecinas, el comercio iba a buen ritmo. Helena se sentía plenamente viva en medio de esa gente sencilla.

—¡Por el ojo de Urna! —exclamó de repente Pakula.

Un incendio había arrasado una calle entera. Vigas de madera devoradas por las llamas emergían del material desprendido. Entre las ruinas luchaban cabras, aves y niños.

Pakula interrogó a los que pasaban por allí. Les explicaron que los musulmanes habían echado a los médicos dos años antes, después de los sangrientos acontecimientos de 1849, en los que se habían enfrentado las diferentes comunidades de la ciudad.

—Ésa era la voluntad de Alá —le respondió un imán.

—¿Qué vamos a hacer? —preguntó Helena.

—Continuar hasta Islamabad.

Helena quedó satisfecha con la respuesta. Esa ciudad de Cachemira la acercaría al oeste de China, y los ingleses controlaban mal esa provincia.

—Pasaremos fácilmente —dijo Pakula—. Desde allí, iremos a la gran senda de las caravanas. Rodea el Nanga Parbat y conduce hasta la provincia de Xinjiang, y hasta el Tíbet a través de unos puertos.

—Tengo dinero suficiente para comprar provisiones para los próximos seis meses —intervino Helena.

—Haremos lo mismo que esa gente, nos encomendaremos a Alá —bromeó el chamán, que contemplaba a los fieles musulmanes que se amontonaban en torno al imponente Badshahi Masjid.

Helena tuvo una sensación rara. La asaltaron pensamientos extraños y benévolos, que pertenecían a un futuro próximo. Iba a encontrarse con alguien. La premonición fugaz desapareció. Helena volvió a observar el mundo real.

Saltimbanquis, acróbatas e ilusionistas habían invadido la explanada. Ante las puertas del lugar santo, los faquires se golpeaban las manos, balanceando la cabeza de atrás adelante. Cantaban el *hamd* en honor de Alá. Sus rostros extasiados expresaban un amor sin límites. Dios estaba con ellos y en ellos. Embargados por ese sentimiento indefectible, unos músicos entonaban esos himnos gloriosos con sus tambores y violines.

Helena se dejó llevar por la magia de los arqueros y de las manos oscuras que corrían por las cuerdas.

—Mi piedra hablante se calienta.

—¿Algún peligro?

—No, más bien es una buena señal. Hay gente aquí que nos quiere.

Un comefuegos se paseaba en medio de un círculo de panteras domadas por un hombre centenario armado tan solo con una vara de bambú. Helena compartía la estupefacción de los curiosos. Cada vez que lanzaba una llama, las bestias enseñaban los colmillos, pero el viejo domador los controlaba con su bastón. Más lejos, un faquir con barba brillante mantenía a su auditorio en tensión. Le hablaba a una cuerda que llevaba enrollada entre sus piernas. De repente, la cogió y la lanzó al aire. Como una pica, se quedó tensada en el aire.

—¿Cómo puede hacer eso? —preguntó Helena, asombrada.

—El ojo es ciego, pero el espíritu ve —respondió el chamán en un tono sibilino.

Fuera o no una ilusión, la cuerda estaba tiesa. Con un pequeño gesto de la mano, el faquir invitó a un muchacho a que la tocara. Éste lo hizo temeroso.

—¿Sabes trepar? —preguntó el faquir.

—Sí…

—No corres ningún riesgo, la he atado sólidamente al cielo. Los asistentes buscaron el punto de apoyo del extremo. No había nada, nada más que el cielo azul claro y lejanas aves de vuelo perezoso.

—Venga, ¡salta o te transformo en cucaracha!

El muchacho se enrolló el cable en los brazos y las pantorrillas al cable, que aguantó el peso. Empezó a trepar. Los asistentes recibieron la hazaña con exclamaciones de sorpresa. Después, todas las caras se tiñeron de estupefacción. El niño estaba desapareciendo en el cielo. Muy pronto sólo se vio la cuerda tensa…, tan sólo la cuerda.

—¡Increíble! —resopló Helena.

—Miras demasiado con los ojos.

—Ha desaparecido de verdad, ni siquiera siento su espíritu.

—Espera.

Pasó un momento. El faquir se rascó la barba y después le ordenó al muchacho que bajara. Nada ocurrió. Su cólera se volvió enorme y lanzó un ultimátum. Seguía sin pasar nada. Entonces, cogió un gran *kriss* que había dejado en el suelo, se lo puso entre los dientes y empezó a trepar por la cuerda.

Los espectadores entendieron que iba a usar el arma para castigar al pequeño desvergonzado. El faquir desapareció también en el cielo, lo que provocó un nuevo clamor con el giro del truco. Un grito horroroso llegó del cielo.

—¡En nombre de Dios! —juró alguien.

Tres occidentales se habían mezclado en la multitud que seguía conteniendo el aliento. La gente se arremolinó. Se situaron cerca de Helena y de Pakula. Unas gotas de sangre precedieron a la caída de una mano cortada.

—¡Maldito faquir! —exclamó Helena en ruso.

Esa cólera atrajo la atención de un amante de las sensaciones fuertes. Un tipo con la piel tan rosa como la de un bebé, enorme, con ojos de ternero, la miró con interés.

—Es ella —les dijo a sus vecinos.

Sus dos colegas no lo escucharon. La atracción dramática captaba toda su atención. Se estremecieron. Del cielo caían pedazos de cuerpo.

La multitud gritó.

Cortada por debajo del mentón y chorreando sangre, la cabeza del muchacho se estrelló contra el suelo y rodó entre las piernas de los espectadores. Helena sintió náuseas.

Quería irse, pero la gente estaba tan apelotonada que no pudo pasar. Se volvió hacia Pakula, que con serenidad le indicó con un gesto que mantuviera la calma.

El faquir reapareció y se dejó caer por la cuerda. Todos aguantaban la respiración. Lo miraban con odio, su situación parecía más que comprometida. Algunos asistentes habían alertado a los soldados de Su Graciosa Majestad, que llegaban al lugar. Se abrieron paso entre la multitud para prenderlo. El faquir no se inmutó. Recogió la cabeza, el tronco y los miembros de la víctima y los juntó.

El que sólo había sido un amasijo sanguinolento empezó a caminar, saludar, hablar y a brincar entre los maravillados espectadores. Enseguida, recompensaron al mago de barba brillante y a su pequeño cómplice con una lluvia de moneditas. Los soldados ingleses, heridos en su orgullo, reanudaron su ronda.

—Todo ha sido una ilusión, señora Blavatski.

«¡Señora Blavatski!» Helena se crispó. El hombre grande de tez rosácea sabía su nombre. ¿Cómo era posible? Se temió lo peor: Policía, arresto, interrogatorio, prisión, expulsión… Empezó a buscar una salida, cruzó una mirada con Pakula, para hacerle comprender que había que subirse a los caballos y salvarse.

—No le conozco de nada —dijo ella apresurándose a poner el pie en el estribo.

—¿No se acuerda usted de mí? —preguntó él, algo humillado—. Külwein… Helmut Külwein. Estuvo usted en mi casa en Colonia, cuando volvía usted de Inglaterra, hace diez años.

—¿Külwein?

Ese nombre le recordaba vagamente una casa sobria y a alguien con un título. Külwein, el ministro luterano, un conocido de su padre. Era un hombre muy delgado que vivía pobremente de pan, agua y queso.

—Es cierto, he cambiado mucho, no como usted.

El Külwein de otro tiempo se asemejaba a los ascetas del Ganges, el de la actualidad estaba más gordo que un bebedor de cerveza de Múnich. Helena desconfió.

—La piedra que habla está muy caliente —le murmuró Pakula al oído—. Ese hombre es sincero.

Pero sus dudas persistieron.

—¿Cómo sabe que soy la señora Blavatski?

—Me expreso en ruso y me responde en ruso. Por lo que sé, es la primera mujer de Rusia que ha llegado aquí. Se habla mucho de usted en las capitales. Los ingleses siguen muy de cerca sus peregrinaciones, y las Iglesias católica y protestante la han puesto en su lista negra. Las cosas son así, señora Blavatski. Nuestras sociedades detestan a las mujeres independientes. Mentes exaltadas se inventan historias increíbles sobre usted. Sobre todo, desde que la echaron de Sikkim. En el gabinete del Zar, su caso sigue haciendo estragos. Antes de venir a la India, escribí a su padre. El pobre hombre está muy contra-

303

riado. Me ha pedido que la ayudara si, por azar, nuestros caminos se cruzaran. Me ha revelado su intención de ir al Tíbet. Resulta que ésa es también nuestra meta. Me alegra mucho haberla encontrado aquí, sana y salva, en compañía de un hombre cuya experiencia adivino —dijo él inclinándose ante el chamán—. Por cierto, debo avanzarle doscientas piezas de oro. Su padre lo exige.

El rostro de Helena se iluminó con una sonrisa. La Piedra Hablante debía de estar a muy alta temperatura. Ese Külwein era una bendición caída del cielo, el mejor faquir de este mundo. Le entregó la bolsa inmediatamente sin preocuparse de las miradas.

—Gracias —dijo ella.

—Tengo otro mensaje…, una mala noticia.

Helena palideció y apretó la bolsa contra su pecho.

—Su esposo ha muerto. Tengo una carta para usted, tome.

—¡Oh! ¡Qué alegría! —gritó ella, que cogió la misiva.

Külwein, el luterano, se quedó de piedra. Ni siquiera tuvo tiempo para recomponerse y mostrarse ofendido: Helena le plantó dos besos sonoros en sus mejillas regordetas. Dejándose llevar por la alegría, estrechó las manos de los compañeros del alemán. Se los presentó titubeante: Eric y Pierre Neuwald, dos hermanos suizos que amaban la aventura y los descubrimientos.

Helena apenas los miró. El horrible Nicéphore ya no estaba en el mundo. Había muerto, ahogado por su maldad, lo habían devorado los gusanos hasta reducirlo a un montón de huesos.

Se puso a pensar en el infierno al que iría el bárbaro de su marido, donde sufriría tormentos durante millones de años. Era libre por fin. Viuda y rica. Sacó la carta y la leyó con avidez. Su padre le relataba brevemente la muerte brutal de Nicéphore: una parada cardiaca después de una borrachera con sus cosacos. Hoy, todos esperaban el regreso de Helena. Había incluso una nota de su hermana Vera, que por los lazos sagrados del matrimonio se había convertido en la señora Yahontov. Sus palabras estaban llenas de emoción y de numerosos «te quiero». La carta acababa con un «vuelve con nosotros pronto, estamos deseosos de estrecharte entre nuestros brazos».

Helena estaba conmovida. Se le empañaron los ojos. Los recuerdos se agolpaban en la memoria. Muchas imágenes pasaban ante sus ojos grises. Se volvió a ver en un día de verano en los terrenos de sus abuelos. Su hermana pequeña tenía cinco años y ya montaba a caballo. El animal se había embalado antes de encabritarse delante de un seto y lanzar a Vera por los aires.

Helena la veía, con los brazos en cruz y con cara de miedo, estrellándose brutalmente contra el suelo. Milagrosamente, no había resultado herida. A partir de entonces, había amado y protegido a su hermana; de alguna manera, había ocupado el lugar de su madre, desaparecida prematuramente.

Perdida en el otro confín del mundo, Helena sintió una repentina necesidad de estar cerca de su familia y de besarlos. Su Vera. Su querida Vera. El angelito que tanto se parecía a mamá. Vera, tan mayor ahora... y casada.

«Quizá sea buena idea», pensó Helena. Aparte de su pasión por los caballos, Vera no se sentía inclinada hacia la aventura. Amaba Rusia, su tierra y su comodidad. Al casarse con el hijo del célebre mariscal Yahontov, un favorito de la pequeña nobleza y el pueblo de la tranquila ciudad de Pskov, Vera se había convertido en la primera dama de una región tan grande como Francia.

—Volveré a Rusia cuando haya cumplido con mi destino —le dijo a Külwein.

El ministro luterano se había recuperado de su sorpresa.

—Queremos descubrir el secreto del Ardiente de Agni —dijo él.

—Los que lo han intentado han perdido la razón —intervino Pakula—. Intentar desvelar los misterios del segundo de los siete Budas del pasado es muy peligroso. Tendréis que subir montañas muy altas, hasta altitudes en las que es imposible respirar. Si lo consiguen, los guardianes de Agni se encargarán de poner fin a su karma.

Külwein se encogió de hombros. Su plan era irrevocable. Los guardias de Agni apenas lo impresionaron. Estaba incluso listo para enfrentarse al ejército del emperador de China.

—¿Qué piensan hacer? —le preguntó a Helena.

—Les propongo ir a Islamabad, con Pakula de guía. Desde allí, intentaremos entrar en el Tíbet —respondió ella en alemán para que los hermanos Neuwald lo comprendieran.

—Con ustedes lo conseguiremos —exclamó Eric.

—Sí, es una suerte haberles encontrado —intervino Pierre.

Helena les dio las gracias. Pero la suerte no estaba de su lado. Esos tres hombres no estaban hechos para dormir al ras y para usar armas.

$\mathcal{K}$ülwein y los Neuwald se habían tenido que rendir a la evidencia. Esos endiablados de Blavatski y Pakula eran mucho más astutos que ellos. En Islamabad, habían conseguido que les rebajaran el precio de los fusiles y de las pistolas de fabricación austriaca. Era una compra indispensable. La región se inflamaba. Los pueblos habían ardido y sus habitantes habían sido masacrados entre Rawalpindi y Kahuta.

El camino estaba marcado por los estigmas de la muerte. Se sucedían imágenes horrorosas. Al ver a dos cipayos empalados, medio devorados por los buitres, y a numerosos cadáveres putrefactos, el gordo luterano había estado a punto de caer redondo. Pakula le había impuesto las manos en el pecho y eso le había evitado la apoplejía.

Desde entonces, Külwein tan sólo pedía por el chamán. Rezaba por ese «hombre santo» todas las noches y animaba a sus compañeros a hacer lo mismo.

Hacía dos días que habían salido de Islamabad tomando sendas y caminos indirectos que llevaban al norte, para evitar las emboscadas y las patrullas. Llegaron a una senda única recortada en las montañas dos mil años antes. Ese itinerario legendario, recorrido por peregrinos, llevaba al país de los lamas. Helena se fiaba de Pakula y de un mapa que le había comprado a un traficante afgano.

—Casi hemos llegado a Muzaffarabad —dijo ella enrollando el documento.

—Un día de camino —precisó lacónicamente Pakula.

A lo lejos, una columna de humo se deshilachaba y se deshacía, negra sobre el fondo azulado de un glaciar.

—¿Qué es eso? —se inquietó Külwein.

—Problemas —respondió Helena.

—Hay un pueblo ardiendo —añadió Pakula.

—Volvamos atrás. ¡Tenemos que salvar nuestro pellejo!

Definitivamente, Külwein no demostraba ningún valor.

—Les he enseñado a utilizar un fusil. Tenemos dos mil cartuchos. No nos matarán tan fácilmente —resopló Helena.

—¿Luchar contra aguerridos montañeros?

—Sí.

Los Neuwald se estremecieron. Se habían preparado para ese viaje leyendo numerosas obras, consultando a astrólogos y a especialistas en la India, y familiarizándose con la altitud durante excursiones a los glaciares alpinos. Pero estaban indefensos ante las dificultades y los peligros de semejante viaje.

—Jamás podría disparar a un hombre —dijo Eric.

—Entonces, morirá.

Abrieron los ojos como platos. Su corazón latía a toda velocidad. Allí, el humo se espesaba.

—Hay una manera de evaluar el peligro —dijo Pakula.

—¿Cuál?

—Sí, ¿cuál?

—Sáquenos de ese atolladero, Pakula.

—Ir a ver lo que ocurre in situ —respondió el chamán.

Külwein lo miró con desprecio:

—¡Ah! ¡Menuda idea! Todo lo que este estúpido tártaro nos propone es meternos en la boca del lobo.

—Iré solo —replicó Pakula.

—Aunque sea un gesto valiente —gruñó Külwein—, nos va a poner a todos en peligro.

Tenía prisa por ponerse a cubierto en el valle, más abajo, hasta que las cosas se calmaran. Sacudió la cabeza, lo que hizo que le temblara la grasa de su mentón. Estaba al borde del pánico.

—Seré invisible —dijo Pakula.

¿Invisible? ¿Qué entendía por invisible? Külwein había leído en alguna parte que los chamanes tenían el poder de hacerse imperceptibles. Pero no lo creía, a pesar de haber presenciado la demostración del faquir. Los rebeldes de las montañas tenían un instinto poderoso. Olerían a ese chivo a un cuarto de legua.

—Confíe en él —dijo Helena.

—Ya he tenido bastante. Vuelvo a Murree a ponerme bajo la protección de los ingleses.

—Van a tener que rendirles cuentas. Nos hemos tomado muchas molestias para evitarlos. No conseguiremos realizar nuestra expedición al Tíbet.

—Negociaré una escolta hasta la frontera tibetana.

—Usted no va a negociar nada en absoluto. No irá a ninguna parte hasta que Pakula haya vuelto —dijo Helena contundentemente.

No tuvo fuerza para replicar. Con una sola mirada, la bella princesa acababa de ponerle cincuenta libras de plomo sobre los hombros y otras veinte en la lengua. Estaba a merced de la joven, que le impedía cualquier posibilidad de reaccionar. Miró desesperado a los Neuwald, pero esos dos cobardes no querían cubrir los cuarenta kilómetros que los separaban de Murree sin Helena y sin el chamán.

—Dejemos hacer a Pakula. Helena tiene razón. No podemos comprometer la expedición por miedos irracionales. Tampoco estamos tan mal aquí. Váyase, Pakula —dijo Eric.

—¿Cómo lo vas a hacer? —preguntó Helena.

—Tengo el talismán del zorro —respondió el chamán enseñándole un fragmento de bronce marcado con cuatro signos y con un agujero.

El chamán lo hizo saltar en su mano y cogió la Piedra Hablante, que estaba decorada también con dos círculos tangentes y con una T en su intersección.[12]

—Vigila que nadie me toque mientras esté allí abajo —le dijo a Helena.

Se sentó con las piernas cruzadas y cerró los ojos. Sus cuatro compañeros vieron que una forma transparente abandonaba su cuerpo y se diluía en el aire.

—¡Diablos! ¡No esperaba algo así! —exclamó Pierre, que se inclinó hacia el tártaro, que estaba inmóvil como una estatua.

—No se acerquen a él —dijo Helena.

—¿Por qué?

—Podría romper el hilo que lo une con su doble invisible, y no conseguiría volver a integrarse en su cuerpo.

—¿Cómo es posible?

—Los chamanes han desarrollado poderes extraordinarios de generación en generación durante milenios —explicó Helena—. Ya no son humanos del todo.

—¡Señor, mire cómo se transforma!

Pakula se estaba transformando en una estatua de sal y adquiriendo un color gris, luego cayó de lado hecho un bloque.

—¡Pakula, Pakula, respóndeme! —exclamó Helena.

Le estaba hablando a un cadáver. No cabía duda. Tenía los ojos vidriosos y fijos.

---

12. La *cha*, una consonante tibetana.

—Ese estúpido animal se ha matado solito —dijo Külwein.

Helena le soltó una violenta bofetada. Aguantándose la mandíbula, el alemán se dejó caer al suelo, humillado y avergonzado.

—Los he visto.

La voz cavernosa los sobresaltó. Eric sacudió el codo de Helena.

—Allí, mire, ha vuelto.

A pocos metros del cuerpo rígido, la forma transparente flotaba a ras de suelo.

—¡Pakula!

—He visto a los ingleses. Han abierto fuego contra su propio puesto de guardas. Se repliegan en Murree. Dentro de media hora, pasarán por aquí.

—Pakula, tu cuerpo está como un bloque de sal.

—No te preocupes, voy a volver a meterme en mi cuerpo —dijo Pakula.

La forma se confundió con la estatua. Los ojos vidriosos volvieron a brillar con vida.

—Aquí estoy —dijo, ante la estupefacción general.

—Tienes que abrirme a ese don —intervino Helena, subyugada.

—No estás lista para abandonar tu cuerpo.

—Pero si ya me he desdoblado.

—Esto es algo diferente… Tenemos que ponernos a cubierto, no queda mucho tiempo para que lleguen los ingleses.

—Allá —dijo ella—, detrás de los pinos.

—Necesitaremos un pino grande para el señor Külwein —bromeó Pakula.

—¡Qué insolente! —respondió, ofendido, el alemán.

—El estúpido animal no está muerto —dijo irónicamente el chamán— y les va a sacar de esta molesta posición. Iremos más abajo. Por este paso.

Allí había un camino de cabras en el que ninguno de ellos había reparado. Se dibujaba en un gigantesco acantilado y se perdía en las alturas. Nacía entre dos bosquecillos oscuros, en el fondo de un valle, y lo cruzaba el Jhelum, el poderoso torrente que obtenía toda su fuerza de diez glaciares. Con el deshielo, el Jhelum arrastraba montones de rocas y de hielo.

—Nos esconderemos en el fondo, y luego saltaremos y nos iremos al *Küt*.

—¿*Küt* es un pueblo? —preguntó Pierre.

—*Küt* es la palabra mongol para designar un monasterio budista.

—Un *vihara* —rectificó Pierre.

—*Küt* en mongol, *vihara* en hindi, *gling* en tibetano o *tera* en japonés, eso da igual —le espetó Helena.

309

—He hablado con los monjes que hay allí arriba —dijo Pakula—. Nos esperan.

—¿Cómo ha podido hablar con gente que está tan lejos? —exclamó Külwein—. ¿Qué invención es ésa?

—El alma es más rápida que el rayo —respondió el chamán—. Conozco a esos monjes, viví con ellos hace mucho tiempo, y nuestros espíritus están unidos. He hablado con el sabio Viharasvamin, que dirige la comunidad desde el fondo de su caverna. Los tres refugios meditan con él. Vuelven del Tíbet y sabrán aconsejarnos adecuadamente.

El voluble Külwein asintió. Su miedo empezaba a disiparse, y se puso a la cabeza del grupo mientras bajaban hacia el torrente. Cuando abandonó Alemania y sus rebaños, se había jurado hallar explicación a los misterios del mundo y dar un sentido racional a los mitos y a las religiones. Había empezado a redactar un catálogo de las manifestaciones paranormales en Europa. En la India, su inventario se complicaba. Todo acto individual estaba impregnado de magia. Poco importaba la enormidad de su tarea. Estaba decidido a poner orden en el caos de los Evangelios, del Talmud, de los Vedas, del Corán… Jesús multiplicaba los panes; Kahandha no tenía cabeza, pero sí un ojo único y una boca en el vientre; al Golem le habían insuflado vida; y Pakula podía volverse invisible. ¿Y qué más? Se sentía capaz de explicar con lógica todas las mentiras de los libros santos y las prácticas de los magos.

74

*E*l Anciano de la Montaña estaba en pie frente a la estatua del Demonio de las Tormentas. Ocho monjes, sus acólitos, unían sus pensamientos al del hombre. El Anciano reforzaba su poder. Más adeptos habían acudido al santuario del Bien y del Mal, en el que llevaba viviendo más de ochenta años. Casi seiscientos iniciados en las fuerzas malignas se refugiaban en el corazón de Buda.

Un novicio llevó una jarra de agua y un manojo de hierbas al viejo maestro. Era su comida para todo el día. El Anciano no los tocó. El hambre tendría que esperar. Había cosas más urgentes. La mujer blanca se acercaba al Tíbet; la acompañaba ese maldito chamán que superaba todas las trampas. Ambos estaban bajo la protección de un ser realizado cuyo nombre y aspecto se le habían aparecido en sueños: Kut Humi. Ese hombre había vencido al primero de los demonios que había enviado. El Anciano sabía que estaba muy cerca.

«Está en el Tíbet.»

«Viene a romper la cadena de mi karma.»

El Anciano separó las largas manos huesudas y se las impuso en el pecho al demonio de piedra, ojos de jade y colmillos de oro. Se oyó un crujido, el novicio retrocedió. El brazo de piedra con el que sujetaba un cetro en forma de rayo se alargó. La estatua cobraba vida.

El Anciano entró en el espíritu del Demonio de las Tormentas. «¡Quiero el rayo, el hielo y el viento!»

75

$\mathcal{A}$ cada paso, la pendiente aumentaba y los caballos, empapados en sudor y cansados, iban cada vez menos seguros. El sendero se estrechaba y se pulverizaba bajo los cascos. Piedras se desprendían y caían ruidosas por los precipicios.

Külwein fue el primero que se bajó del caballo y rozó la pared. Sintió vértigo cuando ese imbécil de Pierre Neuwald mencionó la caída de un amigo en Suiza: «Era un hombre honesto, no se merecía eso. Cuando los médicos de Zermatt lo examinaron, comprobaron que todos los huesos se habían roto, y, sin embargo, sólo había caído unos sesenta metros.»

El Jhelum fluía a setecientos metros bajo ellos. Bajaron todos de los caballos. El vacío los atraía irresistiblemente.

—¡No miréis abajo! —gritó Pakula.

Recorrieron tres peligrosos kilómetros, y después de una vuelta, el camino se ensanchó por fin. Se alejaron del precipicio para cruzar tierras regadas por canales.

—¡El *Küt*! —dijo Helena.

El monasterio que se alzaba en la falda parda de la montaña dominaba un pueblo miserable custodiado por perros sarnosos. Más allá de las casas de piedra y fango, una escalera estrecha llevaba hasta un patio decorado con dos budas y cuatro demonios protectores. En ese lugar, se separaba en varias ramas que comunicaban unas grutas.

Cuando se detuvieron para contemplar el monasterio, los habitantes rodearon a los cinco viajeros, sorprendidos por ver a esos extranjeros en su pueblo.

Pakula entregó las riendas de su caballo a un campesino, y todos hicieron lo mismo. Iniciaron el último ascenso a las grutas. Había una subida de quinientos metros y un nuevo precipicio que rodear.

Unos pájaros de gran envergadura daban vueltas en un cielo de ópalo. El magnífico paisaje no parecía real. Silencio… Ni un canto se escapaba de las fauces negras de las cavernas. Ningún gong resonaba. Ningún rostro se mostraba por las aspilleras de las paredes.

Külwein demostraba su pesimismo poniendo mala cara. No esperaba encontrarse con eruditos en esas rateras. Había conocido a muchos monjes que, a fuerza de aislamiento y privaciones, creían oír a Dios en los ruidos de su estómago vacío. En Italia y en Grecia había conocido a centenares. Eran locos que imitaban la vida de san Antonio y hablaban de milagros acaecidos sin testigos. Practicaban el autocastigo flagelándose hasta hacerse sangre: esperaban conseguir la beatitud con el sufrimiento.

Los mugrientos del *Küt* pertenecían a la misma raza de iluminados, y él, el señor Külwein, después de haber rechazado a Lutero, no tenía intención alguna de adherirse ni al pensamiento budista ni a ninguna de las majaderías que derivaban de él.

A todos les costaba subir los peldaños desgastados; él reflexionaba sobre todos esos problemas esotéricos, envidiando al chamán que conocía las verdades simples y esenciales. Había observado que Pakula influía en los espíritus mediante el verbo. En esto, el tártaro se parecía a los judíos cabalistas, que atribuían a cada letra del alfabeto hebreo una energía determinada.

Blavatski era otra historia. El alemán no conseguía clasificarla. Tenía poderes innatos y no parecía creer en la Iglesia.

—¿Es usted atea, Helena? —preguntó casi sin aliento.

—No, creo en una conciencia superior en la que se reúnen todas las conciencias de las divinidades adoradas sobre la Tierra y en el universo.

—Ah, es una teoría interesante. Es parecida a la de los budistas.

—Me limito a coger lo bueno de cada religión.

No siguió preguntando. Helena se adelantó. Pakula se había encaminado por una escalera que pasaba muy cerca de una plataforma donde se levantaba una tienda de cuero y fieltro. No pudieron resistir la curiosidad y echaron una ojeada al interior. Un Buda delgado y debilitado, tal y como aparecía descrito en los libros de historia, esperaba el despertar. Su rostro demacrado tenía un aire de sorna. En su boca se dibujaba una sonrisa malévola. Külwein y los hermanos Neuwald tuvieron la impresión de estar en presencia de un demonio.

—Me temo que nuestro chamán nos haya conducido a un lugar poco propicio para la meditación y las revelaciones —dijo Külwein.

Prosiguieron su interminable ascenso y llegaron, por fin, a la caverna mayor. Desde las profundidades de la cavidad les llegó un ru-

313

mor de pies desnudos. Unas lámparas colocadas sobre un trípode marcaban el camino a lo lejos. Bajo esa luz, se veían las chillonas ropas de color naranja de los monjes. Los religiosos venían al encuentro de los visitantes. Los saludaron inclinándose. Uno de ellos los invitó a que los siguieran.

—El Mkhan-po les espera desde hace dos días —dijo mirando detenidamente a Külwein.

—Los rebeldes han retrasado nuestra llegada.

—Los rebeldes evitan el *Küt*. Tienen miedo de nuestra magia. Ya no corren ningún peligro.

Los condujo hasta una larga y estrecha galería. A su paso, las llamas de las lámparas de aceite temblaban, los ratones huían y los monjes salían de su meditación. Llegaron a una vasta sala custodiada por cuatro majestuosos budas llenos de sabiduría. Simbolizaban los grandes momentos de la vida del hombre santo. El primero meditaba sentado, con las manos unidas sobre su regazo. El segundo tomaba la tierra como testimonio con la mano derecha. El tercero hacía el gesto de girar la rueda de la ley. El cuarto estaba acostado sobre el lado derecho, muerto y ya en el nirvana. Lo rodeaban cincuenta monjes, que bebían de su serenidad. Helena estaba fascinada.

Mientras los contemplaba, tuvo la revelación del estado supremo de la no existencia. Sintió ese estado de pureza absoluta del alma que le permitía fundirse con el universo.

El monje observaba a Helena. Le dijo:

—Está liberado del ciclo de los nacimientos, de las muertes y de los tres males: el deseo, el odio y el error.

—Era inútil hacerse ilusiones —comentó Pakula—. Tú y yo estamos condenados a renacer y morir decenas de miles de veces.

—Por aquí —dijo el monje.

Los condujo hasta una anfractuosidad en la que siete budas vivientes parecían llevar siglos allí metidos. El más viejo debía de tener más de cien años y se parecía a una momia. Su torso desnudo estaba cubierto de un aceite aromático. Los seis monjes, tres a su derecha y tres a su izquierda, eran casi igual de viejos. Todos tenían la mirada perdida.

—Es el guía del *Küt* —dijo Pakula—. El honorable Mkhan-po, maestro en el arte de dominar el fuego y el agua.

—No nos ven —susurró Külwein.

El monje pidió silencio y le hizo una señal a Pakula. Este último se acercó al Mkhan-po, con la espalda encorvada y las manos unidas. El jefe espiritual abandonó entonces su meditación.

—¿Eres el Pakula de mis recuerdos?

—Sí, Mkhan-po.

—Muestra la piedra.

Él se puso la mano bajo la axila y retiró la Piedra Hablante. El honorable se apoderó de ella y se la acercó a la cara. De inmediato, corrieron sobre su mano unas chispas y después unas llamas verdes se extendieron por toda la piedra.

—Su fuego se ha mezclado con el mío —dijo el Mkhan-po sonriendo—. Eres el Pakula de mis recuerdos.

El fuego subió por una larga mecha hasta el techo rocoso ante las miradas de asombro de los visitantes, y se dividió en cuatro estelas verdes que iluminaron los budas.

—Tú y tus amigos podéis quedaros aquí el tiempo que queráis. Sé que quieren ir al Tíbet, pero sólo puede hacerlo la mujer. Es la escogida y debe ir sola, es su karma.

—El Anciano de la Montaña quiere impedírselo.

—Esta vez, el Anciano de la Montaña tendrá éxito.

—¿Voy a fracasar? —intervino Helena.

—El camino que lleva al conocimiento y al despertar es así. Debes aprender la lengua de los lamas antes de recibir las enseñanzas filosóficas y metafísicas de los maestros de las escuelas de Tsén Gnid y de Gyud. Entonces, podrás comprender nuestros rituales y nuestra magia.

—Le enseñaré tibetano y la guiaré hasta nuestras escuelas —dijo Pakula.

—He dicho que es una tarea que debe realizar sola, del mismo modo que debe vencer sola al Anciano de la Montaña.

Esa respuesta desarmó a Pakula. Viniendo del todopoderoso Mkhan-po, que leía el porvenir en las estrellas y conocía el destino de los hombres, sonaba como una sentencia imposible de recusar.

—No lo veo todo —añadió el Mkhan-po agitando su índice en gesto de negación—. Hay otras vías posibles, otros futuros. Vuestros karmas están moviéndose. No hay nada escrito definitivamente.

—¿Debo entender, de todos modos, que tengo que renunciar a este viaje?

—¡No me has entendido, chamán! No te he dicho que abandones el camino que lleva a la ciudad santa de Lhassa y a las escuelas de enseñanza sagrada. Sigue tu búsqueda. Lleva a la mujer elegida y a los extranjeros. Cada uno de vosotros se realizará a su manera. Tendréis que soportar muchas pruebas a lo largo de vuestro viaje. Habéis llegado hasta mí. Yo soy la primera prueba.

—¿Tú eres la primera prueba?

—Pide a tus amigos que presten juramento. Ninguno de ellos deberá contar lo que haya visto y oído antes de que pasen siete años. Llamémoslo la prueba del silencio. Déjaselo bien claro, Pakula: una

315

muerte lenta entre horribles sufrimientos espera al que no sepa contener su lengua.

El tártaro dio explicaciones a Külwein y a los Neuwald. Éstos reaccionaron con entusiasmo. Helena se mostró reservada. De todos modos, juró que guardaría el secreto. Külwein, como de costumbre, se tomó el juramento a la ligera.

—¡Menudas niñerías! Vamos, amigos míos, comprometámonos a no hablar durante siete años. En Europa, no habrá monjes para espiarnos. Los trucos de magia siempre me han divertido, mi querido Pakula, y por nada del mundo despreciaría los de su cómplice el lama.

—Me temo que usted no aprecia lo sufiecente el poder mágico de nuestro anfitrión —dijo Helena—. No se tome las palabras de ese hombre a la ligera. Es hora de salir de esta cueva. Créame, Külwein, siete años con semejante amenaza sobre nuestras cabezas es mucho tiempo.

—Duda usted de mí… ¡He sido sacerdote!

—Pero ya no lo es.

—¡Sigo siéndolo!

—A su manera —suspiró Helena.

—Nadie incumplirá su palabra —se comprometió Pakula.

El chamán intercambió una mirada con el Mkhan-po. Ambos sabían que Külwein soltaría la lengua a la menor ocasión…

$\mathcal{L}$os monjes giraban incansablemente alrededor de los extranjeros repitiendo una corta plegaria del Pustaka, su libro sagrado. Esa cansina ceremonia actuaba sobre los sentidos. Modificaba la percepción de la realidad, la ralentizaba. Helena cayó en un estado indolente. Los hermanos Neuwald estaban soñando despiertos.

Pakula dejaba errar su espíritu por la gruta. Tan sólo Külwein resistía voluntariamente. Sus grandes ojos redondos intentaban verlo todo; sus oídos, oírlo todo; su nariz, olerlo todo.

Quería analizar y comprender todo lo que pasaba, para desenmascarar a los impostores: al tal Mkhan-po y a sus estáticos acólitos, los jóvenes monjes vestidos de amarillo, como budas en su pedestal. Frunció el ceño. Algo acababa de aparecer. Era azul y blanco, y estaba sobre una roca negra cerca de la entrada… Era algo cuya apariencia no podía precisar. Sus compañeros no habían visto nada. Se felicitó por no sucumbir a la nefasta influencia de los sutras.

Helena y los Neuwald seguían apáticos. Eran un ejemplo de cómo se dejaban engañar los imbéciles. Él aguantaba bien y se cerraba al canto de los religiosos. La hipnosis, ése era el secreto del Mkhan-po y de su banda de rufianes.

El personaje de blanco y azul tan sólo esperaba una señal del jefe de la comunidad para hacer su número. Külwein estaba seguro de ello. Sonrió. Desmontaría el truco y nadie volvería a hacerle creer que la buena marcha del mundo dependía de oscuros poderes.

No obstante, la farsa no se desarrolló exactamente como imaginaba. De repente, los monjes dejaron de rezar y se alinearon detrás del Mkhan-po. De inmediato, Helena y los Neuwald recuperaron sus fuerzas.

—Lo han hecho venir —dijo Pakula.

—¿Quién viene? —preguntó Helena.

Un sollozo ahogado atrajo su atención. Vio a una mujer de blanco y azul acercarse a ellos. Külwein estaba disgustado. Esa mujer ataviada con un amplio vestido llevaba un paquete hecho de piel de cabra cosida. Dejó su ofrenda a los pies de la imagen de Buda, sentado bajo el árbol bodhi.

Un grito lastimoso salió de ese paquete miserable.

—Un bebé —murmuró Helena.

—Tiene hambre —añadió Eric.

—Pobre niño.

Les monjes permitieron que los extranjeros se acercaran a la mujer y al bebé.

—¿Tienes leche? —preguntó Helena.

La mujer la ignoró. No comprendía el hindi. Se puso a rezar, con los ojos irritados levantados hacia la serena figura de Buda. Le dedicó una ardiente súplica. Helena estaba muy emocionada.

—No digas nada más —le susurró en voz baja Pakula.

—¿Por qué está ahí? —insistió ella.

—No puedo explicártelo. Nunca he asistido a ese ritual mágico. Un médico chino me habló de él en el pasado. Todo lo que sé es que los monjes van a lanzar la llamada.

Un gong vibró y otros monjes llegaron. Külwein, con cara de hastío, esperaba lo que iba a llegar después. Helena se sentó en una estera. Los hermanos Neuwald adoptaron la posición del loto. Los lamas iniciaron una extraña letanía. Ese mugido grave arrancó a la mujer de sus súplicas. Miró inquieta a su hijo, después salió de la gruta.

La emoción de Helena estaba llegando a su punto álgido. Las voces que resonaban por la estancia la impresionaban. Unas vibraciones bajas salían del pecho y de la garganta de los monjes, que mantenían la boca cerrada. Los sonidos se amplificaban, rodaban, invadían la caverna.

El sabio había cruzado los brazos sobre el vientre y ejercía presión. Soltó una oleada ininterrumpida de mantras. Helena sólo reconoció uno que pertenecía al Avalokiteshvara sutra: «*Om mani padme hûm*», es decir: «Oh, tú, la joya del loto».

Pero el Mkhan-po no se limitaba a fórmulas tan simples. Se iban complicando siguiendo una progresión matemática: cuatro sílabas, después ocho, doce, cinco sílabas, siete y cuatro. Inspiraba y expiraba con fuerza. De repente, todos los participantes se callaron.

El Mkhan-po tenía la apariencia de un muerto. La vida había desaparecido de su mirada. En el silencio opresivo, los gritos del bebé resonaban en la vasta caverna. Helena se contenía. Se resistía al deseo de llevarse al pequeño fuera del monasterio.

¿Qué se podía hacer? ¿Por qué su madre lo había abandonado

muerto de hambre? Dio un paso adelante cuando los lloros cesaron. Pakula la detuvo.

—No está en peligro —dijo en voz baja.

El paquete de piel de cabra se deshizo. Vieron al bebé dominar sus movimientos y ejecutar gestos complejos con sus manitas. Tenía una mirada de adulto que penetraba hasta el fondo de las almas.

—¡Por el amor de Dios! —dijo Pierre, sin poder contenerse.

Helena estaba fascinada. Había algo horrible en esa demostración. El niño estaba demostrando su dominio de las mudras. No había duda. Conocía el lenguaje gestual y sagrado. El puño cerrado: *mushti*, la fuerza armada; cuatro dedos curvados en forma de garra, con el índice rozando la primera falange del pulgar: *sili-mukha*, la sabiduría; la mano abierta con el anular doblado por encima de la palma: *langula*, la pata de gato… El niño iba tan rápido que Helena era incapaz de captar el sentido del mensaje.

¿Cómo era posible? Külwein no ocultaba su perplejidad. Primero, comparó al bebé con un mono adiestrado, después siguió probando suerte: «Un enano…, han metido un enano en este saco».

Se acercó a ese falso prodigio y palideció. Era un verdadero bebé, un bebé dogra gordo y mofletudo. Y ese pequeño de tres meses se puso a caminar.

Külwein sintió que se le erizaba el vello. El bebé, como una muñeca de porcelana movida por unos hilos invisibles, dio algunos pasos volviendo la cabeza en todas direcciones. Parecía estar buscando algo. Su mirada era la de un adulto. Se cruzó con la de Helena.

La mujer captó el pensamiento del pequeño y lo entendió. El Mkhan-po había poseído al bebé. Estaba demasiado turbada para analizar ese axioma. La pequeña criatura se dirigía ahora hacia Külwein.

El miedo le provocó retortijones.

—Detente —farfulló él.

Deslizó una mano hasta su pistola. Creyó que se había vuelto loco. El rostro del bebé estaba cambiando. Se convirtió en el de su hermana Greta, que vivía en Alemania, después en el de Lutero, en el rostro del Mkhan-po, y por fin, apareció su propia cara de alelado. Ese pequeño ser abominable le habló en alemán:

—Aquí tenéis, monjes, la verdad sobre el dolor: el nacimiento es dolor, la muerte es dolor, la enfermedad es dolor, la unión con el ser que no amamos es dolor, la insatisfacción del deseo es dolor. ¡Ese hombre es dolor!

El bebé señalaba a Külwein.

Helena tuvo miedo por el niño. Külwein se crispaba, estaba listo para utilizar su arma. Negaba esa ilusión demasiado perfecta. Ese abominable muñeco lo asociaba con el dolor mediante el célebre sermón de Sarnath, que Buda dio a sus primeros discípulos en el jardín de las Gacelas. Su voz de barítono resonó de repente bajo las bóvedas rocosas.

—¡Basta!

Con el arma fuera de su estuche, desafió al pequeño ser que se tambaleaba sobre sus cortas piernas rollizas.

—¡Lárgate, lárgate! —gritó.

La criatura volvió a su saco. Cayó a cuatro patas, se deslizó sobre el vientre y se echó a llorar.

Un viento glacial pasó de golpe a su lado. El Mkhan-po pronunció unas palabras en antiguo tibetano. Después, volvió la calma.

—¿Tiene usted miedo todavía, mi querido Külwein? —preguntó Helena con ironía.

Humillado Külwein replicó:

—No hay que exagerar. Ese bebé drogado y los tejemanejes de los monjes. Su Mkhan-po ha jugado con nuestros nervios. Una bonita maniobra para abusar de los viajeros crédulos.

—Esos monjes nos están ayudando y no nos piden nada a cambio. Han elegido la ascesis y la pobreza. ¿No habrá olvidado el carácter virtuoso de la privación? Si mi memoria no me falla, en otra época usted no tenía el aspecto de un diácono gordo.

—La compasión por esos charlatanes me irrita. Les voy a demostrar que los demonios no existen.

77

*E*l aire se enrareció. Kut Humi no había llegado nunca tan alto. Estaba por encima de las nubes. Sobre ese manto blanco, se alzaba el Himalaya con sus picos y sus glaciares, que alcanzaban los confines inaccesibles para los pájaros. Tan sólo los monjes de las escuelas de magia habrían podido alcanzar la cima, pero, por lo que él sabía, ningún hombre había conseguido convencerlo.

Soportar el frío terrible no era difícil. Iba vestido con ropas de pelo de cabra, y le bastaba con pensar en el calor para que se extendiera por sus miembros.

Se sentó en la nieve, deshizo su hatillo, cogió una torta y se la comió lentamente. En ese universo helado y silencioso, todo gesto debía estar calculado y dominado. Mientras la masticaba a conciencia, dejó que su espíritu recorriera libremente las inmensidades del paisaje. Necesitó poco tiempo para descubrir el foco del mal.

«Todavía quedan dos días de camino», se dijo.

El mal residía en la gruta del Anciano de la Montaña, y enseguida le plantaría cara. Entraría en su cabeza para vaciarle el alma, y luego lo mataría con el pensamiento. Sabía que Helena no corría ningún riesgo en el Küt del sabio Mkhan-po, pero esa seguridad era provisional.

El peligro estaba por todas partes…

Kut Humi había vuelto a ponerse en marcha hacía tres horas. Descendía por la vertiente oeste de un puerto y el reflejo del sol lo cegaba. Creyó que tenía una alucinación cuando el paisaje se oscureció de golpe. Las nubes se estacionaban siempre treinta metros más abajo. Se frotó los ojos. La sombra ganó intensidad.

«¡Es el Anciano!»

En efecto, había tomado posesión de una entidad sombría e inmensa. Kut Humi reconoció a ese demonio de fuerza prodigiosa. Se desató una lucha encarnizada. Kut Humi esquivaba todos los golpes, y esquivó el corazón del monstruo y lo quemó desde el interior. Allí abajo, agazapado en el fondo de su caverna, el Anciano se resentía por las quemaduras, pero resistía. Lo asistían otros monjes mágicos. Juntos, invocaron a otra criatura.

Después de haberlo quemado, Kut Humi hundió al monstruo en las tinieblas. Pero no vio llegar el segundo ataque. Lo fulminó con un rayo. Cayó y rodó por la pendiente. Cuando se levantó, no tenía defensas. Así pues, se puso a gritar.

Una mano le trituró el corazón.

En ese instante, Helena y Pakula sintieron una conmoción. Después se miraron sin entender nada. ¿De dónde venía ese dolor? ¿De dónde surgía ese vacío inmenso y repentino?

El Mkhan-po les dio la respuesta.

—El vínculo se ha roto. Vuestro maestro Kut Humi se ha descarnado. El Anciano de la Montaña ha ganado la batalla, pero ha salido debilitado. Tenéis algunas semanas de respiro ante vosotros. Debéis continuar vuestro viaje.

*D*urante un día, Helena y Pakula caminaron sumidos en la tristeza. La grandiosidad y la belleza del paisaje no bastaban para alegrar sus corazones; ni siquiera la perspectiva de alcanzar la ansiada meta lo lograba. Habían intentado encontrar el espíritu de su maestro desaparecido, pero parecía haber escapado a los ciclos de los karmas. Si se había reencarnado una vez más, ¿cómo lo iban a encontrar en medio de los miles de centenares de criaturas vivas que bullían en la Tierra?

«Tendrás que realizarte sola», le había dicho el Mkhan-po a Helena.

Sola... Ni siquiera pensaba en ello. No veía cómo podría conseguirlo sin su amigo el chamán. Necesitaba el apoyo moral de Pakula, la fuerza de sus poderes. Cada día era un combate.

Los rebeldes acosaban al pequeño grupo y habían tenido que abrir fuego en varias ocasiones. Habían tenido que abandonar a los caballos y contratar los servicios de diez porteadores lamas.

El frío también los puso a prueba. Llegó de repente, traído por una ráfaga violenta cuando el grupo cruzaba un precipicio por un puente de cuerdas. La borrasca cayó desde lo alto de los ocho mil metros del Nanga Parbat. Con un largo quejido, sacudió a los viajeros suspendidos en el vacío y los cubrió de nieve.

Por fin, llegaron a un pueblo dong. Decidieron tomarse un descanso allí y comprar yacks. El pueblo tenía muchas cabezas de ganado. Los habitantes los acogieron con una calurosa bienvenida. Külwein recuperó la moral, incluso le regaló una bufanda tradicional al jefe de la comunidad dong. Este último aceptó con alegría el pequeño *khata* de seda y los condujo a su modesta morada llena de humo.

Allí, todos los miembros de la familia les sacaron la lengua en señal de bienvenida. Los niños y las mujeres acudieron a tocar sus ropas y su piel, los hombres admiraron sus armas, mientras que los viejos desdentados miraban de reojo las bolsas de provisiones. El jefe les enseñó el *khata*. Todos se apresuraron a alabar los nobles sentimientos de los extranjeros, porque nada era más precioso que esa bufanda que ligaba las amistades.

Les pidieron que se sentaran. Las mujeres alimentaron el fuego central con excrementos secos de animales domésticos y prepararon arroz. Helena, Eric y Pierre les dieron uvas secas peladas y paquetes de sal.

Comieron, hablaron de bueyes de pelo largo y de su precio. Pakula y el jefe intercambiaron largos discursos acompañados por gestos expresivos. Pakula les mostró pepitas de oro, pero los ojos de los dongs empezaron a brillar cuando añadió una cantimplora grande.

—*Liqueur* de Bater —dijo él.

Un «¡ah!» general apostilló su ofrenda. El licor de Bater, preparado con carne de perdiz fermentada, era la bebida más apreciada en la cordillera del Himalaya.

Enseguida cerraron el trato.

Los pesados bueyes caminaban con lentitud. Külwein había vuelto a su mal humor. No dejaba de quejarse. El yak era más difícil de montar que un caballo. Debía agarrarse a su largo pelaje y apretar las piernas contra sus flancos. A Külwein no le gustaba su yak.

—Ese animal me va a tirar por un barranco, puedo sentirlo —se quejó a Helena.

—¡Bueno, pues rece! —respondió ella con severidad, exasperada por la quejas incesantes de su compañero de viaje.

Furioso, Külwein se agarró a la grupa del animal, después fijó la mirada entre los cuernos afilados para evitar tener vértigo. Estaban bordeando un precipicio sin fondo. Permaneció en silencio durante las horas siguientes.

Helena estaba a mil leguas de las preocupaciones del alemán. Su espíritu corría al encuentro de los picos majestuosos. Intentaba reconocer los lugares revelados por sus sueños entre los montones de hielo y granito. El sendero, recortado en la pared, discurría en zigzag de oeste a este bajo las cimas veneradas por miles de peregrinos y lamas. Las muestras de devoción aparecían en cada recodo. Humildes piedras votivas recordaban que el Iluminado era el señor de aquellos lugares solitarios. La presencia de Buda era palpable. El viento susurraba su nombre a quien supiera escucharlo.

A Helena le habría gustado que acudiera en ayuda de sus compañeros, que abriera el alma de Külwein y que aliviara a Pierre, que sufría asma y respiraba mal. La altitud sobrepasaba los 4.600 metros, y Pakula no conseguía curarlo con plantas y magia.

—Hay que tomar otro camino y descender. Perderemos tiempo, pero Pierre podrá respirar —dijo Pakula cuando llegaron a un cruce de caminos.

El sendero se bifurcaba. Uno llevaba hacia la impresionante muralla rocosa formada por cuatro colosos de doscientos kilómetros y que culminaba entre los 7.500 y los 8.600 metros; el otro volvía a bajar hacia la senda principal que seguía el Indus hasta Leh, la ciudad santa donde se reunían todos los peregrinos que partían hacia el Tíbet.

—Pasaremos por Leh.

—¿Leh? —dijo, asombrado, Külwein—. Debemos evitar esa ciudad. Chamán, usted mismo nos había aconsejado el itinerario norte para evitar los controles.

—¡Está en juego la vida de Pierre! —se rebeló Helena.

—¡Pierre es fuerte! ¡Es suizo!

Una simple ojeada al interesado desmentía la afirmación de Külwein. El suizo no tenía nada de montañero. Apenas se mantenía erguido sobre el yak y se ahogaba cada vez que intentaba tomar aire. Como de costumbre, Külwein no tenía ninguna compasión.

—Estás en tu derecho de seguir solo con dos serpas —le dijo Eric, colérico.

Külwein se calló, vencido, y le ordenó a su buey jorobado que avanzara por el camino que descendía hacia el valle del Indus.

Cuarenta y ocho horas más tarde, llegaron a la carretera que bordeaba el Indus. Los pinos se agolpaban en el valle. La monotonía de esos sombríos bosques sólo la rompían los monasterios, donde acudían los numerosos peregrinos que acompañaban a las caravanas de mercaderes y los monjes de gorros amarillos o rojos, que, incansables, no paraban de repetir los mantras, los *gsungsanags*, los *zhenyans* y otras fórmulas sagradas en tibetano y en chino. Una oleada de hombres y de mujeres abandonó la fila para dirigirse al legendario Lamayuru Gompa, donde los religiosos de la secta de los Brigung-pa perpetuaban las reglas de la doctrina secreta del maestro Naropa y de su bella esposa Karmakari.

Los demás siguieron hacia Leh.

Helena se sentía superada por la marea de plegarias de los caminos. La transportaba más allá de la frontera, hacia el dios viviente de Lhassa.

«¡Lo conseguiré!»

Cuando se cruzaron con una numerosa caravana de mulas de lana que bajaba hacia el Punjab, preguntaron a los mercaderes, quienes les hablaron de Leh y del ejército enviado por el marajá de Cachemira. La frontera era infranqueable.

—Están llevando a todos los extranjeros a la India.

—¿No hay ninguna manera de evitar a las tropas? —preguntó Eric, que había recuperado la forma.

—Hay una, yendo por el norte —dijo un mercader de Lahore—, por el alto valle del Shyok, pero ningún tibetano se arriesgaría en esta época. Vuelvan a su casa, no hay nada que pueda interesar a un occidental más allá de Leh.

El mercader era sincero. Él mismo llevaba los estigmas de un viaje penoso, igual que sus compañeros: tenía el rostro quemado por el hielo, la mirada febril y numerosas llagas. Confesaron que habían perdido doce hombres en una emboscada a orillas del lago Dya Co.

326

—¡Vamos a seguir adelante! —afirmó Helena.

No esperaban nada de ella. Pakula le tocó afectuosamente el hombro.

—Iremos por el valle del Shyok —dijo él.

—Son ustedes valientes —intervino el mercader—. ¿Tienen algún mensaje que quieran hacerles llegar a los suyos?

—¡Tengo una carta para Alemania! —respondió Külwein.

—Démela, la echaré al correo en Lahore.

Külwein sacó una gruesa misiva de una de sus alforjas. Cogió dos monedas de plata de su bolsa y se las entregó de inmediato al mercader.

—Es una carta dirigida a mi hermana —dijo triunfal el alemán—. En ella le cuento todas nuestras hazañas. Nos convertiremos en leyendas vivientes cuando mis escritos lleguen a la prensa.

—¿Quiere decir que lo ha contado todo? —dijo con inquietud Helena.

—¡Todo!

—¿Todo? —insistió a su vez Pierre— ¿Incluso lo que pasó en el monasterio?

—¡Sí!

—La profecía se cumplirá —soltó Pakula, aterrado.

—Vamos, no se creerá de verdad los cuentos de ese Mkhan-po. No nos va a pasar nada, se lo digo yo.

79

*E*l Anciano de la Montaña escalaba el monte con los pies desnudos. Se hundía en la nieve hasta las rodillas. Vestido simplemente con una túnica color azafrán y un gorro, ya no sentía el frío cortante del viento. Había dejado tras él las águilas y las nubes. Sus ocho monjes guardianes y sus criados lo seguían a veinte pasos, también con los pies desnudos. Estaban preparados para resistir condiciones extremas, pero no estaban a la altura del Anciano de la Montaña.

Los monjes se detuvieron cuando el aire se enrareció. Con admiración, vieron al Maestro escalar sin perder el aliento.

El Anciano no respiraba. Podía aguantar más de ocho minutos sin llenarse de aire los pulmones mientras hacía un esfuerzo violento, y media hora si no se movía. La magia se lo permitía. Llegó hasta la cima y adoptó la postura del loto.

Dominaba el mundo.

Cerró los ojos. La mujer se acercaba. No estaba lejos de Leh.

No necesitaba saber más. Al Demonio de las Tormentas le gustaba el pico de esa montaña. El Anciano de la Montaña lo invocó. Poco a poco se fueron formando las nubes, el sol se cubrió con un velo. Hubo una primera avalancha y después otra.

El demonio llegaba a nuestro mundo.

80

*P*or los senderos secretos que les revelaban los lamas, los cinco viajeros iban de pueblo en pueblo, todos construidos con piedras y fango seco. Se confundían con los rebaños de yaks y atraían la curiosidad de los habitantes en todo momento. Los pueblos de las montañas festejaban dichosos su llegada. Helena era el objeto de todas las atenciones y de una veneración particular. La comparaban…, afirmaban incluso que era una de las *kandhomas*, las hadas que toman posesión de las mujeres. Le ofrecían pasteles de melaza al tiempo que la llamaban Rimpoché. Entre los montañeros, eso significaba «dama reverendo».

—Rimpoché, sé bienvenida entre nosotros —le dijo una vez más el jefe de una tribu ladakhi que había venido a su encuentro.

Unas manos se tendieron hacia ella, palparon sus vestidos. Esos hombres y esas mujeres rudas descubrían su mirada gris y azulada, sus cabellos rubios, y el misterio y la fuerza que la impregnaban. Se hizo un silencio. Era realmente la «dama reverendo» de las leyendas.

—Nuestra amiga está hecha para reinar sobre los pueblos himalayos —dijo Eric.

—Entre los salvajes, las mujeres de costumbres relajadas siempre gozan de una buena consideración —soltó Külwein.

—¡Helmut! ¡Un poco de respeto por Helena! —exclamó Eric.

—¡Tiene usted unos modales intolerables! —repuso Pierre.

Külwein afilaba su malvada lengua cuando un dolor lo estremeció. Se puso las manos en el vientre para comprimir el fuego que se extendía por las entrañas.

Soltó un gemido

—¿Qué le pasa?

—Dolor de estómago…

El dolor se acrecentaba. Se agarró al pelaje del yak para no caerse. El fuego volvió. El alemán se repuso.

—Otro retortijón. Mi estómago no soporta las carnes pasadas que nos venden estos piojosos.

—¿Pasadas? —dijo Pierre, asombrado—. Vamos, Helmut, póngale voluntad. Seamos lógicos. Desde que salimos del valle del Swat, la temperatura no ha subido nunca por encima de cero. Me temo que sus males tienen otro origen.

—¡Cállese!

No quería oír hablar de las predicciones del Mkhan-po. Hincó los talones en los costados de su caballo y alcanzó a Helena y a Pakula. Éste hablaba con el patriarca de la tribu.

—¿Vamos a conseguir techo y comida? —preguntó él con desprecio.

—Hago todo lo que puedo —respondió Helena—. Por lo que he podido entender, ya tienen visitantes, unos delogs, que vienen de una región llamada Bod Yang Yong Jong.

—¡Delogs! ¡Definitivamente no tenemos suerte! —gritó él.

—¿Conoce usted ese pueblo?

—He leído informes de los misioneros judíos sobre él. Esos iluminados afirman que viajan al mundo de los muertos. Dicen que caen en un estado letárgico y que dejan a su espíritu fluir por las invisibles corrientes que llevan al Paraíso o a los infiernos.

—No es de los que se dejan impresionar por esas historias infantiles —dijo Pakula.

—¡Por supuesto que no! ¡No creo en esas tonterías!

—Dormiremos en la casa del jefe en compañía de una mujer delog. Proviene de un lejano monasterio dirigido por una religiosa célebre por sus transformaciones.

—¿Qué hace esa mujer delog por aquí? —preguntó Eric.

—Nuestro anfitrión la ha llamado para acompañar al alma de su hermano.

—¿El hermano del jefe ha muerto hace poco? —preguntó Pierre.

—Sí, todavía está en el caldero.

Los hermanos Neuwald, Külwein y Helena lo miraron sin entender nada. Pakula no añadió más. Azuzaron a sus yaks y siguieron al jefe. Los esperaba un buen fuego. Habría también los inevitables granos de cebada asados, la pasta de mijo reluciente de grasa y los pedazos de carne tan dura como las suelas de sus zapatos.

La ciudad estaba construida en torno a un lazo de canales. Unas treinta casitas rodeaban la del jefe, que era apenas más alta que los montículos de guijarros y deshechos amontonados ante la entrada.

Külwein masculló algo a propósito de ese «maldito país», al

tiempo que se deslizaba sobre los excrementos helados. Fue el último en penetrar en la morada del patriarca, que respondía al nombre de Soy Tche.

—Por aquí, por aquí —dijo ese ancestro desdentado chapurreando el hindi que había aprendido de las sucesivas generaciones de peregrinos, que habían ido en busca de un mejor karma a la ruta de la seda.

La habitación estaba formada por una serie de pequeñas estancias oscuras y desnudas. Las aberturas hechas en los muros estaban tapadas con pieles de yak para impedir que entraran el frío y la luz. En la habitación más apartada, una hoguera daba luz y llenaba de humo el ambiente. Los visitantes empezaron a toser y a padecer un lagrimeo molesto.

El humo subía con dificultad hacia la abertura cuadrada practicada en el techo. Había allí una docena de adultos en cuclillas alrededor de un enorme caldero.

Külwein hizo una mueca. Otro olor fuerte, muy fuerte, inundaba la habitación. Helena no pudo reprimir las náuseas. Los dos hermanos se taparon la nariz. Era un aroma a podredumbre.

—Ya os acostumbraréis —dijo Pakula—. Poned buena cara, no debéis ofender al jefe Soy Tche. Sentaos cerca de la delog.

El chamán señaló una esquina en la que una hirsuta mujer estaba hecha un ovillo. Alzó el rostro hacia ellos y los examinó uno a uno. Su cara plana y quemada estaba cubierta de finas arrugas. Cuando su mirada se cruzó con la de Külwein, se tapó los ojos con las manos y empezó a susurrar en tibetano.

—Thags-yang —dijo en voz alta.

—Ha dicho que nuestro amigo está habitado por el demonio Thags-yang —tradujo el chamán.

—¿Qué? ¡Otra loca! —gritó Külwein.

La delog siguió hablando.

—¿Qué está diciendo? —farfulló el alemán.

—Que Thags-yang de dientes de tigre le devora las entrañas.

—¡Haga callar a esa pordiosera! —dijo Külwein adoptando un tono amenazante.

La mujer sintió miedo. Se refugió, temblorosa, detrás del jefe del pueblo.

—¡Külwein! ¡Salga de aquí! —exclamó Helena.

Pakula le tocó la frente al alemán, que se calmó enseguida y volvió a caer sobre su asiento. El chamán acudió junto a la delog y le puso las manos sobre el cuello. El miedo se fue instantáneamente y la mujer sonrió tímidamente a Pakula. Habló con los habitantes de la casa. El incidente estaba olvidado. El caldero se convirtió en el centro

330

de atención. Un hombre se levantó, se asomó al recipiente y recitó unas palabras en un tono acompasado. Dos mujeres lo imitaron.

—¿Qué hacen? —le preguntó Helena a Pakula.

El tártaro se limitó a responder que daban buenos consejos. Helena quiso saber más y se levantó. Tche le hizo un gesto para animarla, a la vez que se acercaba él mismo también a la marmita. Los ladakhis asintieron con la cabeza.

Helena se inclinó también. Su sangre volvió a fluir. Pierre, que la había seguido, se quedó lívido.

—¡Diantres! —soltó él.

Pierre y Külwein acudieron también. Se les pusieron los pelos de punta.

—Es horrible —murmuró Pierre.

—Qué abominación... —dijo el alemán.

El olor repugnante venía del interior del recipiente. Era un cadáver atado, con las piernas cruzadas y las manos sobre el pecho, los ojos hirviendo de gusanos; le salía pus de la nariz y de las orejas; estaba en adobo en sus propios fluidos de descomposición.

—Aquí conservan doce días a los difuntos antes de abandonarlos a los lobos y a las panteras hambrientos de las montañas. Mantened la calma y dirigid algunas palabras al muerto. Toda la tribu os lo agradecerá.

—No cuenten conmigo para este tipo de melindres —dijo Külwein, que se alejó.

El dolor de estómago había vuelto a aparecer, pero se controló y mantuvo la cabeza alta.

—No puedes juzgar las costumbres y las creencias de los tibetanos —dijo Pakula—. Creen que los muertos, y yo lo creo también, escuchan consejos prudentes, también sobre el camino que deben seguir en el más allá. El viaje de los muertos es muy peligroso.

—No conseguirá convencerme —respondió el alemán, que salió de la habitación.

Se rieron de él. Eric llamó «amigo mío» al cadáver, mientras Pierre susurraba una vaga plegaria. Helena salió más airosa recitando unos versos de las *Euménides*, de Esquilo: «Conservo mi antiguo privilegio, no me quedo sin honores, / a pesar de tener mi lugar bajo tierra, en las tinieblas cerradas al sol».

331

81

*E*l dolor no había cesado de torturarlo. Aumentó durante la noche. Al amanecer, Külwein se sintió muy mal. Ni las sabias fórmulas ni los poderes de Pakula y de Helena habían podido aliviar el mal que le corroía las entrañas.

—No podrá continuar —dijo Pierre.

—Tenemos que salvarlo —murmuró Helena cogiendo al enfermo de la mano.

—Voy a ver dónde está Pakula.

Eric salió.

—Me voy a morir —susurró Külwein.

—No, Pakula le va a pedir a los caravaneros que nos lleven a Srinagar.

—Me van a abandonar, ¿no?… Ah…

Se retorció sobre su cama. La delog sabía que un tigre le corroía las entrañas… Aunque en realidad no las corroía, sino que se las desgarraba a golpe de zarpazos y dentelladas.

—¡Aguante!

Él la contempló con mirada lúgubre. Intentó agarrarle la mano, pero no le quedaban fuerzas. Sus grandes proyectos se esfumaban. No sería el primero en explicar los fenómenos paranormales, ni en darle un sentido a la vida, ni en poner en cuestión las creencias, ni en racionalizar lo sobrenatural.

—Seguro que Pakula sabe cómo curarme…

—No puede hacer nada, créame. En Srinagar, los médicos ingleses sabrán cómo ponerlo en pie, y podrá volver con nosotros.

—Sabe muy bien que no podré hacerlo. El monzón llegará pronto, y ningún peregrino…, ninguna caravana se arriesgará a aventurarse por los caminos…

Helena le secó el sudor de la frente.

—Cree usted que es verdad...

—¿El qué?

—Lo que dijo el Mkhan-po... ¿Me están castigando?

—Ha infringido la regla del silencio impuesto por un lama con un poder considerable. Por orgullo, Helmut, por orgullo... Hay que tener un alma de niño para adentrarse por esas regiones donde reina la magia, y usted la ha perdido. Debe recuperar la sencillez y hallar una fe, se lo aconsejo. Un poco de credulidad no es mala. Crea en las maravillas de este mundo y se curará.

Pakula y los hermanos Neuwald aparecieron, acompañados de montañeros.

—¡Buenas noticias, Helmut! Se va usted con los caravaneros. Y nosotros le acompañaremos. Dentro de dos semanas, estará recuperado —afirmó Eric.

Külwein no reaccionó. Los ladakhis lo ayudaron a levantarse y lo sostuvieron. Toda la población presenció la escena. Reculó al ver al alemán. Se oyó un cuchicheo. Sabían que un demonio le devoraba las entrañas. Una tropa de viajeros con sombreros de fieltro la esperaba. Un chino-paquistaní la guiaba. Al ver a Külwein, reclamó una cantidad suplementaria.

—Quiero cinco monedas de oro más.

—Ya habíamos pactado el precio —replicó Pakula.

—Sí, pero le han echado un mal de ojo. Estoy asumiendo un gran riesgo al llevarlo con nosotros.

El chamán se volvió hacia sus compañeros.

—Quiere cinco monedas de oro. Tiene miedo de Külwein.

Helena no vaciló y le entregó cinco soberanos de oro al mercader. El oro conjuró la mala suerte. Inmediatamente, cogieron a Külwein, lo envolvieron en una cálida pelliza y lo sujetaron a la grupa de un yak. Pierre y Eric lo seguían.

—Mis pensamientos están con usted. Velaré por usted a pesar de la distancia —dijo Helena dándole un último y caluroso apretón de manos.

Pakula y Helena contemplaron la caravana que se alejaba. Enseguida no fue más que un punto que bajaba por el camino.

La vida retomó su curso. Los montañeros aparecieron con el caldero mortuorio, cuya llegada las mujeres y los niños celebraban como si fuera un trofeo de guerra. Los ancianos cogieron el cadáver y lo sacaron. Se oyó un asqueroso ruido de succión.

—Van a limpiar el caldero y a preparar la sopa. Será la última comida en honor del muerto —explicó Pakula—. Seremos los primeros.

333

—Vámonos —se apresuró a decir Helena.

—Sí, hay que irse —dijo Pakula contemplando el cielo.

Helena levantó la cabeza. Un nubarrón negro en forma de lanza, inmóvil, amenazaba.

—El Anciano de la Montaña —dijo el chamán.

—Sí, siento su presencia.

—Nos han enviado a su emisario de los infiernos.

—Debemos retomar el camino de Leh. Es más seguro. Al diablo con los soldados. Encontraremos un medio de franquear la frontera.

—Vencerás al Anciano, acabo de tener una visión de tu combate... Pero...

—¿Qué?

—Ese combate no sucederá mañana, ni este año..., y tampoco estaré contigo.

—¡Sin ti, moriré!

—No, sobrevivirás a esa prueba y a otras. Tu poder se hace más fuerte cada día, aunque no seas consciente. Eres más fuerte que el Mkhan-po, y muy pronto sobrepasarás a nuestro desaparecido maestro.

Helena pensó en Kut Humi. Le pareció imposible alcanzar ese grado de conocimiento. Suspiró. Iban a retomar el camino. Cuando los yaks estuvieron preparados, el chamán les mostró un punto en el este, una ensenada con forma de V en los glaciares azulados.

—¡En marcha hacia Leh! —gritó.

334

—¡*U*na fortaleza! —gritó Helena.

—Namgyal, la inexpugnable —precisó Pakula—. Llegaremos a Leh cuando la luna esté en lo más alto del cielo.

Namgyal coronaba el pico de la Victoria e impedía el paso al valle alto. Más allá de la masa oscura y de sus estandartes verdes y azules, a unos cincuenta kilómetros, una barrera blanca de más de seis mil metros separaba el Ladakh del Tíbet.

Sus miradas de emoción intentaban trazar caminos y pasos cuyos contornos y marcas se adivinaban en el manto blanco de los macizos. No eran los únicos embargados de esperanza ante la visión de ese paisaje. Los peregrinos marcaban el paso y rezaban. El viaje se volvía concreto. Eso era el Tíbet: esas cordilleras altaneras, esa inmensidad virgen, la morada de los dioses, el refugio de Buda.

Pakula los devolvió a la realidad:

—Lo más duro está todavía por hacer. Leh está bajo la tutela del marajá de Cachemira, aliada de los ingleses. Ningún extranjero de raza blanca está autorizado a cruzar la frontera.

Los habían levantado para conmemorar la muerte de Buda o de los santos. Los *stupas* sagrados, centinelas apostados en los flancos de la ciudad, protegían los centenares de tiendas de los viajeros. La noche glacial no era un impedimento para que los devotos dieran vueltas alrededor de esos bulbos adornados con balaustradas y dominados por un poste y parasoles. Rezaban, mientras frotaban los monumentos con la mano derecha, perpetuando así el culto ancestral de la *pradakshina*. Unas antorchas iluminaban sus caras, y la luna volvía de plata las telas de fieltro de las tiendas.

Después de un giro brusco, los dos viajeros se encontraron ante el muro santo de la ciudad. La capital del Ladakh estaba pegada a la parte rocosa de una montaña. Se decía que la sangre de los enemigos vencidos por el rey Tashi Namgyal impregnaba las piedras.

Helena desmontó de su yak y tocó la muralla. El corazón de aquella antigua construcción estaba lleno de plegarias y de votos. Millones de creyentes habían puesto allí todas sus esperanzas desde hacía siglos.

—No nos quedemos aquí —dijo Pakula—. Llamamos mucho la atención.

Una multitud de hombres y de mujeres caminaban junto a esa muralla. Sus largos vestidos de cuero, de lana, de piel de cabra y de nutria sonaban como las alas de las grandes aves nocturnas. Pero ninguno de esos penitentes les prestó atención. Nadie custodiaba los accesos a la ciudad. Cruzaron un pórtico antes de adentrarse en la calle principal. Sobre ellos: una torre, los techos lustrosos de los templos, las lanzas de soldados adormecidos sobre los tejados relucían bajo el flujo de luz de los astros. No se oían las plegarias susurradas, sino sólo los gruñidos de las bestias de carga. Leh era un inmenso lugar de reunión de extranjeros, y entre las casas bajas se amontonaban mercancías de todo tipo.

—Por allí —dijo Pakula conduciendo a su yak entre las columnas de un patio interior—. No tengáis miedo, son trapas.

Los trapas eran monjes estudiantes que llevaban la cabeza rapada y cuya vocación era convertirse en lamas. Se rieron mientras los ayudaban a descargar sus fardos.

Llovían preguntas en tibetano de todas partes. Un novicio se acercó demasiado a Helena. Lo agarró por el cuello una mano enorme y lo levantó del suelo. Una voz cavernosa lo amonestó con severidad:

—*Rgyal-bu lam thag'dra rtün zer.*[13]

Volvió a dejar al joven monje en el suelo, temblando contra un *chorten*. Se agarró a ese pequeño *stupa*, rehuyendo la mirada terrible del gigante que acababa de llamarlo al orden, y le sacó la lengua a Helena. Ella le devolvió ese saludo de bienvenida.

Medía dos metros. Se había blanqueado el rostro con harina. Llevaba una cofia alta y cónica, propia de los magos. Se puso a hablar con volubilidad, dando unas palmaditas amistosas a Pakula. El chamán se mostró muy locuaz.

—Gounjav es un gran *gomtchen* —dijo Pakula haciendo las presentaciones—. Ha pasado siete años solo en una caverna de Mongo-

---

13. Tú, procura que el camino se acorte.

lia. Cuando viajaba hacia el sur, recorrió parte del camino conmigo, enseñándome cómo matar a los enemigos a distancia con el espíritu y cómo volar por los aires. Hoy es maestro de esta modesta escuela *gyud*. Nos ayudará a pasar la frontera.

Los días pasaban y la ayuda no llegaba. El *gomtchen* demostró un malsano placer por retener a sus ilustres invitados. Su presencia era una bendición para su comunidad. Desde su llegada, no paraban de llegar regalos, y los maestros de las otras lo envidiaban. En Leh, se decía que un poderoso chamán y una maga compartían su saber con los monjes de las escuelas *gyud*.

Helena se impacientaba.

Estaba harta de esperar y aquella ciudad la ponía melancólica. Esa tarde, no acudió al templo para escuchar los susurros de los monjes. Tampoco cenó; se acostó en una esquina de su jergón, pero no consiguió conciliar el sueño. Encendió la lámpara de aceite para alejar las tinieblas que la acosaban.

Ni los budas pintados en los muros de la celda ni la Rueda de la Existencia consiguieron alejar esos malos presentimientos. Sentía que el espíritu del Anciano de la Montaña merodeaba por allí. Nunca estaba lejos de ella, la seguía como un lobo vicioso y hambriento.

¿Cuándo pasaría al ataque?

Cogió la jarra de *tchang* y le dio unos largos tragos. La cerveza burbujeó en su lengua. Se le subió a la cabeza. La Rueda de la Existencia giró unos cuantos grados en su eje. Se oyó el ruido de un tambor. Helena se dijo que había bebido demasiado. Quiso tumbarse y dormir, pero el sueño se iba concretando. El sonido de una flauta se unió al tambor, después una voz irreal se puso a cantar.

Helena se levantó de la cama. Las piernas le flaqueaban. La rueda giraba más rápido. La ilusión era perfecta. El canto era un himno a Buda. Jamás había oído algo igual. Provenía de un ala del recinto que todavía no había visitado. Una corriente de aire helado le devolvió la sobriedad. Las llamas de las velas de manteca que había cerca de las estatuas se echaron a temblar. Un pesado ruido de aleteos llegó hasta ella. Si era un pájaro, tenía que ser enorme.

Le hizo pensar en los monstruos dibujados en los libros de las ciencias naturales de su abuela. Vio los dientes acerados, las garras semejantes a sables, los nombres: pterodáctilos, dimorphodontes, ramphorincus... Se detuvo delante de un buda. Sus rasgos tenían un equilibrio perfecto, y la sabiduría de su mirada era ideal. Se tranquilizó.

La bestia gigantesca seguía volando. La pesadilla empezó a insinuarse en ella...

337

¡El Anciano de la Montaña!

La buscaba, la guiaba. Cantaba esa melodía mágica que oía cada vez más fuerte y hacia la que caminaba. Un gong lanzó una llamada. Helena empezó a subir una escalera, cruzó dos habitaciones oscuras y fue a parar a una capilla. Contuvo un grito de horror. Unos demonios horrorosos la contemplaban, gigantes de bronce rojos o verdes con unos ojos exorbitados, con las patas acabadas en garras, y un aspecto de chupadores de sangre y devoradores de cerebros. Algunos estaban tumbados sobre lechos de cráneos de oro, otros estaban cubiertos de la sangre de sus víctimas. Estaba en el *gonkhang*, la cámara del horror del diablo. No había motivo para que cundiera el pánico. Estaba familiarizada con los panteones demoniacos de Asia. Se recompuso. El canto del Anciano continuaba. La adentraba cada vez más en las profundidades del templo. Ya no tenía miedo de él.

Dos estatuas de leones flanqueaban una puerta que llevaba a una habitación púrpura. Allí había un personaje de barro cocido ante el cual había alineados siete jarrones llenos de agua pura, semillas y una lámpara. Una abertura decorada con signos tibetanos, cerrada por una triple cadena, atrajo su mirada. Más allá sólo estaba la noche.

Su mirada se acostumbró a las tinieblas, y su corazón se embaló cuando lo vio. El Anciano sujetaba una bestia alada y escamosa con unas riendas luminosas. Tras él, se erguía un ser deforme y con cuernos. Los labios del Anciano se estiraron.

—Tu vida se va a acabar…

Ella retrocedió. Alguien la cogió por el hombro y se sintió desfallecer.

—¡No, no! —gritó.

—¡Helena!

Era la voz de Pakula. El chamán la cogía con firmeza.

—¡Pakula, está ahí! Lo he visto.

—¡No has visto nada! El Anciano es un maestro en el arte de la ilusión. Tan sólo has visto a su doble. Nos espera en otra parte. Espera a dar el golpe en el momento más propicio, créeme.

—¡Me ha hablado!

—Y también a mí. Cuando te hayamos enseñado los secretos del Gyud, también podrás manifestarte a distancias considerables, y la gente creerá estar viéndote en carne y hueso.

—¡Escucha!

Pakula aguzó el oído. Un aleteo… El ruido se alejaba. El Anciano se iba.

83

*H*abían pasado varios días desde la aparición del Anciano de la Montaña. La angustia de Helena ganaba terreno. El alba enrojecía el cielo de Leh anunciando el nacimiento de aquel 30 de abril de 1856. Helena escribió la fecha y sus impresiones en su diario de viaje. Normalmente, el monzón debería haber golpeado ya la región. Pero sólo la nube con forma de lanza aparecía de vez en cuando en el cielo. Ningún nubarrón negro y pesado derramaba millones de toneladas de nieve en las cordilleras y en los picos. Lamentaba la decisión de cambiar de ruta. A esas alturas, estaría ya cerca de Lhassa.

¿Qué estarían haciendo Gounjav y Pakula? Desde su llegada no había vuelto a ver al primero. Y el segundo desaparecía durante horas sin dar explicaciones.

Se puso a buscarlo en el templo. Un monje le pisaba los talones.

—¿Qué quieres, pequeño espía? —le preguntó, irritada. Aquel angelote con el cráneo rapado era los ojos y las orejas de Gounjav.

—Tú seguir mí —dijo en nepalí.

El novicio trotaba delante de ella. Sus pies desnudos apenas rozaban el suelo. Parecía tener mucha prisa. Abrió una puerta disimulada detrás de una piel de yak. Helena lo siguió hasta una parte secreta del templo. Cruzaron unas habitaciones minúsculas en las que meditaban religiosos de alto rango. Esos fantasmas vestidos de púrpura ignoraron a Helena y a su guía. Sólo los budas los espiaban.

Un tramo de escaleras desgastadas conducía hasta un batiente rojo. Un gran candado oxidado colgaba sobre un armazón de bronce. Se le ocurrió que la querían encerrar cuando el monje la invitó a empujar el batiente. Como vacilaba, él hizo caer el pesado tope mal engrasado. Sorprendida, dio un paso adelante. En el centro de una sala esférica, entre dos braseros con llamas chisporroteantes, la esperaba Gounjav. Magníficas pinturas sobre seda colgaban del techo de madera tallada. Esos *thangkas* tornasolados se inflaban como velas bajo el efecto de las corrientes de aire que provenían de las numerosas aberturas redondas de los muros.

—Ven a mí —dijo en tibetano.

—Es la habitación de la Llamada.

—Pakula, te he buscado por todas partes.

El chamán estaba de pie en una esquina, cerca de una rueda de la vida hecha de oro. Ella avanzó hacia Gounjav. Había adoptado la posición del loto, con las manos una sobre la otra, las palmas hacia arriba y los pulgares juntos, preparado para meditar.

Pakula se unió a ella y la invitó a sentarse sobre los cojines colocados ante el Maestro, que habló lentamente. Pakula se lo tradujo.

—Podrá irse de mi templo. He abierto una brecha en el puesto de Tsogstsalu tras lanzar un sortilegio. Por precaución la disfrazaremos de mujer de las montañas. Tiene doce días para alejarse. Después, el encantamiento ya no tendrá efecto. Treinta de mis monjes, reunidos en la sala del horror del diablo, retienen en el cielo al espíritu de su enemigo. Lo acompaña el demonio de las tempestades. Debe partir al alba antes de que se produzca la catástrofe, y llegar lo antes posible a Lhassa para ponerse bajo la protección de los lamas magos. El Anciano de la Montaña no se atreverá a entrar en la Ciudad Santa. Que la paz esté con usted.

—Gracias, mil veces gracias —dijo Helena inclinando la cabeza y uniendo las manos.

—Ha encontrado el espíritu del maestro Kut Humi.

—¿El Maestro se ha reencarnado?

—No, no lo han llamado a la vida… Todavía no. Su fantasma está en la torre prohibida del emperador Bahadur Shah II. Nos guiará.

Helena se dejó llevar por la alegría. Veía por fin perfilarse el final del viaje. Dentro de pocas semanas, llegaría a la misteriosa meta señalada en Londres por Kut Humi, el 12 de agosto de 1852. El lama le sonrió. Dio unas palmas. El joven novicio trajo tres recipientes humeantes con té y manteca. Por primera vez, aquella execrable bebida le pareció deliciosa. No se estremeció al tragar la mezcla de té en polvo, soda, sal, manteca rancia y condimentada con una pizca de boñiga de yak.

Cuatro días después, Gounjav les entregó dos fusiles ingleses y quinientos cartuchos.

—La magia no siempre es suficiente para rechazar a los enemigos, pero hemos encantado estas armas y jamás fallarán el tiro.

84

—¡*T*sogstsalu!

Pakula señaló un punto delante de él. Helena se quedó boquiabierta. No se veía ni a diez metros. Una espesa niebla ocultaba el paisaje. Ahogaba los ruidos de los cascos de un rebaño de yaks que transportaban sal, y el pisoteo de un centenar de viajeros esparcidos a lo largo del camino.

—El encantamiento funciona. Vamos a poder pasar —añadió Pakula dándole una palmadita a su caballo.

Se adentraron más en esa espesa nube. La temperatura bajó varios grados. Sentía sus miembros entumecidos. El frío se hizo más intenso, lo que ralentizó los latidos de su corazón.

—Esta nube está hecha para aletargar los sentidos —dijo el chamán—. Resiste. Controla a tu yak. Las bestias también están bajo el hechizo.

Pakula tocó la Piedra Hablante, que, tras lanzar un suave resplandor sobre ellos, les devolvió la vitalidad. En torno a ellos, hombres y mujeres se dormían y los animales se quedaban quietos. Llegaron a la aldea fantasma de Tsogstsalu. De las casas perdidas en la bruma no salía ni un solo ruido. El pueblo dormía. Helena y Pakula llegaron al pie de un muro cuyo final no se veía. Tardaron más de media hora en encontrar una brecha en esa fortificación flanqueada por torres medio derruidas. Dos refugios fortificados y algunos *stupas* señalaban el límite de Tsogstsalu.

Un hombre yacía en el suelo, con su fusil cruzado sobre el pecho.

—Dormido —dijo Pakula.

Descubrieron a otro, y luego a todo un pelotón, a cuya cabeza iba un teniente inglés vestido con una capa de cibelina.

Tenía que seguir luchando para no sucumbir al sueño mágico. La noche los atrapó mientras avanzaban muy lentamente. De repente, vieron aparecer la luna en la cima de la cordillera que estaba detrás de ellos.

—Estamos en el Tíbet —dijo Pakula.

El Tíbet… Helena sintió un nudo en la garganta por la emoción. Por fin, pisaba esa tierra tan deseada. Podía contemplar la joya de esas montañas sagradas.

Volvió la cabeza, cerró los ojos y aspiró el aire puro y glacial. Después bajó de su yak, se quitó las manoplas, cogió algo de nieve y se la llevó a los labios. ¡Lo había conseguido! ¡Por fin!

—Tenemos un camino muy largo que cubrir antes de llegar a Changmar —dijo Pakula observando la luna, que se cubría.

La nube del Anciano acababa de reaparecer en el cielo.

85

*E*l Anciano de la Montaña sujetaba una amatista en la mano derecha y un aguamarina en la izquierda. Los símbolos se entrelazaban en la superficie de esas piedras legadas por el maestro anterior, que se había pasado toda la vida estudiando la magia y formando a monjes. Las dos piedras reforzaban el poder de su espíritu. Brillaban entre sus palmas, brillaban en su cabeza, brillaban en la nube que los llevaba a él y al demonio de las tempestades.

Durante unos cuantos días, el Anciano había creído que había perdido la partida después de que Gounjav y sus monjes se unieran para impedirle llegar a Leh. Habían embrujado el pueblo fronterizo, pero ahora su encantamiento ya no funcionaba.

El Anciano permanecía impasible en la cumbre de su pico. Las nubes se acumulaban sobre él. La nieve empezó a caer, y lo sepultaba poco a poco. Después, empezó a fundirse. Había evocado su sol interior. El fuego le llegó hasta la punta de sus dedos y un arco eléctrico se formó entre las dos piedras preciosas.

—Utiliza el monzón, activa los relámpagos, que caigan truenos y destrucción —le dijo a la entidad que él y sus monjes habían invocado algunos días antes.

El demonio volaba por encima de la frontera tibetana con el espíritu del Anciano. Formaba un solo cuerpo con la nube, que seguían a la rusa y al tártaro. Al cabo de poco tiempo, adoptaría su forma verdadera tempestuosa. Utilizaría el monzón que había empezado inundar la India. Se concentraría en una fuerza inconmensurable entre sus garras de hielo. Ordenaría a los vientos que corrieran tan rápido como las flechas de los arcos; a los rayos, que fundieran los glaciares; a la nieve, que borrara los caminos y cubriera los *stupas*. El Anciano, su maestro, lo protegería de los ataques del chamán y de la hechicera blanca.

—Los matarás y te llevarás sus almas a tu reino —continuó el Anciano—. No quiero que se incorporen al ciclo de las reencarnaciones.

El demonio le respondió en su lengua hecha de gruñidos y notas graves. Era una música lúgubre que anunciaba la destrucción y que, al Anciano, le parecía agradable.

—¡Que así sea!

$\mathcal{H}$elena y Pakula pasaron frío. Estuvieron tres días bordeando una cresta y atravesando inmensos ventisqueros al norte del lago Chēm Co, donde se iban acumulando unas nubes negras y turbulentas. Los picos, de 6.000 metros de altura, ya no se veían. El paisaje era cada vez más sombrío. Tenían malas vibraciones; a veces los yaks se resistían a avanzar, pues sentían que un peligro invisible estaba al acecho. Se les ponían los pelos de punta.

345

—Su ojo malvado nos está vigilando —dijo Pakula—. ¡Maldito Anciano!

—Yo también lo noto… Y algo poderoso merodea con él.

—El Demonio de las Tormentas… ¿Sabes alguna plegaria?

—Antes sí… Hace mucho tiempo que no rezo.

—En las montañas hay dioses, y muchos de ellos son buenos.

—Siempre he sido una aliada de la naturaleza. Los indios de América me enseñaron a amarla.

—Entonces, ama las montañas y nos protegerán.

Avanzaron rápidamente hacia el este. Cierta noche, se pararon en Changmar, un pueblo de bandoleros y religiosos. Los víveres eran muy preciados y las buenas voluntades iban escasas; aun así, consiguieron ganarse el favor de cuatro nómadas de la lejana región de Amdo, que se habían refugiado en Changmar después de que asaltaran la caravana que debían escoltar hasta Leh. Habían perdido a veinte de sus hombres y a todos los vendedores. Eran guerreros devotos. Todas las noches, después de plantar las dos tiendas de piel de yak, clavaban unas minúsculas banderas del rezo y se encomendaban a la clemencia de Buda.

En una madrugada agitada, una manada de lobos famélicos los atacó.

—Tenemos que matar al líder de la manada —dijo Helena.

Abrieron fuego. Mataron al lobo de un disparo. Apuntaron las armas hacia las demás bestias y dispararon al azar. Los supervivientes de la manada huyeron chillando.

—¡Tormenta! ¡Tormenta! —gritó uno de los nómadas, mirando las banderas, que habían empezado a agitarse.

—El Anciano, el demonio y el monzón juntos —dijo Helena.

El cielo arrastraba unas nubes espesas. El paisaje se volvió gris, y luego cayó la noche. Ataron los yaks unos a otros. De repente, una borrasca arrancó las banderas.

—¡Tenemos que atarnos a las bestias si no queremos que se nos lleve el viento! —gritó Pakula.

Su voz se perdió en los aullidos del viento. Pero no era sólo el ruido ensordecedor del viento; también se oía un rugido, un rugido extraño y estremecedor.

—¡Ahí está! ¡El demonio! —dijo Helena.

Allí estaba: enorme, deforme, con la piel azulada con rayas negras. Estaba bajando una montaña; tras él se habían concentrado unos nubarrones que los relámpagos atravesaban.

—Toma —dijo Pakula, que le extendió por la cara una capa espesa de grasa, antes de envolverle el cuello y el gorro con una larga bufanda que le ató con tres nudos.

Ya no se veía nada. La nieve caía a ráfagas de viento. Helena no recordaba haber sufrido un asalto de tal magnitud ni en Rusia ni en Canadá. Se agarró tan fuerte como pudo a su yak. Un nómada soltó un grito antes de precipitarse al vacío. El suelo tembló.

El Anciano estaba contento. Tenía una perspectiva confusa de su angustia.

—¡Destrúyelo todo! ¡Llévatelo todo a tu infierno!

Entonces el demonio ordenó al cielo que estallara, a los relámpagos que fulminaran y a los aludes que arrasaran los valles. Se llevó las almas de los nómadas y las hizo pedazos, pero hubo dos almas de supervivientes de las que no pudo apoderarse. Alguna fuerza superior las protegía. Rugió, resquebrajó los glaciares y levantó los vientos, provocando tornados de nieve y despertando a todos los elementos. Lo intentó todo, pero fracasó.

Al límite de sus fuerzas, el Anciano se hizo un ovillo y dejó que el demonio diera rienda suelta a su furia. No tuvo más remedio que volver a su caverna. Había perdido la primera batalla.

87

¿*C*uánto tiempo había durado la pesadilla que el Anciano de la Montaña había desatado? La débil luz del sol la hizo volver en sí. Helena se estaba muriendo de frío y Pakula estaba a su lado. Le deslizó la piedra hablante por el pecho y le dijo:

—Sin ti, habríamos muerto.

—¡Si no he hecho nada!

—Hay una fuerza en ti que ha rechazado al Anciano.

Un lobo aulló no muy lejos. Helena buscó al animal. Estaba todo blanco, un blanco inmaculado y cegador. El camino se había borrado. Los nómadas de Amdo habían desaparecido. Los yaks todavía estaban allí, en fila, al borde del precipicio.

—¿Dónde están los hombres?

—Se los ha llevado la criatura del Anciano.

—¡Los vamos a vengar!

—En Lhassa tendremos los medios para poder vencerlo.

—Pero hemos perdido todos los víveres. Nunca conseguiremos llegar hasta allí.

—A dos días de aquí andando, por el puerto, está la ciudad de Gerze. Allí podremos descansar.

Gerze ya no era más que un dulce recuerdo. El Anciano de la Montaña todavía no los había dejado en paz. Desencadenó las fuerzas oscuras en el seno del monzón y la tormenta duró tres días. Setenta y dos horas terribles, durante las cuales se refugiaron en la cúpula hueca de un gran *chorten* en ruinas. Otros viajeros muy considerados habían dejado estiércol seco de yak. Lo encendieron y pudieron fundir la nieve para hervir agua para el té y el arroz.

De momento estaban salvados.

La tormenta paró de golpe; parecía que el Anciano se había quedado sin fuerzas y que el monzón había remitido en el frente de la cordillera del Himalaya. Así que retomaron el pesado viaje.

Vagando a lomos de los yaks fatigados, echaban de menos el *chorten* lleno de humo. Los pobres animales trazaban surcos en la nieve virgen. Tenían la pelumbrera helada, la mirada apagada, la panza vacía.

—No nos llevarán más allá de lo que alcanzan tres disparos de fusil —dijo el chamán con la oreja pegada a la joroba de su montura.

—¿Cuánto queda hasta Lhassa?

—No sé… Tal vez siete días.

Siete días… Era una muerte segura. La noche anterior lo había asumido: llegaría un momento en el que los yaks se desmoronarían, y luego les tocaría a ellos vivir el lento entumecimiento glacial, la somnolencia, la rigidez y el fin, antes de entregarse a un sueño eterno y blanco.

Desde aquel momento, el nombre de Lhassa le pareció un mito inaccesible, una ciudad que no era más que un sueño, una leyenda. La realidad era el frío que le cortaba la piel con crueldad. Tenía la cara cubierta de escarcha, y de las pestañas y la nariz le colgaban cristales. La grasa había cuajado y se había agrietado, con lo que se le había formado una telaraña de cicatrices. ¿Dónde estaba la joven princesa, elegante y alegre, la fogosa jinete, montada a horcajadas sobre su caballo?

Helena estaba irreconocible. Llevaba la máscara de la muerte.

El yak de Pakula fue el primero en quedarse paralizado. Cayó sobre sus rodillas y luego se hundió sobre el costado. Pakula acarició la cabeza de su fiel montura.

A lo lejos se oyó el ruido de un alud, luego una campanada. De repente, el yac de Helena falleció, y ella salió disparada hacia un bloque de hielo.

¿Quién la había llevado por la noche? En sueños, se acordó de los bosques de Cachemira, de los torrentes tempestuosos, del bullicio de la vida en los profundos valles. Había nieve y no faltaban las fuerzas maléficas invocadas por el Anciano de la Montaña, la desaparición del Maestro, Buda y unos demonios. Todo se confundía en su cabeza…

Ahora, alguien le estaba metiendo algo en la boca. Volvió en sí. Se encontró con la mirada condescendiente de Pakula.

—Mastica —le ordenó—. Es una raíz de Punjab. Contiene una potente droga que da fuerza y hace pasar el hambre.

Helena masticó la sustancia gomosa de árnica y de grama, su gusto amargo.

—Muy bien, te vas a recuperar del accidente —añadió mientras le tocaba el chichón que le había salido en la frente.

Helena se despabiló y recuperó la lucidez. Hizo una mueca por el dolor de cabeza que sentía.

—Debo de estar horrible —dijo.

—Sí, pareces una vieja mongola —bromeó Pakula.

—¡Ya nadie me querrá!

—¿Nunca te has enamorado de un hombre?

—¿Eh?

—Vas a conocer a uno.

—¡Pakula!

—Muy pronto —insistió el chamán.

Pero no era momento para bromas.

—Vamos a morir, eso será en otra vida —replicó ella.

—No, te está esperando en una isla… Puedo verlo… Está al acecho… Está en peligro. Debes salvarlo.

—¡Para ya!

—Vas a amar y te van a amar. Es tu buen karma.

—Pakula, mira a tu alrededor.

—Ya lo hago, y puedo ver más allá de los obstáculos.

Estaban dentro de una cueva poco profunda. Por el agujero de la entrada se podía distinguir el cielo que se fundía y un trozo de un acantilado rocoso. Pakula se levantó.

—Tendremos visita —dijo quitando el pedazo de piel que envolvía su fusil.

Helena lo imitó. Avanzaron hacia la entrada. El enemigo estaba allí, formando en semicírculo. Quince lobos hambrientos los estaban acechando. Al ver a los humanos, el mayor de ellos les mostró los colmillos.

Helena lo apuntó con el arma antes de que pudiera abalanzarse sobre ella. La bala le atravesó el cuello. Soltó un breve ladrido y se desmoronó. Helena volvió a cargar el arma. La manada no se lanzó sobre el cadáver; prefería la carne humana. Abrieron fuego. Dos lobos salieron rodando por la nieve.

Pakula se abalanzó con su navaja y destripó el que le quedaba más cerca. A su vez, Helena desenvainó el puñal. Ante tal determinación, aquellos animales salvajes vacilaron. Entonces Pakula soltó un grito terrible y se fueron.

—¿Qué será de nosotros? —se lamentó Helena.

—Nos convertiremos en devoradores de lobos —respondió Pakula, que se inclinó sobre el animal muerto.

Lo despedazó y esparció los pedazos; repitió la misma operación con el otro cadáver.

—Por sus hermanos vivos —dijo antes de arrastrar los despojos del tercer animal al interior de la cueva.

—Ése de allí es para nosotros.

Se puso a cortar lonchas de la carne humeante y le dio una. A pesar de no tener hambre, Helena empezó a desgarrar la carne dura. Desvió la mirada cuando Pakula le arrancó el corazón y el hígado. Con avidez, chupó la aorta llena de sangre.

—La piedra necesita fuerza... —dijo cogiendo el talismán—, y yo también. Voy a ir en busca de ayuda.

—¿Cómo?

—Volando.

Se metió la piedra en la boca y cayó en una especie de catalepsia. Poco a poco, apareció su doble luminiscente. La evanescencia flotó durante unos instantes por encima de su cuerpo, que se había puesto rígido.

«Sólo tardaré una hora en llegar al monasterio más cercano.»

Le hablaba a través de sus pensamientos. Ella le respondió de la misma forma.

«Podré resistir, ahora tengo de qué alimentarme.»

Y de pronto desapareció.

Helena cargó el fusil y se puso en la entrada. Los lobos habían vuelto y estaban devorando la carne magra de sus compañeros. Cuando la vieron, soltaron unos aullidos.

Se llevaron los pedazos lejos de ella. Oyó cómo se peleaban, luego se quedó en silencio. Estaba perdida en la inmensidad del Himalaya. Cayó la tarde; se hizo de la noche; regresó cerca de Pakula.

Iban pasando las horas... Tardaba mucho. De repente notó la mano del chamán en el hombro.

«Los monjes de Tchord nos vendrán a ayudar», dijo él.

Helena sonrió tristemente. Acababa de tener la premonición de que nunca iba a alcanzar Lhassa.

El Anciano de la Montaña se había retirado a su habitación para meditar. Ya no tenía miedo ni de la mujer blanca ni del chamán. Estaban acabados... El monzón había terminado su obra; él mismo había provocado los aludes. Todos los puertos habían quedado sepultados. Nadie podía atravesar el Tíbet.

El Anciano había pecado mucho y buscó refugio en Buda.

88

𝓗elena se quedó en silencio durante horas, perdida en el gran dolor de su fracaso. El Tíbet que no había podido conquistar formaba parte de la historia de su vida. Apenas se acordaba del viaje de vuelta; quería borrar el recuerdo.

Pakula y los monjes la habían acompañado a Nepal por caminos alternativos, usando medicinas y magia. Se había pasado días delirando, pegada al lomo de un yak, congelada y con fiebre. La habían curado en Katmandú. No podía volver a partir hacia Lhassa de ninguna manera durante los próximos meses. Pakula la había convencido antes de separarse de ella.

—No estás preparada, primero debes encontrar a ese hombre en Occidente y convertirte en una mujer completa. Antes de realizarte, tienes que aprender a amar. Yo te esperaré y prepararé tu vuelta. Cuando vuelvas, te estaré esperando con el Maestro reencarnado.

Con el alma muerta, se unió a los caravaneros que hacían su ruta por el sur del país. De su travesía del continente sólo se acordaba de un hecho concreto. Una noche de luna llena, durante la fiesta de Raji Purnima, una mujer le había puesto un brazalete raji en la muñeca para conjurar la mala suerte, pero al cabo de unos días había tirado el amuleto en el puerto de Madrás, donde iba a embarcar hacia Java.

Mecida por el oleaje perezoso de sus penas y presa del ensueño, Helena, en un sillón de la biblioteca, dormitaba con un gran libro abierto sobre las rodillas. Alguien tosió.

—Se ha entregado demasiado, ningún hombre en su lugar habría sobrevivido —dijo alguien con acento escocés.

—¿Disculpe? —dijo ella, sorprendida, mientras levantaba la cabeza.

Era un hombre encorvado y calvo. La estaba mirando con sus ojos de miope tras unas lentes redondas plateadas. Tenía la tez amarillenta típica de los enfermos de hígado. No obstante, parecía honesto y buena persona.

—Se tiene que cuidar, señora Blavatski, parece muy cansada.

—Es mi espíritu el que está cansado. A veces, ya no sé ni quién soy ni dónde estoy.

Sin embargo, era el mes de febrero de 1857 y estaba en Londres, en la magnífica biblioteca de lord Palmerston, enfrente del bibliotecario que nunca había salido de la ciudad y que conservaba amorosamente los ciento diez mil volúmenes de los que se encargaba.

La aventurera había trastornado al viejo, pero no dejó que se le notara. Sentía una admiración secreta por esa mujer enigmática que había explorado, según decían, las zonas más peligrosas del mundo, y que había llegado incluso hasta el Tíbet.

—¿Tiene previsto volver?

—Sí, cuando esté en armonía con mi cuerpo.

—¿Qué entiende usted por eso?

—No se lo puedo explicar, todavía no sé cómo pasará.

—Ah —dijo él, que volvió a su labor de etiquetaje y limpieza.

352

Le era imposible admitir que estaba esperando a un hombre, ¡y que encima se trataba de un desconocido! No se acababa de creer que fuera a encontrar el amor durante los próximos meses o años.

¿Acaso Pakula se había equivocado?

Curiosamente, estaba deseando conocerlo. Sólo había un hombre con quien habría querido compartir la vida: Garibaldi, cuyas hazañas seguía desde hacía mucho tiempo. Para ella, lo tenía todo: la grandeza, el espíritu de libertad, un carácter fuerte, pero desgraciadamente estaba casado con la fogosa Anita. Había escrito frases maravillosas: «Iba sentado a horcajadas con la mujer de mi alma a mi lado, digna de la admiración universal. ¿Qué más me daba no tener nada más que la ropa que me cubría el cuerpo o estar al servicio de una pobre República que no podía dar ni un céntimo a nadie? Tenía un sable y una carabina que llevaba delante de mí, atravesados en la silla… Mi Anita era mi tesoro, no menos entusiasta que yo por la causa sagrada de los pueblos y por una vida aventurera».

Ningún hombre le había dicho nunca algo así. Helena suspiró. No iba a esperar mucho; había empezado a pensar en irse. Esta vez tenía previsto viajar por tierra, a través de Rusia y de Mongolia.

Se lo había comentado a unos amigos de su padre. Todos le habían desaconsejado que hiciera tal locura. Le dijeron que nunca llegaría al Tíbet por ese camino. Los descendientes de las hordas matarían a los extranjeros. Había terminado por no pedir consejo a nadie más. Habían criticado mucho a esa mujer audaz que alteraba las reglas. Era objeto de calumnias por parte de los periodistas, objeto de envidia de la vieja nobleza inglesa, y sufría los agravios de las Iglesias católica y protestante, que parecía añorar los bellos tiempos de la Inquisición y de las hogueras. Tampoco hizo ninguna sesión más de espiritismo; ya no quería comunicarse con los muertos. Lejos de los cancanes de los salones, disfrutaba de su tiempo entre preciados libros y rodeada de sus propios escritos. En su modesta habitación del Soho, se pasaba las horas trabajando en el plan de su futura obra: la teosofía.

Aprender, comprender, fundirse con el pensamiento tibetano. Clavó la mirada de nuevo en el texto, y, en voz baja, repitió unas palabras en la lengua mágica de los lamas:

—*Bla-ma, na-ran, dra-ba, tog-maz, zags-pa, ral-gri*: mi lama, yo, la red, el lazo, la espada…, *ro-khog*, cadáver… *La than-chad-grod-pa yanltogs*, estoy cansada y tengo hambre…

—Señora, es más de medianoche.

El bibliotecario había vuelto a la carga; no le gustaba tener compañía durante la noche, momento en que se quedaba acariciando sus libros y hablando con los autores desaparecidos. Su pequeño ojo acusador parecía estar diciendo: «¿No tiene una casa que mantener, una madre que cuidar, un marido que consolar, unos hijos que educar? ¿No tendría que estar rezándole a Dios en vez de aprender lenguas impías?».

Helena miró el péndulo del reloj, que empezó a desgranar unas campanadas un tanto agrias.

—Tengo tanto que aprender.

—Eso no es problema, le puedo prestar este volumen y todos los que ha escogido. Nadie los había abierto antes que usted.

Con diligencia, tomó dos libros más sobre el Tíbet y se los llevó.

—Espere —dijo deteniéndola—, se los meteré en un zurrón.

—¿Está seguro de que me los puedo llevar?

—Lord Palmerston tiene plena confianza en usted, y yo también. Lord Palmerston está muy unido a su padre, y eso le confiere un trato especial.

Helena no se lo pensó dos veces. Después del hundimiento de la flota rusa en Sebastopol el 11 de septiembre de 1855, su padre había sido uno de los emisarios secretos enviados a Londres por Nicolás I. Había preparado la paz firmada en París el 30 de marzo de

353

1856. Los ingleses y los franceses le habían dado el reconocimiento de hombre leal y justo; el coronel Meter von Hahn había hecho nuevos amigos: los lores Palmerston, Clarendon, Derby, Russel y el almirante Dundas.

—Me los puede devolver dentro de dos semanas —dijo el bibliotecario—. Buenas noches, señora.

—Buenas noches, mister Lewis.

La acompañó hasta la recepción desierta del peculiar hotel. Los Palmerston estaban en un baile oficial que daba la princesa María de Cambridge. En alguna parte de Balmoral, de Windsor o en otra parte, estaban bailando la cuadrilla y la marcha.

Empezó a andar tristemente por las calles grises bajo la lluvia fina, con el zurrón pesado en la mano. A medida que se iba alejando de los lujosos barrios residenciales, las arterias se iban estrechando y se iban debilitando en una multitud de callejuelas negras sin nombre y de sórdidos callejones sin salida. La pálida luz de las farolas se deslizaba como lo hacen las llamas de los cirios sobre las piedras sepulcrales de las casas altas, apoyadas unas sobre otras con maderos y vigas.

Helena no se preocupaba mucho por las sombras que poblaban esos barrios. Su instinto sabía evaluar los peligros, y ella confiaba en él. Aquella noche, la alertó rápidamente…

De repente, oyó un ruido de pasos rápidos.

Eran cuatro: un hombre al que perseguían otros tres.

—¡Aquí! ¡Socorro! —gritó él.

Los perseguidores blandían una navaja. Helena se apartó de golpe y dejó que pasaran. El fugitivo resbaló sobre los adoquines mojados.

—¡Ya lo tenemos! —exclamó en italiano uno de los que lo estaban persiguiendo.

—¡Aquí!

Se levantó y les plantó cara, pero sus agresores se abatieron sobre él. Lo recorrió un escalofrío de terror. Soltó un gemido cuando una navaja se le hundió en el hombro.

—¡Aguante!

Una mujer surgió de la penumbra. Era Helena, que iba corriendo con el zurrón dando vueltas en la mano. Era una maza fantástica. Los tres volúmenes sobre el Tíbet pesaban más de cuatro kilos. Con ellos golpeó una nuca, aplastó una nariz, rompió una ceja y molió a golpes a un hombre. El abrigo se le volvió pesado por la lluvia y no la dejaba moverse bien. Uno de los bandidos lo aprovechó para apropiarse de su zurrón y arrancárselo. La echaron al suelo. Intentó escaparse, pero vio como una cuchilla se deslizaba por su barbilla.

—¡No te muevas más, preciosa; si no, te desangraré como si fueras una cerda!

Otro golpeó de nuevo al herido.

—¡El cantante ya ha recibido su merecido!—dijo el mafioso.

—¿Qué hacemos con ésta?

—Dejémosla, no nos han pagado para matarla.

La presión cesó. El hombre que la estaba aguantando la soltó, se fue y sus comparsas lo siguieron. Helena se enderezó. Las piernas le temblaban; luego se precipitó hacia donde estaba el moribundo.

—¡Señor, señor, por piedad, contésteme!

Le puso los dedos sobre el abrigo impregnado de sangre. En aquel momento, el hombre le preguntó con una voz alta y clara:

—¿Se han ido?

—¡Caramba! ¡Vaya muerto más raro!

—Es un papel que sé interpretar a la perfección —respondió.

—Venga, más vale que hagamos algo antes de que el papel se convierta en eterno. Está en muy mal sitio. Voy a pedir ayuda y a llamar a la Policía.

—¡La Policía! ¡No, eso no!

—Pero...

—Búsqueme un refugio y se lo explicaré todo.

Helena vaciló un momento, pero luego se decidió.

—Mi hotel está a diez minutos de aquí. ¿Se siente capaz de andar apoyándose en mis hombros?

—Creo que sí.

—Pues venga —dijo, ayudándolo a ponerse en pie.

—¡Por el amor de Dios! Me han dado por todas partes.

—Cállese, guárdese el aliento o no llegará vivo hasta mi casa.

Ambos se fueron tambaleando en medio de la noche. Había parado de llover. La niebla subía por el Támesis. Helena oía el eco de sus pasos morir detrás de ellos. Soltó un suspiro de alivio al ver la insignia del hotel.

—Ya estamos. Un último esfuerzo.

Le costaba mucho trabajo sujetarlo. El desconocido, de complexión robusta, le sacaba dos cabezas. Sin aliento, lanzó dos golpes con el pie contra la puerta de cristal, la única respuesta que obtuvo fue un reniego. Una cara canija con el pelo blanco y rizado se pegó a uno de los cristales empañados.

—¡Diablos! Señora Blavatski...

—¡Ábrame rápido!

El hotelero tiró del pestillo del cerrojo y entreabrió el batiente.

—Ya me figuraba yo que con usted tendría problemas —dijo lanzando una mirada asustada hacia el herido.

—¡Ya lo hablaremos, señor Strofades! —replicó Helena abriéndose paso con la rodilla.

El griego se llevó las manos a la cabeza y lanzó una retahíla de maldiciones. Helena no le escuchó; dejó su carga quejumbrosa sobre un sillón gastado.

—Toda esta sangre —se lamentó Strofades— en mis alfombras... Ay, Virgen Santísima, toda esta sangre...

—No llore por sus alfombrillas de poca monta y vaya corriendo a buscar un médico discreto en el barrio judío. Este hombre podría morirse aquí. Eso sí que sería nefasto para su renombrado establecimiento.

Strofades, de repente, tomó conciencia de lo que estaba diciendo.

—Sí... Sí... El doctor Meyer-Cohen..., discreto... Es el que nos conviene. Voy para allá.

89

*E*l doctor Meyer-Cohen había vendado el fuerte torso del desconocido, que ahora estaba descansando en la cama de Helena.

—Se repondrá muy pronto —afirmó con una sonrisa—. Su amigo es un hombre fuerte, señora Blavatski.

Helena se sonrojó sin corregirlo. Contempló al herido. Esa cara de patricio con una boca llena y sensual, con unas pestañas largas y rizadas, correspondía a la de un hombre de unos cuarenta años.

—Volveré mañana —dijo el médico—. No se olvide de darle dos cucharadas de este calmante —añadió, y dejó un frasco sobre la mesita de noche.

—¿Cuánto le debo, doctor?

—Dos libras.

Helena cerró la puerta tras el médico y se mordió los labios. La predicción de Pakula le pesó sobre los hombros. A partir de entonces se quedaría sola con ese inquietante extraño.

Se sentó en la silla junto a la cama, decidida a desempeñar el papel de enfermera. El herido estaba dormido. Se quedó más de una hora en la cabecera de la cama, con el busto erguido y las manos puestas decentemente sobre los muslos, atenta y a la escucha de la lenta respiración del desconocido. Poco a poco, su espíritu se fue evadiendo. Empezó a sentir deseo por aquel herido expuesto a su mirada, inconsciente, cuyas pasiones podía percibir a través de los pedazos de sus pensamientos.

«Estoy loca…»

Se comportaba como la más ingenua de las mujeres. El deseo la asaltaba. Conmovida, dejó su asiento y se fue a llenar la pequeña estufa de carbón. El resplandor de las llamas resaltó su tez, el calor atizó aún más sus sentimientos, la atracción que sentía por aquel extraño creció.

Buscó una excusa. Se dijo que debía de tener fiebre. Se dio la vuelta. Su mirada se encontró con los libros tibetanos. Eran la distracción que necesitaba. Abrió uno y se concentró en el texto. Pasó un cuarto de hora, pero no podía retener nada de lo que estaba leyendo... Sentía unas ganas locas de poner la mano sobre ese hombre, de notar su piel, de conocer sus secretos.

Se acercó a la cama a paso lento.

Le tocó la frente con la punta de los dedos, aguantando la respiración. Sintió un pinchazo en el corazón. Rápidamente retiró la mano y contó hasta diez antes de repetir el gesto prohibido, tal como hacía cuando era pequeña.

Sus dedos siguieron la línea de una arruga, única y profunda, y luego se perdieron entre su pelo negro, que estaba sembrado de hilos plateados. Con el contacto, pudo percibir los recuerdos ardientes de aquel hombre apasionado, sus numerosas aventuras...

«No estoy hecha para él», se dijo.

Era la primera vez que sentía una confusión tan profunda y a la vez tan íntima. Se sintió como una llama, vacilante y caliente. Una especie de felicidad sin un contorno definido se apoderó de ella lentamente, hasta sumergirla en la única visión de ese hombre, abandonado a ella. Se preguntó si sería amor, aunque apenas osaba pronunciar esa palabra hasta entonces sin cuerpo, sin carne, sin vida para ella.

—¿Dónde estoy? —preguntó con voz apagada el herido.

Helena despertó de un sobresalto. Las agujetas le hicieron hacer muecas; había dormido a ras de suelo. Pero el dolor no era nada comparado con las palpitaciones de su corazón. Sacó la cabeza tímidamente por encima de la línea del horizonte de las mantas que envolvían al herido. Éste se sorprendió por la aparición de ese rostro de mujer, bello y solemne.

—¿Quién es usted?

—Soy..., soy quien lo ha traído hasta aquí.

—¿Es a usted a quien le debo la vida?

—Sólo he hecho lo que debía.

—¿Estaba usted sola?

—Sí.

Pareció maravillado por esa revelación. La devoró con los ojos. Ella, molesta, se dio la vuelta.

—Voy... Voy a calentar el caldo.

Se la quedó mirando, con los ojos ardientes por la fiebre, mientras ella se movía delante de la estufa. Al sentirse observada por el desconocido, Helena se aterrorizó un poco.

«¿Por qué me está mirando así? ¿Qué voy a hacer con él? ¡Debe de estar pensando que soy muy fea!»

Se recogió un mechón rebelde de pelo, se puso la trenza sobre el hombro erguido y luego se contempló a hurtadillas en el óvalo desconchado del espejo. Estaba hecha un desastre, era un espectáculo deprimente. Se le veían los rasgos marcados por el cansancio y la inquietud que sentía le acentuaba las ojeras bajo los ojos. Tenía la tez lívida.

—¡No sé cómo darle las gracias! ¿Cómo se llama?

Su voz había recuperado la seguridad.

—Blavatski... Helena Petrovna Blavatski...

—¡Blavatski!... ¿La Blavatski cuyas hazañas han llegado a oídos de la realeza? ¿Usted es la hechicera que ha dado la vuelta al mundo? ¿La mujer que hace salir a los muertos de su tumba y que habla con los dioses?

—Me temo que sí... Pero la gente exagera sobre mí. Los dioses nunca me han escuchado y los muertos hacen lo que quieren —dijo ella, sonriente.

—Señor, ¡bendice a los mafiosos que han hecho posible este encuentro! ¡Las cuchilladas en el abdomen han merecido la pena! Estoy con la mujer más misteriosa y más aventurera de todo el universo..., y encima es la más bella.

A Helena se le subieron los colores a la cara. Estuvo a punto de tirarle el tazón de caldo que le iba a dar. Murmuró:

—No se burle de mí.

—Pero si no me estoy burlando.

—Beba.

Sus dedos se rozaron en el momento en que tomó el tazón, y Helena quedó cautiva de esa mirada castaña, que no mostraba huella alguna de falsedad. Realmente, se la quedó mirando como si fuera una Venus emergente de los mares. Bebió. Cada vez que daba un trago, suspiraba. Finalmente, fue una sonrisa la que descubrió sus dientes blancos.

—Le debo una explicación —dijo extendiéndole el recipiente vacío. Todavía le temblaban las manos—. Me llamo Agardi Metrovitch. Soy cantante de ópera y un prófugo rebelde. A esos animales que me han asaltado los había enviado el príncipe Schwarzenberg, el primer ministro de Su Majestad Francisco José de Habsburgo, a menos que estuvieran a sueldo de *böse Frau*.

—¿Y quién es esa «mujer malvada»?

—¿Cómo? ¿No lo sabe?

—Ya hace mucho tiempo que los chismes y las intrigas de las cortes de Europa no llegan a mis oídos.

—Es la archiduquesa Sophie, la madre del emperador. Ese apodo se lo puso Sissi, su nuera. La corte de Austria está corrompida... ¡Ay! ¡Lo que daría por poder lanzar una bomba en la galería de Schönbrunn mientras estuvieran dando un baile!

—¿Es usted un revolucionario?

—Lo fui... En 1848, en Pest.

Un velo de tristeza enturbió la mirada de Agardi. Apartados en sus recuerdos estaban Pest y las brumas del Danubio, una multitud alborozada que acaba de enterarse de la partida del hombre más detestado del Imperio, Metternich, y centenares de estudiantes concentrados gritando «*Pereat Austria!*»: «¡Que muera Austria!».

Agardi volvió a verse a sí mismo andando de frente con un hombre joven y frágil, su mejor amigo.

—Estaba al lado de Sandor Petöfi, el más romántico de todos los poetas húngaros; también estaban el ardiente Lajos Kossuth y un millar más de locos apasionados por la libertad. Nuestra aventura terminó manchada de sangre en Vilagos, frente a las tropas de Francisco José y las del zar Nicolás... Vi como mi amigo Sandor moría en el combate y cómo la juventud húngara caía bajo el fuego de los rusos. Luego hui, perseguido por la venganza pretendida por los Habsburgo. Algún día tendrán mi cabeza y alimentaré por unos segundos las conversaciones del palacio de Hofburg.

Agardi apretó los ojos intentando imaginarse la escena, el emperador y los cortesanos llenos de altivez, sonriendo cruelmente ante la noticia de su muerte. Arrastró a Helena dentro del oscuro palacio imperial que un mago iluminó de pronto sobre un vals de Strauss.

Se celebraba el fin de las libertades, la represión de las revoluciones, la eternidad de las dictaduras... Helena estaba presente. El parque se llenó de carrozas doradas, de príncipes, de archiduques, de condes y de embajadores, todos impacientes por cruzarse con las cabezas coronadas.

Helena entró en la sala de baile con Agardi y los nobles. Allí, bajo las arañas de la galería Schönbrunn, las parejas se arremolinaban y las mujeres parecían flores bailando con la melodía de los violines. Se emocionaban en brazos de los oficiales imperiales con túnica azul oscuro, de los húsares con traje rojo vivo, de los guardaespaldas húngaros con botas color limón y con pieles de leopardo echadas sobre los hombros de sus vestidos escarlatas y con bordados de plata. Llegó más gente que se unió al vals, procedente de toda Europa. Helena y Agardi estaban bailando en el centro de ese remolino de alemanes, magiares,

checos, eslovacos, polacos, rutenos, serbios, croatas, italianos y ruma-
nos… Pero Helena fue la única que vio el fin de ese mundo y cómo el
pueblo de Viena estaba de duelo por los caídos en Lemberg, Lutsk, San,
por las batallas de Isonzo y del Carso, por los miles de soldados muertos en los Cárpatos, por las caballerías enteras que desaparecieron en
las llanuras de Galitzia, por los batallones aplastados por la metralla en
Prusia, en Champagne y demás lugares. Los imperios desaparecían entre terribles guerras mundiales. Esas visiones la asustaron.

Le cogió la mano a Agardi y la estrechó muy fuerte. Se puso
blanca como la pared. Esa palidez repentina hizo que el hombre se
preocupara.

—¿No se encuentra bien?

—No, no… Perdone, no sé qué me ha pasado —respondió, confusa, intentando retirar la mano.

Agardi no se la soltó.

—No quisiera causarle problemas. Mañana, haga que me lleven
a las afueras de Londres, allí tengo un amigo de la orquesta. Yo estaré seguro y a usted nadie le hará daño.

—¡No!

Abandonó definitivamente la mano a la dulce presión de los dedos de aquel hombre que le alteraba los principios y la hacía sentir
que desfallecía. Se justificó recalcando sus palabras.

—Todavía está muy débil; además, no le tengo miedo a nadie.
Sabré cómo darles una buena bienvenida de plomo, ¡así que ya pueden venir esos asesinos enviados por Francisco José!

Abrió el cajón de la cómoda, apartó un montón de pañuelos y cogió el revólver. Con la parte exterior del puño, hizo girar el cilindro
antes de apuntar al tablero de la puerta.

—¡Anda! —exclamó Agardi.

—Yo también tengo mis razones para odiar todo lo imperial.

—¿Y cuáles son?

—Me llevaría horas contárselas, así que mejor cuénteme qué
hace en Londres en estos tiempos difíciles. La capital inglesa no es de
las más seguras. En París le habrían acogido mejor, y estaría más
protegido. Los franceses y los austriacos no se llevan bien.

—¡Ya estuve allí! Intentaron asesinarme en la plaza de Notre-
Dame. Creía que los había despistado al cruzar la Mancha. En reali-
dad, nunca he estado tan cerca de mi papel de comendador en *Don
Juan* como ahora que estoy acorralado y agonizando.

Tras decir estas palabras, entonó débilmente esa melodía poderosa en fa menor que Mozart había querido que fuera lenta y solemne,
pero sólo consiguió soltar un gemido en el primero de los dieciocho
compases.

—¿Acaso ha perdido el juicio? —exclamó Helena—. No debe hacer esfuerzos. ¿Quiere que se le vuelvan a abrir las heridas?

Agardi sonrió. Lo había arrancado de la muerte una mujer que se había enfrentado a los dioses de Oriente. La encontraba magnífica y heroica. Se olvidó de su ardiente amante, la cantante Sophie Cruvelli.

Helena reunía todas las cualidades y las pasiones de las heroínas de ópera. Ella era la Norma de Bellini, y él, el procónsul Pollione, su amante, que le daba entrada. Él era Robert, el Diablo, y ella tenía los ojos de Alice.

—Querida Helena, he perdido el juicio, sí —le susurró llevándose la mano prisionera hacia los labios.

Helena no hizo nada para impedírselo. Sintió el calor del suave beso en la punta de los dedos… Sólo una dulce caricia sobre la piel temblorosa. El amor la invadió, pero no quería ceder tan pronto a ese sentimiento. No tan deprisa.

La salvaron tres golpes breves y secos en la puerta de la habitación y la voz del doctor Meyer-Cohen:

—¿Se puede pasar?

—Sí —respondió Helena retirando rápidamente la mano.

El médico fue a estrechar su mano caliente y notó el rubor en las mejillas de Helena. Luego se inclinó sobre el herido.

362

—Veo que mi paciente va camino de recuperarse —dijo al tiempo que le tomaba el pulso a Agardi—. Todos los médicos lo han comprobado; se sabe ya desde la Antigüedad: no hay mejor remedio que el amor —dijo con una sonrisa divertida—. Volveré dentro de tres días.

90

*F*inalmente llegó el momento en que Agardi pudo dejar de guardar cama, y luego, el momento en el que se entregó a los brazos de Helena. Se lo había contado todo: su matrimonio desdichado, la existencia de Sophie, su amante. Gustaba mucho a las mujeres; desde que se había subido a los escenarios, lo acosaban. Por desgracia, no sabía resistirse cuando lo abordaban. A Helena le preocupó tanto que se planteó dejarlo. Tenía miedo de que la amara un hombre veleidoso. Tal idea la torturaba.

Todas las noches se acostaba con el cuerpo tembloroso en la cama complementaria que el señor Cofrades había instalado de mala gana. Todas las noches sentía el olor de Agardi, se sumergía en sueños eróticos, había dejado de controlar la atracción que sentía hacia él. Se le había acercado tres veces, para acariciarlo mientras dormía profundamente. Ya no podía aguantar más. Por eso, dos semanas después de la agresión, le pidió que dejara el hotel.

—La gente empezará a hablar, no puede quedarse aquí.

Se estaba cortando la barba delante del espejo. Dejó caer las tijeras en el lavabo y le plantó cara.

—Créame, ya lo hacen.

—¡Váyase, Agardi, se lo ruego!

—No quiero oír ni una palabra más, Helena, no voy a dejarla sola.

—Siempre he estado sola.

—Pues ya no lo estará nunca más.

Ella retrocedió y puso la cama de por medio. Él la esquivó. Se esforzó por aguantarle la mirada e impedirle que se acercara, pero él siguió avanzando.

—No —susurró ella sin convicción, al mismo tiempo que él la cogía por los hombros antes de deslizarle la mano por la nuca.

Helena sintió que flojeaba. El segundo «no» que intentó soltar se vio ahogado por un beso. Se abrieron todas las barreras. A su vez, ella lo abrazó y lo llenó de besos hasta quedarse sin aliento.

Sus manos se buscaron, se unieron, se entretuvieron sobre la piel. Esbozaron curvas, estamparon marcas de placer sobre las marcas de los sufrimientos pasados. Agardi la besó con fogosidad. Era la heroína con la que siempre había soñado. Superaba de lejos a todas las mujeres con las que había estado en el escenario. Dejó que sus labios corrieran sobre ese marfil tostado que nunca había conocido la absurda máscara del maquillaje.

Helena le devolvió los besos. Él le dio la vuelta y ella se arqueó, ofreciendo su liso cuello a los labios apasionados que, en un arrebato, bajaron hasta sus pechos disimulados bajo la larga camisa de tela. Helena empezó a gemir. Una mano subió a lo largo de sus muslos. La suya también lo buscó para darle placer. Pronto, quedaron desnudos, exaltados por el deseo, vientre contra vientre.

Helena cerró los ojos cuando la penetró. El fuego insaciable del amor se avivó.

364

Gritaron al mismo tiempo. Agardi se derrumbó agotado. Le dolía la herida.

—¿Te duele, mi amor?

—No, tú me has curado de todos los males.

Helena le cubrió de besos el rostro mojado por el sudor. Los dos pensaban palabras dulces, juramentos, sortilegios que los unieran para siempre. Habían vivido muy intensamente antes de conocerse.

Nunca podrían consolidar ese amor naciente, pues sus destinos eran muy distintos. Helena poco a poco se fue dando cuenta. En efecto, en lo más hondo de su ser, temía al amor.

—¿Qué te pasa? —le preguntó él cuando sintió que se iba alejando.

—Nada... Nada.

—¿He sido demasiado brusco?

—No.

Se debatía entre el deseo de apoyar la mejilla en el hombro de su amante y el de huir de la habitación.

—Dime lo que sientes.

Vaciló, luego las palabras se le amontonaron en la cabeza.

—Agardi, desde que te salvé, nunca pensé en enamorarme. Me lo habían predicho, pero yo no me lo creía. Estoy maravillada, y es un desastre. En lo más hondo de mi ser, alimento un sueño oculto, una esperanza. Y el amor es un obstáculo para la realización de este ideal.

—¿Cuál es?

—Se me revelará en el Tíbet. Quiero el bien para la humanidad, el fin de las grandes religiones, proporcionarle al ser humano los medios para que pueda comprender el universo, transmitir mis poderes al mayor número de gente posible y hacer recular la miseria allí donde se encuentre.

—Tendrás que fundar una nueva religión para lograrlo... Déjame soñar contigo. Guíame, enséñame los secretos del mundo. Llévame al Tíbet, seré tu primer discípulo.

—No puedo, Agardi, perdóname.

—¿Por qué?

—Tengo que ir sola. Pero antes tengo que volver a mi santa Rusia para ver una última vez a los míos.

91

*E*l viaje había sido largo: Bruselas, Colonia, Berlín, Varsovia y por fin la frontera. Había salido de Londres el 27 de diciembre de 1857. Un mes después se reencontraba con el frío y la miseria de Rusia. Habían pasado diez años desde que se había ido. Le parecía que había sido ayer. Su país no había cambiado. Se encontró con los mismos rostros cansados de los siervos, las mismas borracheras, las mismas disputas. Los campesinos seguían sublevándose contra los señores, los intendentes seguían sirviéndose del látigo y el bastón. En las monótonas llanuras había patíbulos, cuerpos abotargados y congelados, cuervos y lobos hambrientos. No habría querido que Agardi viera todo aquello; no podía dejar de pensar en él. Le había despertado el deseo carnal. Lo echaba de menos; a su lado, habría soportado mejor el retorno.

Versta tras versta, al ritmo del galope de dos caballos bayos, se iba acercando a Pskov. Su familia y una gran parte de sus amigos se habían instalado en sus cuarteles de invierno en la ciudad del mariscal Yahontov.

Helena temía el reencuentro. No podía hacerse a la idea de que su hermana estuviese casada, su hermanita pequeña que jugaba con muñecas en el parque de Saratov, su pequeña Vera con el vestido rosa con volantes, que le prometía un amor y una admiración sin límites.

Helena suspiró. ¿Qué iba a descubrir en Pskov? Se levantó el cuello del abrigo de piel sobre las mejillas. El viento no dejaba de soplar fuerte; no se encontró con ningún obstáculo en ese paisaje llano y blanco, raramente moteado por isbas.

La invadió el miedo cuando vio una larga columna de cosacos y de soldados de infantería que avanzaba a lo largo de la orilla izquierda del río Velikaya. El movimiento circular y sordo de las ruedas de los cañones sobre el hielo, los gritos de los sargentos y los relinchos de los caballos le recordaron que había estado casada con un violento general. Las banderas rojas, aunque heladas, del águila y la corona desaparecieron entre la bruma. No había de qué preocuparse. Un mal presentimiento le acongojó el espíritu. Decidió parar en un hostal y quedarse dos o tres días antes de entrar en Pskov.

El trineo se deslizaba por las calles nevadas de la ciudad, centelleante bajo el cielo adornado con estrellas. Sobre las cúpulas de las iglesias pasaban luces plateadas y los fuegos iluminaban las orillas del Velikaya, en las cuales los *mujiks* tiraban de sus trineos cargados de mercancía. Se oía el ruido de los *knuts* azotando las espaldas de los hombres y las groserías de los capataces, que prometían vodka a medianoche. El trineo de Helena se iba cruzando con algún otro trineo entre el ruido de los cascabeles.

—¡So! —gritó de repente el cochero.

El trineo se paró y Helena escuchó que el hombre le preguntaba a alguien:

—Amigo, ¿sabe dónde está la casa del mariscal Yahontov?

—Todo recto, no tiene pérdida, es la casa más grande y más iluminada de la plaza.

—Muchísimas gracias.

Helena se quitó el abrigo que la cubría y abrió la portezuela.

—¡Para!

—Pero si todavía no hemos llegado.

—Quiero ir sola. Espérame aquí diez minutos.

—Muy bien, señora.

Helena se alejó del trineo. Sólo oía el crujido de sus pasos sobre la nieve y los latidos de su corazón. Le vinieron a la cabeza todos sus recuerdos, se sumergió en ellos. Sobre todo los malos… El pequeño siervo que había muerto por su culpa, Nicéphore que la azotaba, su madre moribunda, las epidemias, la hambruna…

«Tengo que irme», se dijo a sí misma.

Sin embargo, se sentía atraída como una mariposa nocturna por la luz. Todas las ventanas de la gran mansión de los Yahontov brillaban, cubriendo de oro la nieve y los rostros de los transeúntes.

Dio unos pasos hacia ese espejismo. Le llegó una melodía de violín. Su padre, Vera, sus tíos, sus tías y sus primas estaban detrás de los cristales entre la gente que estaba de celebración. Avanzó hacia la escalera de entrada.

Vera estaba sentada al lado de su suegro, vestido con uniforme de general. Estaba distante, lejos de la celebración; ya no escuchaba al viejo Yahontov, que estaba desvariando sobre las campañas napo-

367

leónicas. Delante de ella, las parejas se arremolinaban y mezclaban el aire perfumado de miosotis, jazmín, tabaco y coñac.

—¿Se la puedo robar, mi general?

Vera levantó la mirada. El hombre era joven, guapo, atrevido. Ella le sonrió. Llevaba desde Navidad haciéndole la corte discretamente.

—Por supuesto, conde Muraviev —respondió el general.

Vera le ofreció la mano al joven oficial, que vestía un uniforme de ulano prusiano. Ella también iba vestida de negro. Se unieron a los invitados. En medio del color pastel de los vestidos de encaje y de la ropa de gala de colores vivos, formaban una extraña pareja; daban un toque de tristeza a la fiesta en honor de la boda de la hija menor de Yahontov con un ayudante de campo del Zar.

Vera, indiferente a las habladurías y a las miradas de la gente, se dejó arrastrar hacia el gran bufé ante el cual se habían juntado un buen número de hombres que estaba discutiendo ávidamente sobre política.

Uno de ellos se quedó helado, rígido como un militar, chascando los talones, y levantó el vaso de plata hacia Vera.

—¡Por la belleza! —dijo.

—¡Por la belleza! —repitieron sus compañeros, que vaciaron el vaso de vodka de golpe.

Ella les dio las gracias con un movimiento de la cabeza. El conde Muraviev le ofreció una copa de champán a Vera y luego la hizo sonar contra la suya.

—Para la princesa de mi corazón —murmuró.

De todos los que le hacían la corte desde que su esposo había muerto, éste era el más atrevido. Se le había declarado y le había pedido que compartiera su vida con él. Le había ofrecido sus tierras, sus ciudades, sus miles y miles de siervos y de caballos, sus minas de Siberia, pero lo había rechazado.

—¿Tengo esperanzas? —le susurró una vez más al oído.

Ella se dio la vuelta, molesta. La gente había asaltado el bufé. Se habían lanzado con glotonería sobre las perlas negras de caviar, las anguilas ahumadas, las copas de *kissel*, el *foie-gras* francés, las lonchas de perca, el pollo a la caucasiana. El conde le aconsejó que probara la carne de reno; ella no lo oyó. Se llevó la mano a la frente.

—¿No se encuentra bien? —preguntó el conde, preocupado.

Vera empujó a los criados encargados del guardarropa y se plantó en la puerta de entrada. En aquel momento sonó la campana. Se precipitó hacia el batiente de la puerta y la abrió.

—¡Helena!

—¡Vera!

Las dos hermanas se abrazaron con fuerza, se besaron, se buscaron para reconocerse. A Helena le costó trabajo creer que aquella mujer bella y risueña fuera la niña pequeña que había dejado hacía diez años. Se apartó de ella para contemplarla mejor.

—¡Estás fantástica!

—¡Ven! Papá está ahí.

Vera la cogió de la mano. Eran el centro de todas las miradas, que brillaban de curiosidad.

—¡Es Helena! ¡Helena Blavatski!

—¡Ah! ¡Diablos! —soltó un general.

Siguió un alboroto. Todos los invitados acudieron a ver a la aventurera, la médium, la invencible princesa que había escapado de la Policía del Zar. Vera apartó amablemente a los jóvenes audaces que intentaban besar la mano de su hermana. Entraron en un pequeño salón donde estaban jugando a cartas. Al ver a su hija, el coronel Von Hahn sufrió un *shock*. Se quedó estupefacto durante unos instantes. Helena se paró en la puerta, aguantándose las lágrimas.

—Mi hija… Mi querida hija.

Se levantó para estrecharla entre sus brazos.

—Padre.

—El Señor me ha escuchado. Ya no esperaba volver a verte. ¡Estás aquí, en nuestra Rusia! De ahora en adelante nada nos podrá separar.

—¡Oh, padre, soy tan feliz!

La cogió de la mano y se la llevó a la sala de baile.

—¡Mi gloriosa hija Helena ha vuelto! —gritó—. ¡Es un gran día para nuestra familia!

—¡Que los caballeros del Regimiento Negro corten con el sable cien botellas de champán enseguida! —ordenó bien alto el general Yahontov, a la vez que sacaba el sable para dar ejemplo.

Un hurra hizo temblar hasta las arañas. Los sirvientes trajeron las botellas que las hojas golpearon con alegría, y el champán que salió salpicó a los invitados. Helena soltó una carcajada franca al ver todos esos bebedores contentos: ya nada los podía retener. Le ofrecieron una copa, dos, tres, que vació sin pestañear, y un vaso de vodka, que se bebió de un trago.

—¡Viva Rusia! —proclamó Helena mientras las mujeres seguían su ejemplo.

Un duque entonado intentó arrastrarla a bailar una polca, pero Vera, que la estaba vigilando, se lo impidió tras empujarlo.

—Mi hermana ha dado la vuelta al mundo dos veces. Está un poco cansada. Deje que tome un baño y que se cambie, mi querido duque. Le prometo que bailará con usted antes del alba. Sígueme —le dijo a Helena—, te enseñaré tu habitación.

369

No les fue fácil escapar de los admiradores que las siguieron hasta el primer piso.

—¡Éste es tu nido! —dijo Vera abriendo una puerta.

La habitación estaba decorada con un papel de flores azules y parecía el dormitorio de una niña pequeña. Sobre la cama azul acolchada de punto veneciano, había un vestido satén de color lila con reflejos cambiantes.

—Es para ti.

—Para mí... —se asombró Helena—. ¿Cómo sabías que iba a venir?

—Lo supe hace unos quince días... Me visitaste en sueños, y dos veces en pleno día. ¡Te vi como te veo ahora, Helena! Tus apariciones iban precedidas de sonidos de campanas y de cuernos. Me avisaste y me preparé para tu llegada... ¡Y aquí estás, más radiante que nunca, y con más fuerza que nunca!

—¡Sí, hermanita! He cambiado tanto... ¡He adquirido unas cuantas cicatrices y me he convertido en una gran bruja! Y este vestido de princesa no es para mí. A decir verdad, estoy segura de que te quedará de maravilla. ¿Por qué vas vestida de negro? ¿Para parecerte a las mujeres viejas de la corte?

—Soy viuda.

—¿Cómo?

—Mataron a Nicolás hace seis meses. Voy de luto, pero no lo amaba, si eso te tranquiliza. Mi suegro está más afectado que yo. Mi esposo tuvo un entierro digno de un zar.

—Pero padre no me dijo nada en las cartas.

—Porque yo se lo pedí.

—¿Por qué?

—No quería añadir más penas a las pruebas que has tenido que soportar. Los periódicos han contado tantas cosas extraordinarias de ti... Dicen que dirigiste un regimiento austriaco de Húsares de la Muerte y que devastaste regiones enteras en Italia.

—¡Si hubiera estado en Italia, habría combatido al lado de Garibaldi por la libertad y habría colgado las cabezas de los Húsares de la Muerte de los costados de mi caballo! Dime, me da la impresión de que me ocultas algo.

—¡No, no!

Vera había respondido demasiado rápido, inquieta. Helena la obligó a que la mirara a los ojos.

—¿Qué es lo que no debo saber y que te turba tanto?

—No me atormentes.

—¿Vera?

—Piensa lo que quieras, pero no destroces nuestra felicidad. Te esperaré abajo, al lado de padre. Estoy segura de que le darás un inmenso placer si apareces con este vestido de baile.

Helena se quedó pensativa. El horizonte le pareció sombrío.

92

$\mathcal{H}$abía acabado por olvidar las preocupaciones que su hermana mostró la noche de su reencuentro. Los meses fueron pasando, apacibles. Su familia le prodigaba muestras de afecto. Y ella estaba serena: su padre había encontrado la felicidad al lado de su nueva esposa, la bella baronesa Von Lange. Pero el tiempo pasaba volando y Helena se aburría soberanamente. Estaba claro: la vida de salón no era para ella. Las pocas sesiones de espiritismo y de magia que daba en Pskov ya no bastaban para animar los largos días. Echaba de menos la acción; se moría por volver a encontrar los caminos del Tíbet y el espíritu de Kut Humi Lal Sing. Tenía que ajustarle las cuentas al Anciano de la Montaña.

Vestida como un cosaco, despeinada por el viento, Helena se dejó embriagar por el galope. El alazán que montaba era rápido y estaba perfectamente adiestrado. Reaccionaba a la mínima presión de los muslos y los talones, a la más ligera tracción de las riendas.

Había dejado atrás Pskov, quedaba ya lejos. Se reencontró con la naturaleza salvaje liberada por la primavera. Los olores de la tierra encharcada le mandaban mensajes. Galopaba despreocupada. No se dio cuenta de que a lo lejos había un caballero fornido, encorvado sobre el cuello de un caballo robusto, ni de que al final del campo había otro, de pie sobre los estribos, y todavía menos de que la estaban siguiendo a una distancia de cinco tiros de flecha.

De pronto apareció la orilla fangosa de un río. Se trataba todavía del tortuoso Velikaya, que buscaba su camino. Las riberas estaban cubiertas de tiendas blancas. Los transbordadores llevaban a los soldados de un lado a otro de los dos pontones.

Helena sintió la amenaza y cambió de opinión. Su caballo se encabritó. Los cosacos le estaban cortando el camino. Helena, ante los sables desenvainados y los fusiles que la estaban apuntando, renunció a intentar forzar el paso.

—¿Qué quieren de mí?

—Síguenos, nuestro general quiere hablar contigo —le dijo el jefe de la escuadra, que tomó las riendas de su caballo.

La llevaron hacia la mayor de las tiendas rodeadas de banderines. La amenaza venía de ese lugar, pero ella no llegó a ponerle rostro al ser maligno que estaba ahí dentro, ni siquiera se lo imaginaba.

—Puedes entrar, te está esperando —dijo el cosaco.

Helena se bajó del caballo, respiró hondo y empujó la piel de oso que escondía la entrada.

—Dichosos los ojos, Helena.

Era imposible. Seguramente despertaría de un momento a otro y saldría de esa espantosa pesadilla. Nicéphore Blavatski, su horrible esposo, estaba delante de ella, con la mano apoyada sobre un bastón con el pomo de plata.

Helena luchó contra las náuseas y los desvanecimientos que sintió. El monstruo sonrió, enseñando sus dientes amarillos y descarnados. Parecía un maldito que había vuelto del Infierno. Helena tartamudeó:

—Pero yo pensaba... Yo pensaba que...

—Que se me habían comido los gusanos y que mi alma estaba en la parrilla del diablo, ¿es eso lo que pensabas? Pues no, estoy vivo. Hace unos años, después de una larga enfermedad, decidí hacerte creer que estaba muerto. Tu familia también se lo creyó cuando desaparecí en una de mis retiradas armenias. El Zar estaba al corriente de ello. Un día, tu padre descubrió la estratagema y te hizo llegar una misiva, que, como todas las demás, fue interceptada por la Policía del Zar y reescrita por los expertos grafólogos del Ministerio del Interior.

—¡Maldito seas!

—¡Ah, ahora te reconozco! Siempre tan tierna. Pero déjame terminar. Sí, mi querida, todo tu correo ha sido leído y seleccionado. Luego me serví de mi influencia con el emperador para meter en cintura al querido Von Hahn y a su familia. Tenemos unos documentos comprometedores para los tuyos, que hemos hecho nosotros mismos. Es cierto que Alejandro II es liberal, pero teme a los revolucionarios, a todos esos falsos idealistas que han tomado el nombre de nihilistas. Si tu padre no está en la cárcel, es gracias al afecto que siempre te he tenido y a mis excelentes relaciones con el almirante Evfimi Putiatine, el favorito del Zar. Resumiendo, ese tonto de Külwein, a quien habíamos dado diez mil rublos de oro, fue el primero en encontrarte en la India y fue quien te anunció mi muerte con una

373

carta intervenida. Todavía me siento entusiasmado. Lo que me sorprende es tu poca clarividencia. Mi adorable esposa dotada de poderes paranormales no ha descubierto mi presencia en este pequeño mundo de los humanos.

—En el otro tampoco lo habría descubierto. Ya te había extirpado de mi memoria, te había expulsado de mi espíritu, había roto voluntariamente los hilos que me ataban a ti.

—Yo no. He seguido la mayor parte de tus hazañas, y debo decir que me honran.

—¡Tu honor no era lo que me preocupaba!

—¡No lo dudo! Sin embargo, sigues llevando mi nombre. Y no me importa que lo hayas manchado, entregándote a esas mascaradas espiritistas ante la nobleza. Dispongo de los medios para hacerte volver a entrar en razón.

Helena apretó los puños; se vio de nuevo desnuda, azotada en la plaza pública, diez años atrás. La historia volvería a empezar.

—No, no, no —precisó él, adivinando sus pensamientos—. No tengo intención de someterte por la fuerza.

—Antes te mataré.

—Me arrepiento de haber utilizado la violencia… Vuelve a vivir conmigo —le dijo de pronto.

—¡Jamás! Jamás me quedaré encerrada a tu lado.

—Sí, ya lo sé, el Tíbet, los lamas, Buda, las escuelas de magia. Tu búsqueda del más allá. No irás a ninguna parte. Le he pedido al Zar que confisque todos tus bienes y que congele tus cuentas. Volverás a disponer de ellas cuando te decidas a tomar de nuevo tu rango de esposa.

—Prefiero vivir en la pobreza antes que servirte según la maldita ley santa y sagrada del matrimonio.

—Esa lengua… ¡Matías!

—¿Sí, general? —respondió un cosaco que apareció en la tienda.

—Acompañen bajo protección de una buena escolta a mi esposa a casa de su familia en Pskov. Y no lo olvides, mi dulce tesoro… No intentes lanzarte a los caminos de Siberia si no quieres que mande allí a tu padre. No resistiría ni los trabajos forzados ni la dureza del clima.

—Entonces, será mi poder contra el tuyo —sentenció Helena.

93

*H*elena llevaba catorce meses bajo la vigilancia discreta de los agentes de Nicéphore. Aquel monstruo tenía la esperanza de recuperarla. Ella aguantaba. La amenaza pesaba sobre toda la familia y en especial sobre su padre. Sólo Vera, protegida por el general Yahontov y adulada por los más grandes de la corte imperial, parecía estar fuera del alcance de los chantajes de Nicéphore.

Segura de su posición, Vera tomó la iniciativa de llevar a su hermana a Georgia a casa de sus abuelos, a los que no habían visto desde hacía años. Salieron de Pskov el 3 de abril de 1860 e iniciaron un largo viaje de tres semanas. Ocho caballeros del regimiento de Von Hahn las escoltaban. Las dos mujeres nunca se les acercaban, excepto por razones de servicio durante las paradas. En la medida de lo posible, ellos las evitaban, pues temían que los embrujaran sólo con su contacto. No pasaba ni un día sin que ocurriera alguna manifestación extraña. Los poderes de Helena se reforzaban y no siempre dominaba los efectos. Se oían cantos en lenguas desconocidas, los objetos se desplazaban, los árboles se caían, y unos gritos terroríficos acompañaban a los galopes. La valiente Vera escuchaba las explicaciones de su hermana: el contacto con los seres invisibles no entrañaba ningún peligro. También hablaban mucho de amor.

Helena no había ocultado su relación con Agardi.

—Todavía lo amo —le confesó.

—Entonces, ¿por qué no está contigo?

—Porque debo entrar sola en Lhassa después de haberme enfrentado sola a mi enemigo. No quiero que Agardi muera.

—¿Tan potente es ese Anciano de la Montaña del que tanto hablas?

—Tiene el poder de los demonios del Infierno. Ha retorcido las enseñanzas de las escuelas de magia tibetana, y debo vencerlo después de acabar mi propia enseñanza.

—En primer lugar, deberás desembarazarte de Nicéphore.

—Eso ocurrirá muy pronto.

—¿Cómo piensas conseguirlo?

—Es un secreto, pero me esfuerzo por ello todos los días.

—Por eso te ausentas todas las noches después de la caída del sol y les prohíbes a los soldados que te sigan.

—Entre otros motivos, sí.

—¿Y adónde vas?

—A un cementerio, cuando hay alguno, o a la orilla de un río, cerca de algún árbol viejo…, donde sienta actuar a las viejas fuerzas.

—Dios es la mayor de las fuerzas. Te bastará entrar en una iglesia y rezar.

—Hace mucho que salí del camino de Dios.

Al caer la noche, Helena desapareció discretamente.

Las cruces emergían de la nieve. Por aquí y por allá, había efigies de Cristo y de la Virgen esculpidas sobre las lápidas en las que se leían los nombres de los difuntos. Helena caminaba sobre las tumbas. No se sentía bien al iniciar un ritual semejante. No habría ido allí si Nicéphore no la hubiera privado de libertad de nuevo.

Encontró cinco tumbas frescas, cinco montones de tierra negra rodeados de un muro de nieve. Los habían levantado la víspera o el día anterior. Era exactamente lo que buscaba.

La luna creciente apareció sobre una torre de las murallas de la ciudad. Sus rayos hicieron que los cristales relucieran, las sombras de las cruces se alargaron y las esculturas cobraron vida. Era el momento propicio.

«Todavía están cerca de su cuerpo», se dijo ella dejando correr su espíritu bajo los pequeños túmulos en los que habían metido los ataúdes.

No le gustaba lo que debía hacer. Se quitó las manoplas, deshizo el lazo que ataba la bolsa que llevaba al hombro y cogió la muñeca que había confeccionado la noche de Navidad.

Se colocó en medio de las tumbas. Se puso a escuchar, más abajo, más abajo todavía. Las almas se agitaban; los espectros se despertaban. Todas las noches organizaba un cortejo de muertos; todas las noches continuaba su combate.

—Yo os invoco, escuchadme, os llamo, os llamo para que volváis a la vida. Voy a agujerear el vientre de Nicéphore y vosotros entraréis en sus entrañas.

Había una larga aguja clavada en el vientre de la muñeca. La clavó y la sacó varias veces.

—Seguid mi espíritu hasta el suyo. Id más rápido que el viento. Entrad en sus carnes y propagad la infección.

—¡Qué estás haciendo, desgraciada!

La voz la sobresaltó.

—¡Vera!

Se giró. Su hermana tenía las manos unidas. Una bufanda le cubría la parte inferior del rostro. Su mirada atrevida brillaba.

—¡Lo he oído todo! ¡Te estás condenando! ¡Dame esa figurita!

—¡No!

—¡Dámela! —continuó ella lanzándose sobre su hermana.

Vera se la arrancó y contempló el objeto confeccionado toscamente y que se parecía a un oficial. El rostro de cera, mejor hecho, no dejaba ninguna duda sobre la identidad del sujeto: Nicéphore.

Vera dijo con voz temblorosa:

—Siempre has utilizado tus poderes para hacer el bien y para aliviar los corazones. No te reconozco, Helena —dijo Vera con voz temblorosa.

—¿Querer destruir a un hombre devoto de la maldad es condenarse? ¿Un hombre que no dudará en enviar a nuestro padre a Siberia si abandono Rusia? Nicéphore es un monstruo. Me ha humillado y me ha violado, como a otras muchas mujeres. Hace ahorcar a centenares de siervos, y continúa sembrando el terror por donde quiera que pase. Mi causa es justa. Tan sólo ejerzo la justicia en nombre de todas sus víctimas.

—Le corresponde a Dios juzgar y condenar. Tu esposo tendrá que rendirle cuentas y pagará —dijo Vera apuntando al cielo con la muñeca.

—¡Devuélvemela! ¡Déjame acabar con mi pasado!

—Te la daré cuando te hayas confesado con el metropolita Isidoro… Mañana mismo.

—Mis pecados me pertenecen, nadie me librará de ellos. Me corresponde a mí borrarlos. Vera… Vera, necesito amor, no la absolución.

Sus ojos se llenaron de lágrimas.

—Vámonos de aquí, te lo ruego. Yo también siento agitarse a los muertos…, y ellos sí que no son portadores de amor.

Vera contempló de nuevo la muñeca. Le pareció mejor quitar la aguja. Cuando lo hizo, se oyó un grito. No era el de un animal.

377

94

Con la llegada de un tiempo más templado, las llanuras del Don se convirtieron en fango. Hombres y animales se hundían profundamente al intentar avanzar. En voz baja, los hombres farfullaban maldiciones contra el general, que había ordenado a los regimientos que caminaran de noche. La columna de fuego se extendía varios kilómetros. Los caballos que arrastraban los cañones quedaban retrasados. El propio Nicéphore Blavatski se quedó en la retaguardia para fustigar a los caballos y ayudar a los artilleros a deshacerse de los ejes.

—¡Vamos, coraje! ¡Sois los mejores soldados de Rusia! —les gritó.

Los entrenaba con dureza ante la perspectiva de una guerra que no se declaraba jamás. Todavía había que pacificar el Cáucaso y conquistar el centro de Asia, pero Alejandro II consideraba a Blavatski demasiado viejo para aumentar el territorio del Imperio. El tiempo del jefe de los cosacos había pasado. No obstante, le quedaba una guerra que acabar: la que tenía contra Helena, contra su «querida» esposa.

Sus espías le hacían llegar informes sobre los movimientos y las actuaciones de la princesa rebelde. No había nada muy alarmante en ellos. Seguía jugando a la hechicera junto a su hermana Vera.

Habían conseguido desatascar los cañones. Nicéphore volvió a subirse al caballo. Un dolor terrible en el vientre le hizo soltar las riendas. Un fuego se propagaba por sus entrañas. Vio entonces a los fantasmas a su alrededor, con las bocas deformadas por las maldiciones, con la mirada muerta.

Después, la nada. Y se cayó del caballo.

95

$\mathcal{H}$elena había renunciado a matar a Nicéphore. Había decidido dejarlo en manos del destino. Su viejo esposo no sufriría por su culpa. Tan sólo la naturaleza se ocuparía de él.

A finales de año, las dos hermanas se establecieron en la antigua Cólquida, a orillas del mar Negro. Los habitantes del Puente Euxino y los del cercano Elbrouz vivían como salvajes. La religión no había suavizado las costumbres. Bebían y mataban. Los caminos y las carreteras infestadas de bandidos escapaban al control de la Administración rusa. Pero el país era magnífico, hecho de contrastes, y virgen en buena parte. Helena se sentía tan bien que compró una casita en la ciudad de Ozurgeti.

Muy pronto, Vera se cansó de esa pequeña ciudad militar que encerraba el valle del país en el que no se moría nunca. Era un hecho, más de mil centenarios vivían en ese lugar. A Helena le interesaba el enigma de su longevidad, que frecuentaba a magos armenios, hechiceros persas y curanderos que buscaban el secreto de la vida eterna. Pero no a Vera.

Ésta se moría de aburrimiento al escuchar todas las noches a la orquesta militar de la guarnición. Los nobles de la religión la acosaban. Incultos y groseros, sólo pensaban en sus rebaños, en sus bosques y en los criados de los establos. Una noche le comunicó a Helena su intención de volver a casa de su suegro, para ir después a la corte de San Petersburgo.

—¡Ven conmigo! ¡Aquí no tienes nada que ganar!

—No, he encontrado la paz en este valle. Cuando llegue el momento, retomaré mi camino hacia el Tíbet —respondió con calma su hermana.

—Ese momento no llegará jamás. Tu marido es inmortal.

—Entonces, realizaré mi ideal en mi próxima vida. Vete rápido, hermanita, vete rápido. Tú periodo de duelo se acaba. Recuperarás el derecho al amor, te casarás enseguida.

—¿Qué dices?

—Te vas a volver a casar con un hombre que todavía no se te ha declarado.

—¿De verdad?

—Antes del verano que viene.

—¡Oh! —exclamó Vera, que le dio un sonoro beso en la mejilla a su hermana.

Vera se marchó a las grandes ciudades civilizadas en busca del amor, con el corazón aliviado y la conciencia tranquila, dejándole a su hermana doscientos cincuenta rublos en oro y prometiéndole otros mil. Helena no sufría por la soledad.

Dos criados pagados por Vera se habían quedado a su servicio. Y continuaba con sus experiencias sobre la vida y la muerte. Ella misma también tenía adeptos, en concreto las esposas de los oficiales y de los suboficiales de la guarnición, que la visitaban regularmente.

El bora soplaba muy fuerte. Uno solo de sus gritos en las gargantas de alrededor tenía el poder mágico suficiente para sumir al valle en la más absoluta de las desgracias. Ese temido viento despertaba demasiados maleficios y tinieblas. Volvía locos a los hombres y a los animales. Desde su llegada, había habido tres asesinatos y dos suicidios en la ciudad. En el exterior de las murallas, todavía era peor.

Una familia entera de campesinos había muerto masacrada, los rebaños no dejaban de diezmar, habían encontrado a un pope colgado en un árbol, y la mitad de un pueblo había sucumbido a las llamas. Entonces, organizaron procesiones, pero al bora, que levantaba un gran oleaje en el mar Negro y partía al asalto de las nieves eternas, le daba igual el agua bendita que los creyentes derramaban sobre los caminos y en las habitaciones. Corría, se metía por todas partes, incluso dentro de las tumbas, y resucitaba los viejos miedos y a los muertos.

Helena lo escuchaba violar su casa, orientada al este como los cañones del fuerte de Ozurgeti. Se había pasado el día con Mijkayeva, una joven maga sanadora, aprendiendo recetas medicinales. Mijkayeva debía su fama a su conocimiento de las plantas y a su don excepcional de clarividencia, que se manifestaba repentinamente a cualquier hora del día o de la noche. Había sufrido una crisis de ausencia mientras le explicaba a Helena cómo preparar una poción estimulante con fumaria, pensamientos salvajes y tréboles botánicos. Había empezado a decir incoherencias a la vez que maldecía al viento. Después había sujetado a Helena por la muñeca.

—Debes enfrentarte a la muerte. Es el precio de la libertad... ¡Quémala! El bora disipará el humo y pasarás la prueba. ¡Quema esa cosa que hay dentro de ti!

—¿El qué?

La sanadora se tomó su tiempo para responder. Al final, consiguió ver con claridad:

—El muñeco que parece un soldado.

Helena pegó un respingo. El terror se reflejó en su mirada. Quemar el muñeco era un acto brutal e irremediable que podía volverse contra ella.

—Sí, debes quemarlo y afrontar la muerte —repitió Mijkayeva.

Helena tenía miedo. Durante toda la noche, había estado dando vueltas antes de decidirse a actuar. Había enviado a las dos criadas a su casa. Vera había guardado el muñeco bajo una pila de ropa. Tenía un aura maléfica. Cuando Helena se acercó, la intensidad de las ráfagas del bora aumentó. La incitaba a coger el muñeco. Los cimientos de la casa crujieron. También la empujaba a actuar. Las fuerzas invisibles se unían y la exhortaban a recuperar su libertad.

La libertad y la muerte.

Helena pensó en el Tíbet y agarró con brusquedad el muñeco. Corrió hasta la chimenea del salón, donde ardían los troncos. Sin dudar ni un segundo, lanzó la representación de su esposo a las llamas. Una luz blanca, imposible de mirar, iluminó el salón. El muñeco se consumía con un destello.

—¡Ah!

Helena se llevó la mano al hombro, encima del corazón. Un fuerte dolor le impedía respirar, como si acabaran de apuñalarla. El dolor se acentuó. Se desató los primeros botones del corsé y se quitó la camisa. Su antigua cicatriz supuraba, esa herida había estado a punto de matarla en Texas. Helena volvió a verse delante del comanche que le había disparado la flecha.

La herida se abría sin remedio. Y debía afrontar ese dolor sola, sin que Agardi la cubriera de besos y cerrara la herida para siempre. Helena pensaba en él con intensidad, en su amor. Lamentaba su ausencia y se arrepentía de haberse alejado tan bruscamente de ese hombre. ¿Cómo había llegado a ese punto después de haber esperado tanto la muerte de Nicéphore? Se le hizo un nudo en la garganta por la desesperación; el dolor aumentó violentamente. La habitación empezó a dar vueltas... y más vueltas.

Υ

Las criadas se la habían encontrado tendida, agonizando en el umbral de la puerta. Helena sufría el martirio. El médico militar que habían llamado para atenderla se vio sobrepasado por la gravedad de su mal. Accedió a la voluntad de Helena, que reclamaba a Mijkayeva. La sanadora usó todo su poder y las mejores recetas de su farmacopea, pero enseguida entendió lo grave que era su enfermedad y que no podía curarla. Helena había perdido el conocimiento, y ninguna pócima podía hacerle recuperar la conciencia.

—Está en coma —constató el médico.

—Dios la mantiene con vida —le corrigió Mijkayeva.

—Deberíamos llamar al pope —dijo una criada.

—No es propio de ella arrepentirse de sus pecados.

Se volvieron hacia la segunda criada que acababa de hablar y que apretaba su rosario hasta romper las cuentas.

—Rezo por ella —susurró—. Ya oye el bora... ¡Escúchelo! ¡Es el aliento del diablo!

—¡Cállate! —respondió el médico antes de dirigirse a la sanadora—. ¿Qué piensas? No puedo hacer nada por ella.

—La fiebre acabará con su vida. Puedo mantenerla viva tres o cuatro días. No más.

—¿Cómo piensas conseguirlo? —preguntó él.

—Tengo una droga que ralentizará su corazón y el avance del veneno en su sangre.

—¿Y después? —insistió el médico.

—Hay que enviarla a Tiflis.

—¡A Tiflis! ¡No lo conseguirá jamás!

—La carta final de su destino se juega en Tiflis. Tiene que creerme, capitán. Allí, la muerte puede perder la partida.

—¿En qué te basas para decir una cosa semejante?

—¡En mis visiones!

—¡En tus visiones! ¡Soy un hombre realista! ¡No quiero ser el hazmerreír de la guarnición!

—Si no lo haces, serás el responsable de su muerte. No tienes otra opción. Da las órdenes necesarias para que se la lleven. Voy a preparar su medicina.

En diligencia, no habría aguantado ni un día. El médico se había decidido a enviarla hasta Koutais por el río. Desde allí, Tiflis sólo quedaba a menos de dos horas.

Bajo la vigilancia del responsable de la guarnición y de seis barqueros, la tumbaron en el fondo de una gran barcaza. La primera noche, cuando remaban a la luz de las antorchas, los barqueros la dieron por muerta, y quisieron huir cuando el doble pálido de Helena se deslizó en la estela de la embarcación. El viejo intendente puso orden y los mantuvo en la bancada hasta Koutais. Finalmente, llegaron a Tiflis.

Cuando Helena llegó al palacio Fadéiev, salió del coma y empezó a delirar. La vidente estaba a punto de fallecer, la familia enseguida llamó al mejor cirujano de la región. Después de unos días, y tras cauterizar la herida y controlar la infección, consiguió salvarla.

La debilidad resultante de la infección fue extrema. Durante tres meses, Helena luchó para recobrar la salud. Durante ese periodo, el general Blavatsky la visitó arrepentido y la colmó de regalos. Le propuso olvidar el pasado y retomar la vida en común.

Al cabo de cuatro días, después de violentas peleas, tuvo que rendirse a la evidencia. Helena no volvería jamás al hogar. En esa ocasión, claudicó, dándose por vencido.

—Bueno, haz lo que te parezca mejor. Si vuelves a sentir ganas de ir al Tíbet, ¡hazlo! No te impediré cruzar las fronteras.

Por primera vez, sonrió a ese hombre al que tanto había odiado.

96

$\mathcal{D}$espués de haber insultado al Papa y de haber hecho que lo expulsaran de Roma, había cruzado cinco fronteras para evitar el imperio austrohúngaro, donde su cabeza seguía teniendo precio. Y, a lo largo de ese viaje, el mismo pensamiento le traspasaba el corazón, un pensamiento terrible que le hacía pensar en el suicidio: «¿Y si ella se había enamorado de otro hombre?». Pero era una idea que lo asustaba tanto que Agardi procuraba alejarla violentamente de lo más oscuro de su alma. Después de haber tenido a tantas mujeres, ahora sólo estaba ella. Su propia esposa, Teresina, acababa de morir de una tisis pulmonar. Agardi quería volver a ver a Helena y conocer la verdad.

Recorrió San Petersburgo, Moscú, Yekaterinoslav, el Volga y Ucrania, y acabó por encontrar las huellas de la mujer a la que amaba después de llamar a todas las puertas de los grandes de Rusia. Helena estaba en Tiflis.

Agotó a dos caballos para llegar lo antes posible hasta allí. Y cuando llegó a la ciudad de los Fadéiev, no le quedaba ni una moneda, se moría de hambre y estaba delirante y ansioso.

El cielo de Tiflis estaba pálido y cargado todavía del frío del invierno, pero a Helena, que iba recuperándose lentamente de su enfermedad, le bastaba esa primavera tímida para ser feliz. Se pasaba largas horas estudiando mapas de Oriente y trazando itinerarios a lápiz.

Todas esas rutas grises sobre las llanuras blancas de Siberia llevaban al Tíbet. ¿Tendría la fuerza necesaria para escalar los peldaños del Himalaya después de haberse enfrentado al desierto de Gobi? Se entrenaba todos los días caminando por el exterior de la ciudad. Muy pronto, volvería a poner el pie en el estribo...

Todas las mañanas también, bajo la mirada severa de una anciana dama contratada por su abuelo, el príncipe Fadéiev, Helena salía de las cuadras y paseaba por la gran arboleda de tilos que conducía hasta la reja de hierro forjado en la que dos águilas coronadas entrelazaban sus garras.

Se negó a subir en la briska que le habían preparado para sus paseos.

—Sigo sin querer subirme a su calesa, señor Strogiev —le dijo al cochero, que se desesperaba por no cumplir las órdenes de sus señores.

—Se caerá y tendremos que meterla bajo la tierra con los espectros a los que tanto quiere —dijo la vieja dama con aire afectado.

Aquella mujer, que se limitaba siempre a los «modérese», «tenga cuidado», «sus abuelos se preocupan», acababa de dar un paso más. Ahora la anciana dejaba ver su verdadera naturaleza.

Helena se volvió hacia ella.

—Ya veremos quién de las dos se irá la primera, señorita Krivalov. ¿No nota ese olor a azufre? ¿Está usted en paz con Dios? El diablo ronda por aquí y le va a estirar los pies. Huela el azufre, señorita —repitió Helena olisqueando el aire.

La dama no pudo evitar olisquearlo. Se sintió desfallecer y se llevó la mano al corazón. Percibía el olor, ese olor especial del Infierno que guardaba en su memoria desde que le habían enseñado la existencia del diablo y de sus legiones. Se lo habían hecho oler cuando era una niña y la obligaban a arrepentirse delante de la cruz.

—¡Dios mío! ¡Oh, Dios mío! —dijo ella santiguándose—. Tú lo has hecho venir. ¡Estás maldita! ¡Tienes tratos con él! ¡Lo sé desde hace mucho!

Ahora la tuteaba. ¡Qué desvergonzada! Ella se levantó con su cara de virgen marchita, enmarcada por un tocado de puntilla negra adornado con perlas, y buscó la salvación en el Cielo. Helena se fue, entonces, a paso rápido, dejándola a merced de ese cielo pálido. La señorita Krivalov se repuso y continuó reprendiéndola, ahogándose entre maldiciones.

—¡Vuelve! ¡Espérame! ¡Voy a llevarte a la iglesia!

—¡No me llevarás a ninguna parte! —le espetó Helena acelerando el paso.

—Debes confesarte con el pope Gregory. ¡Miserable, vuelve aquí! ¡Se lo voy a contar todo a tu abuelo!

Helena continuó su marcha. Dobló la esquina de un camino y se puso a correr.

ϒ

Tiflis revivía. La primavera había hecho volver las caravanas de las lejanas regiones de Asia y de Oriente Medio, de Europa y del norte de África. Como la ciudad estaba en el cruce de las rutas de mercaderes, era una etapa segura antes de Odessa y después de Samarkanda. El barrio de negocios estaba en plena efervescencia bajo la custodia de trescientos soldados y de una cincuentena de policías. Las prostitutas ofrecían sus encantos en las tabernas y en los burdeles. Circulaba mucho dinero en ese punto de encuentro del comercio. Tenía siete entradas. Helena entró por la puerta de los Cuatro Vientos en compañía de un grupo de burgueses rusos de la corporación de los tapiceros. Había conseguido escapar del asedio de la señorita Krivalov. Pero la vieja gobernanta no tardaría en acudir a ese lugar que odiaba. Krivalov nunca soltaba a una presa. Sin embargo, le costaría encontrar a su «protegida».

En la efervescencia de ese barrio coloreado, Helena volvió a sentir el gusto por la vida. El olor de las especias y de los perfumes la embriagaba, y la mezcla de lenguas le recordaba sus viajes y la invitaban a marcharse. Los hombres olían muy fuerte. Muchos iban armados. Guardaban sus preciosos cargamentos y sólo enseñaban lo esencial. A veces, se veía alguna esmeralda en la palma de una mano, un pedazo de seda brillaba en la esquina de una mesa. Una capa de azafrán cubría de rojo un dedo.

—¡Tengo otros mil!

Helena se sentía aturdida. Un rubí en bruto tan grande como una nuez. El hombre se lo había puesto debajo de la nariz, agarrándolo con el pulgar y el índice.

—Vienen de Siam…

Helena ya no lo escuchaba. Un pensamiento amigo captaba su atención. Era algo más que amistad… ¿Amor, tal vez? Sí, amor.

—Agardi —susurró ella uniendo las dos manos sobre el pecho.

Estaba subido a una pila de cajas. En cuanto levantó la cabeza, se puso a cantar en francés y su voz de bajo se impuso al bullicio:

Bella que tienes mi vida
cautiva en tus ojos,
que me has encantado el alma
con un recuerdo gracioso.
Ven enseguida a socorrerme
o tendré que morir.

—¡Agardi! —gritó ella.

Él le envío un beso y continuó cantando. La gente se había arremolinado al pie de las cajas para escucharlo.

Acércate, bella mía.
Acércate, mi vida.
No seas rebelde,
porque mi corazón es tuyo.
Para apaciguar mi mal,
dame un beso.

Arrancó un aplauso al público, y lo saludó antes de saltar. Helena lo recibió entre sus brazos. Ya ni se acordaba de su herida. Estaba exultante. Haber recuperado el amor le daba una fuerza extraordinaria.

Buscó los labios de Agardi. Se besaron sin reservas, fogosos, sin preocuparse de la multitud que los rodeaba y los animaba con la mirada.

—¡Eres una vergüenza Helena Petrovna! ¡Has traído la vergüenza a tu familia!

—¿Quién es esa loca? —preguntó Agardi mientras contemplaba estupefacto a la anciana que acababa de aparecer entre dos montañas de rollos de cachemira.

—Mi enfermera.

La señorita Krivalov se dirigió hacia ellos furiosa. Tenía alas, como a los quince años. Dios la empujaba a destapar el mal allá donde estuviera. Se lanzó sacando las garras hacia la pareja maldita, enrojecida por la cólera. ¡Un verdadero demonio! La falta pública de Helena manchaba su fama. ¿Quién era ese hombre con pinta de embaucador que agarraba a la princesa por la cintura? Un tentador, un enviado de Satán que exhalaba estupro y lujuria. Miró fijamente a Agardi con sus pequeños ojos llenos de odio. Representaba a los Fadéiev y a los buenos cristianos, con ese título ejercería la justicia.

—¡Viciosos!

Agardi y Helena le plantaron cara. No tuvo tiempo de separarlos. La empujaron tan violentamente que se cayó. Se oyeron exclamaciones de ofensa y risas. Los burgueses estaban escandalizados, pero le dieron la espalda. No querían tener problemas con los Fadéiev, y todavía menos con la maga Blavatski.

Incluso hicieron la vista gorda cuando una georgiana escupió sobre la señorita Krivalov.

Helena y Agardi desaparecieron. Llegaron al corazón de la ciudad y encontraron refugio en la iglesia de San Basilio. Algunos fieles hechos un ovillo delante de los iconos rezaban. Helena y Agardi se quedaron aparte, resguardados en la sombra de una capilla desierta.

—Te he buscado por todas partes, mi amor: en San Petersburgo, en Moscú. Encontré tu rastro en Yekaterinoslav, y llegué a Tiflis hace dos días. Tenía miedo, mi amor, tanto que no me he atrevido a abordarte cuando te he visto.

—¿Miedo de qué, amor mío?

—De que ya no me quieras, de que tu corazón pertenezca a algún otro.

Ella le agarró muy fuerte la mano.

—Te esperaba. Estabas en todos mis pensamientos. Debería haber acudido a tu encuentro, recorrer la mitad del camino, pero la suerte lo decidió de otro modo. Has estado a punto de no verme más, he rozado la muerte, y debo dar gracias a los dioses por mantenerme con vida. Estoy feliz, Agardi, y siento deseos de gritar mi felicidad por toda la ciudad… Ah, mi amor, has debido de soportar mil sufrimientos para llegar hasta aquí. Pareces muy cansado.

—Hace dos días que no como y que duermo al ras. No me queda ni una moneda. Pensaba vender mi caballo hoy.

—Tus problemas han acabado, mi amor…

Juntaron sus manos y oraron tomando como testigos a los iconos. Entonces, Helena añadió:

—Te llevaré al Tíbet.

97

$\mathcal{N}$o se había llevado a Agardi con ella. Y el Tíbet seguía estando lejos. La acompañaban dos kirguizos ariscos. Helena los había contratado en el pueblo de Kialouch. Sabían cazar un poco y luchaban bien. No pedía más. Encendieron el fuego para la noche y escucharon a los lobos gritando en la lejanía. Al día siguiente, iniciarían el último ascenso.

389

Agardi... El cantante no era más que un recuerdo desastroso. Tras conseguir que lo contrataran en la Ópera Italiana de Tiflis, Agardi se había impuesto a los Fadéiev para instalarse en el palacio con Helena. Al aceptar públicamente su relación, habían firmado su sentencia de muerte. Nadie había olvidado que Helena estaba casada. La vieja Krivalov hizo correr el rumor de que la joven y Agardi se habían casado en secreto, lo que hizo estallar un escándalo sin precedentes. Helena, acusada de bigamia, se vio obligada a dejar precipitadamente la ciudad.

Habría querido quemar todos sus malos recuerdos en el fuego chisporroteante. Se volvió a ver, llegando a Kiev con su amante, donde la recibió el príncipe Dundukov-Korsakov, gobernador de Ucrania y amigo de su padre. El príncipe los había instalado en un apartamento frente a Santa Sofía y había hecho que contrataran a Agardi en el Gran Teatro Lírico. Hizo maravillas en dos óperas: la *Rusalka*, de Alexander Daromikij, y en *Morir por el Zar*, de Mijail Glinka, pero no pudo interpretar correctamente el papel del mago Finn en *Ruslán y Liudmila*. El príncipe Dundukov se lo reprochó públicamente.

Para vengar a su amante, Helena escribió un panfleto contra el príncipe. Distribuido clandestinamente, en el texto se tachaba a Dundukov de corto de luces, de falso erudito y de otras lindezas deshonrosas que hicieron reír a todos los notables de Kiev. Cuando el príncipe se enteró de que la autora de ese texto infame era su protegida, le pidió que se fuera.

Apartada de la sociedad, la pareja se resquebrajó entre disputas y vagabundeos. Los desencuentros se acumulaban. La luna de miel se acababa. Intentaron incluso sacar adelante una tienda de flores, pero sin éxito. La aventurera y el cantante se revelaron como unos comerciantes penosos. Tuvieron que cerrar la tienda. Su amor se había marchitado.

Cuando le anunció que la Ópera Italiana de El Cairo le había contratado, aprovechó la oportunidad para librarse definitivamente de su amante. La ruptura fue amarga para Agardi, que le dedicó unas palabras muy duras; ella no intentó ocultar su alivio, embargada por las ansias de libertad.

390

Había retomado su camino: cruzó los Urales, recorrió las estepas y se adentró en los desiertos de Karakorum. Agardi no era más que un minúsculo punto en su memoria. En Samarkanda, había encontrado a los dos kirguizos. Los tres habían seguido la antigua ruta de la seda, habían escalado los Pamires y habían llegado a la frontera norte del Gran Tíbet. Un solo puerto, con una altura de 5.000 metros, los separaba ahora del país de los lamas.

Llevaban horas escalando. China quedaba poco a poco tras ellos. A pesar de la altitud, se morían de calor por el esfuerzo y por tener que arrastrar a sus camellos de las riendas. Les faltaba el aire en los pulmones. El cielo los cegaba. El hambre los atormentaba, pero avanzaban con corazón valeroso. Al ver las ruinas cubiertas de inscripciones chinas y tibetanas que señalaban la cima de la cordillera, apresuraron el paso.

—¡La frontera! —exclamó Helena.

No había guardias. Nunca los había habido. Los esqueletos atrapados en la nieve extendían sus manos sin carne hacia los picos relumbrantes.

—No murieron de frío —dijo un kirguizo señalando las marcas de sus cráneos… Llevaban allí mucho tiempo…, mucho tiempo, y, sin embargo, la amenaza persistía. Hacía cuatro días que Helena la sentía.

—Tenemos que estar en guardia —dijo ella.

Los kirguizos olisquearon el aire.

—Nadie viene aquí desde el inicio de la primavera —dijo uno de ellos—. No corremos ningún peligro.

—Siento algo.

—Entonces, no es humano.

Él sintió un escalofrío, había creído que ella no volvería jamás. La mujer había despertado las fuerzas de las tinieblas. Los ojos de los demonios llevaban cuatro días brillando. Los monjes estaban reunidos en torno a las estatuas, rezaban y reforzaban su poder. El Anciano de la Montaña se preparaba para recibir a la maga blanca. Esa vez, no saldría viva del Tíbet.

—Preparad el Gran Círculo —ordenó a sus monjes—. Vamos a abrir la puerta de los infiernos.

98

*L*os kirguizos la acompañaron hasta la ciudad de Kashgar, en la que convergían todos los mercaderes de armas y de ganado. Su misión se acababa. Helena estaba en el Tíbet. La abandonaron y retomaron el camino a los Pamires.

Helena compró un poni tangut y provisiones para el verano y el otoño antes de iniciar su viaje hacia el sur. No podía equivocarse de dirección. Una nube negra en forma de lanza se había formado en el cielo. Apuntaba hacia Kang Rimpoche. Reconoció el signo del Anciano de la Montaña. Muy pronto se enfrentaría a él.

El gran *chorten* se alzaba entre nueve colonias de granito. No había visto nada parecido desde su llegada al Tíbet. Acababa en una cúpula de color negro tan denso que absorbía la luz del sol. Con la esperanza de hacer méritos, unos cincuenta peregrinos de camino a Lhassa daban vueltas alrededor del monumento y se arrodillaban cada tres pasos para tocar la tierra con su frente. Entre ellos había un joven vestido con ropa de color azafrán. Provisto de un largo bastón en espiral pintado de rojo y amarillo, golpeaba el suelo mientras recitaba un mantra. Se detuvo y le hizo una señal a la viajera para que no siguiera avanzando. Él le señaló el cielo.

—Aquí debe cumplirse todo —dijo en tibetano.

Helena se bajó del poni. Se quedó paralizada contemplando la nube negra que bajaba rápidamente. Los peregrinos también la vieron y se asustaron. Se separaron y desaparecieron en el bosque de abetos.

El joven acudió al encuentro de Helena.

—El conocimiento supremo debe pagarse a un alto precio. Has venido a ser iniciada en la doctrina del Sendero Directo y en nuestra magia; todo para liberar a tu espíritu de la ilusión y a tu corazón del mal. Yo soy el que te llevará al nirvana, he sido el maestro de Kout Houmi Lal Sing.

—Eso es imposible, no tienes ni veinte años.

—No te fíes de las apariencias. Soy más viejo que el hombre que desciende del suelo. Me verás tal y como soy cuando consigas vencer al demonio —dijo señalando la nube que tocaba la cima del *chorten*—. Voy a entrar en ti. No te resistas.

—¿Quién me dice que no eres una criatura del Anciano de la Montaña?

—Fíate de tu corazón.

Ella se abrió. Sintió la bondad del ser que estaba delante de ella y la maléfica presencia de su enemigo sobre el *chorten*.

La nube se había tragado el *chorten*. Era una noche de locura, llena de gritos y brasas. Helena estaba desconcertada, pero no sentía ningún espanto. Todavía no. El joven monje le transmitía una fuerza extraordinaria y poderes cuyo alcance no podía medir. También sintió la conciencia de Kut Humi, y supo que se había reencarnado en la tierra. Era un niño, un buda ya. Sin embargo, la sensación de bienestar y de invulnerabilidad no duró más.

Con la magia de procesos innombrables, el Anciano de la Montaña la había conducido hasta el umbral de los infiernos. No tenía noción del tiempo. Su memoria había desaparecido. ¿En qué momento estaba? ¿Había vuelto a los sótanos encantados de su infancia? ¿Estaba en los oscuros bosques de Canadá, o bien en Egipto, en la tumba de los faraones?

¿Dónde estaba?

Veía carnicerías, oía gritos, el rugido de la tormenta. Avanzó por aquel universo. El fuego, que estaba por todas partes, quemaba a gente que caminaba entre gemidos hacia la puerta de los infiernos.

—Nunca conocerán el nirvana, y tú tampoco —rugió una voz.

Lo vio... y lo reconoció. El Anciano había aparecido rodeado de llamas, en el centro de un remolino infernal de demonios.

—Prueba tu pena futura —dijo tendiendo su brazo descarnado hacia ella.

Helena no tuvo fuerzas para gritar. No era más que una muñeca de trapo, llena de caos, con todas las percepciones aniquiladas, violada, vibrando por la tortura hasta lo más recóndito del alma. Sólo recordaba un nombre.

—¡Kut Humi! —gritó ella.

Durante unos segundos, tuvo una sensación de ligereza, como si

393

fuera un pájaro que volaba en el cielo inmenso y radiante del Tíbet hacia el sol purificador.

—¡Eres mía! Kut Humi todavía no es consciente de su regreso —dijo el Anciano.

El brazo descarnado se alargó y se hundió en el pecho de Helena. El dolor le hizo gritar. Se le pusieron los ojos en blanco. La noche roja de una efervescencia indescriptible iluminaba a los demonios que avanzaban. Una música estridente y los truenos servían de acompañamiento a sus gritos. Un olor asqueroso provenía del caldero, pero, por encima de todo, predominaba el olor de las carnes calcinadas.

—¡Vas a recibir tu castigo!

El Anciano, pegado a su pecho, le torturaba el espíritu y el alma.

—¡Kut Humi! —volvió a gritar ella.

A lo lejos, alguien respondió, pero no fue Kut Humi.

«Utiliza mis poderes, me has dejado entrar en ti. Soy el *tulku*[14] por quien se elevó Kut Humi. El fuego de los infiernos puede vencerse. Los demonios también me obedecen. Dirígelos en mi nombre, soy Karma Lumpo. Enfrenta el fuego del sol a los fuegos del Infierno. Encuentra el camino al bien.»

—Karma Lumpo —repitió ella.

Pronunciar ese nombre provocó una vibración. Le pareció que volvía a sentir el dolor.

—¡Karma Lumpo!

Lo había dicho más alto y había conseguido que los demonios retrocedieran. El Anciano hizo una mueca y aflojó un poco su abrazo mortal. Entonces, en nombre del *tulku*, ordenó a las fuerzas del mal que se retiraran. Después invocó al bien que estaba en ella, al amor universal que sentía a través del Maestro, al propio Buda.

Y vio el cielo de nuevo. El sol inmenso bajando hacia ella.

El Anciano de la Montaña lanzó hechizos sin lograr ningún efecto. Gritó cuando un rayo le tocó la frente, y lo atravesó de un lado al otro. Pronto no fue más que una brasa de pura luz, y después un montón de cenizas que la brisa esparció.

Helena se levantó. Habían ardido decenas de abetos. El *chorten* ya no tenía su cúpula. Había estado a punto de gritar al ver al viejo, pero se dio cuenta de que ése no era el Anciano de la Montaña.

—¿Quién eres?

---

14. Encarnación de un ser espiritualmente superior.

—Soy el *tulku* Karma Lumpo. Ahora me ves con mi verdadera apariencia.

—¿Y el Anciano de la Montaña?

—Está bajo tierra, con los demonios, que ya no son sus aliados. Nunca volverá a reencarnarse. Lo has vencido definitivamente. Pero no creo que tus pruebas se hayan acabado. Tu nueva existencia comienza y, con ella, nuevos sufrimientos. Vayámonos. El trayecto es largo, y todavía lo es más el camino interior que debes recorrer.

Se fueron al corazón del Tíbet, a una cueva retirada del mundo, en el seno de un acantilado que dominaba un lago. Allí, en las entrañas de la Tierra, durante tres años, Helena recibió las enseñanzas que le desvelaron los secretos de la doctrina de Buda.

Epílogo

*E*n abril de 1867, Helena Petrovna Blavatski reapareció en Italia. Tenía treinta y seis años. El 25 de septiembre, se enroló en el ejército de Garibaldi, con el que entró en Roma. Después de que la nombraran teniente, luchó ferozmente en Mentana junto al líder de la revolución, al que adoraba. Herida de gravedad, la dieron por muerta en el campo de batalla. Los médicos la recogieron y la evacuaron de Florencia. Consiguieron salvarle la vida.

Volvió al Tíbet donde acabó su enseñanza en la lamasería de Rongbuk. En el seno de ese monasterio fortificado vivía el niño en el que se había reencarnado Kut Humi. A los seis años, el Maestro la guio a través de los sabios monjes que lo asistían. Gracias a una poderosa concentración excepcional, consiguió insuflar vida a los objetos inanimados y materializar formas con la fuerza de su pensamiento. Después, se aventuró hasta el reino de Yama, el dios de la muerte, sometió a los demonios a su voluntad, vivió desnuda sin moverse durante una semana sobre la lengua de un glaciar sin sentir el menor sufrimiento. Había conseguido alcanzar el éxtasis. Entonces, el pequeño Maestro le dijo:

—Vete ahora. Vuelve al mundo. Cumple tu destino y difunde la Iluminación.

En diciembre de 1870, se embarcó en el *Eumonia* con cuatrocientos pasajeros. El navío, que transportaba pólvora negra y fuegos de artificio, explotó y se hundió. Sacaron del agua a Helena y a quince supervivientes más. Los repatriaron a Alejandría. Volvió a Egipto. Fundó una sociedad de espiritistas antes de irse a Estados Unidos, donde conoció al coronel Olcott. La amistad de este hombre, que la apoyaría durante años y con el que crearía la Sociedad Teosófica, le resultó inestimable. Creyó que había reencontrado el amor y la suerte cuando se casó con el joven Mitra Betanelly, con la esperanza de propagar sus ideas por toda América utilizando los fondos de su nuevo esposo. Enseguida se dio cuenta de que el tal Betanelly no era más que un mitómano sin dinero, y se separó. Su divorcio se hizo oficial el 25 de mayo de 1878. Helena estaba arruinada.

Mientras tanto había redactado y publicado una obra teosófica, *La Isis desvelada*, que había suscitado la cólera entre los cristianos y el desprecio de los intelectuales. En la prensa, la despellejaban. De todos modos, se nacionalizó americana el 8 de julio de 1878. Sin embargo, nada ni nadie la retenía en ese país en el que todo el mundo la había abandonado. Por tanto, retomó sus viajes.

Estuvo cinco años en la India, donde la Sociedad Teosófica prosperaba. Por la pasión con la que se entregaba, le flaqueaban las fuerzas, y decidió irse a Francia. Primero estuvo en Marsella y después en París, en la sede de la Sociedad Teosófica. Allí recibía a adeptos llegados de toda Europa. El destino le sonreía por fin. Podría propagar su doctrina, convertir a millones de personas a una fe nueva.

Por desgracia, no intuyó el complot que habían montado contra ella. En la India, dos de los principales dirigentes, los esposos Coulomb, se consideraron agraviados financieramente por la maga. Proclamaron por todas partes que la Sociedad Teosófica no era más que una gran estafa. Esto desencadenó una investigación; acusaron a Helena de falsificadora. Había escrito unos mensajes de su puño y letra y los había hecho pasar por revelaciones enviadas por misteriosos maestros del Himalaya, los mahatmas.

Destrozada y vencida, dimitió de su puesto de presidenta de la Sociedad Teosófica. Esa noche escribió:

> Todo está perdido, incluso el honor… He dimitido, estoy inmersa en el más extraño desastre. Naturalmente, sigo siendo miembro de la Sociedad, pero sólo miembro. Voy a desaparecer un año o dos del campo de batalla… Me gustaría ir a China, pero no tengo dinero. Me iré al fin del mundo, al diablo, si hace falta, donde nadie me encuentre ni me vea ni sepa dónde estoy. Estaré muerta para todos, excepto para dos o tres amigos incondicionales. Entonces, dentro de un par de años, si la muerte me perdona la vida, reapareceré con fuerzas renovadas.

Helena se exilió en Nápoles, después en la ciudad de Würzbourg, en Baviera. Empleó ese tiempo para escribir, incansable, su obra maestra: *La doctrina secreta*. La acabó de redactar en Inglaterra. Tras reagruparse, los teósofos londinenses fundaron una editorial y entregaron 1.500 libras esterlinas para publicar la obra. El éxito fue inmediato; en 1888, Helena recibió la medalla Subba Row, como premio al mejor ensayo teosófico del año, *El carácter esotérico de los Evangelios*, que apareció en la revista *Lucifer*. Por fin, Helena consiguió el triunfo después de tantos sufrimientos.

El último hombre al que fascinó fue a Gandhi, en 1890. A su lado, Gandhi estudió los Vedas. Ella le hizo entender que el hinduismo tenía una esencia superior. Tras tomar conciencia del poder de la teosofía, se consagró a partir de ese momento a un solo objetivo: liberar a la India del yugo de los ingleses.

El 8 de mayo de 1891, una crisis de uremia acabó con su vida. Tenía sesenta años. Su cuerpo fue quemado sobre una pira. Repartieron sus cenizas en tres partes iguales y las guardaron en tres joyeros de oro; las depositaron en Adyar, en Nueva York y en Londres.

Hay muchas personas que todavía hoy honran su memoria. Si algún día pasa por Adyar, en el sur de la India, visite su templo: verá su estatua siempre engalanada con flores.

Y tal vez se abra al conocimiento divino. Tal vez...

Este libro utiliza el tipo Aldus, que toma su nombre
del vanguardista impresor del Renacimiento
italiano Aldus Manutius. Hermann Zapf
diseñó el tipo Aldus para la imprenta
Stempel en 1954, como una réplica
más ligera y elegante del
popular tipo
Palatino

* * *

* *

*

En busca de Buda se acabó de imprimir
en un día de otoño de 2008,
en los talleres de Egedsa
calle Rois de Corella, 12-16
Sabadell
(Barcelona)

* * *

* *

*